异彩纷呈的
文学艺术

周丽霞 编著

中国出版集团 现代出版社

图书在版编目（ＣＩＰ）数据

异彩纷呈的文学艺术 / 周丽霞编著. -- 北京 ： 现代出版社，2018.1

ISBN 978-7-5143-6557-3

Ⅰ．①异… Ⅱ．①周… Ⅲ．①古典文学－文学欣赏－中国 Ⅳ．①I106

中国版本图书馆CIP数据核字(2017)第284977号

异彩纷呈的文学艺术

作　　者：周丽霞

责任编辑：李　鹏

出版发行：现代出版社

通讯地址：北京市定安门外安华里504号

邮政编码：100011

电　　话：010-64267325　64245264（传真）

网　　址：www.1980xd.com

电子邮箱：xiandai@vip.sina.com

印　　刷：天津兴湘印务有限公司

字　　数：380千字

开　　本：710mm×1000mm　1/16

印　　张：30

版　　次：2018年5月第1版　　2018年5月第1次印刷

书　　号：ISBN 978-7-5143-6557-3

定　　价：128.00元

习近平总书记在党的十九大报告中指出："深入挖掘中华优秀传统文化蕴含的思想观念、人文精神、道德规范，结合时代要求继承创新，让中华文化展现出永久魅力和时代风采。"同时习总书记指出："中国特色社会主义文化，源自于中华民族五千多年文明历史所孕育的中华优秀传统文化，熔铸于党领导人民在革命、建设、改革中创造的革命文化和社会主义先进文化，植根于中国特色社会主义伟大实践。"

我国经过改革开放的历程，推进了民族振兴、国家富强、人民幸福的"中国梦"，推进了伟大复兴的历史进程。文化是立国之根，实现"中国梦"也是我国文化实现伟大复兴的过程，并最终体现在文化的发展繁荣。博大精深的中国优秀传统文化是我们在世界文化激荡中站稳脚跟的根基。中华文化源远流长，积淀着中华民族最深层的精神追求，代表着中华民族独特的精神标识，为中华民族生生不息、发展壮大提供了丰厚滋养。我们要认识中华文化的独特创造、价值理念、鲜明特色，增强文化自信和价值自信。

如今，我们正处在改革开放攻坚和经济发展的转型时期，面对世界各国形形色色的文化现象，面对各种眼花缭乱的现代传媒，我们要坚持文化自信，古为今用、洋为中用、推陈出新，有鉴别地加以对待，有扬弃地予以继承，传承和升华中华优秀传统文化，发展中国特色社会主义文化，增强国家文化软实力。

浩浩历史长河，熊熊文明薪火，中华文化源远流长，滚滚黄河、滔滔长江，是最直接的源头，这两大文化浪涛经过千百年冲刷洗礼和不断交流、融合以及沉淀，最终形成了求同存异、兼收并蓄的辉煌灿烂的中华文明，也是世界上唯一绵延不绝的古老文化，并始终充满生机与活力。

中华文化曾是东方文化摇篮，也是推动世界文明不断前行的动力之一。早在五百年前，中华文化的四大发明催生了欧洲文艺复兴运动和地理大发现。中国四大发明先后传到西方，对于促进西方工业社会发展和形成，起到了重要作用。

中华文化的力量，已经深深熔铸到我们的生命力、创造力和凝聚力中，是我们民族的基因。中华民族的精神，业已深深植根于绵延数千年的优秀文化传统之中，是我们的精神家园。

总之，中国文化博大精深，是中华各族人民五千年来创造、传承下来的物质文明和精神文明的总和，其内容包罗万象，浩若星汉，具有很强的文化纵深，蕴含着丰富的宝藏。我们要实现中华文化的伟大复兴，首先要站在传统文化前沿，薪火相传，一脉相承，弘扬和发展五千年来优秀的、光明的、先进的、科学的、文明的和自豪的文化现象，融合古今中外一切文化精华，构建具有中国特色的现代民族文化，向世界和未来展示中华民族的文化力量、文化价值、文化形态与文化风采。

为此，在有关专家指导下，我们收集整理了大量古今资料和最新研究成果，特别编撰了本套大型书系。主要包括巧夺天工的古建杰作、承载历史的文化遗迹、人杰地灵的物华天宝、千年奇观的名胜古迹、天地精华的自然美景、淳朴浓郁的民风习俗、独具特色的语言文字、异彩纷呈的文学艺术、欢乐祥和的歌舞娱乐、生动感人的戏剧表演、辉煌灿烂的科技教育、修身养性的传统保健、至善至美的伦理道德、意蕴深邃的古老哲学、文明悠久的历史形态、群星闪耀的杰出人物等，充分显示了中华民族厚重的文化底蕴和强大的民族凝聚力，具有极强的系统性、广博性和规模性。

本套书系的特点是全景展现，纵横捭阖，内容采取讲故事的方式进行叙述，语言通俗，明白晓畅，图文并茂，形象直观，古风古韵，格调高雅，具有很强的可读性、欣赏性、知识性和延伸性，能够让广大读者全面触摸和感受中国文化的丰富内涵，增强中华儿女民族自尊心和文化自豪感，并能很好地继承和弘扬中国文化，创造具有中国特色的先进民族文化。

异彩纷呈的

文学艺术

灿烂散文

散文历史与艺术特色

中国古代散文的发端，可以追溯至殷商时代。在商朝的甲骨卜辞中，已经出现不少完整的句子。西周时期的青铜器上常刻有长达三五百字的铭文。这些句子和铭文就是中国最早的散文。

先秦时期中的春秋战国时期，是先秦散文蓬勃发展的阶段，出现了许多优秀的散文著作。当时的散文，基本上是哲学、政治、伦理、历史方面的论说文和记叙文，可分为两种，一种是历史散文，一种是诸子散文。

从总体上看，先秦散文是中国古代散文的发轫，在先秦时期，中国古代散文创造了一个极好的开局。先秦散文在史学和文学方面树立了榜样，对后世史学和文学的创作及发展产生了极为深远的影响。

强劲发轫

先秦散文

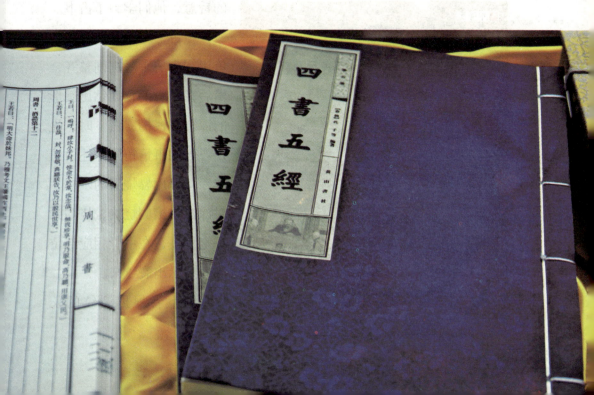

卜爻辞开启古代散文之端

殷商的时候，人们的生产能力还十分落后，对世界的认识还处于萌芽阶段，他们很迷信，风、雨、雷、电这些自然现象通常令他们很害怕，还以为是天上的神仙在大发脾气。为了事先能知道天上的神仙的旨意，他们学会了占卜。

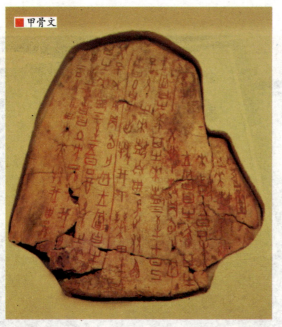

甲骨文

在占卜之前，殷人先把龟甲和牛肩胛骨锯削整齐，然后在甲骨的背面钻出圆形的深窝和浅槽，占卜时，先把要问的事情祷告并述说清楚，接着用燃烧着的木枝，对深窝或槽侧烧灼，烧灼到一定程度，在甲骨相应部位的便显示出裂纹来。

占卜者根据裂纹的长

短、粗细、曲直、隐显，来判断事情的吉凶、成败。占卜后，便用刀子把占卜的内容和结果刻在卜兆的近处，这就是卜辞。刻有卜辞的甲骨被当作重要资料妥善收藏在窖穴中。

甲骨卜辞长短不一，短的只有几个字，长的可有百余字，记事简略，叙事朴素。甲骨卜辞的内容博杂广泛，包括战争、狩猎、祭祀、生产、气候、疾病等，均记载在上面，可以说无所不记。

■ 象形文字

戊辰卜，及今夕雨？弗及今夕雨？

癸卯卜，今日雨。其自西来雨？

其自东来雨？其自北来雨？其自南来

雨？

这是关于风雨的占卜，是卜问今日是否降雨以及降雨将来自何方。

今夕奏舞，有从雨。

这是记录晚间在舞蹈时，遭遇了雨水。

甲骨卜辞简单、朴素，有韵有散，文字简朴，句意明确，形式规范，叙述完整周到，表达出一个完整的意思，是一种十分简单的叙事散文。

商周时期帝王、贵族将文字镂刻在青铜器上，内

占卜 古代人们借助龟壳、铜钱、竹签等物品来推断未来吉凶祸福的一种手法。由于古代原始人民对于事物的发展缺乏足够的认识，因而需借由自然界的征兆来指示行动。但自然征兆并不常见，必须以人为的方式加以考验，占卜的方法便随之产生了。

■ 青铜器铭文

容多是记述奴隶主贵族的祭典训诰、征伐功绩、赏赐策命、盟誓契约等，这就是铜器铭文。由于文字是镂刻在青铜器上，因此，铜器铭文也称金文、钟鼎文。

铜器铭文要比甲骨卜辞记载的事情繁杂得多，但是字句简短，早期一般仅用一至五六个字记作器者之名、所纪念的先人庙号等。商代晚期出现了较长的铭文，但最长的铭文也只是四五十字，内容多数是因接受赏赐而作纪念以示荣宠的记录。

进入周代，铜器铭文有了进一步发展，达到了鼎盛时期。周代铭文在殷商铭文的基础上，篇幅逐渐加长，两三百字的颇为多见。

《徽匜》铭文157字，是一篇内容完整的西周法律判决书；《史墙盘》铭文284字，是一首关于家史的叙事诗；《散氏盘》铭文357字，是一篇关于外交的和约文件；《毛公鼎》497字，是一篇关于庙堂典章的记载。

周代铭文十分丰富，同时也十分复杂。记载的内容包括重大历史事件、社会经济、法律制度、战事事迹等，还记载了册命，详载器主进见周王，受封官职，并得到赏赐的经过等方方面面。

周代铭文能够用比较完整的语言叙述社会内容，许多铭文善用韵语，且喜欢用整齐的四字句；有的铭

叙事诗 一种诗歌体裁，是用诗的形式刻画人物，有比较完整的故事情节，通过写人叙事来抒发情感。通常，叙事诗情节完整而集中，人物性格突出而典型，有浓厚的诗意，又有简练的叙事。

文还具有比较浓厚的文学气息。

《周易》是一部阐释自然规律及社会发展规律的哲学著作，相传是周人所作。《周易》有《经》和《传》两部分。《经》是《周易》的经文部分，又称《易经》，集中反映了宇宙万事万物的现象和发展变化的规律。它形成在殷商之际，大体定型于西周。

《经》内容涉及的范围很广，自然现象和自然灾害以及社会生活中的战争、祭祀、生产、商旅、风俗等都包括在内。《经》比较广泛地反映了当时的社会风貌，表达了某种生活经验和哲理。

《传》又称《易传》，是用来阐发义理的哲学典籍，是对《经》最严密的注释、说明和发挥。它大致形成于战国时期，内容由10篇组成，又称"十翼"，是汇集多人的写作而成。全书以散文为主，夹杂部分韵文，有些地方运用了文学描写和表现手法，有时还引用和模仿了民歌。

《周易》的卦爻辞是用一种散文形式写成的，它呈现出一种散文新的思维和表达方式，即在具体的形象或意象中直接体现出抽象的普遍哲理。它不同于甲骨卜辞对某一次龟卜的过程、内容、结果的实录，而是对筮卜所得的卦象、爻象做出象征性的说明。

《周易》的卦爻辞多从一些感性、直接的物象、事象、意象中让人感悟、体验、抽象出具有普遍意义的关于事物发展变化的可能性，创造出一种从感性直观的具体形象中，直接抽象升华出普遍哲理的思维和表达方式。

《周易》的卦爻辞是用凝练含蓄的语言对

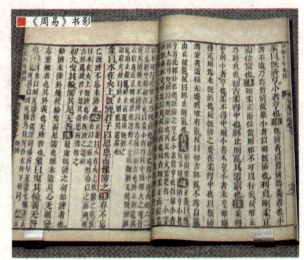
《周易》书影

特定人物的动态、神态作生动传神的描绘，具有一定的形象性和较丰富的表现力。另外，卦爻辞的语言散韵相间，有时还运用对偶句，句式简短，变化灵活。

《周易·井》记载：

改邑不改井，无丧无得；往来井，井汔至，亦未缩井。
赢其瓶。凶。

这个记载语言平实，内涵深刻，能够让人深省，富有寓言特色。这个记载是周易卦爻辞中富有隽永的寓言特色的突出文字，可谓开了寓言文学的先河。

《周易》的卦爻辞多数语言简短零碎，但要比甲骨卜辞和铜器铭文完整，表达的意思也更明确，而且具有一定的文学色彩，是一种富于形象、富于哲理而又散韵相间的散文形态。

异彩纷呈的文学艺术

阅读链接

春秋时期，铜器铭文虽然仍受重视，但是其重要性已经比不上西周时期。当时仍有很长的铭文。例如宋代发现的齐灵公大臣叔弓所做的一件大镈，铸有器主夸耀自己的出身和功绩，并记载齐灵公对他的诰命的长铭，铭文共493字。

叔弓的编钟上也铸有内容基本相同的铭文，全文由7个编钟合成，长达501字。

战国中期开始，铜器铭文越来越少了，"物勒工名"式的新式铭文则大量出现。这种铭文字数一般不多，所记的主要是作器年份、主管作器的官吏和作器工人的名字以及使用器物的地点等。

秦汉时代的铜器铭文，除了常见的秦代开国之君秦始皇和他的儿子秦二世的诏书以外，绝大多数是"物勒工名"式的或标明器物主人的铭文。

记述事件演化为历史散文

殷商和春秋时期，史官文化十分发达，史官把很多史事记载下来，这就形成了最早的历史散文。历史散文又叫史传散文。

历史散文以记述历史事件的演化过程为主，讲求史料价值。史官

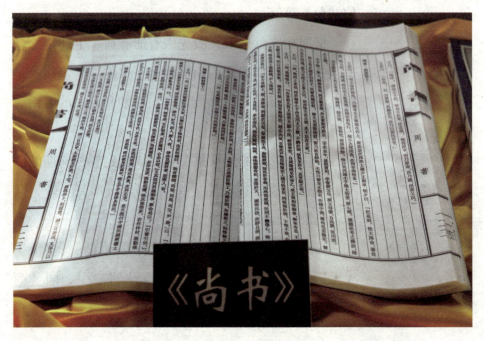

《尚书》

■《吕氏春秋》竹简

记载的史事，可以说无所不包，包括史实、传说、观象、占卜、典章、制度、礼乐、刑法、祭祀等。先秦历史散文的代表作有《尚书》《春秋》《左传》《国语》《战国策》等。

《尚书》即"上古之书"，是中国最早的历史散文，又称《书》《书经》，为一部多体裁文献汇编，分为《虞书》《夏书》《商书》《周书》。

《尚书》是中国最古的记言的历史，它保存了商周特别是西周初期的一些重要史料。据说原有100篇，为孔子所纂辑。

《尚书》中的《商书》是殷商史官所记的誓、命、训、诰。其中可信的有《盘庚》《高宗肜日》《西伯戡黎》等篇。

据周初文献记载，殷先人有册有典，上述诸篇就是包括在这些典册之内而被保存下来的。《盘庚》是殷王盘庚迁都前后对世族百官、百姓和庶民的讲话，古奥难懂。

《尚书》中的《周书》包括周初到春秋前期的散文，可信者有20篇。除《文侯之命》《秦誓》外，其余各篇都是西周初期的文献。

其中重要的有《牧誓》《大诰》《洛诰》《多士》《无逸》。这些文章可能均出于史官之手，同《商书》一样古奥难懂。

史官 中国历代专门记录和编撰历史的官。各朝对史官的称谓与分类多不相同，但大体可分为分类记录类和编纂类两种。前者随侍皇帝左右，记录皇帝的言行与政务得失，皇帝不能阅读这些记录内容，后者专门编纂前代王朝的官方历史。

《无逸》一篇告诫周成王要体谅人民种地的艰难，不可贪图逸乐，要效法周文王勤劳节俭，"怀保小民""无淫于观、于逸、于游、于田""无若殷王受之迷乱，酗于酒德"。

《无逸》叙述颇有条理，有层次，从记叙文的结构上看较以前的文章有显著进步。

《秦誓》篇是春秋时秦穆公的悔过之词。通篇始终用对比描写手法，这是散文创作的进一步发展。

《春秋》是中国现存的最早的一部编年体史书，记载了从公元前722年至公元前481年鲁国224年的历史，

《春秋》以"年·时·月·日记事"为体裁。年是指鲁国之君主、鲁公在位纪年；时是指季节，四季之"春、夏、秋、冬"；月是指正月、二月、三月……日是指甲子、乙丑、丙寅……记事指短句构成。

鲁国史官把当时各国报道的重大事件，按照年、

《吕氏春秋》书影

古书《春秋》

季、月、日记录下来，一年分春、夏、秋、冬四季记录，孔子在此基础上整理修订而成《春秋》。

《春秋》的内容很丰富，它虽是鲁国史的一部分，但它对鲁国以外的其他国家，以及当时天下大势的演变情况，也作了广泛的记载。春秋224年间诸侯间的攻伐、盟会及祭祀、灾异、礼俗等，都有记载。它所记鲁国二十公的世次年代，经考证完全正确。

《春秋》也记载了一些自然现象，如日食、月食、地震、山崩、星变、水灾、虫灾等，所载日食与西方学者所著的《蚀经》比较，互相符合的有30多次。

《春秋》精辟地记叙了公元前611年哈雷彗星的事，而且，它还记录了公元前687年3月16日那天"夜中星陨如雨"的陨石雨情况。此外，《春秋》还记载了一些祭祀、婚丧、城筑、宫室、搜狩、土田等情况。

《春秋》时期的文字非常简练，事件的记载很简略，最少一字，如僖公三年六月"雨"；或二三字，如僖公三年夏四月"不雨"、八年夏"狄伐晋"；即使是最多字的"定公四年春三月"叙述也不超过45个字。《春秋》最初原文仅18 000多字，三国曹魏时张晏计算《春秋》共有18 000字，晚唐人徐彦的计算与之相同，南宋王观国《学林》

则记载有16 500个字。

《春秋》用字意寓褒贬，因借其意。对历史人物和事件往往寓有褒贬而不直言，这种写法称为"春秋笔法"。"春秋笔法"也叫"春秋书法"或"微言大义"，是古代的一种历史叙述方法和技巧。

孔子首创了这种文章写法，即在文章的记叙之中表现出作者的思想倾向，而不是通过议论性文辞表达出来。春秋笔法以合乎礼法作为标准，既包括不隐晦事实真相、据事直书的一面，也包括"为尊者讳，为亲者讳，为贤者讳"曲笔的一面。

《春秋》有明确的时间顺序的特点，这对后世编年体史书的发展产生了很大的影响，北宋时由司马光主编的历史巨著《资治通鉴》，就是按年、月、日顺序写的编年体史书。

《左传》原名《左氏春秋》，简称《左传》，是为《春秋》做注解的一部史书，与《春秋公羊传》《春秋榖梁传》合称"春秋三传"。

《左传》共35卷，记述的历史起自公元前722年，止于公元前468年，是中国第一部叙事完整的编年体历史著作，为"十三经"之一。

《左传》记事年代大体与《春秋》记事年代相当，只是后面多出了17

编年体 中国传统史书的一种体裁，也是一种最早、最简便的记述方法，是以时间为中心，按年、月、日编排史实。编年体以时间为经，以史事为纬，比较容易反映出同一时期各个历史事件的联系。是编写历史最早也是最简便的方法。如《春秋》《资治通鉴》等就是编年体史书。

■《春秋经传集解》

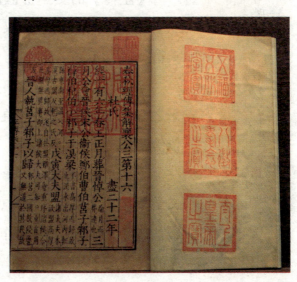

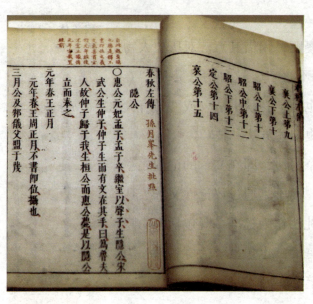

异彩纷呈的文学艺术

■《左传》书影

十三经 在南宋时期形成的13部儒家经典书籍，分别是《诗经》《尚书》《周礼》《仪礼》《礼记》《易经》《左传》《公羊传》《穀梁传》《论语》《尔雅》《孝经》《孟子》。

会盟 古代诸侯间会面和结盟的仪式。春秋时代，一些较小的诸侯国为了抵御大国侵略，联合作战，一些大国家利用自己实力和影响，胁迫其他小国加入自己的阵线，都为会盟，如"召陵之盟""葵丘之盟""践土之盟"。

年。它补充并丰富了《春秋》的内容，不但记载鲁国一国的史实，而且还兼记各国历史。

《左传》不但记政治大事，还广泛涉及社会各个领域的"小事"，内容包括诸侯国之间的会盟、婚丧、典章制度、社会风俗、民族关系、道德观念、历法时令等，对凡是可以借鉴和劝诫的事都进行了记载。

《左传》一改《春秋》逐事简单记录的流水账式的记史方法，代之以有系统、有组织的史书编纂方法，不但记春秋时史实，而且引证了许多古代史实，这大大提高了《左传》的史料价值。

《左传》的史学价值极高，是继《尚书》《春秋》之后，开《史记》《汉书》之先河的又一部重要典籍。

《经学通论·春秋》评论说：左氏叙事之工，文采之富，即以史论，亦当在司马迁、班固之上，不必依傍经书，可以独有千古。

《左传》不仅是史学著作，也是一部非常优秀的文学著作，文学色彩浓厚，它"情韵并美，文采照耀"，较以前任何一种著作，它的叙事能力表现出惊人的发展。许多头绪纷杂、变化多端的历史大事件，都能处理得有条不紊，繁而不乱。

《左传》长于记述战争，善于将每一战役都放在大国争霸的背景下展开，对于战争的远因近因，以及各国关系的组合变化，战前策划，交锋过程，战争影响等内容，以简练而不乏文采的文笔写出，且行文精练、严密而有力。

作为编年史，《左传》的情节结构主要是按时间顺序交代事情发生、发展和结果。在叙述事情时，运用了很多倒叙、预叙、插叙和补叙的手法。

《左传》代表了先秦史学和文学的最高成就，对后世的史学、散文、戏剧等产生了很大影响，特别是对确立编年体史书的地位起了很大作用。

《国语》是中国最早的一部国别体著作，记录了周朝王室和鲁国、齐国、晋国、郑国、楚国、吴国、越国等诸侯国的历史。记载时间上起公元前990年，下至公元前453年。内容包括各国贵族间朝聘、宴飨、讽谏、辩说、应对之辞以及部分历史事件与传说。

《国语》按照一定顺序分国排列记述，在内容上偏重于记述历史人物的言论。

《国语》中各国语在全书所占比例不一，每一国记述事迹各有侧重。《国语》对东西周的历史都有记录，侧重论证记言。

《鲁语》记春秋时期鲁国的事，

015

强劲发轫

先秦散文

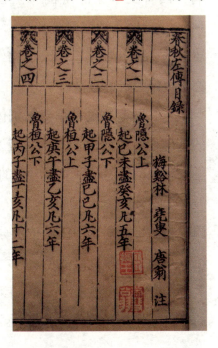

■《春秋左传》书影

但不是完整的鲁国历史，很少记录重大历史事件，主要是针对一些小故事发表议论。

《齐语》记录了齐国国君齐桓公称霸之事，主要记载了齐国大臣管仲和国君齐桓公的话语。

《晋语》篇幅最长，共有9卷，对晋国历史记录较为全面、具体，叙事成分较多，特别是文中侧重于记述晋国国君晋文公的事情。

《郑语》则主要记西周太史史伯论天下兴衰的言论；《楚语》主要记楚国国君楚灵王、楚昭王时期的事迹；《吴语》记载了吴王夫差攻打越国的事情；《越语》仅记载越国国君勾践打败吴国的事。

在文学方面，《国语》比较善于选择历史人物的一些精彩言论，来反映和说明某些社会问题。在叙事方面，有缜密、生动之笔。很多文章写得波澜起伏，为历代传诵的名篇。还有些句子写得较精练、真切。

《国语》开创了以国分类的国别史体例，对后世产生了很大影响，西晋文学家陈寿的《三国志》、北魏史官崔鸿的《十六国春秋》、清代文学家吴任臣的《十国春秋》，都是《国语》体例的发展。另外，其缜密、生动、精练、真切的笔法，对后世进行文学创作亦有很好的借鉴意义。

《战国策》也是一部国别体史书，相传是西汉末年人刘向在前人的基础上汇编而成。《战国策》主要记述了战国时期的纵横家的政治主张和策略，展示了战国时代的历史特点和社会风貌。

全书按东周、西周、秦国、齐国、楚国、赵国、魏国、韩国、燕国、宋国、卫国、中山国依次分国编写，分为12策，33卷，497篇。所记载时代上接春秋，下至秦并六国，约240年的历史。

从史学的角度看，《战国策》是中国古代记载战国时期政治斗争的一部最完整的著作。战国时期政治格局风云变幻，各诸侯国合纵连横，政权更迭，这些都与谋士献策、智士论辩有关，《战国策》就是记录纵横之士的政治主张和政治策略的，具有重要的史料价值。

从文学的角度看，《战国策》是一部优秀的散文集，它文辞优美，语言生动，论事透辟，写人传神，还善于运用寓言故事和新奇的比喻来说明抽象的道理，具有浓厚的艺术魅力和文学趣味，对两汉以来史传文、政论文的发展产生了积极的影响。

先秦时期的历史散文开中国历史散文的先河，非常具有代表性，对后世历史学家和古文家的写作有极其深远的影响。

阅读链接

关于《春秋》出自何人之手，一直争议不断。一种说法认为《春秋》出于大圣人孔子之手，有"文王拘而演周易、仲尼厄而作春秋"之说作为佐证。最流行的说法是：《春秋》是孔子晚年呕心沥血之作。

孔子周游列国经历了14年之久，在68岁返回鲁国后，以"国老"身份问政，因此有条件阅读鲁国档案。他为寄寓自己的政治理想和主张，以便留给后人效法，就用晚年的精力编纂《春秋》等"六经"。

另一种说法则持否定意见，清人袁谷芳《春秋书法论》说："《春秋》者，鲁史也。鲁史氏书之，孔子录而藏之，以传信于后世者也。"

石韫玉《独学庐初稿·春秋论》也说："《春秋》者，鲁史之旧文也。《春秋》共十二公之事，历二百四十年之久，秉笔而书者必更数十人。此数十人者，家自为师，人自为学，则其书法，岂能尽同？"

虽然争议不休，但其经过孔子之手修而改之的说法，却没有大的分歧，得到了一致的认同。

文史哲为一体的儒家散文

　　春秋战国时期，各种思想流派的代表人物纷纷著书立说，宣传自己的社会政治主张，这就形成了诸子散文。诸子散文思想迥异，风格各异。

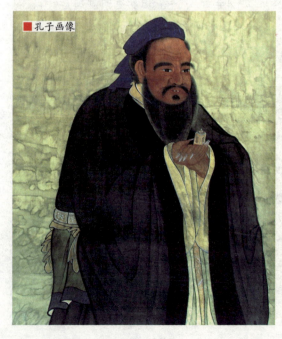
孔子画像

儒家散文是诸子散文中非常重要的组成部分，记录了儒家学派思想言论，对中国文学和哲学的发展有着巨大的影响。儒家散文主要包括《论语》《孟子》《荀子》。

《论语》以语录体和对话文体为主，叙事体为辅，记录了儒家创始人孔子及其弟子的言行，集中体现了孔

子的政治主张、伦理思想、道德观念及教育原则等。

■《论语》竹简

孔子是《论语》描述的中心，书中不仅有关于孔子仪态举止的静态描写，而且有关于他的个性气质的传神刻画以及他思想观念的朴实表达，具有浓郁的文学意味。

《论语》基本是口语，通俗易懂，文字简括，一般只述说自己的观点，而不加以充分的展开和论证，从而形成质朴的语言风格。《论语》还带有浓郁的诗味，给人以悠然神远之感。

《论语》中有很多言简意赅、富有哲理与启示性的语句，这些语句大多抑扬顿挫，朗朗上口。另外，《论语》中还运用了很多灵活多变的修辞手法，从而使语言更加含蓄、形象、生动。《论语》的语言达到了贴切、通俗、精练的境地，形成了字稳句妥、文笔流畅的特色。

语录体 是中国的一种文体。常用于门人弟子记录导师的言行，有时也用于佛门的传教记录。因其偏重于只言片语的记录，不重文采，不讲篇章结构，不讲篇与篇之间甚至段与段之间的时间及内容上的必然联系，故称之为语录体。

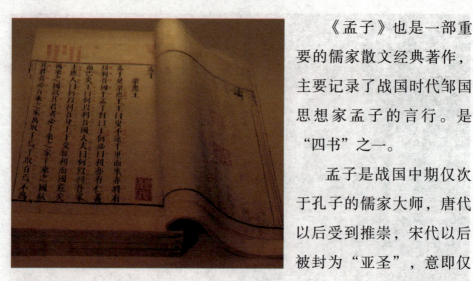

■《孟子》书影

异彩纷呈的文学艺术

寓言 是以假托的故事或拟人的手法说明某个道理或进行劝谕、讽刺的文学作品。特点是篇幅大多简短，具有鲜明的哲理性和讽刺性；运用夸张和拟人等修辞手法。

四书 儒家经典的书籍。指的是《论语》《孟子》《大学》和《中庸》，在古代，这些书的内容是学子们考试必考的部分。四书通常和五经连在一起使用，被称为"四书五经"，五经指的是《诗经》《尚书》《礼记》《周易》《春秋》。

《孟子》也是一部重要的儒家散文经典著作，主要记录了战国时代邹国思想家孟子的言行。是"四书"之一。

孟子是战国中期仅次于孔子的儒家大师，唐代以后受到推崇，宋代以后被封为"亚圣"，意即仅次于圣人。

《孟子》由《论语》的语录体发展而来，详细地记录了孟子谈话的场合和所涉及的人和事，记录了孟子和谈话对象意见的分歧、双方展开辩论的过程和各自的情态，增加了形象描写成分，再现了孟子的性格、情感、心理活动和人格精神。

从《论语》到《孟子》有逐渐向成熟的说理文过渡的趋势，代表了论说文章形式构造向前发展的过渡阶段。

《孟子》中的对话充满了论辩性，其气势雄健，书中，孟子在各诸侯国诸侯面前总是高谈阔论，纵横捭阖，有时犯颜诘问，有时因势利导，尤其善于掌握对方心理，从容陈词，步步紧逼，有着纵横家的气概。

《孟子》中的《梁惠王上》的《齐桓晋文之事》章、《滕文公上》的《陈相见孟子》章、《告子上》的《性犹杞柳也》章等，都层层深入记录了孟子同他所谈话对象的不同政治观点、不同学术思想的论辩过程，论中有辩，说中有诘，体现了《孟子》长于辩论、论战性强、言辞机敏、感情激越的风格特色。

《孟子》还善于使用比喻说理，这些比喻浅显平易而且生动活泼，灵活巧妙而又准确贴切，取材大多是人们身边常见的生活现象和直接体验。对于不同的谈话对象，孟子总是能够根据他们的不同身份、爱好，联系密切的身边事物进行比喻。

《孟子》中还有数量不多，但很精彩的寓言故事，这些寓言故事也多是取材于社会生活，包含着深刻的讽刺教诲意义。故事所描写的人物具有典型意义。故事情节多数不以荒诞取胜，而以描述的生动性见长。

《荀子》是战国末年著名赵国思想家荀况的著作，记录了荀况的自然观、认识论以及伦理、政治和经济思想。

《荀子》涉及面较广，内容主要包括哲学、政治、经济、历史、军事、文学等方面。《荀子》很多文章每篇专论一个理论问题，标志着专题论文的出现。

每篇有一个揭示主旨的标题，而且围绕中心观点层层深入地展开论述。这种以论为题

说理文 即议论文，是对某个问题或某件事进行分析、评论，表明自己的观点、立场、态度、看法和主张的一种文体。说理文有三要素，即论点、论据和论证。说理文应该观点明确、论据充分、语言精练、论证合理、有严密的逻辑性。

强劲发轫

先秦散文

■ 荀子画像

的文章，成为后世"论"文体的鼻祖。

《荀子》的论文具有多种显著的特色，文章立意统一，体制宏伟，不但结构完整、构思绵密、论证周详、条理明晰，具有极强的逻辑性，而且气势磅礴。

《荀子》的文风平易朴实，亲切自然，讲道理不以巧辩和气势取胜，而是侃侃而谈，反复申说，有一种温文尔雅、谆谆教导的意味。《荀子》论述时特别重视运用修辞艺术，时常引物连类，设喻说理，呈现出一种儒雅之气。

此外，《荀子》还善用整齐对称的排比和骈偶句式。排比与骈偶结合，紧凑纤密，富于气势。有时很注意节奏感与整饰性，表达充分而畅达。有时配合以和谐的音韵，组成整齐排句，形成了具有音乐性的句法。

《荀子》代表着议论散文的成熟，从《荀子》开始，议论散文才正式成为一种独立的文体，成为散文中的一个重要的部类。

阅读链接

《论语》朴实含蓄、雍容和雅、言简意丰，不论在形式上还是在语言上，都为以后各家学派散文的发展奠定了一个良好的基础，也促使了墨、道、名、法等各家风格多样、生动活泼的散文的出现。

《孟子》较之《论语》所取的题材要广泛得多，所反映的现实面貌和社会问题要复杂得多，笔调更为流利、酣畅，语言技巧也更为多样、巧妙。

发展到《荀子》已形成首尾完整、层次清晰、论证严密、较为成熟的专题论文。

道家散文及其他诸子散文

诸子散文中除了儒家散文，还有道家散文、墨家散文、法家散文、兵家散文以及其他学派众多散文等。它们分别代表了先秦散文的不同风格特色。

《老子》又称《道德经》《五千言》《老子五千文》

老子《道德经》

道可道非常道名
可名非常名无名

■《道德经》又称《道德真经》《老子》《五千言》《老子五千文》，是中国古代先秦诸子分家前的一部著作，为其时诸子所共仰，传说是春秋时期的老子所撰写，是道家哲学思想的重要来源。道德经分上下两篇，原文上篇《德经》、下篇《道经》，不分章，后改为《道经》37章在前，第38章之后为《德经》，并分为81章。是中国历史上首部完整的哲学著作，被华夏先辈誉为"万经之王"。

■ 老子画像

等，是道家最重要的著作，相传是春秋楚国思想家老子所撰写。《老子》流传下来的共81章，5000余言。没有标题，章与章之间也没有有机的联系。

《老子》是记录老子哲学思想的著作，是一部具有完整理论体系的哲学著作，它所阐述的"道""德""有""无""太极""无极""自然""无为"等概念，十分有影响，表现出古代哲学博大精深的一面，对后世的哲学发展起到了引导和推进作用。

《老子》具有很强的逻辑性，每章都围绕着一个中心加以简要论述。书中的很多命题，有的已经进行了初步的分析推理和论证，有的是从个别到一般的归纳论证，还有的是从一般到个别的演绎论证，文字言简意赅，处处闪烁着智慧之光。

老子善用具体的形象描述出抽象而深奥的哲理。他善于观察自然和社会现象，从具体事物中概括出抽象的哲理，赋予理论以形象色彩，使人感到鲜明生动

道家 是中国古代主要宗教思想流派之一，是后世道教理论的重要基础之一。代表人物有老子、庄子、慎到、杨朱等。道家以道、无、自然、天性为核心理念，据此提出无为而治、以柔克刚等政治、军事策略，对中国乃至世界的文化都产生了较大的影响

而又雄辩有力。

《老子》一书中句子大体整齐而富于变化，自然成韵，不拘一格，创造了一种散韵结合的语言形式，有的整章用韵，韵脚随句意和节奏灵动自然地变换，读起来有一种适意和谐、朗朗上口的音乐美。《老子》全书深蕴着一种朦胧的诗意，具有散文诗的特征。

《庄子》又称《南华经》，是另一部道家的重要著作，为战国时期宋国思想家庄周和他的门人以及后学所著，主要记录了庄周学派的哲学思想，其中主要是庄子的思想。

《庄子》具有独特的风格，主要表现为汪洋恣肆，仪态万方，他开创了荆楚文化浪漫主义风格，其散文艺术成就是多方面的，开辟了散文艺术新境界。

庄子的散文刻画现实，反映现实，它不是描写眼睛所看到的现实情景，而是从对现实的否定立场出发，描绘着自己的追求，编织着自己的幻想，想象大胆奇特、丰富多彩，笔触挥洒自如，意境恢宏壮阔，富有浪漫主义色彩。

庄子的这些奇特丰富的想象是用虚构的手段、夸张的手法，通过各种比喻、寓言表现出来的。除了丰富奇特的想象，《庄子》还创造了千奇百怪的奇特浪漫的艺术形象，而且对世态人情的各个层面进行了逼真的描摹

韵文 古时诗文的一种表现形式，指作诗时先规定若干字为韵，各人分拈韵字，依韵作诗。韵文是讲究格律的，通常大多数韵文要使用同韵母的字作句子结尾，要求押韵的文体或文章有赋、诗歌、词曲等。

强劲发轫

先秦散文

■ 庄子画像

和精妙的刻画。

《庄子》的语言高度形象化，运用了多种修辞手法。其语言词汇极为丰富，庄子将其运用得得心应手，他善于用不同的词语对事物进行细致的描绘。一些直接阐发议论的篇章，往往能融叙事、说理、抒情于一体，文句整饬，气势通畅，具有很强的煽动性。

《墨子》一书是战国初期思想家墨翟及墨家学派的言论汇集，相传为墨子的弟子所记。《墨子》多数文章还保留了语录体对话形式，但有些篇章已基本上初具论说文的规模。

《墨子》思想自成体系，其文章也颇富逻辑性，它讲究论证方法，善用具体事例说理，并善于从具体问题的论争中明辨是非，表现了论说文的发展。《墨子》注重论辩，而不大讲究文采，故其文风质朴。

《韩非子》是法家的代表作，是战国末期哲学家、法家思想集大成者、散文家韩非所著。文章中大部分是政论文，内容丰富，体裁多样，立意高远，分析周密精辟，表现出一种严峻犀利、锋芒毕露的风

韵脚 诗、词、歌、赋等韵文句末押韵的字。因为押韵的字一般都放在一句的最后，故而称为"韵脚"。而且这些字的韵母要相似或相同。

荆楚文化 周代至春秋时期在江汉流域兴起的一种地域文化，主要是指以当今湖北地区为主体的古代荆楚历史文化。荆楚文化是中华民族文化的重要组成部分，源远流长，博大精深，具有鲜明的地域特色和巨大的经济文化开发价值。

格。文章重于辩驳，在具体论证上，韩非善于从具体事实出发，揭示出事物和现象的内在矛盾，最后步步为营推演出原则性结论。

《韩非子》中有很多形式不一的寓言故事，这些寓言故事形式简短，结构紧凑，情节生动，蕴含的道理发人深省。这些寓言故事主要取材于历史事迹和现实，很少有拟人化的动物故事和神话幻想故事，没有超越现实的虚幻境界和人物。韩非的寓言形象化地体现了他的法家思想和他对社会人生的深刻认识。

《韩非子》的语言比较朴实，不太讲究文辞和文采，有时通篇使用流畅的韵语，也很有诗意。

《孙子》又名《孙子兵法》，是春秋时期军事家孙武所著的兵书。其成书年代约与《论语》相近，而在战国时期可能曾得到过加工润饰。《孙子》一书虽是纸上谈兵，却不是夸夸其谈之作，而是内容充实的好文章。

全书结构严谨，每篇中心突出，层次分明，语言简练，文风质朴，大量运用排比和比喻，形象生动，充分体现了论兵而能文的特点。

■《韩非子》书影

除了这些学派散文，诸子散文还有法家的《商君书》，兵家的《孙膑兵法》，杂家的《吕氏春秋》，传奇志异文《山海经》，名家的《公孙龙子》等，也都各有文采可观，并从不同的角度影响了后世散文的发展。

诸子散文是以议论说理为主的，其在结构形式上有着明显的进步，对说理散文形式的发展起了很大的推动作用。

诸子散文由于思想理论体系不同，观察和反映世界的角度不同，因而造成了思维方式的不同和基本表达方式的差别。其风格的多样化对后世散文的发展的影响是巨大而显而易见的。

阅读链接

《庄子》一书中充满了浪漫主义色彩，庄子的浪漫主义的想法与庄子的为人是分不开的，庄子一生鄙视富贵利禄，甘愿过着清贫的生活，他强调顺乎自然，合乎天道，提倡无为而有为。

这种相对论式的思想中，庄子为我们创造了巨大的想象力，同时也留下了许多令人微笑会意的言行故事：

有这样一个小故事：庄子的老婆不幸死了，庄子不但不悲痛，反而鼓盆而歌之。

还有一次，庄子说他曾在梦中变为蝴蝶，仿佛真的是蝴蝶了，不知道自己本来是庄周。到醒来以后，意识到自己还是庄周，因此他说：不知是庄周在梦中变为蝴蝶呢？还是蝴蝶在梦中变为庄周？

在庄子看来，如果达到了这种忘景、忘形、忘物、忘我，与物俱化、物我不分的情境，就是修养达到了最高的境界。

两汉散文

　　到了两汉时期，散文有了很大的发展，两汉散文是先秦散文大发展之后的继续和变化发展，呈现出一种新的气象。

　　两汉的散文在许多方面继承先秦传统而有所发展，涌现出了许多著名的散文家。司马迁所著的《史记》，将汉代散文推向了最高峰。

　　两汉散文前承春秋战国"百家争鸣"之风，下启魏晋南北朝散文之端，被公认为汉代文学的主要部分，两汉散文与先秦散文一起构成了中国古代散文发展的第一个高峰。

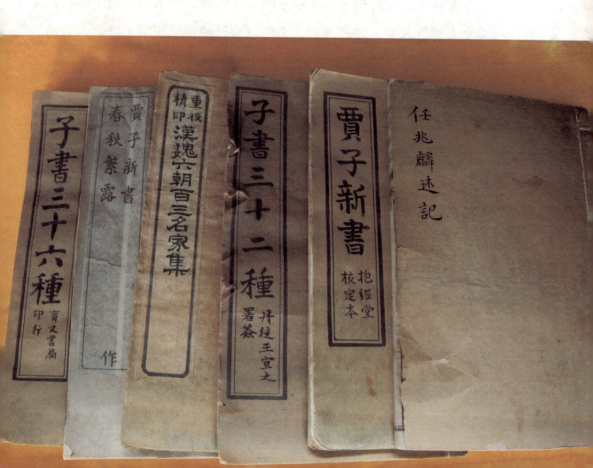

汉初政论文的发展与繁荣

西汉初年，社会初定，文化方面较少限制，学术思想趋于活跃，很多文人意气风发，锐意进取，力图以自己的所学应用于社会，为国家服务，这就促进了政论文章的发展和繁荣。

政论文是由先秦诸子文章发展而来的，作者往往以历代兴亡的经验教训为主题，抓住当代国家、社会的重大问题，表达自己的政治见解。在书中，作者饱含炽热的感情，畅所欲言，文风纵横驰骋，气势恢宏。

陆贾的《新语》是最早为巩固汉代政权而立论的政论文章之一。之后，是贾山的《至言》、贾谊的《过秦论》和《陈政事疏》《论积贮疏》，紧接着是晁错的《贤良文学对策》《论贵粟疏》《守边对农疏》等政论文章，此外，还有邹阳、枚乘等人的上书献策文章。

《新语》是陆贾的政论文代表作，共12篇，文章大意说明治理天下应当依靠诗书，行仁义。文章多引史事，征古论今，以阐述君主治国的政策，风格晓畅明快。

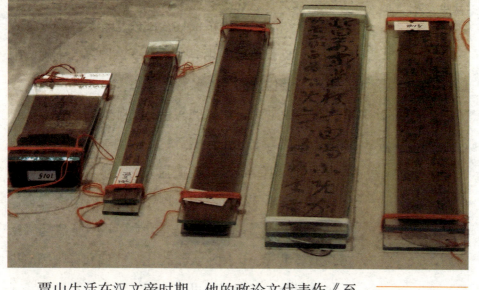

■ 汉代竹简

贾山生活在汉文帝时期，他的政论文代表作《至言》意为极言，直谏之言，属于长篇奏疏，有2500余字。文中，贾山以宏阔的历史眼光总结了秦王朝灭亡的教训，并大加赞扬古代圣王的民主作风，并对现今君王提出希望。

《至言》有战国纵横家说辞的遗风，雄健疏放，善于在铺陈中交错使用短句、长句、疑问句和语气词，造成跌宕起伏的气势，流露出慷慨激昂的情绪。议论中爱把铺张性描摹和结论性判断结合起来，语言简短有力，节奏紧凑。

贾谊是西汉初年著名的政论家、文学家。18岁即显露出惊人的才气，年轻时由河南郡守吴公推荐，20余岁被汉文帝召为博士。不到一年被破格提为太中大夫。《过秦论》是贾谊政论散文的代表作，分上中下3篇。全文从各个方面分析秦王朝的过失，故名为《过秦论》。该书总结秦速亡的历史教训，以作为汉

陆贾 （约前240—前170），西汉政治家、文学家、思想家。其先为楚人。刘邦起事时，以陆贾有口才、善辩论，常派他出使诸侯各国。高祖十一年奉命出使南越，他对于安定国内局势，沟通南越与中原地区的经济文化交流起了良好的作用。他的著作有《楚汉春秋》和《新语》等。

■ 贾谊《过秦论》

王朝建立制度、巩固统治的借鉴。

《过秦论》先讲秦代自秦孝公至秦始皇逐渐强大的原因：具有地理的优势、实行变法图强、正确的战争策略、几代人的苦心经营等。

行文中采用排比式的句子和铺陈式的描写方法，造成一种语言上的生动气势；之后则写将领陈涉虽然本身力量微小，却能使貌似强大的秦国覆灭，从史实的分析中得出"仁义不施，攻守异势"的结论。

《过秦论》有着极佳的美学效果，通篇翻腾激荡，笔势纵放，运用了大量排比、对偶和夸张等渲染手法，使全文充满了不可阻挡的气势。

《陈政事疏》又叫《治安策》，文章没有总结历史经验，而是直指汉初朝廷现实政治的缺点和弊端，提出"众建诸侯而少其力"及其他政治思想。

这些文章篇幅长，气势盛大；观察敏锐，笔锋犀利；纵横驰说，言辞激切；结构严密，富于辞采，有纵横家文章的特点。因此，《治安策》不仅以其政治思想被后人称赞，更以其文调势雅而被后人推崇。

《论积贮疏》中的"积贮者，天下之大命"的思想，让人深省。文章直抒政见，观点鲜明，议论犀利，论证严密，善用对比，笔势流畅，说服力强，有战国纵横家遗风，无论对历代经济政

策的制订，还是对后世政论文的发展都有深远影响。

晁错是西汉汉文帝的谋臣，先因文才出众任汉文帝时太常掌故，后历任太子舍人、博士、太子家令、贤文学等。因辩才非凡，被太子刘启尊为"智囊"。

晁错为人刚直苛刻，直言敢谏，他向汉文帝献言献策，并主持实施了许多积极政策，还写出了《论贵粟疏》《言兵事疏》《贤良文学对策》《说景帝前削藩书》《募民徙塞下书》等大量政论性文章。

《论贵粟疏》文章观点精辟，分析透彻，逻辑严谨，文笔犀利，具有汪洋恣肆的气势和流畅浑厚的风格。

《言兵事疏》将古代兵法推向了一个新的巅峰。文中见解独到，有着深刻的历史依据和坚实的现实基础，具有较强的可行性和操作性。对汉朝的边防巩固起到了巨大的作用，为后来历代军事思想家所借鉴和应用。

晁错的文章被称为"疏直激切，尽所欲言"，其中《贤良文学对策》《言兵事疏》《守边劝农疏》等，皆为"西汉鸿文，沾溉后人，其泽甚远"。

晁错的文章在内容上，不仅应合当时时代的热潮，积极总结古代圣王治世和秦代覆亡的历史经验教训，以政治家深刻的洞察力和匡正时弊的满腔热情，将其视角敏锐地投向事关国计民生、政权安危的一系列重大社会问题，并通过科学的分析论证，不失时机地提出切实可行的主张和具体措施，起到对现实的指导作用。

晁错文章的文学性不如贾谊的文章耐读、美感强，但由于这些文章均善于从历史事实出发，分析时政的利弊得失，见解深刻，尽其所言，因此，不失为优秀的政论文章。

贾谊和晁错的政论文以及邹阳、枚乘等人的上书献策文章把汉初的政论文推向了高潮，这些书中进言的对象已经不再是诸侯之国，而是统一的大汉王朝，因此，书中的视野、见识、气魄均远远超过战国纵横家。

阅读链接

西汉初年，百废待兴，汉高祖刘邦为了给百姓一个休养生息的机会，决定实行无为而治的政策。

陆贾是一位辩才超群的人，他曾经随着刘邦开创事业。刘邦在当上皇帝后，陆贾经常在他跟前说诗书。刘邦开始对这些没有兴趣。

一次，在陆贾再一次说诗书以后，刘邦发起火来，说如今的天下是我骑在马上得来的，跟诗书有什么关系呢？陆贾马上说，天下能从马上得来，但怎么可能在马上统治呢？

聪明的刘邦很快明白过来，他叫陆贾把秦朝失去天下，汉朝得到天下以及各诸侯国成败的事情写些奏折给他看。陆贾很快写好了一些奏折，呈给刘邦看。刘邦看过，高声称赞，决定对诸家学说采取兼容并包的态度。

汉赋的起源形成与兴盛

汉代有很多君臣为楚地人，他们在将自己的喜怒哀乐之情和审美感受付诸文学时，总是不自觉地采用了《楚辞》所代表的文学样式，从而创造出汉代一种新的文体，这就是汉赋。

赋是一种文体的名称，与"辞"性质相通，可统称为"辞赋"。赋的起源最远可追溯到《诗经》。赋从《诗经》中汲取了极为丰富的营养，它采用了《诗经》的四言句式，继承了《诗经》押韵和对偶的语言形式，发展了《诗经》中铺陈直叙的表现手法。

《楚辞》是战国时期流行的诗体，对汉赋的形成影响巨大，汉赋从楚辞中的

登楼赋

■ 司马相如 （约前179—前118），西汉大辞赋家，杰出的政治家。他是中国文化史文学史上杰出的代表。工辞赋，其代表作品为《子虚赋》。作品辞藻富丽，结构宏大，后人称之为"赋圣"和"辞宗"。他与卓文君的爱情故事也广为流传。

《离骚》中借鉴了很多东西，包括较长的篇幅、华美的辞藻，问答的结构，描写的句式、感情的抒发等。

战国时期的楚国人宋玉在楚辞的基础上，汲取散文的一些形式特点和表现手法，创作了《高唐赋》《神女赋》《风赋》等赋体作品，这些赋体作品为汉赋的形成奠定了基础。

另外，儒学大师荀子的咏物赋对汉赋的形成也有较大的影响。

汉赋是韵文与散文相结合的新文体，它像诗，又不是诗，是一种介于韵文和散文之间的特殊文体，是一种特殊的散文形式，它以铺陈叙事和描写见长，富有文采、韵律，兼具诗歌和散文的特点。

汉初期的赋文主要是继承了《楚辞》的传统，称为骚体赋，这类赋体多抒发作者的政治见解和身世感慨。西汉文学家贾谊的《吊屈原赋》、淮南小山的《招隐士》等是汉初骚体赋的优秀代表。

《吊屈原赋》是以骚体写成的抒怀之作，描写出了一个善恶颠倒、是非混淆的黑暗世界，表现了对楚国爱国诗人屈原深深的尊重和同情。

《诗经》 又称《诗三百》，中国文学史上最早的诗歌总集，收入自西周初年至春秋中叶五百多年的诗歌。另外还有6篇有题目无内容，即有目无辞，称为"笙诗"。所涉及的地域，主要是黄河流域，西起陕西和甘肃东部，北到河北西南，东至山东，南及江汉流域。

《吊屈原赋》在结构上由赋和"讯"辞两部分组成，在表现方法上综合运用了带有楚辞特色的铺叙和比兴，在句式上以四言、六言为主，句末多带"兮"字，文辞清丽。

《招隐士》是西汉淮南王刘安的门客淮南小山所作，这篇赋采用铺写手法，十分生动地描绘出荒山溪谷的凄凉幽险。感情浓郁，意味深长，音节和谐，优美动人，有着独特的艺术风格和极高的美学价值。

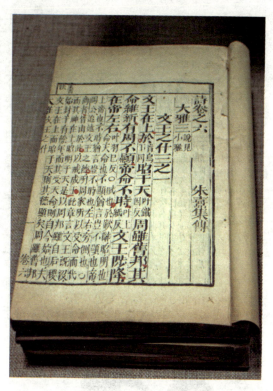

■ 古书《诗经》

骚体赋之后，汉大赋开始形成。枚乘的《七发》和司马相如的《子虚赋》标志着汉大赋体制的正式形成。汉大赋的流行代表了汉赋的兴盛时期。

汉大赋的文章一般篇幅较长，结构宏大，多在千言以上，它多采用主客问答的结构方式，韵文与散文混用，散文的成分居多，又称为"散体大赋"。

汉大赋的代表作有司马相如的《子虚赋》《上林赋》；东方朔的《答客难》；扬雄的《甘泉赋》；班固的《两都赋》等等，这些赋作代表了汉大赋的最高成就。

《子虚赋》是汉代散体赋的巅峰之作，它代表了散体赋的最高成就。通过楚国的使者子虚先生讲述自

散体赋 汉代盛行的赋体作品，以主客问答的方式直书其事、描物言志。特点之一是散韵结合，但散文的意味较重，所以称为散体赋。一般篇幅较长，规模宏大，所以又称散体大赋。散体大赋是汉赋的主干，所以散体大赋可以直接称为汉赋。

骚体赋 中国古典文学体裁的一种。起于战国时是楚国，以大诗人屈原所作《离骚》为代表，并因此而得名。这类作品富于忏情成分和浪漫气息，篇幅较长，形式也较自由，多用"兮"字以助语势。

已随齐王出猎，向齐王极力铺排楚国的广大丰饶。而齐国的乌有先生不服，便以齐国的大海名山、珍奇异宝，来显现齐国的博大富有。

《上林赋》是《子虚赋》的姊妹篇，作品描绘了上林苑宏大的规模，进而描写汉朝天子率众臣在上林狩猎的场面。作者在赋中倾注了大量心血，构造了具有恢宏巨丽之美的文学意象，表现了盛世王朝的宏伟气象。

《子虚赋》和《上林赋》结构宏大，现象丰富，辞藻华丽，描写的场面雄伟壮观，气势磅礴，运用了大量的夸张和比喻的手法，充满了浪漫的气息。在句式上，这两篇大赋句法灵活，多用排比句，并间杂长短句，主要以四六言为主，音韵和谐。

东方朔的《答客难》属于赋的对答体，在文章中多用对照、引证、对偶和设喻，使内容上有较强的思辨色彩。风格上具有了汪洋恣肆的纵横家之风，气势酣畅。

扬雄的《甘泉赋》由远及近，多层次地夸张铺饰甘泉宫的建筑，运用比喻和夸张的手法，极力描绘，形象生动，景物绮丽，境界深远，富有气势。扬雄的其他三篇大赋《羽猎赋》《河东赋》《长杨赋》也具有和《甘泉赋》相似的特点。

■ 东方朔木雕

班固的《两都赋》分《西都赋》《东都赋》两篇。《西都赋》篇只写西都，《东都赋》篇只写东都，内容划分清楚，结构合理。

《西都赋》和《东都赋》两篇都具有宏伟的体制，谋篇布局构思严谨，气势磅礴，遣词造句夸张而不失实，华丽而不过度，形成一种典雅庄重的新风格，风格与其所描写的内容切合紧密。

《西都赋》汪洋恣肆，气势和华彩充盈字里行间；《东都赋》以平正典实见长，同时，两篇赋中都大量运用了骈偶句，大大增加了文章的美感。

汉赋是汉代最流行的文体。是汉代文学最主要的代表，在两汉四百年间，一般文人多致力于汉赋的写作，汉赋因而盛极一时。

阅读链接

司马相如，字长卿，四川成都人。西汉著名文学家，初名犬子，因为十分仰慕战国时楚国丞相蔺相如，便改名为相如。

汉景帝时，司马相如做了官。后来由于身体的原因，司马相如辞了官，前往梁地与一些辞赋家相交，期间作《子虚赋》。

县城内有两位富豪，其中有一位是全国的首富卓王孙。两位富豪闻听司马相如的大名后，千方百计请司马相如来家里赴宴。宴席间，司马相如弹了一曲琴曲《凤求凰》。卓王孙之女卓文君被司马相如的人和琴曲所打动，两人一见钟情，私订终身。

《子虚赋》被汉武帝读到，汉文帝非常欣赏司马相如的文采，他马上命令人将司马相如请来。司马相如又作了《上林赋》。《子虚赋》和《上林赋》最终成为汉赋的顶峰作品，流传青史。

司马迁著作开创传记文学

公元前145年，司马迁出生于夏阳，即今陕西韩城。他的父亲司马谈曾任太史令，精通天文、历史，也精通《易经》和道家思想。他对司马迁的成长有着直接的影响。

司马迁六七岁时，跟随父亲来到都城长安，并

■ 司马迁 字子长，生于西汉时夏阳，即今陕西省韩城。中国古代伟大的史学家、文学家，被后人尊为"史圣"。所著《史记》是中国第一部纪传体通史，同时在文学上取得了辉煌的艺术成就。对后世的影响极为巨大，被称为"实录、信史"。

■ 司马迁著史雕塑

开始了学习。司马迁勤奋好学，聪慧过人，10岁即能诵读古书，他读了大量的古书。

后来，他拜了文学家董仲舒、古文学家孔安国为师，研究了《春秋公羊传》《古文尚书》，深刻了解了先秦和汉代诸子百家的学术思想及其发展历史。

20岁时，司马迁已经成了一位小有名气的饱学之士，开始了第一次全国各地漫游的生活。在漫游全国各地的过程中，司马迁仔细观察了各地的山川地形，认真探寻了历史遗迹，了解各地的经济生活及民风民情，并搜集各种传说和历史人物的趣闻逸事，漫游生活使司马迁开阔了眼界，丰富了知识。

30岁时，司马迁担任了汉武帝的侍卫官，开始了仕途生涯。他经常跟随汉武帝出巡，又游历了很

董仲舒（前179—前104），西汉思想家，儒学家，西汉时期著名的唯心主义哲学家和今文经学大师。汉景帝时任博士，讲授《公羊春秋》。他把儒家的伦理思想概括为"三纲五常"，汉武帝采纳了董仲舒的建议，从此儒学开始成为官方哲学。

《史记》 是由司马迁撰写的中国第一部纪传体通史，是二十五史的第一部。记载了上自上古传说中的黄帝时代，下至汉武帝太史元年间共3000多年的历史。《史记》最初没有书名，或称"太史公书""太史公传"，也省称"太史公"。

多地方。35岁时，司马迁奉命出使西南地区，从而对西南地区又增进了了解，进一步扩大了自己的见闻。36岁时，司马迁又一次有机会游历了北方，增进了对这一地区的了解。

公元前108年，司马迁继任太史令，他开始阅读国家藏书，研究各种资料、图籍和档案，并开始搜集资料，准备写作《史记》。

公元前104年，司马迁已经42岁，他开始正式写作《史记》。公元前91年，历经13年，司马迁终于完成了《史记》的创作。

《史记》是一部纪传体通史，记载了从传说中的黄帝到汉武帝后期长达3000年左右的历史。全书共130篇，其中本纪12篇，表10篇，书8篇，世家30篇，列传70篇。

《史记》体系完整，包罗万象，而又融会贯通，分类明确，脉络清晰，翔实地记录了上古时期的政治、经济、军事、文化等各个方面的发展状况。

《史记》既是一部伟大的史学名著，又是一部伟大的文学名著，它开创了以人物为中心的写史文学，它所描写的历史人物传记大多数具有很强的故事性，有的篇章就像是一部历史小说。

司马迁将历史人物形象化，并

■ 司马迁画像

通过对其具体生动的描写，使之成为历史舞台上的典型人物。《史记》中的历史人物多达4000多个，涉及各行各业。

司马迁十分精于材料的取舍和选择，善于抓住人物具有典型意义的事件和行动，突出每个历史人物的个性特征，增强人物形象的感染力。司马迁还善于运用各种修辞手法、细节描写、心理刻画等手段多个角度来描写、刻画人物形象。

■ 司马迁《史记》书影

司马迁是个讲故事的能手，善于把某些历史故事写得富有传奇色彩。故事情节曲折多变，又在合适的地方故意制造假象和悬念，极力渲染场景，让人惊心动魄。有些故事来自于民间，着重写人的心理，并指出形成某种心理变化的原因，增加了文章的厚度。

司马迁是一位情感丰富的人，也是一位富有浪漫主义情怀的诗人，他把这种情感、情怀全部灌注进《史记》中，使《史记》抒情色彩浓厚。

《史记》中有很多抒情段落，具有很强的语言节奏感。某些篇章或某些段落是押韵的，从而增强了文章的抒情性。《史记》中还大量引入了诗赋和民间谚语歌谣，这也增强了文章的抒情性。

司马迁还特别善于运用语言，他吸收融合并改造了先秦和汉代的书面语及民间口语，形成了活泼、朴实、自如的语言风格。无论是陈述、议论、抒情，司

纪传体 以本纪、列传人物为纲、时间为纬、反映历史事件的一种史书编纂体例。本纪指的是皇帝的传记，列传是其他人物的传记。纪传体史书的突出特点是以大量人物传记为中心内容，是记言、记事的进一步结合。《史记》是中国第一部纪传体史书，后世正史及其他史书，都依照《史记》体例，以纪传体编纂而成。

马迁从不讲究华饰，从不刻意雕琢，全凭客观表达的需要和人物情绪的发展而写，该简则简，该繁则繁。

《史记》中人物的语言个性化，每个人性格不同，每个人物所说的话也就不同，这些话要和他们的性格、身份、地位以及心理状况相吻合。

《史记》的叙述语言准确精练，生动传神，富于感情和表现力。

司马迁没有采用汉朝时流行的辞赋骈偶形式，而是大量采用了长短相错的散文句式，在先秦散文和汉散文语言的基础上创造了干净利落、优美独特的语言形式，形成了表达通畅自然的散文体裁。

《史记》是中国史传文学的最高峰，开创了传记文学新体裁，它是古代散文的最高峰，其技巧、文章风格，还有精练、通俗、准确鲜明、富于表现力的语言等，都为后世散文树立了崇高的典范。

044
异彩纷呈的文学艺术

阅读链接

公元前99年，48岁的司马迁正在埋头史学巨著《史记》创作中，这时候，朝廷发生了一件大事。汉大将李陵带兵出击匈奴，却兵败被俘。

消息传来，汉武帝十分生气，朝中大臣也纷纷谴责李陵。唯独司马迁勇敢站出来为李陵说话，说李陵与匈奴相与，是出于无奈，应给予谅解。

司马迁的话令汉武帝十分生气，汉武帝下令将司马迁处以宫刑，宫刑是一种极令人感到屈辱的刑罚。司马迁遭受了屈辱的宫刑，却没有从此萎靡不振，反而受到激发更加奋发写作。

司马迁勇敢地坚持了五六年，最终他把想法变成现实，完成了旷世巨作《史记》，司马迁的故事和他的巨著永远地被载入人类史册。

六朝指的是魏晋南北朝，即曹魏、晋朝、南朝宋、南朝齐、南朝梁、南朝陈这六个朝代。魏晋南北朝是中国古代散文发展的又一个高峰，它在两汉散文的基础上进一步延续发展，呈现出新的面貌与新的繁荣。

　　魏晋南北朝时期作家、作品大量涌现，其数量远远超过前代。辞赋表现出最为突出的时代特征，这一时期的赋体趋于骈文化，与汉赋形成了鲜明的对比，文章的句式结构也逐渐发生了变化，其结果是骈文的出现并成熟。此外，这一时期文章刻意讲究，创造出多种多样的文章风格，其间既有相互的继承，又各自有着自己的特色。

六朝散文

抒情咏物小赋发展成骈赋

在汉代辞赋的基础上，魏晋南北朝的辞赋出现了新的发展和变化，其突出的标志是抒情、咏物小赋的大量涌现，咏物抒情小赋随着骈文的成熟而逐渐发展为骈赋。

不同时期的辞赋有不同的时代特色和独特风格。汉魏之际，辞赋沿着东汉以来赋发展的方向，呈现出抒情化的特

■曹植（192—232），字子建。因封陈王，去世后谥号"思"，故世称陈思王。生于沛国谯，即今安徽省亳州市。曹操之子，曹丕之弟。三国曹魏著名文学家，建安文学代表人物和集大成者。有《白马篇》《飞龙篇》《洛神赋》，其中从《洛神赋》为最。

色，在表现形式上开始向南北朝骈赋的方向变化。这一时期的赋作，着重表现作者自己感受到的天地，更多地抒发个人内心的细腻感情。

抒情小赋或托物言志，或咏物抒情，或针砭现实。在艺术上继承着大赋的铺排手法，但语言较汉大赋朴素得多，手法精巧灵活、风格多样，清丽自然，感情激切。汉末的抒情小赋有诗意化的倾向。

■《洛神赋》书法

抒情小赋发展到汉魏时期，进一步成熟，其中以王粲、曹植的赋作成就最高。

王粲，字仲宣，山东邹县人。他的《登楼赋》是一篇著名的抒情小赋。《登楼赋》通过描述荆州地区美丽的景色，抒发作者怀才不遇和思念家乡之情，感叹时光易逝。除《登楼赋》外，王粲还作有《大暑赋》《思友赋》《游海赋》《浮海赋》等诸多辞赋，这些小赋的文采都不逊于《登楼赋》。

曹植，字子建，安徽亳州人。三国曹魏著名文学家，建安文学代表人物。曹植所作的小赋或咏物，或抒情，或叙事，其中，成就尤其突出的是抒情小赋，最富情节和最能感人的，首推《洛神赋》。

《洛神赋》以幻觉形式，描写人神相恋，最后因为人神身份的不同，含痛分别。《洛神赋》多方着

铺排手法 铺排是铺陈、排比的简称。铺排手法在古代民歌中运用得极为普遍。铺排可分为几种，按人物的年龄铺排，按人物的服饰装扮铺排，按事态现象铺排，按心理历程铺排，按辈分长幼铺排等。铺排手法利于渲染一种情绪。

墨，极力描绘洛神之美，生动传神。曹植形容洛神：

其形也，翩若惊鸿，婉若游龙，荣曜秋菊，华茂春松。髣髴兮若轻云之蔽月，飘飖兮若流风之回雪……

《洛神赋》全赋充满了悲剧性的抒情气氛，感情真挚浓烈，文辞绚烂轻灵，尤其是对洛神容貌、身材、服饰、言语、举止、风度之美的描写，极为绚丽光彩。《洛神赋》标志着汉赋的发展与创新。

除了《洛神赋》，曹植还作有《登台赋》《蝉赋》《九愁赋》等，这些抒情小赋均具有一定的艺术魅力，充分体现了曹植"词采华茂"的风格特色。

两晋时期，小赋进一步发展，向着骈化的方向发

■《洛神赋》图局部

展。在两晋的辞赋创作中，以潘岳、陆机的创作成就最高，其作品辞采清丽、音韵和谐、用典恰切，初具骈赋特色。

潘岳的《秋兴赋》对秋色的描写和哀伤情感的渲染极为出色。全赋构思精巧，四六句相对，句法严整，顺乎自然，耐人寻味。

他的另一赋《闲居赋》与《秋兴赋》的结构规律大略相同，其文内容富丽，文气极盛，四六对偶，而略有变化。

陆机所作的赋多为咏物抒情之作。他继承了汉末以来抒情小赋的传统，不但篇幅短小，而且具有自己清新的特色。陆机抒情赋的代表作品是《叹逝赋》。

全文写得凄婉悱恻，把生命易逝的悲哀表达得极为充分。从无穷的天地写到一去不复返的流水，从亡故的亲朋好友写到自然界的万物，处处充满着悲哀和伤情，感人至深。

到了南北朝时期，辞赋发展成骈赋。它们的声韵更为流畅，对仗更为工整，用典更为新巧，辞采更为绮丽，形式技巧更为新奇完美。

代表性的骈赋有谢惠连的《雪赋》、鲍照的《芜城赋》、谢庄的《月赋》等。

谢惠连的《雪赋》沿用了汉赋中假设主客的形式，从酝酿降雪写到雪霁天晴，展现了素净而奇丽的画面。赋中运用比喻、夸张和烘托等手法，对雪后大自然的奇观作了着意的描绘和渲染，既有类似水墨画的远景，也有精雕的近物，语言新丽，意境清幽，情景相融。

鲍照《芜城赋》将广陵山川胜势和昔日歌吹沸天、热闹繁华的景象与眼前荒草离离、河梁塌毁的破败景象进行对比，在对历史的回顾和思索中，通过气氛的渲染和夸张的描绘，表现了作者对屠城暴行的谴责和对统治者的警告。语言清新遒丽，形象鲜明，风格沉郁，具有强烈艺术感染力。

谢庄的《月赋》通过对清丽的月光以及沐浴在月光当中的人们的情思的描写，透出人们神思忧伤之意。赋中用笔柔和细腻，文辞清丽，多用骈体，从中呈现出自然景物之美、情景结合之妙。

阅读链接

曹植天资聪颖，博闻强记，10岁左右便能撰写诗赋，颇得父亲曹操的赞赏。曹操死后，儿子曹丕于220年，登上帝位，定都洛阳，是为魏文帝。他的妻子甄氏被封为妃。

甄氏不幸离世。离世的那年，曹植到洛阳朝见哥哥曹丕。甄氏生的太子曹叡陪曹植吃饭。曹植看着侄子，想起甄氏之死，心中酸楚无比。

饭后，曹丕将甄氏的遗物玉镂金带枕送给了曹植。曹植睹物思人，在返回自己的封地时，夜宿舟中，恍惚之间，好像看见甄妃凌波御风而来，曹植一惊而醒，原来是自己做了一场梦。

曹植回到自己的封地鄄城，脑海里还在想着这件事，他文思激荡，就写了一篇《感甄赋》。234年，《感甄赋》改名为《洛神赋》。

魏晋骈文的形成与鼎盛

孔子读书画像

两汉和魏晋的很多文人在做文章时，都很讲究修饰，都喜欢用华丽的辞藻，追求一种语言的外在形式美，逐渐形成一种文体，这就是"骈文"。

骈文，也称"骈体文""骈俪文""四六文"，是与散体古文相对的一种特殊的文体。因句式两两相对，犹如两马并驾齐驱，故称为骈体。

骈文是中国古代散文的重要组成部分，流行了

1000多年，涌现出许多著名的作家与作品。骈文有广义和狭义之分。广义的骈文包括辞赋等所有以对仗、骈偶、用典、讲求声律为特征的文章；狭义的骈文则不包括辞赋。

骈文的根本特征之一是讲求对偶。骈文要求语言平行、对称，通篇文章必须由对句组成，而在对句之中，构成上下两句的词语又必须一一构成对仗。因这种对句多为四、六言的句式，因此又称这种文体为"四六文"。

骈文大量使用于典故中，用语讲究典雅和装饰。骈文不能随意不受限制地采用典故，必须要对典故加以提炼与雕琢，以适用于严格的句式与对仗的要求，这就形成骈文在讲求用典的同时又追求词采的精练与华丽的特点。另外，骈文还要讲求节奏与音律的和谐。做到了节奏和音律的和谐，就能读起来朗朗上口，增强语言的感染力，并且能给人一种美感。

先秦时期的散文中大量出现了骈偶句式，如《尚书》中的"满招损，谦受益""直而温，宽而栗；刚而无虐，简而无傲"，对仗工整，声音抑扬顿挫。

异彩纷呈的文学艺术

庄子塑像

春秋战国时期，骈俪句式广泛地运用于辞令、论辩之中，有的甚至成为文章中的主体部分，如《左传》《战国策》以及、《庄子》《荀子》等，文章中对偶、排比的句式层出不穷，使文章汪洋恣肆、大气磅礴。

在西汉时期，文人将这种文风继承了下来，贾谊的《过秦

■ 曹植父子雕像

论》和晁错的《言兵事书》《论贵粟疏》等均有大量排比对偶，多是以骈文和散体古语相间的形式出现。邹阳的《上吴王书》和《狱中上梁王书》更是淋漓尽致地体现出了这种文风，因此可视作骈文的起始。

到了东汉，骈文进一步得到了发展，散文中的骈句越来越多，至建安前后，骈文作为一种文体，已经很显然了。蔡邕的《郭有道碑》几乎通篇都用骈语，华饰的色彩十分鲜明突出。

魏晋南北朝时期，骈文的发展进入了成熟与鼎盛期，骈文体式最终确立，艺术上也达到了最完美的境地，整个文坛都被骈俪文风充盈，这一时期涌现出许多骈文名家名篇。

汉魏之际，文人们的思想活跃，他们敢于说话，敢于表达自己的内心想法，文章更注重抒情，尤其注

晁错（前200—前154），是西汉文帝时的智囊人物，颍川（今河南禹县城南晁喜铺）人。汉文帝时，晁错因文才出众任太常掌故，后历任太子舍人、门大夫、博士等。在教导太子中授理深刻，辩才非凡，被太子刘启尊为"智囊"。因七国之乱被腰斩于西安东市。

异彩纷呈的文学艺术

■ 建安七子

重文采，艺术形式自由多样，此时骈俪之风的范围和影响进一步扩大。这一时期，骈文逐渐成为一种新的文体，形式上大多是骈散相间，在风格上多以清丽通脱、文情并茂为主。

汉魏时期，曹魏时的曹丕、曹植的文章骈文化最为典型，他们的诏、令、书、表等文章表现出这种倾向，如曹丕的《与吴质书》、曹植的《求自试表》等，骈散交织。同时，这些作品不用典故，句式工整，词采华丽，明显地体现出骈文演化阶段的特点。

东汉文学家孔融是建安七子之一，他的文章也是骈散相间、用词华丽，其中《荐祢衡表》和《与曹公论盛孝章》都洋溢着浓厚的骈俪色彩。

到了西晋，骈文得到了快速的发展，骈文进入了成熟期。几乎所有的文人，无论写什么文章，大多喜欢以骈俪行文，骈文运用的范围进一步扩展到序、疏、论、颂、议乃至哀祭文等许多类文章中。

西晋时期的骈文辞采华美，声音和谐，用典繁多，骈文的格式也基本定型了。代表性作品有《马汧谏序》《吊魏武帝文》《辨亡论》等。

《马汧谏序》是潘岳的作品。潘岳字安仁，河南荥阳中牟人，容貌美丽，而且有才情，很小时就以才气闻名，被人们称为奇童，后来考中了秀才，历任河阳令、怀县令、著作郎、给事黄门侍郎等职。潘岳性情浮躁，为人势利，与很多得势的品行不佳的人过往密切。

潘岳很擅长作诗、做文章，特别擅长写抒情文，他以写悼亡诗、哀谏文著称。马汧是西晋时督守汧县的官员，立有大功，后却被人嫉恨，遭诬陷入狱，蒙冤含恨而亡。潘岳特为之作谏，称颂其功德，更为其冤死寄以满腔悲愤。

这篇谏由序文和正文两部分组成。序文以散文形式叙写事情的来由和过程，正文则用韵文称扬其智勇忠义，为其立功陷狱深表痛惜。

《吊魏武帝文》《辨亡论》是陆机的代表作品。陆机，字士衡，吴郡华亭人。祖父陆逊是东吴的大将，他的父亲陆抗也是东吴的大将。陆机小的时候也十分有才气，《晋书》记载：

少有异才，文章冠世，伏膺儒术，非礼不动。

《晋书》记载，陆机所作诗、赋、文共300多篇，但是大部分已经遗失。《吊魏武帝文》主要

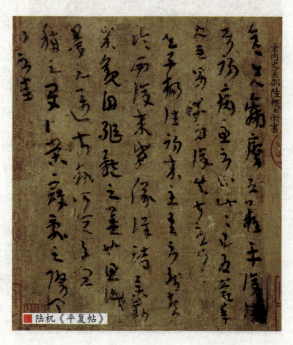
■ 陆机《平复帖》

讲作者有感于在洛阳见到曹操的遗令，发现这位盖世英雄，临终前指着小儿小女托付后事，叮嘱妻子们自食其力，与平时的雄心壮志形成鲜明的对照。

全文由序和赋两部分组成，序叙写简洁，表达清晰；赋铺陈感怀，声情并茂，哀婉动人。序侧重于叙述，赋侧重于抒发，两者相得益彰，既可独立，又可合在一起。

赋文前半部分侧重写曹操一生的豪情壮举，后半部分则写他临终前与他平生行为雄姿英发极不相称的几件事。作者着力铺写他的功绩与志向，抒发了对曹操未能完成自己事业的哀伤。文章写事抒怀，情理兼在，既慷慨悲凉，又凄婉忧伤，具有很强的感染力。

《辨亡论》为论说之文，分上、下两篇。文章主旨总结东吴灭亡的教训。上篇主要颂扬东吴国君孙权之所以能够使国家兴盛，是因为他善于用人。下篇则叙述陆家父祖的功业，并说明孙皓之所以灭亡，主要在于失去了民心。

在文章风格上，《辨亡论》结构大起大落，彼此之间起伏照应。以对比造成了行文的跌宕之势，以夸张、排比增加了文章的雄强之气，局面开阔，议论锋利，感情激越，文辞壮丽，语言整饬，有向骈偶

■ 王羲之（303—361），字逸少，号澹斋。人称"王右军""王会稽"。生于晋代山东琅琊。东晋书法家，有"书圣"之称。其子王献之书法也佳，世人合称为"二王"。代表作品有《兰亭集序》等。其书法的章法、结构、笔法为后世效法，影响深远。

■ 兰亭宴会

之风发展的倾向。

除了潘岳和陆机，西晋较有影响的散文作品还有刘琨的《答卢谌书》、鲁褒的《钱神论》和张敏的《头责子羽文》等，这些作品各具特色，具有不同的风采。

到了东晋，文辞的清丽流畅有所发展。这一时期，骈体多在应用文领域，而且越来越集中。大书法家王羲之和文学家陶渊明的文章是东晋时期这类文章的代表，其文章朴实自然、平和冲淡，带有一种返璞归真的纯情，富有浓厚的生活气息。

王羲之是东晋著名的书法家、文学家，是个非常难得的才子。他出身世族，曾做过右将军、会稽内史的官。王羲之是个胸怀旷达，见识脱俗的人，他不喜欢繁华，却非常喜欢自然，喜欢游山逛水。

王羲之虽然以书法闻名天下，但他的诗文也做得非常好，他的诗文清新隽永，多含哲理，他所作书牍杂帖，富有感情。他最出名的作品是《兰亭集序》。

内史 古代官职，西周时开始设置，又称作册内史、作命内史。战国时主管朝廷租赋与财务。秦代时设有治粟内史，掌理国家财政。汉初沿置。汉景帝二年时分左、右内史。隋代改中书省为内史省，改中书令为内史令。唐沿隋制，设内史，执掌中书省，即宰相。明初，废内史不设。清代初，设内史。

353年农历三月初三，天气晴朗，阳光明媚，王羲之和当时的名士孙统、谢安、孙绰、支遁等40多人一起来到会稽山阴的兰亭宴饮。宴席间，众人畅怀开饮，十分尽兴。众人赋诗成集。

王羲之看见兰亭附近的美景，不禁诗兴大发，就为诗集写了这篇序，记述当时集会的盛况和观感，这就是著名的《兰亭集序》。

文章通过对兰亭春景、聚会盛况的动人描述，抒发了对人生哀乐、生死的深层思考，在悲伤感慨中透露出对生活的热爱之情。

文章有机地融叙事、写景、抒情、议论于一体，笔调清新，不拘音律、骈偶，自由书写。写景笔墨简略而气象宏大，写山、写林、写水、写天、写气、写风，处处透出清新；抒怀则语气舒缓而意境深远，凸现出畅怀之情。

陶渊明生活在东晋晚期，是东晋大司马、大将军陶侃的曾孙。陶渊明很小的时候就立下宏伟壮志，希望为国家做出贡献。他非常勤奋好学，诗赋做得十分有名气。29岁时，陶渊明开始了自己的做官生涯，但只任过江州祭酒、镇军参军、建威参军、彭泽县令一类的小官。

陶渊明逐渐厌恶了官场生活，41岁的时候，毅然辞官归隐，来到山林中自己种田，平时以喝酒作诗娱乐。陶渊明作的散文不是很多，但篇篇是精品。特别是他所作的田园诗和辞赋散文更是为人所称道。

陶渊明所作的诗文皆以描绘自然景色及农家生活为主，风格悠闲淡远，但也有愤世嫉俗的慷慨之作。陶渊明的散文真淳自然，淡泊中直抒志节与感怀。《归去来兮辞》和《五柳先生传》在这类作品中最有代表性。

文章赞美了自然之趣，表白了作者脱离樊笼的自由心境和隐居生活的悠然自得，表达了其安贫乐道、不慕荣利的高尚志节。这些文章立意深远，清新淡雅，用词天然。

《归去来兮辞》是一篇抒情小赋，由序和正文两部分组成。在序里，陶渊明详细地说明了自己辞职归田的经过。正文则叙述了自己辞官归隐途中的解脱心情和到家之后的生活意趣，写出了对官场污浊的厌恶，描写了优美的田园景色与闲适的耕读生活，抒发了重返自然的喜悦，提出了自己的人生理想。

《归去来兮辞》真率自然、思想飘逸，将写景与心情融为一体，情调明朗，达观放旷，语言流畅，朴实生动，可以说是一首优美的散文诗。

《五柳先生传》是陶渊明的自传，文章突出了作者不随世俗，不与世俗同流合污的高尚品行，突出了作者对高洁志趣、人格的向往与坚持。文章选材精湛，用词用句简单，意到笔止，不说废话，在淡淡的叙述中体现出文章的主旨。

陶渊明的散文感情浓烈，朴素中流露出真情实感。《闲情赋》《告子俨等疏》《自祭文》是这类散文的代表，这几篇文章都写得真情恳挚、语言率真、凄恻感人。

■ 陶渊明（约376—427），字元亮，自号"五柳先生"，晚年更名"潜"，卒后友人私谥"靖节征士"。生于东晋时浔阳柴桑。东晋诗人。田园生活是他进行文学创作的主要题材，相关作品有《归去来兮辞》《归园田居》及《桃花源记》等。诗文作品深受后世文人骚客推崇。

《告子俨等疏》是陶渊明50岁时写给5个儿子的信。文章用浅易如话的文字，叙述事情，描绘胸怀，抒写志向，娓娓道来，表达了对儿子们的疼爱与愧疚之情，流露出归隐与安贫乐道的矛盾。

陶渊明的散文意趣高远，平和中表现出对美好生活与理想社会的憧憬。他所作的《桃花源记》即属于这类文章。

《桃花源记》讲述了一个若有若无、似真似幻的故事，塑造了一个幽美的人间仙境，一个与现实环境截然相反的民风淳朴的世外桃源，并通过这个故事表现出作者对理想社会的向往。

《桃花源记》用笔清丽，语气平稳，像平时与人说话一样娓娓道来，清新的叙述中蕴含着作者炽热的情感。

阅读链接

在陶渊明心中有一个理想社会，这个理想社会就是他在《桃花源记》中所描绘的世外桃源。

桃花源是一个与世隔绝、不受外界干扰的地方。桃花源外是一片桃花林，"中无杂树，芳草鲜美，落英缤纷"，环境十分优美，引人入胜。"林尽水源，便得一山。山有小口"，从小山口进入，"复行数十步，豁然开朗"。

那里土地平坦广阔，房屋排列整齐，田地肥沃，池塘清澈，桑竹茂盛。田间道路纵横交错，井然有序；村舍中鸡鸣犬吠不绝于耳；男男女女正在田间辛勤地劳作，老人和小孩在一边怡然自乐。整个桃花源呈现出一派繁荣祥和、生机盎然的景象。

陶渊明十分渴望在这样的一个环境中生活，但现实使他的这个理想破灭，他只能在自己的文章中述说这个美好的梦想。

南北朝散文开启骈俪之风

到了南北朝时期，骈文进入最鼎盛的时期，骈文的体式进入了完美的阶段。

南朝包括宋、齐、梁、陈四个朝代，共170年，这一时期的文学成要超过东晋时期。骈文极盛，其应用范围越来越广，记叙、抒情、写景、议论以及书札、信函等无一不用骈文，文章追求辞采华美、音律和谐、用事用典，这时期出现了一些很有影响的作家与作品。

鲍照雕像

在南朝散文中，一些描写山水的作品尤为出色，如南朝宋鲍照的《登大雷岸与妹书》，齐时孔稚珪的《北山移文》等.

另外，南朝散文中，还有一些发

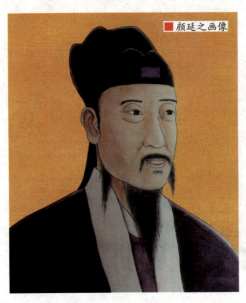
颜延之画像

愤抒怀的文章也写得很好，鲍照的《芜城赋》、江淹的《恨赋》和《别赋》以及庾信哀痛梁朝灭亡的《哀江南赋》等，是这类作品的巅峰之作。

南朝宋文学家颜延之从小家境贫寒，住着简陋的居室，但喜欢读书，看过很多书，他写得一手好文章，文章之美，冠绝当时。

颜延之和当时的名士文学家陶渊明交情很好，经常往来。陶渊明死后，颜延之还写了《陶征士诔并序》纪念好朋友。

《陶征士诔并序》用工整的骈俪描述好友陶渊明的生活，赞扬其高尚品节，文章叙事与抒情相互交融，文末回忆陶渊明的告诫之言，深情而凄怆。

文章感情充沛，悲痛之声发自肺腑，风格朴实，格调沉郁，用典确切，情辞并茂，是诔文中的典范性作品。颜延之还写有《祭屈原文》和《三月三日曲水诗序》。

《祭屈原文》是一篇纪念爱国诗人屈原的骈体小品。作者借致悼屈原，暗喻君子因品行高洁而招致不幸，表白了自己内心的忠诚。文章感情沉郁，文笔凝练，叙议结合，行文洒脱，用句显示了骈文句法的巧妙之处。

《三月三日曲水诗序》则用词华丽，对仗工整，文章显得相当精致，显示了骈体文的优势所在。

南朝宋文学家鲍照出身贫寒，但极有才情，一生仅做过一些小官。鲍照的诗文写得特别好，其诗文清峻遒丽，感情激越，辞采华

异彩纷呈的文学艺术

美，气势雄健。鲍照的表、疏、铭、颂、书札多为骈体，其《登大雷岸与妹书》最有特色。

《登大雷岸与妹书》是鲍照写给妹妹鲍令晖的一封书信体骈文。文章不仅叙事抒情，而且多描画风景。在描绘登大雷岸所见的自然景色时，用笔灵妙生动，字里行间气势磅礴，使人惊心动魄。在描绘景物时，还将自己的感情巧妙地加入进去，因此获得了感人的艺术魅力。

孔稚珪是齐、梁时期的文学家。他出身世宦之家，祖父和父亲都是当时的名士。孔稚珪年少时文采就令人惊叹。成年后曾做过宋安成王车骑法曹参军、尚书殿中郎等职，还曾做过齐国太子詹事，官位显要。

孔稚珪性格旷达，为人不拘细节，喜欢游山玩水，也喜欢用骈文写作。他著有《北山移文》一文，除此文外，还写有表、启等文，他的这些文章多用骈文写就，是当时很有影响力的骈文作家。

《北山移文》是骈体文的典范，想象丰富，构思奇特，格调诙谐，语言精美，用典恰当，或铺排，或对比，或比喻，或夸张，气势磅礴，全文句句对仗，取得了一系列卓越的艺术成就，标志着南朝骈文艺术达到了高峰。

铭　一种刻在器物上用来警诫自己、称述功德的文字，后来成为一种文体。刻在碑上，放在书案右边用以自警的铭文叫"座右铭"。如刘禹锡的《陋室铭》。刻在石碑上，叙述死者生平，加以颂扬追思的，叫"墓志铭"。如韩愈的《柳子厚墓志铭》。

深化发展

六朝散文

■ 陶弘景楷书《瘗鹤铭》

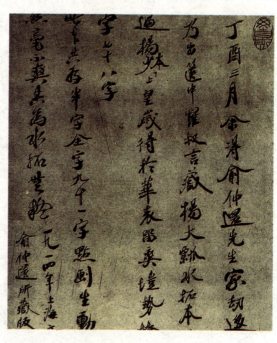

■ 陶弘景

异彩纷呈的文学艺术

用典 亦称用事，凡诗文中引用过去之有关人、地、事、物之史实，或语言文字，以为比喻，而增加词句之含蓄与典雅者，即称为"用典"。典故之种类可分为明典、暗典和翻典。明典是令人一望即知其用典。暗典于字面上看不出用典的痕迹，须详加体会。翻典即反用以前的典故，使其产生意外之效果。

陶弘景是南朝齐梁时医学家，文学家，梁时隐居句曲山，朝廷多次派人请其出山为官，但陶弘景大多拒绝了。梁武帝时，朝廷每逢大事，总派人去句曲山咨询陶弘景，时人形象地称呼陶弘景为"山中宰相"。

陶弘景心地纯净，性情恬淡自然，喜欢山水，他聪颖多才，擅长弹琴、棋术，精于书法，通晓天文地理，又精历算、医道，著有多种道教经籍及医药专著，同时还擅长写文章，有《答谢中书书》等文。

《答谢中书书》是陶弘景写给朋友谢中书的一封书信，反映了作者娱情山水的思想。文章以感慨发端：山川之美，古来共谈，有高雅情怀的人才可能品味山川之美，将内心的感受与友人交流，是人生一大乐事。作者正是将谢中书当作能够谈山论水的朋友，同时也期望与古往今来的林泉高士相交。

《答谢中书书》的语言淡雅清新，通过短短文字就把山川四时晨昏的自然美景描绘得有声有色，如诗如画，使人心驰神往。

文章的结构别致典雅。写景部分共12句，都是整齐的四言，其中又有工整的偶对；末三句抒感，用的却是散句，直抒胸臆，骈散结合，各逞所长。

南朝陈时，骈文写作进入了鼎盛时期，不但四六对句完全定型，而且辞藻华丽，用典丰富，音节协调，结构完美，呈现了最成熟、最完美的骈文。庾信就是一位完美骈文的集大成者。

庾信自幼聪明好学，幼年即博得了多才的美名。他的诗文风格绮丽，远近闻名，是梁朝著名的宫体诗人，与南朝梁陈间的诗人徐陵齐名，他们的文学风格被称为"徐庾体"，为当时文人学士争相仿效。

庾信是南北朝诗赋创作的集大成者，他突出的成就主要在赋，有《春赋》《小园赋》《竹杖赋》《枯树赋》《哀江南赋》等。同时，他又是骈体文写作的集大成者，写了大量的表、启、铭、赞、碑、志等，皆以典型的骈体行文。其中《哀江南赋序》最负盛名。

《哀江南赋序》是为《哀江南赋》作的序，虽是为赋作的序，但实际上却可以成为一篇独立的抒情文，是一篇情辞恳切的抒怀佳作。

文章大量用典，典故的串联和配合恰到好处地传达了作者所要表达却难以表达的感情。另外，文章叙议结合，笔触曲折，语言清新，语句错落有致，整体形成一股博大气韵，突出了苍凉、悲壮的风格。

北朝包括北魏、东魏北齐，西魏北周，共约200年。北朝文章一方面保留了汉魏、南朝文章的影响，一方面又接受了少数民族的古朴风习的熏染，呈现出南北文学相互融合的倾向。北朝文章以散体为主，特点是求实、尚质，风格刚健清新。

郦道元的《水经注》、杨衒之的《洛阳伽蓝记》和颜之推的《颜氏家训》是北朝散文中的精品之作。

郦道元是北朝北魏著名地理学家、散文家。他博览群书却未能尽展所能。他仕途坎坷，历任冀州镇东府长史、东荆州刺史、河南尹、御史中尉等职。为官时，秉公执法，为官清廉，不怕得罪权贵，很受百姓拥戴。

郦道元喜欢山水，曾遍历北方，留心观察水道等地理现象，在此基础上，他撰写了水文地理著作《水经注》。

在此之前，原有一本叫《水经》的书，为魏晋时期的人所作，这是本专门记载全国河流水系的地理书，该书十分简略，只简简单单地记载了100多条河流的位置和流向。

郦道元决定要重作一本水经书，他在原有《水经》一书的基础上，以众多古代史地著述为参考，同时结合他对中国中部130多条河流及1200多条水道的实地考察，详细记载了它们的源流走向，又补充了大大小小的细流分支，最终完成了《水经注》的创作。

除了关于水系、水流方面系统的知识外，《水经注》一书还囊括了大量的历史典籍、方志地记、民风民俗、百家杂著等知识。

在写作体例上，《水经注》以水道为纲，详细记述各地的地理概况，开创了古代综合地理著作的一种新形式。书中，郦道元抓住河流水道这一自然现象，对全国地理情况作了详细记载。不仅如此，书中还谈到了一些外国河流。

《水经注》兼有科学和文学两重性质，叙述有序，文笔简洁而生动，文风俊逸优美。其间许多描写山水自然景物的文章，尤其是对黄河、长江等水流行经区域的描述，抓住沿岸的山水风物特点，将其写得姿态各异、摇曳生姿，其文笔清新、隽永传神，既有每个局部的生动形象，又有局部相连而成的总体的概况描述。

在描绘时，作者没有大肆进行铺张与描绘，只用精练的语言高度概括地写出其动态、神韵。与此同时，将

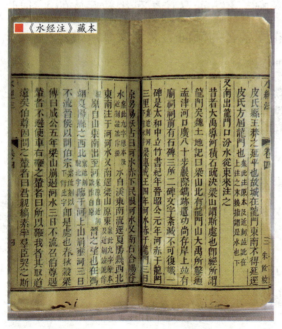

《水经注》藏本

自己强烈的感受、感悟，巧妙地融入进去，达到一种情景交融、物我两忘的境地。这些景物描写突出了山山水水的特殊面貌，将山水散文描写推向一个新的高度。

《水经注》的文学成就，获得了历代作家的高度评价，宋代大词人苏轼在《寄周安孺茶诗》说："今我乐何深，水经亦屡读。"明代文学家张岱在其《琅嬛文集》中说：

■郦道元画像

古人记山水手，太上郦道元，其次柳子厚，近时则袁中郎。读注中遒劲苍老，以郦为骨；深远淡泊，以柳为肤；灵动俊快，以袁为修眉灿目。

杨衒之曾在北魏、东魏、北齐为官，历任期城郡太守、抚军府司马、秘书监等职。他有感于战争所造成的城郭崩毁、宫室倾覆、寺庙坍塌、景物荒凉，于是撰写了《洛阳伽蓝记》。

《洛阳伽蓝记》是一部记述佛寺园林风物建筑的著作。通过佛寺的兴建与废止，寄托自己的哀悼和凭吊。

全书分为城内、城东、城南、城西、城北5卷。每卷以佛寺为中心，兼顾附近建筑的兴衰和历史故事、民俗风情、里巷旧闻、历史沿革等，富有纪实性。

太守 原为战国时代郡守的尊称。西汉景帝时，郡守改称为太守，为一郡最高行政长官。历代沿置不改。南北朝时期，新增州渐多。郡之辖境缩小，郡守权为州刺史所夺，州郡区别不大，至隋初遂存州废郡，以州刺史代郡守之任。

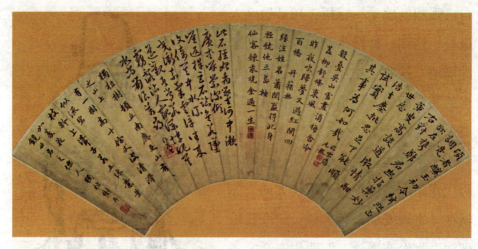

异彩纷呈的文学艺术

■《水经注》

《洛阳伽蓝记》记物叙事有条有理，繁而不乱。《洛阳伽蓝记》每记一寺都记有它的历史或传说，有的寺还记有和它相关的神话和异闻。

《洛阳伽蓝记》有着精彩的描写，风格朴实自然，文笔优美精练，语言明快清新，如同一篇篇生动的游记散文，给人以赏心悦目之感，具有浓厚的文学色彩。

颜之推在梁元帝时为散骑常侍，后入北齐做了黄门侍郎，再以后又当了隋代的官。颜之推博览群书，学识渊博，擅长诗文，精通音乐，是一位多才多艺的学者。他的诗文创作十分有名，其中以《颜氏家训》最为有名。

《颜氏家训》是颜之推以自己的个人经历、思想、学识告诫子孙的著作，涉及内容极其广泛，强调教育体系应以儒学为核心，书中尤其写到注重对孩子的早期教育。

全书涉及许多人情世态，特别是关于士族社会的某些风气写得淋漓尽致。除包括对处世立身之道、

散骑常侍 即常侍，也叫中常侍，为皇帝的侍从，秦时开始设置，到了东汉由宦官充任。魏、晋时，均由士人充当。唐太宗时废止，后又恢复。宋代时不常设置。金、元时，复遭废止。

家庭伦常关系的论述之外，还涉及道德情操、治学态度、文学艺术观念、宗教思想以及对社会风尚、习俗的分析与批判。

《颜氏家训》兼有南北朝散文所长，而没有其所短。文体属于散体，浅近平易，本色纯真，没有过多的雕饰，口语谚语运用得较多，很少用骈句。文章叙议结合，往往先讲一个故事，再加以评说，三言两语就能凸显人物品格，语言简练，却意味深长。

《颜氏家训》具有生动的故事性。尽管书中有大量的理性说教，但与一般家训不同的是，其说教不局限于空洞的教条，而是引证了大量历史和现实的实例，以自己耳闻目睹的经验之谈的形式表达出来，因此具有很强的可信性和说服力。

《教子篇》《兄弟篇》《治家篇》《风操篇》《涉务篇》《文章篇》是《颜氏家训》里较有代表性的篇章。

《教子篇》谈有关教育子女的一些问题。作者从正反两个方面反复举例，说明教育子女的重要性以及方法、目的。尤其强调要抓紧对子女的早期教育，而且越早越好；同时强调对子女的教育要严格。

家训 指对子孙立身处世、持家治业的教诲。家训是中国传统文化的重要组成部分，也是家谱中的重要组成部分，它在历史上对个人的修身、齐家发挥着重要的作用。过去，家族为了维持必要的法制制度，就拟定一定的行为规范来约束家族中人，这便是家训的最早起源。最初的家训可发挥稳定社会秩序的力量。

069

深化发展

六朝散文

■《洛阳伽蓝记》

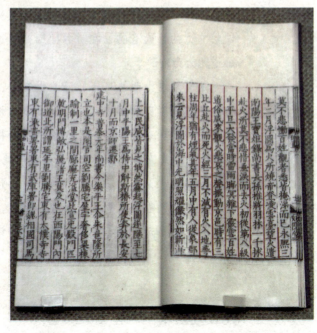

《兄弟篇》是谈兄弟关系的，作者对此给予了特别的重视。作者认为兄弟乃一母所生，有血缘关系，从小在一起生活、学习、玩耍，关系密切，理应互相友爱。作者从正反两个方面说明了自己的观点。

《治家篇》谈治家的种种注意事项；《风操篇》讲人生在世应具有的种种风度节操；《涉务篇》谈士人君子的为人处世之道；《文章篇》谈有关文章创作的一些主张。此外，重要的篇章还有《养生》《书证》《音辞》《杂艺》等，涉及内容广，说服力强，令人叹服。

异彩纷呈的文学艺术

阅读链接

郦道元在少年时代，就对地理考察有着浓厚的兴趣。十几岁时，他随父亲到山东，经常与朋友一起到有山水的地方游览，观察水流的情景。

当时，他们游历过临朐县的熏冶泉水，又观看了石井的瀑布。瀑布奔泻而下的水流，激起了滚滚波浪和飞溅的水花，那铿锵有力的巨大音响，在川谷间回荡。这美丽壮观的景色，使郦道元大为陶醉。

郦道元在山西、河南、河北做官时，经常抽出时间，进行实地的地理考察和调查。凡是他走到的地方，他都尽力搜集当地有关的地理著作和地图，并根据图籍提供的情况，考查各地河流干道和支流的分布，以及河流流经地区的地理风貌。

他或跋涉郊野，寻访古迹，追溯河流的源头；或走访乡老，采集民间歌谣、谚语、方言和传说，然后把自己的见闻，详细地记录下来。日积月累，他掌握了许多有关各地地理情况的原始资料。《水经注》就是在这样日积月累的辛勤考察中创作完成的。

唐宋散文

　　继先秦两汉之后，唐宋时期是散文创作的又一个高峰时期，在这一时期，散文名家辈出，佳作不断涌现。名家中，唐宋八大家首屈一指，人人交口称赞，他们的作品被视为顶峰之作，是后人创作效仿追求的典范。

　　就体裁而言，唐宋散文多种多样，有政论、史论、文论、奏议、碑志、游记、杂说、笔记等，各种体裁独具特色。就数量而言，唐宋时期的散文名家和散文名作的数量要远远超过前朝各代。唐宋散文以无可争议的辉煌成就登上古代散文的巅峰。

韩愈丰富卓越的散文成就

　　韩愈是北魏贵族的后裔，刚两个月时母亲就去世了，3岁时又失去了父亲，后来随着哥哥韩会来到广东，哥哥不久也离世了，最后由嫂子教养成人。韩愈喜欢读书，13岁时就能作得一手好文章，曾跟独孤及、梁肃的学生学习过。

　　韩愈曾4次参加科举考试，直到25岁时才考中了进士，但又三进吏部不成，三次给宰相上书，却没有得到一次回复；三次登当权者之门，均被拒之于门外。直到29岁，韩愈才当了一个小官，开始了坎坷的仕途生涯。

　　韩愈的文才极高，十分擅长写散文，他的散文摒弃了六朝以来骈文的束缚，形成了一种规范的文体，呈现出雄健奔放、气势磅礴、瑰奇多姿的风格特色。

　　韩愈的散文涉及各种文体，有论、说、传、记、书、颂、赞、状、哀辞、墓志等，既有长篇大论，也有短篇小品，这些文体可概括为论说文、叙述文、抒情文三大类。

■ 韩愈（768—824），字退之，唐代著名文学家、哲学家、思想家、政治家，河南河阳人，祖籍河南省邓州市，世称韩昌黎，晚年任吏部侍郎，又称韩吏部，谥号"文"，又称韩文公，唐宋八大家之一。后人对韩愈评价颇高，明人推他为唐宋八大家之首，与柳宗元并称"韩柳"，有"文章巨公"和"百代文宗"之名，作品都收在《昌黎先生集》里。韩愈的作品非常丰富，现存诗文700余篇，其中散文近400篇。韩愈的散文、诗歌创作，实现了自己的理论。

韩愈的论说文正气浩然，说理透彻，议论深刻，逻辑性很严密，笔力雄健，具有很强的说服力和论辩性。

韩愈的记叙文主要是记人、记事，还有记物，包括传、记、墓志铭等文体。韩愈非常善于选择有代表性的材料，运用简洁凝练的语言，把所要表现的人与事物刻画得栩栩如生，非常有鲜活感，而且手法多变，创造性强。

在叙述中，韩愈运用了不同的叙述手法，以典型的动作和语言生动地刻画人物性格特征，简练明畅地展现事物的多种状态。叙述流畅，叙事、议论、抒情融合在一起，具有很强的艺术感染力。

韩愈的抒情文更是写得真挚动人，往往不直接抒情，而是把深深的感情融合在生动的描述和而后的议论中，寓情于事，寓情于论，显得既含蓄委婉，又酣畅雄放，有着深深的感人力量。

祭文、序文、书启都在韩愈的抒情文之内。韩愈将祭文写得如诉家常，情真意切，悱恻动人，令人不禁与之同悲。韩愈的序文通常是赠序，属于送别亲友，表示自己勉励和惜别的文体。序文中通常要融入自己的感情，因此显得意味深长，情感动人。

韩愈写书启因书启的作用不同而赋予不同的写法，有的语言生

■ 韩愈谏佛骨事件

异彩纷呈的文学艺术

文体 指文章、文学作品的体裁，通常指诗歌、散文、小说和戏剧。广义的文体泛指包括时代、作家、文学体裁、语言风格等在内的综合体。

佛骨 佛灭度后，火化所留下的遗骨、遗灰，称为佛骨。又称佛舍利，或单称舍利，或以佛身部位而称佛顶骨、指骨、佛牙。

动，但口吻谦卑；有的词语恳切，感情真挚；还有的充满了深深的眷恋之情，读起来令人凄切。

韩愈是一个不畏强权，敢于讲真话的人。他的散文大胆真率，锋芒毕露、正气凛然、无所畏避，蕴含着常人很难拥有的勇气和胆魄，具有浓烈炽热的感情。他的奏疏敢于揭发事实，耿直无忌，而且坦率真诚、无所掩饰。

韩愈感到过度痴迷于佛教于国于民都没有好处，于是写了一篇反对佛教的文章《论佛骨表》。文章充满激愤的感情，情辞恳切无所畏惧，可谓正气凛然。文章格调雄放，说理透彻，令人信服。

韩愈的散文自由随意，自然活泼、娓娓道来，犹如在与人话家常。《与崔群书》《与孟东野书》《答崔立之书》都体现了这一特色。

其中《与崔群书》更是体现了这种家常本色，韩愈仅仅用了短短百多字，便交代了与崔群之间的往来，写出自己生平认识很多朋友，有些曾经很亲密，后来却又生疏了，只有崔群是真正的朋友。

韩愈勇于创新，文章不落俗套，新奇活现。他用生动形象、优美自然、富于表现力的散文取代了雕饰过重的骈文，并将各种新的表现手法灵活地运用于各种文章体裁之中，使不少文体发生了创变。他的墓志铭、祭文、序文、书信都体现了这种特色。

墓志铭一般包括志和铭两部分。志用散文，多叙述死者的家世和生平事迹，类似传记；铭用韵文，多表示对死者的赞扬、悼念之情。

韩愈却打破了这种墓志铭死气沉沉的局面，他写的墓志铭格无定式，因人而异，随事而别，新意迭出，创造性地发展了墓志铭文体，开创了墓志铭这种文体的新风。

韩愈又根据墓主的特点，采用不同的写作手法，有的以叙事为主，有的侧重于议论，有的又将叙事和议论融合在一起，手法灵活多变，一人一样，绝不雷同，并对墓主投入了自己浓厚的感情。

韩愈创造性地发展了各种文体，使它们具有了很高的文学性，他在长期的散文创作实践中形成了自己独特的雄奇文风，表现出独有的审美价值和艺术追求，具有巨大的艺术感染力。

韩愈的散文语言内涵丰富，极富生命力。他既善于灵活运用古代一切有生命力的词语，化腐朽为

奏疏　古文书之一类，又称奏议，是过去臣子向皇帝陈述意见或说明的文章。奏是进上的意思，疏是疏通的意思，引申为对问题的分析。其方式一般先是感恩戴德，忆苦思甜，再叙说此次上奏要说的事情。唐宋时期以后上奏文书统称奏议，多数称为奏疏。

墓志铭　是一种悼念性的文体，一般由志和铭两部分组成。志多用散文撰写，叙述逝者的姓名、籍贯、生平事略；铭则用韵文概括全篇，主要是对逝者一生的评价。但也有只有志或只有铭的。可以是自己生前写的，也可以是别人写的。

神奇，又能积极创造新的文字表达方式和文学语言，从平淡中生出新意。他的词汇如源泉滚滚，极其丰富，有很多来自口语，后来又变为成语。

韩愈的散文句法以散体为主，有时杂用骈偶和排比，而长短不拘，音节自然，舒卷自如，每于不经意处，发出警句。

韩愈很好地继承先秦两汉的优良散文传统，以自己的创作理论和创作实践完成了一种新型的散文。它既不同于骈文，也不同于先秦两汉的古文，而是更接近当时的语言实际，更自然活泼、明白流畅。其语言的表现力和生动性达到了非常大的地步，应用的范围也达到了无限广泛的程度，不论用它来说理、叙事、抒情，或者日常应用，都抒写自如，且言辞达意。

阅读链接

韩愈是个敢作敢为，不怕得罪权贵的人。他曾被任命为监察御史。803年，关中地区大旱。韩愈查访发现，灾情严重，为此他痛心不已。而当时负责京城行政的京兆尹李实却封锁消息，上报朝廷说，关中粮食丰收，百姓安居乐业。

韩愈知道这个消息后，十分生气。他奋笔疾书，向皇上递交了《御史台上论天旱人饥状》，反映关中地区灾情的真实情况，并请求减免这一地区的租税。

819年，韩愈写了一篇《谏迎佛骨表》上疏直谏，对兴师动众、耗费巨资，掀起迎拜佛骨狂潮的宪宗加以劝诫。他在文章中恳请，将佛骨"投之于水火，永绝根本，以断天下后世的迷信疑惑""此皆群臣之所未言，陛下之所未知者也""一切灾殃，由臣承担，上天鉴福，绝不怨悔"。

从这两件事中，可看出韩愈的铮铮铁骨。

柳宗元创造性的散文成就

柳宗元画像

　　柳宗元生活在唐代中期，他出生在一个具有浓厚文化气氛的家庭。4岁那年，父亲去了南方，他跟母亲生活在一起。

　　他的母亲信佛，且聪明贤淑，非常有见识。她教年幼的柳宗元背诵古诗词，使柳宗元对知识产生了强烈的兴趣，进而努力学习文化知识。

　　793年，柳宗元考中进士，当上了秘书省校书郎，798年，考取博学鸿词科，先后担任集贤殿书院正字、蓝田县尉等职，803年，任监察御史里行。

　　柳宗元诗文成就非常杰出，他的

博学鸿词科 科举考试制科的一种。唐代开元年间始设，以考拔能文之士。"鸿"本作"宏"，因乾隆皇帝名弘历，而"宏"与"弘"音形义相近，故改为博学鸿词。考试的内容为诗、赋、论、经、史、制、策等，不限制考试人的资格，凡是督抚推荐的，都可以到北京考试。考上后便可以任官。

各种体裁的文章都很出色，散文中山水游记和寓言杂文尤其有名，他的传记文也很有特色。

在柳宗元之前，已有大量的游记文学出现，但都不是很出色，直到柳宗元才把山水游记写得成熟起来，成为一种独立体裁。柳宗元山水游记在中国散文史上有着独立地位，影响非常大。

在永州当官期间，柳宗元经常出游，寄幽愤于自然山水中，这段时间，他写了著名的"永州八记"。这八记是《始得西山宴游记》《钴鉧潭记》《钴鉧潭西小丘记》《至小丘西小石潭记》《袁家渴记》《石渠记》《石涧记》和《小石城山记》。

这8篇游记融诗、画、散文于一炉，各具特色而又互相连续。文笔清新优美，富有诗情画意。在抒写自然之乐中常常感叹自己的不幸，借以得到某些精神安慰。

柳宗元善于准确地把握住自然景物本身的具体特征，运用拟人的手法、生动的比喻、绘画的技巧，生动传神、细致入微地描绘出大自然千幻万状的美景。

在游记中，柳宗元总是把形形色色的自然景物描写得生机盎然、出神入化，赋予景物以一种神韵、一种生命，达到形神兼备、声情并茂的境地。

《钴鉧潭记》以生动简洁的语

■ 柳宗元石像

言，描绘钻钉锸潭的位置和形状，潭水来源和流动的姿态，以及悬泉的声音，周围的景物等。

柳宗元还把写景与记游行踪紧密结合起来，边叙述游踪，边描写山水，移步换景，层层深入，形成曲折幽邃的意境。

柳宗元通常将客观景物的描写与主观感情的流露紧密地结合在一起，借助描写景物将自己的感情和心绪透露出来，物我相融，物我相忘，主观色彩极为浓厚，不仅仅是为写景而写景。

在《至小丘西小石潭记》中，在描写了清冷优美的景色之后，作者把自己的思想感情融合在景物描写之中，创造出一种情景交融的意境，表达出他凄怆悲凉的感情，具有明显的主观感情色彩。

柳宗元没有止于一味地借景抒怀的感叹中，还着重叙述寻求美景的经过，描写自己用劳动除却污秽，创造奇美景观的情景，表现出自己对美的渴望与追求。他笔下的山水、泉石、草木、虫鱼，仿佛都有特定的个性、特定的遭遇，这既是自然山水的真实生动写照，又是他自己人格、情怀、处境的曲折反映。

柳宗元的山水游记语言精美，无论写实景、动

■ 柳宗元登柳州峨山

全面成熟

唐宋散文

白描 是中国绘画的一种技法，指单用墨色线条勾描形象而不施彩色的画法。白描也是文学表现手法之一，主要用朴素简练的文字描摹形象，不重辞藻修饰与渲染烘托。

■ 柳宗元画像

景，还是写虚景、静景，柳宗元都非常注重语言的锤炼，选择最富有表现力的词语，力求做到语言的准确、鲜明和生动。他描绘景物喜欢采用白描手法，往往用很平易的语言来反映很生动的情景。

散文中，除了山水游记，柳宗元还擅长写寓意深刻的寓言文。柳宗元的寓言文较之前的寓言有了非常大的发展，有了更多的创造，从柳宗元开始，寓言才成为独立的文学样式。

柳宗元的寓言，不论内容如何、篇幅长短，都是结构完整严谨、生动曲折、首尾完整的文章，具有很浓的故事性。

柳宗元的寓言内容深刻、富于哲理意味，可分为两大类，一类是讽喻现实的作品，主要代表作有《三戒》。这些作品篇幅短小警策，含义深远。

另一类是托物喻志的作品。主要代表作品有《谪龙说》《瓶赋》《牛赋》等，这类作品寄托了作者不同流俗、志向高远的高贵品质。

柳宗元写寓言，很少长篇大论，多篇幅短小，立论精辟，常通过生活中常见的动物或日常生活现象，捉住其本质特征，加以夸张想象，创造生动的形象，编织有趣的情节，显得饶有趣味，但又严峻沉郁。结

寓言文 带有劝谕或讽刺性的故事。通常是借托某种事物，把深刻的道理寄于简单的故事之中，达到借此喻彼，借小喻大，借古喻今的目的。这类文体惯用拟人手法，语言简洁犀利。《守株待兔》《刻舟求剑》就属于寓言体。

尾部分只用三言两语点明主题，前后配合贴切。

柳宗元的传记散文也写得相当的出色，《梓人传》《段太尉逸事状》《南霁云睢阳庙碑》《捕蛇者说》《河间传》《宋清传》都写得各具特色。柳宗元的人物传记，人物数量也很多，内容丰富，表现形式多样。

柳宗元的人物传记多取材于下层人物，注重为普通人树碑立传。如《捕蛇者说》刻画了一个被残酷剥削的捕蛇者蒋氏的形象。蒋氏祖孙三代都以捕蛇来抵付赋税，祖父、父亲都被毒蛇咬死，他自己捕蛇12年，也曾多次险些丧命。作者通过蒋氏这个捕蛇者的生活，最后得出了"赋敛之毒甚于毒蛇"的结论。

柳宗元的人物传记结构完整，故事集中，主题鲜明，并将叙事、抒情和议论有机结合在一起，具有高度的思想性和深刻的现实意义。

阅读链接

柳宗元有的传记不以写人物为主，而着重通过人物阐明道理，揭露事实真相。《种树郭橐驼传》写一位驼背老人，是种树能手，他种的树木长得特别好，其经验就是"能顺木之天，以致其性"，即顺着树木生长的自然规律，而不去妨害和干扰。

柳宗元善于通过细节描写传神达意，并通过典型的事例、个性鲜明的语言，在激烈的矛盾冲突或生死存亡的关键时刻塑造人物形象。

欧阳修风范卓越的散文

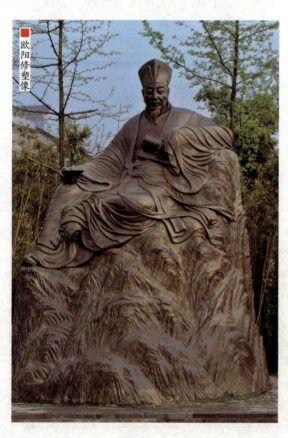

欧阳修塑像

欧阳修生活在北宋时期，他出身低微，从小家境贫寒，4岁的时候失去了父亲，由母亲抚养长大。由于家境的关系，欧阳修很小的时候就知道刻苦学习，希望有一天能够出人头地。

欧阳修经过勤奋学习，23岁的时候考中进士，被任为西京留守推官。后被授为馆阁校勘，集贤校理、龙图阁直学士、河北都转运使等职，还曾被拜为枢密副使、刑部尚书、兵部尚书等。

醉翁亭記

欧阳修

環滁皆山也其西南諸峰林壑尤美望之蔚然而深秀者琅琊也山行六七里漸聞水聲潺潺而瀉出於兩峰之間者釀泉也峰回路轉有亭翼然臨於泉上者醉翁也太守自謂也太守與客來飲於此飲少輒醉而年又高故自號曰醉翁也醉翁之意不在酒在乎山水之間也山水之樂得之心而寓之酒也若夫日出而林霏開雲歸而岩穴暝晦明變化者山間之朝暮也野芳發而幽香佳木秀而繁陰風霜高潔水落而石出者山間之四時也朝而往暮而歸四時之景不同而樂亦無窮也至於負僂提攜往來而不絕者滁人游也臨溪而漁溪深而魚肥釀泉為酒泉香而酒洌山肴野蔌雜然而前陳者太守宴也宴酣之非絲非竹射者中弈者勝觥籌交錯坐起太守醉也已而夕陽在山人影散亂太守歸而賓客從也樹林陰翳鳴聲上下游人去而禽鳥樂也然而禽鳥知山林之樂而不知人之樂人知從太守游而樂而不知太守也太守謂誰廬陵歐陽修也

民國六年文石山書

在宋代文坛上，欧阳修大名鼎鼎，多才多艺，文学方面更是取得了非凡的成就。欧阳修的散文大都内容充实，气势旺盛，具有平易自然、流畅婉转的风格。叙事既得委婉之妙，又简括有法；议论纡徐有致，却富有内在的逻辑力量。章法结构既能曲折变化而又十分严密。

欧阳修的议论文逻辑严密，论证有力，善于雄辩，语言犀利，具有极强的说服力。欧阳修的议论文最多，包括政论、史论和文论等，其中，最重要的是政论，最能体现欧阳修的胆识和人品。

欧阳修的散文体裁多样，形式丰富多彩，包括赋、杂文、论、记、书简、祭文、墓志铭、奏疏、题跋和笔记文等，这些文体各尽其妙，各具风采，可分为议论文、记叙文、抒情文三大类。

欧阳修的议论文多是进献皇帝的奏章。这些作品往往专就某事某人立论，主要是揭露时弊、阐明政治改革的主张，现实性极强，《朋党论》《纵囚论》《本

■ 欧阳修散文《醉翁亭记》

全面成熟 唐宋散文

留守 古代官名。隋唐以后，皇帝出巡或亲征时指定亲王或大臣留守京城，处理政事，称"京城留守"；其陪京和行都亦常设"留守"，以地方行政长官兼任，总理军民、钱谷、守卫事务。

伶官 即乐官，"伶"过去指演戏的人，伶官就是指在宫廷中授有官职的伶人。伶官一词源自《诗·邶风·简兮序》："卫之贤者，仕于伶官。"

碑志 指镌刻于石碑上的书法、文辞。为安葬设立的称"墓碑"，也称"墓表""墓碣"；列于墓道前者称"神道碑"，入墓穴者称"墓志"，或称"墓志铭""圹铭"。

■ 醉翁亭二贤像

论》是这类文体的代表。

史论主要是以古鉴今，通过总结历史经验教训，为现实政治服务，如《五代史伶官传序》《五代史宦官传论》等。

文论多是欧阳修为他人所作的序、跋，主要是论述创作得失，推进诗文改革等，如《苏氏文集序》《梅圣俞诗集序》等。

欧阳修写议论文时，常把充沛的感情融入议论中，使议论带有强烈的抒情性，这就使他的议论文不仅具有理论的说服力，还具有很强的感染力，《五代史伶官传序》就是一篇抒情色彩很浓、极为精彩的史论，文章以古鉴今，感情充沛，通篇上下有种前后连贯的抒情味道。

欧阳修记叙文主要包括记、碑志和笔记等，都具有很高的艺术成就，其中记、笔记的特色尤其突出。

"记"是欧阳修记叙文的重要组成部分，主要有游记、亭台记和记事记物的笔记等，往往重在抒情，代表作品有《醉翁亭记》《丰乐亭记》《真州东园记》《有美堂记》《岘山亭记》等。它们多是借景抒情，即通过对客观景物的描写、对世事沧桑的感受来抒发作者内心的悲喜哀乐。

欧阳修的记叙文语言精练，善于描绘，往往三言两语

就把景物的生动之处惟妙惟肖地刻画出来。此外，还有一点更为突出的，那就是由景物引起反复咏叹，抒发感慨，进行议论，极富有情韵。

《醉翁亭记》是最能体现欧阳修艺术成就的名篇。欧阳修在写《醉翁亭记》时，只有40岁，文章描写了滁州一带自然景物的幽深秀美，滁州百姓和平宁静的生活，特别是作者在山林中游赏宴饮的乐趣，抒发了作者的政治思想和寄情山水以排遣遭受打击的复杂感情。文章的语言极有特色，格调清丽，遣词凝练，音节铿锵，臻于炉火纯青之境，既有图画美，又有音乐美。

欧阳修的笔记也写得非常好，代表作是笔记文集《归田录》，文章或叙逸闻逸事，或记典章名物，或借事发论，大多短小精悍、形式自由、活泼隽永、意蕴深远。《卖油翁》《冯道和凝》《文肃独留》《游大字院记》是其中的名篇。

欧阳修的抒情文平易自然，长于抒情，其中哀祭

记　散文的一种体裁，可叙事，可写景，可状物。"记"的文字含义是识记。作为一种文体，"记"在六朝时获得了较大的发展。宋代其内容得到拓展，形式更加稳固。明清时主体性色彩更加浓厚，逐渐成熟稳固。

和书简等文字更是具有强烈的抒情性。祭文中，《祭石曼卿文》最为典型，全文仅仅306个字，欧阳修将其写得情文并茂，自然得体，其中渗透着对亡友的深切同情，并融入了自己的身世之感，呈现出凄怆低回的情调。

欧阳修写序跋类文章匠心独运，别出新意，通常不仅就诗文本身发表议论、评价诗文作者，而且将自己的丰富情感倾注进去。代表性作品有《梅圣俞诗集序》《苏氏文集序》《江邻几文集序》等。

宋代时，文人把散文引入诗、词，也引入了赋，使赋能更自由地描绘物体，也更易于抒发感情。欧阳修写的《秋声赋》获得了极大的成功。全文极力铺陈，大力渲染，辞藻华美，保持了赋体的某些长处，又吸收了古文的成果。既具有形式美的韵律感，读起来抑扬顿挫，朗朗上口，又显得通畅自如，没有丝毫的滞障之感，开创了散体赋的新境地。

阅读链接

除了散文，欧阳修在诗歌创作方面也卓有成就。他的诗在艺术上主要受唐代诗人韩愈的影响。

《菱溪大石》《石篆》《紫石屏歌》等作品，皆模仿韩愈想象奇特的诗风；其他一部分诗作沉郁顿挫，笔墨淋漓，将叙事、议论、抒情结为一体，风格接近唐代大诗人杜甫，如《重读〈徂徕集〉》《送杜岐公致仕》。

另一部分作品雄奇变幻，气势豪放，却近于唐代大诗人李白，如《庐山高赠同年刘中允归南康》。但多数作品，主要学习韩愈"以文为诗"，即议论化、散文化的特点。

欧阳修诗的语言虽然自然流畅，避免了韩愈诗的险怪艰涩之弊，但仍有一些诗说理过多，缺乏生动的形象。有的古体诗因此显得诗味不浓，但部分近体诗却比兴兼用，情景相生，意味隽永。在内容上，欧阳修的诗有一部分反映人民的疾苦，揭露社会的黑暗，具有一定的社会意义。

苏轼开创鼎盛的散文格局

　　苏轼出生于一个书香世家，祖父苏序善于作诗，父亲苏洵是北宋时期的文学家。苏轼是苏洵的第二个儿子，因此为"仲"。

　　苏轼性格比较急躁，苏洵希望儿子性格和缓些，因此又给苏轼取字"和仲"；后来另给苏轼取字"子瞻"，这与他的名"轼"相关，"轼"指车厢前的扶手，取这个名字说明父亲希望他能出类拔萃，却

苏东坡画像

■ 苏轼出行图

不能过于突出。

苏轼，号东坡居士。1079年，苏轼被贬到黄州做团练副使。初到黄州，苏轼生活困顿。黄州通判马正卿是他的故人，便从黄州府要来了已经荒芜了的50亩军营旧地给他种。营地位于黄州的东坡。

第二年春天，苏轼在东坡的上面筑雪堂，题之为"东坡雪堂"，并作《雪堂记》。

苏轼很仰慕唐代的诗人白居易居士。当年白居易贬谪四川忠州时，曾在忠州的东坡种植花木，并写下了不少闲适诗，如《步东坡》《别东坡花树》等，白居易曾写一首《步东坡》的诗：

朝上东坡步，夕上东坡走。
东坡何所爱，爱此新成树。

苏轼仰慕白居易，故自号为"东坡居士"。

居士 既指旧时出家人对在家信道信佛的人的泛称；亦指古代有德才而隐居不仕或未仕的隐士；同时，居士还是文人雅士的自称，如李白自称青莲居士，苏轼自称东坡居士，陈忠远自称药愚居士。在现实生活中此称谓含有隐士、高人、山人、奇人之意义。

1057年苏轼考进士时，写了一篇《刑赏忠厚之至论》，受到了主考官欧阳修的赏识。欧阳修以为这篇文章是自己的弟子曾巩所作，为了避嫌，令苏轼获得了这次考试的第二名。

于是，在1061年，苏轼信心满满地开始了自己报效祖国的为官生涯。他在任地方期间，做了很多利于百姓的事情。

苏轼写了很多散文作品，有赋铭、颂赞、议论，杂著、记序、表状、书牍、碑记、笔记等，可分为论事文、杂文、赋体文等。

苏轼写了很多论事文，主要包括政论和史论两部分。政论文又包括策论文和进策文以及一些论说政事的奏疏。文章博采史事，分析透彻，逻辑性强，笔锋犀利，气势磅礴。

比较著名的有《进策》25篇政论。苏轼写史论能依据常见的史料引出独到的见识，立意独到，论辩滔滔，具有很强的说服力。

苏轼写记叙文最拿手，可以说是挥洒自如，他所写的记叙文包括碑传文、记体文及文赋等，其中以写山水游记和亭台堂阁记为代表。

苏轼的游记，不仅记叙、描写、议论并重，而且议论占的比重较大，往往凭借议论给文章辟出新的境界，尤其善于表现对自然景物的

苏轼书法

赏会与人生哲理领悟之间的融合。

1084年，苏轼由黄州团练副使移任汝州团练副使时，顺路送大儿子苏迈到饶州德兴县任职，途经江西湖口，有机会游览石钟山，苏轼为辨明石钟山命名的由来，便写了一篇山水游记《石钟山记》。

《石钟山记》不同于一般的游记而显得别具一格，文章首尾呼应，重点突出，笔法流畅，有叙述、有描摹，有议论，有人，有景，有声，有形，有色，行文舒卷自如，精彩纷呈。

苏轼的亭台记也很有特色，长于借题发挥，随机生发出一段妙理高论，融记事、抒情与思辨为一体。另外，苏轼写亭台记，构思千变万化，没有固定的套式，舒卷自如，各尽其妙。这类作品有《超然台记》《凌虚台记》《喜雨亭记》等。

苏轼写了大量的杂文，主要包括杂记、序、书札、杂说、随笔、题跋等。杂记文理自然；书札感情充沛，自然成文；杂说行文活泼，充满真知灼见；随笔内容丰富，情韵悠长；题跋言简意赅，笔调活泼，有着独到的见解。

进入宋代以后，文赋得到了极大的发展，苏轼极

团练副使 宋代散官。专指闲散不管事的官职，共有十等。团练使是唐至元代设置的地方军事长官。唐代团练使、州团练使原是负责一方的军事长官，但团练使常由观察使兼任，州团练使常由刺史兼任，因此，他们实际上成为一方的军政长官。

富创造力，他进一步兼取古文和赋的特点，用写散文的方法来作赋。他用骈散相间的语言自由地抒情和言理、描摹景物，使赋体从单调僵死的格律中摆脱出来，使其成为一种有着很强生命力的文体。

苏轼受牵连被贬到湖北黄州做团练副使的4年间，心情郁闷。在这4年期间，苏轼曾两次泛游赤壁，并写了两篇《赤壁赋》，两赋相隔3个月，真实地记录了他当时的生活，表达了他苦闷复杂的心情。

两篇《赤壁赋》写法上各有千秋。前赋夹叙夹议，随机生发，情味隽永。苏轼先从秋日清风和明月交织成的江山美景中，写出自己由此而生的飘飘欲仙之乐。继而从悲凉的箫声和对历史人物兴亡的凭吊，跌入人生的苦闷之中。最后从眼前景物立论，阐发变与不变的哲理，回复到旷达超脱的心境。

后赋中，苏轼用大量的笔墨描绘赤壁的风光，暗示自己胸中的块

苏轼前赤壁赋画

垒坎坷和被压抑的情绪。文末，苏轼又写仙鹤托梦的幻境，凄凉朦胧的环境，象征自己当时抑郁不平的心境。与前赋相比，后赋写作上更具浪漫主义特色。

　　苏轼的散文"辞达""通脱"，有圆活流转、错综变化和自然真率之美。苏轼作文时多用空灵虚拟之笔，自由尽情挥洒，行文如行云流水，气势奔腾而壮阔雄奇。苏轼的散文把古文的表现力发展到更高的水平，把古文的应用范围扩大到更广泛的领域。

异彩纷呈的文学艺术

阅读链接

　　相传，苏轼二十岁时，到京师参加科考。有六个举人备下酒菜请苏轼赴宴打算戏弄他。就在众人准备动筷子吃菜的时候，一个举人提议行酒令，要求酒令内容必须要引用历史人物和事件，这样就能独吃一盘菜。

　　"我先来。"年纪较长的举人说，"姜子牙渭水钓鱼！"说完捧走了一盘鱼。

　　"秦叔宝长安卖马。"第二位举人也端走了一盘马肉。

　　"苏子卿贝湖牧羊。"第三位举人毫不示弱地拿走了羊肉。

　　"张翼德涿县卖肉。"第四个举人伸手把一盘炒肉端了过去。

　　"关云长荆州刮骨。"第五个人迫不及待地抢走了骨头。

　　"诸葛亮隆中种菜。"第六个举人端走了最后的一样青菜。

　　菜全部分完了，六个举人正准备边吃边嘲笑苏轼时，苏轼却不慌不忙地吟道："秦始皇并吞六国！"说完把六盘菜全部端到自己面前，微笑道："诸位兄台请啊！"

明清散文

明清散文家在继承前代，尤其是唐宋时期古文传统的基础上，在散文理论和创作上努力追求新的变化，致使散文流派迭出，创作各异，作品精彩纷呈，风格多种多样，呈现出迥然不同的时代风貌。

明代散文流派众多，作家和作品颇为丰富，艺术风格也呈现出多种多样的特点。不同时期的散文带有不同时期的特色。

清代散文也显示了时代特征，在继承传统中继续发展，取得了卓越的成就，创造了新的辉煌。

明代前期和中期各派散文

明代前期，散文的创作比较繁荣，但是没有形成流派，都处于明代开国之初，因此统称之为"开国派"。这些作家中较著名的有宋濂、刘基、方孝孺等以及主要以诗著称的高启。

宋濂生活在元末明初，自幼家境贫寒，但聪敏好学，曾跟随元末古文大家吴莱、柳贯、黄溍等学习。元朝末年，元顺帝曾召他为翰林院编修，他以奉养父母为由，没有应召，而专心著书。

宋濂后被明太祖朱元璋征召

■ 宋濂（1310—1381），字景濂，号潜溪，别号玄真子、玄真道士、玄真遁叟。浦江人，元末明初文学家，曾被明太祖朱元璋誉为"开国文臣之首"，学者称太史公。宋濂与高启、刘基并称为"明初诗文三大家"。他因长孙宋慎牵连胡惟庸党案而被流放茂州，途中病死于夔州。他的代表作品有《送东阳马生序》《朱元璋奉天讨元北伐檄文》等。

到南京，就任江南儒学提举，与刘基、章溢、叶琛共尊为"五经"师，为太子朱标讲经。1369年，奉命主修《元史》，官至翰林院学士承旨、知制诰。

■ 刘伯温塑像

宋濂是个实在而且聪明的人，一次他与客人饮酒，皇帝暗中派人去察看。第二天，皇帝问宋濂昨天饮酒没有，来客是谁，饭菜是什么，宋濂都以实话相回答。

皇帝笑着说："确实如此，你没有欺骗我。"

一次，皇帝问宋濂大臣们的好坏，宋濂只举出那些好的大臣说说。皇帝问他原因，宋濂回答道："好的大臣和我交朋友，所以我了解他们；那些不好的，我不和他们交往，所以不了解他们。"

宋濂的文章可分为序记、传记和寓言三大类，文辞简练典雅，很少作铺排渲染。偶尔有些描写的片断，却写得相当秀美。各种文体往往各具特点，可以看出变化，不是那么僵板，思想也比较深刻。总的说，宋濂的文章具有较高的语言修养和纯熟的技巧，是明初文学风尚的典范。

刘基，字伯温，生活在元末明初，是跟随朱元璋创建明朝的开国元勋，曾给朱元璋出了很多好主意。刘基从小敏而好学，聪慧过人，由父亲启蒙识字。阅读速度极快，据说"读书能一目十行"。12岁时就考中秀才，乡间父老皆称其为"神童"。

1324年，14岁的刘基入府院读书。他跟着老师学习《春秋经》。这是一部隐晦奥涩、言简义深的儒家经典，很难读懂，尤其初学童生一般只是捧书诵读，不解其意。刘基却不同，他不仅默读两遍便能背

■ 朱元璋与刘伯温蜡像

《卜居》 《楚辞》中的一篇。"卜居"的意思是占卜自己该怎么处世。相传为屈原所作，实际上是楚国人在屈原死后为了悼念他而记载下来的有关传说。文章表现了当时社会的黑暗腐败，反映了屈原的愤慨和不满，歌颂了他坚持真理、不愿同流合污的斗争精神。

诵如流，而且还能根据文义，阐述自己的看法。

老师对这等奇异的事情大为惊讶，以为他曾经读过，便又试了其他几段文字，刘基都能过目而理解其中的意思。老师十分佩服，暗中称道："真是奇才，将来一定不是个平常之辈！"

朱元璋称帝后，刘基任御史中丞，兼任太史令，封为诚意伯。刘基擅长为文，特别擅长写寓言，他写的《郁离子》共18章159篇，内容涉及社会、政治、经济和伦理道德等诸方面，揭露统治者的贪婪腐败。语言简洁明快，篇幅简短，含义深刻。

除了写了《郁离子》，刘基还写有《司马季主论卜》《松风阁记》《卖柑者言》《工之侨献琴》等，其中《司马季主论卜》是仿效屈原的《卜居》的问答体，说明盛衰穷通是自然之理，宣传人灵于物的积极思想。

方孝孺是宋濂的学生，在宋濂众多的学生中，方孝孺的文章做得最好。他为人倔强，有气节。他的文章纵横豪放，犀利泼辣。其文章创作主要是各类杂著、政论、史论及读书记等，均富有特色。

方孝孺擅长写寓言体杂文，他的寓言体杂文多借助于生动的形象阐明事理。《蚊对》是一篇探讨生活哲理的论理杂文；《指喻》是一篇叙事论理的哲理文章。

《越巫》和《吴士》则通过叙述越巫自诩善驱鬼而被假鬼吓死以及吴士好夸言的故事，鞭挞了招摇撞骗、自欺欺人的越巫之流，也形象地揭示了骗人者始则害人、终则害己的这一古训。叙事生动而简洁，立意正大而警策。

台阁派是出现在明初永乐、天顺年间的一种文学流派。台阁派的文章很多为应制、题赠、酬应而作。台阁派主要以杨荣、杨溥、杨士奇为代表。

这些人均为台阁重臣，地位高，影响大。他们的文章，风格上讲究雍容典丽，但是千篇一律，使散文创作呈现出单调、空泛、沉闷、衰落的状态。

继台阁派之后，出现了茶陵派，茶陵派是明代第二个正式的文学流派。这个流派在散文创作上，起到了承前启后的作用。茶陵派的领袖是湖南茶陵人李东阳，因此称这个流派为"茶陵派"。

李东阳生活在明代中期，他做过侍讲学士、东宫讲官、礼部侍郎兼文渊阁大学士。他为文追求典雅，努力摆脱台阁之风，但是未能超越台阁派的为

■ 方孝孺画像

大学士 明太祖朱元璋仿宋制设置华盖殿、谨身殿、英武殿、文渊阁、东阁等大学士，为皇帝顾问。又置文华殿大学士以辅太子。1659年，清朝廷将文馆与内三院统一且更名为内阁，其内阁设学士。

方孝孺书法

文风气。他为文主张复古，最尊崇曾巩的文章。他的作品有《拟恨赋》《京都十景诗序》等。

进入明代中期，出现了两次诗文复古运动，领导者称为前后七子。前七子是指明代弘治、正德年间出现的李梦阳、何景明、徐祯卿、边贡、王廷相、康海、王九思，他们有基本相同的创作主张。其中以李梦阳、何景明为代表，最受推崇，被视为领袖，其诗文创作均有成就。

李梦阳为人刚正不屈，疾恶如仇，因此，做官生涯颇为不顺。他的文章平稳、古朴。他写的《禹庙碑》，发幽古之情，文字端庄大方，词句宁静古朴。

此外，李梦阳还写有一些颇为真实感人的书信，如《与何子书》叙事抒怀，发自肺腑，语言浅俗，有着很强的感人力量。

后七子是指在明代嘉靖、隆庆年间出现的李攀龙、王世贞、谢榛、宗臣、梁有誉、徐中行、吴国伦。他们的创作主张和前七子基本相同，其中以宗臣、王世贞为代表。

宗臣为人秉性刚直，不肯依附权贵。他的文章以颇深的造诣而闻名。一般认为，后七子主张复古，文章缺乏生气，且枯燥难读，但宗臣的文章却常能突破拟古的习气，写一些感情真挚、内容充实、形式清新的佳作。

宗臣在《报刘一丈书》中绘声绘色地刻画了3种人物形象，虽然笔墨不多，却写得形神兼备、出神入化，有性情，有气势，有血肉，生动如画。文章叙事简洁，笔锋犀利，以讽刺之笔达到了穷形尽相的效果。

在前后七子之间，还有所谓的唐宋派。这一派继承唐宋诸大家古文传统，文章多富有文学意味，文从字顺，气韵流畅，平易近人。主要代表有王慎中、唐顺之、茅坤、归有光等人，其中成就最高、影响最大的是归有光和唐顺之。

阅读链接

刘基在民间的人气极旺。在一般人的心中，刘基是清官的代表，是智慧的化身，百姓的救星。相传，他能前知五百年、后知五百年，是个神仙级的人物。

明代开国皇帝朱元璋评价刘基："刘基学贯天人，资兼文武；其气刚正，其才宏博。议论之顷，驰骋乎千古；扰攘之际，控御乎一方。慷慨见予，首陈远略；经邦纲目，用兵后先。卿能言之，朕能审而用之，式克至于今日。凡所建明，悉有成效。"

刘基还是个为文大家。明人所辑的《诚意伯文集》中，有刘基散文323篇，诗歌1184首，词233首。《明史·刘基传》评论说，刘基"所为文章，气昌而奇，与宋濂并为一代之宗"。

公安派竟陵派开辟新境界

就在前后七子、唐宋派掀起复古文风的时候，一些强调舒张个性、注重内涵的流派逐渐酝酿产生了，这些新流派作家为文标新立异，既突破了宋元儒学的传统，也突破了唐宋古文的传统，开创了明代散文的新境界，也促成了明代散文创作最光辉灿烂的时期。

李贽画像

李贽、徐渭等人是这些新流派的开路先锋，他们强烈追求个性解放，思想与周围传统的习惯势力格格不入，散文创作也表现出鲜明的个性特征。他们的作品有着惊世骇俗的言论，给人以一种前所未有的冲击力。

李贽1552年考中举人，历任河

南共城知县、南京国子监博士、礼部司务、户部员外郎等。

李贽的思想非常独特，他崇尚儒学，反对理学，公开以"异端"自居，曾被指为"毁圣叛道"。他强调为社稷民生着想，关心百姓生活才是"真道学"。他提倡个性自由、官民平等和男女平等。

李贽的文章或长或短，不拘一格，大胆直言，真率辛辣，锋芒毕露，有着强烈的战斗性和鲜明的个性，文章语言精警，像与人说话一般平常，没有丝毫的惺惺作态之感。

徐渭，字文长，号天池山人、青藤道人，性格狂放，常以诗酒书画自娱。他多才多艺，擅

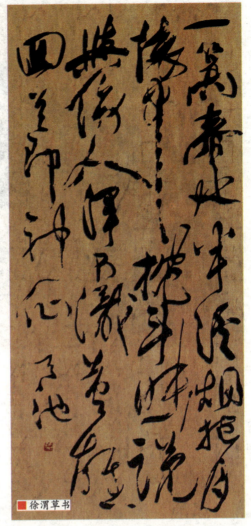

徐渭草书

长画画、书法，也善于诗文，还善于戏剧理论和创作。

他对功名事业充满了向往，然而在科举道路上屡遭挫折。20岁时，他勉强考中了个秀才，此后一次又一次参加乡试，直到41岁，共考了8次，始终也未能考中。

徐渭为文，主张独创，反对模拟。他曾说：鸟学人言，其本性还是鸟。他写有多篇序跋、书牍、记类小品，文章文雅而不俗，奇恣纵肆，看似随便，其实颇为讲究，最能见其个性。他写的记类小品《答张太史》最能体现他的个性。《答张太史》有这样一段话：

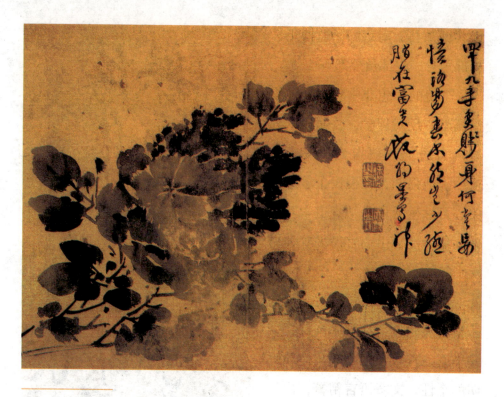

■ 徐渭《牡丹图》

仆领赐至矣，晨雪，酒与裘，对症药也。酒无破肚脏，罄当归瓮；羔半臂，非褐夫所常服，寒退拟晒以归。西兴脚子云："风在戴老爷家过夏，我家过冬。"一笑。

徐渭与张太史是世交，但两个人贫富以及性格有着天壤之别，文章暗含对张太史的讽刺，写得幽默、含蓄而辛辣，诙谐潇洒，行文爽朗流利。

在李贽、徐渭等人之后，活跃在明后期文坛的是公安派人物。公安派的代表人物是号称"三袁"的袁宗道、袁宏道、袁中道三兄弟，因他们是湖北公安人，故名"公安派"。他们诗文兼长，以自己的文学主张和创作实践使明后期的文风为之一变。

"三袁"的散文主要是以描写士大夫闲适生活和自然景物为主，语言清新明快，不事雕琢。其中以袁宏道和袁中道散文成就最高、影响最大。

袁宗道是个很优秀的人，1589年礼部会试，他取得了第一名，殿试成二甲第一名进士，第二年，就担任了翰林院编修，授庶吉士。他为文崇尚本色，尤其推崇白居易和苏轼，文风自然清新。

袁宗道的文章以文论、尺牍、游记为代表，代表作有《论文》《极乐寺纪游》《上方山四记》《答长江洲绿萝》等。其中《极乐寺纪游》行文很有特色。

极乐寺的妙处不在寺庙建筑本身，全在于自然环境的幽美，因此袁宏道在行文时将更多的笔墨倾注在对其自然环境的描画上，文字有层次、有色彩、有动态、有气氛，完美地将极乐寺之美表现出来。

袁宏道是袁宗道的弟弟。他的成就不如哥哥袁宗道。他的文章多为序、记、尺牍，以及游记、日记。作品清新隽秀，独具一格。

作品《西山十记》勾画出了完整的西山景色，将自然的色彩、景物的神韵和山水的意

殿试 宋、元、明、清时期科举考试之一，即指皇帝亲自出题考试。会试中选者才能参加殿试。目的是对会试合格者区别等第。殿试为科举考试中的最高一级。明清殿试后分为三甲：一甲三名赐进士及第，通称状元、榜眼、探花；二甲赐进士出身，第一名通称传胪；三甲赐同进士出身。

■ 钟惺雕刻像

境融于一体，景致描写十分精彩，给人以诗画之感。

公安派之后是竟陵派。竟陵派认为公安派作品俚俗、浮浅，倡导为文雅深，反对拟古之风。竟陵派主要以钟惺和谭元春为代表，因为钟惺和谭元春都是湖北竟陵人，因此称这个流派为竟陵派。

钟惺的文章主要有序记碑传、书简题跋、史论奏疏、记游等，其中记游较为出色。这类作品善于刻画，能描绘出幽深孤峭的境界，文章常有隽永妙词，能得简淡清远之妙。较有名气的作品有《浣花溪记》《夏梅说》《梅花墅记》和《岱记》等。

《浣花溪记》叙事写景以浣花溪为主线，抒情议论以赞颂杜甫为中心，情景交融，意境深邃，显示了竟陵派的特色。其中写溪水富有特色，将浣花溪的飘逸风姿尽收笔底。

异彩纷呈的文学艺术

阅读链接

公安派在文学上主张"独抒性灵"。所谓"性灵"就是作家的个性表现和真情发露。他们认为"出自性灵者为真诗"，而"性之所安，殆不可强，率性所行，是谓真人"，进而强调非从自己胸臆中流出，则不下笔。

因此他们主张"真者精诚之至。不精不诚，不能动人"，应当"言人之所欲言，言人之所不能言，言人之所不敢言"，这就包含着对儒家传统温柔敦厚诗教的反抗。

公安派作家把创作过程解释为"灵窍于心，寓于境。境有所触，心能摄之；心欲所吐，腕能运之""以心摄境，以腕运心，则性灵无不毕达"。

只要"天下之慧人才士，始知心灵无涯，搜之愈出，相与各呈其奇，而互穷其变，然后人人有一段真面目溢露于楮墨之间"，就能实现文学的革新。

体现时代的晚明小品文

明代后期，在公安派和竟陵派发展的同时，在散文领域逐渐形成了小品文的高潮，小品文代表了晚明散文所具有的时代特色。 顾名思义，小品文体制较为短小精练，体裁上则不拘一格，没有固定的格式，序、记、跋、传、铭、赞、尺牍等文体都适用。

晚明时期，文人的文学趣味发生了很大的变化，人们的欣赏视线从往日庄重古板的大文章，转移到了轻俊灵巧而有情韵的小文章，这样就在客观上促进了小品文的发展壮大。

张岱雕塑

《世说新语》
南朝时期的一部主要记述魏晋人物言谈逸事的笔记小说。是由南北朝刘宋宗室临川王刘义庆组织一批文人编写的，梁代刘峻作注。全书原为8卷，刘峻注本分为10卷，今传本皆作3卷，分为德行、言语、政事、文学、方正、雅量等36门，记述自汉末到刘宋时名士贵族的逸闻轶事。

晚明小品文有的描写风景，有的杂记琐事，情趣盎然，风格各异，各显风采，其中尤以山水小品令人注目。这些小品独抒性灵，不拘格套，信笔写出，潇洒自如。融写景、抒情、叙事、议论于一体，短小精悍，流丽清新，隽永飘逸，富于诗情画意，以平易流畅的语言自然地表现真实情感。

晚明小品文的代表人物有江盈科、陈继儒、李流芳、祁彪佳，在他们后面的王思任、刘侗、张岱则把山水小品文推向了高峰，其中张岱成就最高，他是晚明小品文的集大成者。

王思任生于北京，20岁考上进士，做过陕西和安徽的地方官。一方面他性情孤高，富有气节。另一方面，他为人滑稽，为文谐谑，好开玩笑。

王思任的山水小品文更多地继承了柳宗元的文风，借山水景物而传述出抒情主体的心魄。擅长写小情小景，风格清新活泼，语言明净澄澈，不避俚俗又富于表现力。

主要作品有《小洋》《天姥》《游满井记》《游惠

■ 王思任《疏木寒江图》

锡山记》《历游记》等，体格变幻，备极奇妍，不仅写景笔墨如绘，而且在恣肆狂放中时常夹杂有谐谑之语。

刘侗是湖北麻城人，41岁才考中进士，刘侗是个很有才华的作家，他的山水小品文独树一帜。他在北京居住多年，与朋友奕正合撰的《帝京景物略》，由一百二三十个短篇组成，积小品而成大品。

刘侗《帝京景物略》书影

此书广采博收，详记北京的城郊景物、园林寺观、名胜古迹、山水堤桥、陵墓祠宇，乃至风习节令、花草虫鱼，兼及一些人物故事，是一部文学色彩浓厚的方志书，又是一部优美的小品文结集。

《帝京景物略》视角独特，似乎从高处俯瞰大地颜色的变化、田间歌声的不同，生动地表现出劳动者的感受和心态。画面不是平面的，而是立体和多角度的，融《世说新语》之隽永、《水经注》之雅洁、袁宏道游记之灵趣于一炉。

清代学者纪昀在《帝京景物略序》中说：

　　其胚胎则《世说新语》《水经注》，其门径则出入竟陵、公安，其序致冷隽，亦时复可观。盖竟陵、公安之文，虽无当于古之作者，而小品点缀，则其所宜。寸有所长，不容没也。

张岱生于1597年，经历了明清两个朝代。青少年时期一直过着富贵荣华的生活。他兴趣广泛，喜好美食、艳衣、骏马、华灯、梨园、鼓吹、古董、读书等，其中对诗书很是着魔。

张岱是晚明小品文的集大成者，他的作品，兼有"公安"和"竟陵"两派之长，又有自己的特色。著有小品集《陶庵梦忆》《琅嬛文集》《西湖寻梦》等。

张岱小品文的内容十分丰富，包括山川景物、亭台楼阁、社会风貌、民情民俗、戏曲杂艺、花木竹石、斗鸡走马等，大大拓展了小品文的题材。

张岱的小品文记载风物，不单纯写景叙事，而且讲究情趣神韵与诗意。张岱善于塑造意境，以独特的美学眼光和独特的文字，渲染独特的审美心态。

此外，张岱写人物，善于抓住最典型的言行，简单的几笔就能将人物形象惟妙惟肖地跃然纸上。他在记述琐事时，细腻入微，活泼多姿，耐人寻味。

张岱的小品文善用本色的语言，不重雕镂，不咬文嚼字，因而显得自然亲切，富有浓郁的生活气息，而且有着向时代靠拢的新气息。

108

异彩纷呈的文学艺术

阅读链接

张岱喜欢山水，癖于园林。这正是晚明文人名士标榜清高、避世脱俗的一种方式。无论山水，还是园林，张岱都崇尚清幽、淡远、自然、真朴。

这种审美意趣和追求，反映在他的小品中。他认为"西湖真江南锦绣之地。入其中者，目厌绮丽，耳厌笙歌。欲寻深溪、盘谷，可以避世，如桃源、菊水者，当以西溪为最"。

他认为古迹的一亭一榭，一丘一壑，布置命名，既要体现主人的儒雅学问，又要体现他的艺术个性和意趣情韵。这种见解和态度正是张岱的山水小品所追求的美学品位，也是他品诗论文的标准。

继承并发展的清代散文

　　历史进入清代，受到几千年文化熏陶的清代文人，一方面很好地继承了前朝的文化传统，一方面又将自己的创新融入进去，似乎又创造出新的繁荣。

　　清初散文大致可分为"文人之文"和"学者之文"两大类，文人之文以侯方域、魏禧、汪婉为代表，当时的人称他们为"清初三大家"，其中侯方域被推为第一。

　■侯方域（1618—1654），字朝宗，明归德府人。明末清初著名文人。少年即有才名，参加复社，与东南名士交游。侯方域擅长散文，以写作古文雄视当世，与方以智、冒襄、陈贞慧合称"明末四公子"，与魏禧、汪婉合称"清初三大家"。著作有《壮悔堂文集》10卷，《四忆堂诗集》6卷。清初作家孔尚任撰《桃花扇》传奇剧本即是写侯方域与秦淮名妓李香君的爱情故事，反映了南明的兴亡。

经学 原本是泛指各家学说要义的学问，后特指研究儒家经典，是一种解释其字面意义、阐明其蕴含义理的学问。经学是中国古代学术的主体，经学中蕴藏了丰富而深刻的思想，保存了大量珍贵的史料，是儒家学说的核心组成部分。

侯方域少年即有才名，才思敏捷，才气逼人，擅长作诗，尤其擅长古文，著作有《壮悔堂文集》10卷，《四忆堂诗集》6卷。侯方域的散文以传记成就最高，影响较大。

侯方域的传记类文章常取用小说的表现手法，喜用小故事和典型细节传神写照，形成一种清新奇峭的风格。著名的人物传记是《李姬传》《马伶传》等。

这些作品塑造的形象婉转动人，语言畅达雅丽，叙事简要，另外，侯方域的论文、书信的成就也较大，或义正词严、酣畅饱满，或缠绵悱恻、声情并茂。

学者之文以黄宗羲、顾炎武、王夫之为代表。黄宗羲的散文剖析犀利，说理透彻，语言质朴，其成就主要体现在记叙文上。

顾炎武注重经学研究，反对空谈。他非常重视民族气节，是个有着强烈爱国心的人，写了很多有深刻见解的文章。他的散文代表作有政论《郡县论》《生员论》；亭台记《复庵记》以及杂论《夸毗》等，文

■ 顾炎武书法

■ 顾炎武（1613—1682），本名继坤，改名绛，字忠清；南都败后，改炎武，字宁人，号亭林，自署蒋山佣，南直隶苏州府昆山，即今属江苏省人。著名思想家、史学家、语言学家，与黄宗羲、王夫之并称为明末清初三大儒。

章语言朴实，底蕴深厚，具有强烈的现实性。

王夫之是明末的举人，喜欢读书写作，精于经学、史学、文学、天文、历法、数学、地理等。他的散文创作主要长于史论与哲学论文，著名的有《读通鉴论》《宋论》《知性论》等。此外，记序杂文《船山记》《自题墓志铭》等也十分有特色。

清中期，桐城派占据了散文的霸主地位。桐城派人数最多，时间最长，影响最大，由于先后有三位领导人物都是安徽桐城人，因此称之为桐城派。代表人物为戴名世、方苞、刘大櫆、姚鼐，后三者被称为"桐城三祖"。

戴名世是桐城派的先驱，曾隐居桐城南山，人称南山先生。写有人物传记、杂文小品、山水游记等，文笔自然挥洒，以自然平淡见长。

"桐城三祖"之一的方苞，他的散文理论提倡"义法"，义就是内容，法就是形式。对于内容，方苞要求醇正，对于形式，他讲究布局、章法、选辞、造句，提倡古朴简约，要求语言雅洁，反对俚语和俪语。代表作有《左忠毅公逸事》《狱中杂记》等。

郡　古代行政区域，始见于战国时期。秦代以前比县小，从秦代起比县大。后汉时起，郡成为州的下级行政单位，介于州、县之间。隋代废除郡制，以县直隶于州。唐代的排列则是道、州、县。在明清时期称府。

异彩纷呈的文学艺术

四库全书藏本

刘大櫆的散文比方苞的活泼，讲究辞藻，风格雄奇，但蕴含的义理不如方苞的文章，内涵不深，底蕴不足，题材也不够丰富。

姚鼐是桐城三祖中成就最显著的，是桐城派的领袖、核心人物。1763年，姚鼐考中进士，历任山东、湖南副考官、刑部侍郎、《四库全书》编修官等。他广收门徒，影响更为长远。

姚鼐的散文创作风格偏向阴柔，以韵味取胜，于简洁严谨中力求悠闲舒缓，平淡自然。他擅长序、记、碑、传及书一类的写作，形象性较强，比方苞和刘大櫆的文章更有文采。《登泰山记》《游眉笔泉记》《李斯论》等都很有特色。其文文法考究，语言雅洁，叙事写人，富有神韵。

清代中后期，受桐城派影响，出现了一些小流派，其中有影响的有湘乡派、侯官派等散文流派，他们都是从学习桐城文起家，有一定的影响力。

晚清时期，散文也有了新的发展，这个时期的散文加强了文章的现实性和政治性。在表达形式上，更加自由多样、新鲜活泼，语言则尽量浅显易懂，体现了近代散文的艺术特点。

魏源、龚自珍等人开创了启蒙时期。他们的散文宣传社会变革，呼唤时代风雨。

龚自珍是道光时期的进士，曾任礼部主事。他的文章不讲宗法，凡经、史、诸子百家无不融贯，题材广泛，立意新鲜，个性鲜明，多具时代特色。

龚自珍的文章内容多关于时政，或议论，或讽刺，或一般记叙，语言风格活泼多样，尤以纵横恣肆、透彻明快著称，开创了有别于桐城派的散文风气，标志着清代散文的转折。

龚自珍的名篇《病梅馆记》是一篇寓言性杂说。文章从题目到正文，无一处不在谈论梅树，而实际上表现的是一种对个性与自然的尊崇，表达了作者向往人格自由、渴望社会变革的愿望。

晚清时期，康有为和梁启超是散文界最有影响力的名家，他们的散文代表报章体的鼎盛。康有为是资产阶级改良派的领袖，重要的政治活动家和思想家，他的政论文深切分析时势，宣传变法维新，气魄宏伟。

梁启超是光绪时举人，是康有为的弟子，他也是资产阶级改良派的领袖，著有《饮冰室合集》，曾主编《时务报》《新民丛报》《新小说》等报刊。

在散文方面，梁启超提出"文界革命"的口号，他的文章半文半

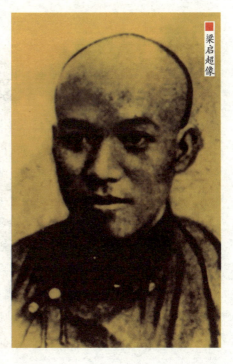

梁启超像

白，夹以俚语、韵语和外国语法，条理清晰，通俗易懂，便于表达新思想、新事物，讨论新问题。由于他的多数文章发表于《新民丛报》，因此称"新民体"。

最能代表"新民体"的文章是《少年中国说》。文章风格恣肆而又平易畅达，有骈文，有散体，或单行，或排比，句式参差变化，条理清晰，笔锋包含感情，充分体现了"新民体"特色和优点，也体现了一种新的散文样式。

新民体是一种介于古文与白话文的文体，为梁启超受桐城派古文与明清小说文体影响而创造，特点为更加直接明快。新民体杂糅桐城派古文与《三国演义》等小说文体，在清末为厌倦八股文程式的青年才俊所激赏，传播很广。另外梁启超采用拿来主义，直接引入当时日本汉字，譬如"组织""政治""经济""哲学"等，大大丰富了中国近代词汇。

阅读链接

梁启超在文学创作上有多方面成就，散文、诗歌、小说、戏曲及翻译文学方面均有作品问世，其中尤以散文影响最大。

1905年梁启超写《俄罗斯革命之影响》一文，文章以简短急促的文字开篇，如山石崩裂，似岩浆喷涌："电灯灭，瓦斯竭，船坞停，铁矿彻，电线斫，铁道掘，军厂焚，报馆歇，匕首现，炸弹裂，君后逃，辇毂塞，警察骚，兵士集，日无光，野盈血，飞电刿目，全球拃舌，于戏，俄罗斯革命！于戏，全地球唯一之专制国遂不免于大革命！"

然后，以"革命之原因""革命之动机及其方针""革命之前途""革命之影响"为题分而析之，丝丝入扣。文章气势磅礴，极有说服力。

异彩纷呈的
文学艺术

诗的国度

诗的历史与艺术特色

先秦时期诗歌

　　诗歌是中国最早的文学形式之一，远在远古时，我们的祖先在从事繁重的集体生产劳动时，为了协调动作和减轻疲劳，每每发出有节奏的劳动呼声，那种自然而顺畅的韵律就是诗歌的起源。

　　先秦时期诗歌包括原始社会歌谣、《诗经》《楚辞》以及春秋战国时期的一些民歌。其中《诗经》是现实主义诗歌的源头，而《楚辞》是浪漫主义诗歌的源头，《诗经》和《楚辞》被称为"北风南骚"。先秦时期诗歌以其丰富的内容，完备的韵律，精巧的构思，为中国诗歌开了一个水平极高的头，是后代诗歌的滥觞。

最早的诗歌总集《诗经》

《诗经》是中国最早的一部诗歌总集，创作于西周初年至春秋中期，约在公元前6世纪中叶编订成书。

《诗经》原来的名字叫《诗》或者《诗三百》。在周代的时候，朝廷有专门采集诗歌的人，他们到全国各地采集诗歌，再汇集至朝廷，从而让朝廷知道各地方的民情风俗。

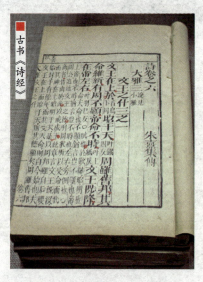

古书《诗经》

那时采集到的诗歌超过3000首，传说经过大圣人孔子的修订，只保留了305首，因此称为《诗三百》。到了汉代，儒家学者把它看作经典，所以称作《诗经》。《诗经》与音乐的关系十分密切，《论语·子罕》记载：

吾自卫反鲁，然后乐正，雅、颂各得其所。

这句话的意思是说孔子从卫国返回到鲁国，把音乐整理得合乎礼法，于是《雅》乐和《颂》乐也就能够得到正确的演奏了。西汉史学家司马迁曾经说过："三百零五篇，孔子皆弦歌之。"

《诗经》中的诗歌都是可以入乐歌唱的，它所收集的诗章就是根据音乐的不同而分作《风》《雅》《颂》三部分的。

"风"是带有地方色彩的音乐，《风》诗是从周南、召南、邶、鄘、卫、王、郑、齐、魏、唐、秦、陈、桧、曹、豳等15个地区采集上来的土风歌谣，即《国风》。《风》共有15个地方的《国风》，共160篇。大部分是民歌。

"雅"是周王朝直辖地区的音乐，称为"正声雅乐"。按音乐的不同又分为《大雅》31篇，《小雅》74篇，共105篇。除《小雅》中有少量民歌外，大部分是贵族文人的作品。

"颂"是宗庙祭祀的舞曲歌词，内容多是歌颂祖先的功业的。《颂》诗又分为《周颂》31篇，《鲁颂》4篇，《商颂》5篇，共40篇。全部是贵族文人的作品。

儒家 又称儒学、儒家学说，或称为儒教，是以信奉孔子为先师，以"儒"为共同认可符号，各种与此相关，或声称与此相关的思想道德准则，是中华文明最广泛的信仰构成。春秋战国时期，孔子在鲁国讲学，以"诗、书、礼、乐、易、春秋"之六经为经典，是儒家的最早起源。

从时间上看，《周颂》和《大雅》的大部分产生在西周初期；《大雅》的小部分和《小雅》的大部分产生在西周后期至西周东迁时；《国风》的大部分和《鲁颂》《商颂》产生于春秋时期。

《风》是整部《诗经》中的精华，它对上古时期的现实生活作了生动的描绘。有些诗歌展现了当时的社会生活和生产劳动的场景；有些诗歌反映了兵役和劳役给民众带来的痛苦；有些诗歌讽刺了一些官员腐败无耻的生活；有些诗歌则描绘了当时的爱情婚姻生活。

《豳风·七月》是《国风》中最长的一首诗歌。在这首古老的农事诗里，记录了上古先民一年四季所从事的农业劳动，全面反映了当时的农业生产情况。

《国风》中反映爱情婚姻生活的诗篇最集中，艺术成就也最高。这类诗歌或歌唱男女之间相悦相思之情，或赞誉对方的风采容颜，或描述男女幽会时的情景，或感叹弃妇的不幸遭遇。

《关雎》在《国风》中排列第一。这是一首地地道道的爱情诗，描写了一名男子在遇到一位采荇菜的女子后油然而生思慕之情，不由

异彩纷呈的文学艺术

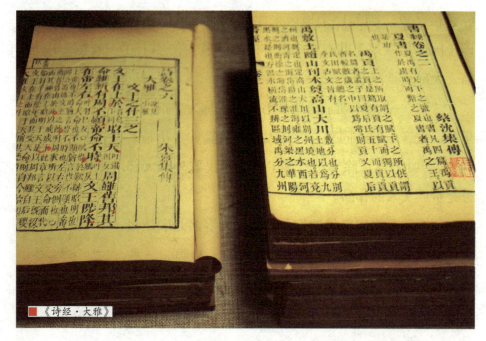

《诗经·大雅》

■ 古人耕种水稻复原图

得发出"窈窕淑女，君子好逑"的心声，并展开了对爱情的不懈追求，表达了一种争取美满婚姻的愿望。

《汉广》是一首男子求偶失望的诗。全诗皆用比喻和暗示。"南有乔木，不可休思。汉有游女，不可求思"，即是比喻。乔木不可休，游女不可求，实际是比喻所求之女不可得。

《国风》中描写当政者腐败丑恶的诗篇，具有政治批评的意义。总体而言，这些诗歌反映了下层民众对当政者的不满，乃至憎恨情绪，其中《伐檀》《硕鼠》两诗最为著名。

《伐檀》是一群伐木工人在河边砍伐木材时唱出的歌。他们辛勤干活，终日劳累，却无衣无食，而那些所谓的"君子""不稼不穑""不狩不猎"，家里粮食、猎物却应有尽有。诗中伐木工人对这种不劳而获的现象进行了严正的责问和尖锐的讽刺。

《雅》中的《大雅》大多数是王室贵族和朝廷官员以及乐官等所写的歌颂周王朝的诗篇，用于诸侯朝会。《小雅》大多数诗篇出于贵族文人之手，用于贵族宴会。

■《小雅》石刻

《小雅》中的少数诗篇来源于民间，它们或写饥寒之苦，或写征夫之劳，叙事生动，描写细腻。《采薇》是一首写戍边兵士的诗。诗的末章写有"昔我往矣，杨柳依依，今我来思，雨雪霏霏"的诗句，融情于景，以乐景写哀，哀景写乐，倍增其哀，写出了戍卒久役将归的又悲又喜的真实情感。

《大雅》中有5篇史诗极富价值，它们是《生民》《公刘》《绵》《皇矣》和《大明》。这些祭祀诗所涉及的历史，跨越了整个周族从产生到壮大再到立国的一个漫长时期，诗歌中有些人物和事件的发生远在有史记载之前，因此在这些长期流传的部族故事中，带有早期神话传说中所特有的想象成分和传奇色彩。

《颂》包括《周颂》《商颂》《鲁颂》三部分。周代初期，人们心中的神灵观念根深蒂固，祭祀是人们

史诗 是一种叙述英雄传说、歌颂英雄功绩或者重大历史事件的叙事长诗，属于一种庄严的文学体裁。史诗涉及的主题主要包括英雄传说、历史事件、民族、宗教等。史诗是人类最早的精神产品，对我们了解早期人类社会具有重大意义。

表达对神灵崇拜的重要方式，是人们生活中非常重要的一部分，祭祀礼乐由此也变得十分重要。

祭祀歌曲被人们集中收入在《诗经》"颂"中的《周颂》里。这些宗庙祭祀诗主要是歌颂祖先的文治武功，赞美他们的美德善行。

《诗经》不但思想深广博大，而且艺术成就卓越非凡，对后世文学产生了深远的影响。

《诗经》艺术风格朴实自然，主要产生于两三千年前以黄河流域为中心的北方地区。北方人民由于自然条件较差，生活勤劳，养成了朴实浑厚的性格，他们的歌唱也就自然表现出重现实、重实际、重真情的思想特征。

《诗经》十分富于现实主义创作精神。《诗经》中超过三分之二的作品是以当时的现实生活为写作素材的，它们真实地反映了当时500多年间的社会生活状况，细腻地描绘了当时普通民众的思想活动和感情世界。

《诗经》采用了多样的艺术手法。《诗经》以古朴的四言诗为主，但并不拘泥于这种句式，而是富有变化，许多诗句常常冲破四言的定格，而杂用二言、三言、五言、六言、七

祭祀 是华夏礼典的一部分，更是儒教礼仪中最重要的部分，礼有五经，莫重于祭，是以事神致福。祭祀对象分为三类：天神、地祇、人鬼。天神称祀，地祇称祭，宗庙称享。祭祀的法则详细记载于儒教圣经《周礼》《礼记》中，并有《礼记正义》《大学衍义补》等书进行解释。

■《诗经》绘画

言乃至八言等。

《诗经》采用最多的艺术手法是赋、比、兴。《风》和《小雅》多用"比""兴"手法，《大雅》和《颂》用得较多的是"赋"。《采薇》就是用"赋"的手法写成的。《氓》一诗中用桑树从繁茂到凋落的变化来比喻爱情的盛衰。

除了采用赋、比、兴艺术手法外，《诗经》还适当地运用夸张、对偶、排比、层递、拟声等多种修辞，使作品摇曳生姿，文采斐然。

《诗经》句式整齐，声调和谐，具有极高的审美价值。结构常采用叠章的形式，各章词句基本相同，每章更换一两个字以表示事物发展的顺序和过程。这种分章叠咏、词句复沓的表现手法，能形成一种一唱三叹的艺术效果。

《诗经》的作者善于选用陈述、感叹、问答、对话、肯定、否定等多种句式，借助句式的多样变化，以恰当而完美的形式表情达意，无形中扩大了句式的容量，增强了诗歌语言的表达效果。

《诗经》奠定了诗歌的优良传统，成为中国传统文学和艺术藏量丰富的宝库，对后世的文学和艺术创作有着非常深远的影响，启发和诱导了一代又一代文人的创作。

阅读链接

《诗经》的作者的成分很复杂，产生的地域也很广。除了周王朝乐官制作的乐歌，公卿、列士进献的乐歌，还有许多原来流传于民间的歌谣。

这些民间歌谣是如何集中到朝廷来的，则有不同说法。最流行的说法有两种：一种说法是周王朝派采诗人到民间收集歌谣，以了解政治和风俗的盛衰利弊；另一种说法是这些民歌是由各国乐师收集的。乐师是掌管音乐的官员和专家，他们以唱诗作曲为职业，收集歌谣是为了丰富他们的唱词和乐调。

楚辞的产生与辉煌成就

　　在春秋时期，楚国兴盛于江汉流域，其后日益强大，雄踞南方。楚民族性格活泼，爱好音乐舞蹈，民间盛行巫风，在祭祀鬼神时一定要唱巫歌，于是产生了以巫文化融合中原文化为基础的楚文化。

　　在楚国，上自楚王，下至百姓，都相信鬼神，喜欢祭祀，把人间的一切活动告知鬼神，祈求鬼神降福于他们，如此浓厚的巫风自然充斥着迷信的成分。但同时，其中大量神奇瑰丽的神话传说，不仅给文学创作提供了丰富的素材，而且也启发着诗人们的想象。

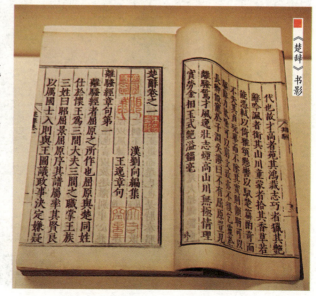

《楚辞》书影

　　战国后期，以屈原

大夫 古代一种官名。西周时期以后先秦时期诸侯国中，在国君之下有卿、大夫、士三级。大夫世袭，有封地。秦汉时期以后，朝廷有御史大夫、谏大夫、中大夫、光禄大夫等。唐宋时期有御史大夫及谏议大夫之官。清代高级文职官阶称大夫，武职则称"将军"。

为首的楚国诗人创作了一种新的诗体，这就是楚辞。楚辞"书楚语，作楚声，纪楚地，名楚物"，具有十分浓厚的地方色彩。

"楚辞"之称，始见于西汉，汉成帝时，文学家刘向在前人纂辑的基础上，集录屈原、宋玉诸作及后人模拟之作为一书，统题为《楚辞》。《楚辞》主要以屈原作品为主。

楚辞是《诗经》之后古代诗歌的又一座高峰。风格独特的楚声、楚歌为楚辞的产生提供了丰富的养料，此外，南北文化的交流和融合也对楚辞的产生有着重要作用，还有，《诗经》的思想以及表现方法也对楚辞产生了一定的影响。

屈原是楚辞体产生的最重要、最伟大的创造者。屈原，公元前340年出生于楚国的贵族之家，与楚王同姓。屈原是一个有大才的人，他才高学博，善于应

■ 清代黄应谌作品《屈原卜居图轴》

对，具有远大的政治抱负。

屈原在从政初期，身居要职，受到楚怀王的高度信任，能左右国家的政策，可以施展他匡世济民的雄才大略。然而，屈原在做官的道路上并不是一帆风顺的，而是充满了波折。当他踌躇满志之时，他的政敌上官大夫等向他发难，在楚怀王面前极力诋毁他。

■ 屈原画像

楚怀王是一个偏听偏信的国君，他听信谗言，开始疏远屈原，而屈原又不肯委屈自己，最后丢掉了官职。从那以后，屈原前后两次遭到放逐。第二次放逐后，屈原一直过着颠沛流离的囚徒生活，可是他依然坚持理想，不肯放弃。

公元前278年，秦国军队攻陷楚国的郢都。流放中的屈原得知亡国的消息，极其愤懑，理想破灭了，又走投无路，就自沉汨罗江，含愤离开了这个世界。

屈原的作品，《汉书·艺文志》著录为25篇，东汉时期王逸的《楚辞章句》也确定屈原作品为25篇，包括《离骚》《九歌》11篇、《天问》《九章》9篇、《远游》《卜居》《渔父》。

以《离骚》为代表的这些作品，奠定了屈原在文学上的崇高地位。《离骚》是古代最长的政治抒情诗。全诗长达373句，有2477字。

在《离骚》这首长诗中，屈原以浪漫奇特的构思

《汉书》 又称《前汉书》，是中国第一部纪传体断代史，《二十四史》之一。《汉书》与《史记》《后汉书》《三国志》并称为"前四史"。全书主要记述了上起公元前206年，下至公元23年，共230年的史事。

■ 屈原传世作品
《离骚》石碑

和深沉悲愤的激情，结合自己的身世遭际，塑造了一位血肉丰满的抒情主人公形象，表现了丰富深刻的思想和卓越精湛的艺术。

诗中主人公实际上就是现实中的屈原自己，因此，《离骚》一诗可以看作是屈原的自序。

根据《离骚》的基本内容，可以将其分为前后两个部分：前半部分内容主要是回顾过去的经历，诗人从叙述家世、宗族、生辰、禀赋着手，对自己美好而崇高的人格进行了多方面的展示。

后半部分的内容主要是诗人用幻想的方式，探索未来的道路。屈原假设了"女嬃"对自己的好心规劝，可诗人没有听从劝说，继续向楚怀王陈述他的治国之道，并希望以此挽回楚国衰败的局势。最终诗人在想象中开始了他驱使众神、上下求索的漫漫征程。

《离骚》无论在形象塑造、创作方法、表现手法和形式，以及语言等方面，都有所开拓和创新，取得了辉煌的成就。

《离骚》以现实主义为基调，以浪漫主义为特色，两者完美结合。《离骚》的现实主义基调体现为诗人以极富个性化的笔触，真实而深刻地揭示了战国后期楚国政治的黑暗和社会的混浊，直率地抒发了诗人的理想和感情。

《离骚》全诗闪烁着强烈的浪漫色调，具体表现在三个方面：用比兴手法集中而夸张地描写抒情主人公的高洁；塑造一系列神灵形象，陪衬主人公；描绘瑰丽奇幻、缥缈迷离的境界。

《离骚》具备严整细密的艺术结构，长诗既有对奇幻境界的描绘，又有对现实遭遇的叙述，既有陈述志向的议论，又有自身情怀的抒发，内容丰富，头绪繁多，但诗人写得有条不紊，紧凑严密。

《离骚》的艺术成就还表现在它对诗歌形式和语言的革新上。《离骚》一般篇幅较长，句式灵活参差，多六言、七言，以"兮"字做语助词。在语言上，双声、叠韵、重言的运用，都较《诗经》有新的发展，特别是大量吸收楚地方言口语入诗，显示了新的风采。

除了《离骚》外，《九章》《九歌》《天问》也都是《楚辞》中重要的诗篇。这些诗篇综合表达了诗人

浪漫主义 文艺的基本创作方法之一，与现实主义同为文学艺术上的两大主要思潮。作为创作方法，浪漫主义在反映客观现实上侧重从主观内心世界出发，抒发对理想世界的热烈追求，常用热情奔放的语言、瑰丽的想象和夸张的手法来塑造形象。

■ 屈原碑林

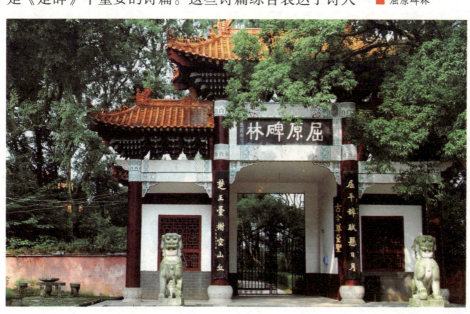

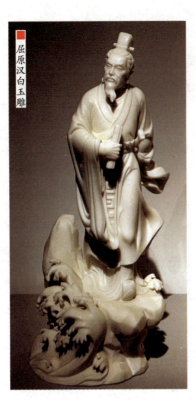
屈原汉白玉雕

热爱楚国，怀念古都，以及至死不变的高尚节操。除了思想价值极高外，这些诗篇各具特色，有着较高的艺术价值。

屈原稍后的楚辞作家，还有宋玉、唐勒、景差等。这些作家中，宋玉最为著名。据说他是屈原的弟子，与屈原并称"屈宋"。

《九辩》一诗公认是宋玉的作品，《九辩》是一首政治抒情长诗，共55句，抒写了诗人生不逢时的感慨，对政治腐败、社会黑暗也给予了揭露。

《九辩》首段描写悲秋中的哀愁，最为脍炙人口。这一段中，诗人着力描绘秋天的自然景象，渲染萧瑟凄怆的气氛，与诗人凄凉悲切的情怀有机地融为一体，创造了高远悲凉的意境，从而开启了古代文人悲秋伤怀的传统。

异彩纷呈的文学艺术

阅读链接

屈原是一位最受人们敬仰和崇拜的诗人。据《续齐谐记》和《隋书·地理志》记载，屈原于农历五月初五投江自尽。因为怕祭屈原之身被鱼虾所食，人们把米包在粽叶里面做成粽子投放在江里。

此后，每年的农历五月初五，人们都包粽子，并在粽子上系上五彩丝线，然后将粽子投放在江里。这种习俗后来形成了传统节日端午节。另外，为了寄托哀思，在端午节这天人们荡舟于江河之上，逐渐发展成为龙舟竞赛。

继《诗经》《楚辞》之后产生了一种新的诗体，由于它是被称为乐府的专门机关收集编辑的可以配乐歌唱的诗歌，因此被称为"乐府"。

汉代乐府诗歌是汉代诗歌的代表，在诗歌史上有极高的地位，与《诗经》《楚辞》可鼎足而立；另一方面它在中国诗歌史上，起着承前启后的作用。

它既继承、发扬了《诗经》的现实主义传统，也继承、发扬了《楚辞》的浪漫主义精神。

承前启后

汉代诗歌

汉代乐府民歌的内容和成就

乐府原本是政府的音乐机构。早在秦代，乐府就作为政府的音乐机构的名称而存在了，汉代后，沿袭秦代体制，也设有专门的音乐机构，它的主要职能是管理郊庙、朝会的乐章。

至汉武帝时，音乐机构的规模和职能都大大扩大了，这是汉武帝整顿改革礼乐的一项重要举措，目的是改革传统的郊庙音乐歌曲，用

汉代乐舞木俑

■《乐舞百戏图》

新声改编雅乐。

当时乐府的具体职能，一是采集和编写歌词；二是谱写乐曲；三是训练乐工；四是演奏乐歌。

在这些职能中，最引人注目的一项职能就是"采诗"，也就是由乐府机构派专人去各地收集民歌俗曲，配乐歌唱，供统治者考察政治得失。

汉代乐府歌词的来源有三：

第一类是宫廷文人写作的，这类乐章主要用于朝廷典礼，包括《郊庙歌》《燕射歌》与《舞曲》。

第二类是从全国各地收集来的民歌，这类歌词主要在普通场合演唱，包括《相和歌》《清商曲》与《杂曲》。

第三类是来自西域的音乐，这类歌词大多是振奋士气的军乐，包括《鼓吹曲》和《横吹曲》。

其中从民间采集而来的歌词，习惯上称为"乐府民歌"。《汉书·艺文志》记载：

乐府 古代汉族的民歌音乐，最初始于秦代，到汉时沿用了秦时的名称。公元前112年，汉王朝在汉武帝时正式设立乐府，其任务是收集编纂各地民间音乐、整理改编与创作音乐、进行演唱及演奏等。汉魏六朝以乐府民歌闻名。后来，"乐府"成为一种带有音乐性的诗体名称，真实地反映了下层人民的苦难生活。

■ 汉代奏乐俑

自孝武立乐府而采歌谣，于是有赵、代之讴，秦、楚之风，皆感于哀乐，缘事而发，亦可以观风俗，知厚薄云。

"赵、代之讴，秦、楚之风"，可以见出当时采诗的地域很广；"感于哀乐，缘事而发"，可以知道当时采集的诗歌具有现实主义精神，是下层民众真情实感的抒发；"观风俗，知厚薄"，可以了解统治者有考察政治得失的意图。

《汉书·艺文志》列出了西汉时期所采集的138首民歌所属的地域，范围遍及全国各地。宋代郭茂倩的《乐府诗集》收录了最为完备的乐府诗歌。汉代民歌主要保存在其中的"鼓吹曲辞""相和歌词""杂曲歌词"三类。

"鼓吹曲辞"即箫鼓合奏，其中的作品《铙歌十八曲》产生的时间不一，内容庞杂，有记叙战事、表扬武功、歌颂爱情等，其中收录有部分民歌，反映了人们生活的某些侧面。

《有所思》和《上邪》是表述爱情的作品，两者都塑造了泼辣大胆的村野姑娘形象，前者为心上人准备了珍贵的礼物，但"闻君有他心"，立即决定"从

鼓吹 原指汉魏时期以后流行的演奏方式，源自北方少数民族地区，主要演奏乐器为打击乐器和吹奏乐曲，如鼓、笳、箫等，所以称为"鼓吹"。以后鼓吹逐步由演出的形式转化为对乐队的称谓，再引申为宣扬、宣传等意思。

今以往，勿复相思，相思与君绝"。后者的爱情表白
更是热情如火：

雅乐　即"优雅的音乐"，中国古代的宫廷音乐。雅乐的体系在西周初年制定，与法律和礼仪共同构成了贵族统治的内外支柱。以后一直是东亚乐舞文化的重要组成部分。

　　　　上邪，我欲与君相知，长命无绝衰。
　　山无棱，江水为竭，冬雷震震，夏雨雪，天
　　地合，乃敢与君绝！

　　连用五个绝对不可能成为事实的假设反衬对爱情
的坚贞不渝，感情炽烈、奔放、粗犷。

　　"相和歌词"中的"相和"指丝竹相和或人声相
和的演唱方式，其辞多为汉代街陌歌谣，较为全面地
反映了人们的生活和精神世界。

　　"相和歌词"内容丰富，其中有描叙人们悲惨苦
难生活的，如《平陵东》《妇病行》《东门行》《孤儿
行》等。

　　除描叙人们悲惨苦难生活的主
题外，"相和歌词"中还满怀深情
和同情地写出了人们乐观善良的美
好品质，以及他们对生活的热爱
和对情感的真挚追求。代表作品有
《陇西行》《白头吟》《饮马长城窟
行》《陌上桑》等。

　　此外，"相和歌词"还展现了
人们对生死的朴素思考，如《长歌
行》中的"少壮不努力，老大徒伤
悲"，充满惜时发奋之情。

■ 汉代乐手

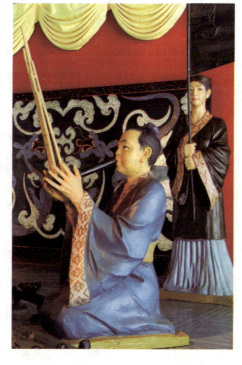

东汉青铜乐俑

《蒿里》中的"蒿里谁家地？聚敛魂魄无贤愚。鬼伯一何相催促？人命不得少踟蹰"，将人生短暂的感叹倾诉无遗。

"杂曲歌词"是各类曲子的集合，其歌词内容或抒怀，或游乐，或忧愁，或离别，或征战，内容既有文人所作，也有民间歌谣。代表作品有《十五从军征》《古歌》《孔雀东南飞》等。其中《孔雀东南飞》典型体现了汉代乐府民歌的艺术成就。

汉代乐府民歌是继《诗经》《楚辞》之后，中国诗歌发展史上的又一重要阶段。汉代乐府民歌的主要艺术特色是以叙事为主，"感于哀乐，缘事而发"，扩大了中国诗歌的叙事领域。

由于民歌作者对下层生活有着直接的感受和体验，因此在将之诉之于诗歌时，能够选取典型事件来概括，并将代表了本阶层的思想感情融入其中。

汉代乐府民歌大部分是叙事诗，其艺术成就又体现为高超的叙事技巧。这种技巧不仅是笼统的叙事与抒情相结合，而且在具体手法上表现为第一人称的叙事，多取生活片断或典型场景，便于集中抒发强烈的感情。第三人称的叙述则于相对完整的故事情节中塑造出鲜明生动的人物形象。

汉代乐府民歌还善于使用多变的句式和自然的语言。汉代乐府民歌形式自由灵活，或四言，或五言，或杂言，句式上从一二以至十言不等，这些多样的句式有助于表达不同的情感和内容，表现出劳动人民无穷的创造力。

汉代乐府民歌来自民间，因此其语言朴素自然、生动活泼，既充满着真情率性，又洋溢着浓郁的生活气息。如《孤儿行》《妇病行》《上山采蘼芜》等语言率性而发，绝无文饰，更为重要的是"质而不俚，浅而能深，近而能远，天下至文，靡以过之"。

汉代乐府民歌的现实主义精神直接继承《诗经》现实主义精神，而且有所发展，对后世的诗歌创作产生了重大影响。形式上除直接孕育了东汉文人五言诗外，对后世五、七言、杂言诗体的发展也有较大影响。它的叙事技巧和语言特色对后世诗歌也有着较深的滋润作用。

承前启后
汉代诗歌

阅读链接

宋代郭茂倩的《乐府诗集》将由汉代至唐代的乐府诗依音乐和时代分为12类：郊庙歌词、燕射歌词、鼓吹曲辞、横吹曲辞、相和歌词、清商曲辞、舞曲歌词、琴曲歌词、杂曲歌词、近代曲辞、杂歌谣辞、新乐府辞。

郊庙歌词用于祭祀天地；燕射歌词用于朝会宴飨；鼓吹曲辞用于朝会道路；横吹曲辞用于军旅；相和歌词是各地采集入乐的民歌；清商曲辞是江南、荆楚民歌；舞曲歌词用于配舞乐；琴曲歌词用于合琴曲；杂曲歌词没配乐或分不清乐调的歌词；近代曲辞是指隋唐时期的杂曲；杂歌谣辞指的是徒歌谣谚；新乐府辞指的是唐代人所作的不入乐的徒歌。

长篇叙事诗《孔雀东南飞》

　　《孔雀东南飞》是汉代乐府诗中最长的一篇叙事诗，即使在中国诗歌史上，也是罕见的长篇叙事诗。《孔雀东南飞》典型体现了汉代乐府诗歌的艺术成就，是汉代乐府艺术的典范之作。

　　《孔雀东南飞》在《玉台新咏》题为《古诗无名人为焦仲卿妻作》，《乐府诗集》收入《杂曲歌词》，题为《焦仲卿妻》。

　　《孔雀东南飞》全诗共53句，1765字。诗中写了一个封建社会中常见的家庭悲剧。

　　东汉末建安年间，男主人公焦仲卿是庐江太守府内的一个小官吏，与其妻刘兰芝是一对恩爱夫妻。刘兰芝貌美贤淑，勤于家务，可苛刻的焦母却不喜欢儿媳，婆媳关系颇为紧张。

　　焦仲卿夹在母亲与爱妻之间，处境尴尬。妻子向他诉苦，母亲却逼他休妻再娶。最后焦仲卿难违母命，劝说妻子暂回娘家。刘兰芝回到娘家后，她的兄长逼她再嫁，她只得以死抵抗，"举身赴清池"。

　　焦仲卿闻此消息，幡然醒悟，也"自挂东南枝"，夫妻俩用自己

的死来抗议封建家长的专制。最后，双双自杀的焦仲卿和刘兰芝得以合葬在一起，用他们的冤魂默默地控诉着源于封建家长制的罪恶。

在这首长篇叙事诗里，各种艺术手段都做了充分的发挥，叙事之完整、情节之曲折，性格之突出，语言之个性化，都是前所未有的。通过刘兰芝的自序和编唱者的插叙，叙述了刘兰芝与焦仲卿两人从结婚到分手以及死后合葬的全过程。

这首诗的情节是非常曲折的。刘兰芝自愿遣归，而焦仲卿又向母亲求情。刘兰芝已经上路，而焦仲卿又誓不相负。刘兰芝虽守誓约，而又有县令、太守的相继提亲和兄长的逼婚。最后两人誓同生死，遂以悲剧告终。

《孔雀东南飞》中刘兰芝的性格尤为鲜明。首先，她有坚强的性格。例如当她感到自己辛辛苦苦而无辜被遣时，便向丈夫焦仲卿申诉，自愿遣归：

越剧《孔雀东南飞》剧照

承前启后

汉代诗歌

《玉台新咏》 6 世纪编成的一部古代诗歌总集。它是东周时期至南朝梁时期的诗歌总集。收诗769篇，共为10卷。内容中多收录男女感情的记述表达，以及日常生活的方方面面，刻画出古代女子丰富的感情世界，也展示出深刻的社会背景和文化内涵。

机织 以纱线做经、纬按各种织物结构形成机织物的工艺过程。通常包括把经纱做成织轴、把纬纱做成纡子或筒子的织前准备、织造和织坯整理三个部分。在科技不发达的封建时期，机织曾是许多家庭谋生的手段之一，距今已有5000多年的历史。

十七为君妇，心中常苦悲……

鸡鸣入机织，夜夜不得息。

三日断五匹，大人故嫌迟。

非为织作迟，君家妇难为。

妾不堪驱使，徒留无所施。

便可白公姥，及时相遣归。

刘兰芝在被遣归的遭遇面前，如此从容，如此坚决，表现了极其坚强的性格。

当丈夫焦仲卿再一次"下马入车""低头耳语"，发誓"不相负"时，刘兰芝又说了下面的话：

感君区区怀，君既若见录，不久望君来。君当做磐石，妾当做蒲苇，蒲苇纫如丝，磐石无转移。

■ 《孔雀东南飞》
越剧剧照

从中以看出，刘兰芝非常重视和丈夫的深厚感情，因此在她看到了丈夫真情实意后，遂发出了这样的誓言。

当焦仲卿知道妻子刘兰芝被迫改嫁，闻变而来，两人最后会面时，焦仲卿痛苦地说："贺卿得高迁……吾独向黄泉。"而刘兰芝的回答是冷静而坚定的："同是被逼迫，君尔妾亦然。黄泉下相见，勿违今日言！"

刘兰芝的性格如此坚强，而待人又十分良善。她的感情既是丰富的，又是含蓄的。她向小姑告别之时，百感交集，一泻而不可收拾：

却与小姑别，泪落连珠子：
新妇初来时，小姑始扶床。
今日被驱遣，小姑如我长。
勤心事公姥，好自相扶将。
初七及下九，嬉戏莫相忘。

■《孔雀东南飞》雕塑

说完"出门登车去，涕落百余行"。这种情感是何等的深情，何等的真挚！

焦仲卿是诗中另一个重要形象，作者表现出他从软弱逐渐转变为坚强。他开始对母亲抱有幻想，当幻想被残酷的现实摧毁后，他坚决向母亲表明了以死殉情的决心，用"自挂东南枝"表示对爱情的忠贞和对封建家长制的反抗。

全诗的人物描绘都是生动的。这和诗的语言个性化很有关系。不仅刘兰芝、焦仲卿两人的语言都有个性特点，连两家"阿母"的三言两语，一举一动，也都有个性特点。焦母的专横暴戾，刘兄冷酷自私、贪财慕势的性格，在诗中都刻画得栩栩如生。

卿 有几种含义，一是指古代高级官名；二是古代对人的敬称；三是自唐代开始，君主称臣民；四是古代上级称下级、长辈称晚辈；五是古代夫妻互称。

《孔雀东南飞》中比兴手法和浪漫色彩的运用，对形象的塑造起了非常重要的作用。作者的感情与思想的倾向性通过这种艺术方法鲜明地表现了出来。

诗篇开头，"孔雀东南飞，五里一徘徊"是"兴"的手法，用以兴起刘兰芝、焦仲卿彼此顾恋之情，布置了全篇的气氛。

最后一段，在刘兰芝、焦仲卿合葬的墓地，松柏、梧桐枝枝叶叶覆盖相交，鸳鸯在其中双双日夕和鸣，通宵达旦。这既象征了刘兰芝和焦仲卿夫妇不朽，又象征了他们永恒的悲愤与控诉。这是刘兰芝和焦仲卿形象的浪漫主义发展，闪现出无比灿烂的理想光辉，使全诗产生了质的飞跃。

《孔雀东南飞》颇具民间说唱的形式特点。作为说唱的民间故事，既有现实的依据，又有幻想的因素，语言多夸张的成分，如"十五弹箜篌，十六诵诗书"，作为小户人家的女子，具有这样的教养，定是有所虚构和夸张。

阅读链接

《孔雀东南飞》为乐府诗，创作时间大致是东汉献帝建安年间，作者不详，相传是当时民间为纪念"焦刘"的爱情悲剧而创作的，今天看到的版本在长期的流传过程中可能经过后人的修改。

《孔雀东南飞》最早见于南宋时期陈国徐陵编著的《玉台新咏》中，题为《焦仲卿妻》或《古诗为焦仲卿妻作》。诗前有序文："汉末建安中，庐江府小吏仲卿妻刘氏，为仲卿母所遣，自誓不嫁。其家逼之，乃投水而死。卿闻之，亦自缢于庭树。时人伤之，为诗云尔。"

宋代人郭茂倩编著《乐府诗集》时，又将其收入，题为《焦仲卿妻》。一般取此诗的首句作为篇名，即为《孔雀东南飞》。

六朝诗歌

魏晋南北朝时期，诗歌创作进入了以文人为主、自觉和个性化的时代，诗人之多，诗作之富，诗风之多样，诗歌在表现社会生活与人们内心世界上的开拓与深入，以及诗歌自身形式上的变化和创新，都出现前所未有的壮观局面。

魏晋南北朝诗歌是中国诗歌开端与鼎盛之间的过渡阶段，明显具有承前启后的历史地位。魏晋南北朝八百余年诗坛本身也是名家迭出，名篇如潮，无论其审美价值还是在诗歌史、文学史上的影响，都值得后人重视。

继承中有发展的建安诗歌

　　建安是东汉末年汉献帝的年号，这个时期及以后魏初的若干年的文学创作，称"建安文学"。建安诗人生活在汉代末期，饱经时代的风云和世事的沧桑，他们所发的歌吟，多为反映社会离乱、抒发平生理想之作。

　　建安诗人一方面继承了汉代乐府民歌的传统，另一方面又加以发展、改造，用他们现实主义的创作精神，在诗歌史上树起一面旗帜。风格多呈现清新刚健、慷慨悲凉的特征，被誉为"建安风骨"。

　　建安作家主要有"三曹""七子"。"三曹"即曹操、曹丕、曹植父子3人；"七子"是指孔融、王粲、徐干、陈琳、阮瑀、应场、刘桢7位文人。建安文学最有成就的文学样式是五言诗，其次是赋，如曹植的《洛神赋》、王粲的《登楼赋》等。这个时期文学成就最突出的是曹操、曹丕、曹植和王粲。

　　曹操，是个杰出的政治家和军事家，同时，也是位杰出的诗人。他的诗歌存有20余首，都是以乐府旧题写时事的乐府诗，题材非常丰富。诗歌从现实出发，或者描写战争给民众造成的灾难，如《薤露行》《蒿里行》《苦寒行》等。或者抒发自己的胸襟怀抱、雄心壮志，如《对酒》《短歌行》《步出夏门行》等。

曹操画像

在曹操的诗歌中，《短歌行》和《步出夏门行》中的《观沧海》《龟虽寿》是历来为人传诵的千古名篇。《短歌行》是四言乐府诗，在宴飨宾客时吟唱，诗歌的主题是抒发为了统一大业而求贤若渴的心境，一唱三叹，慷慨悲凉中体现出昂扬之态。

《观沧海》是《步出夏门行》的第一章，诗人观海抒情，借海明志，景语情语，浑然一体。

《龟虽寿》中的"老骥伏枥，志在千里；烈士暮年，壮心不已"，则直接吐露了曹操的壮志豪情。

曹操善于创新，他是向民歌学习、创作拟乐府诗的开创者。他借乐府旧题写时事或抒怀抱，如《薤露行》《蒿里行》本是挽歌，曹操却用以描写现实的动乱，表达自己的哀痛。

曹操的诗语言质朴简洁，善用比兴，形象鲜明，诗歌风格悲凉慷慨，沉郁雄健。

曹丕，曹操的次子，曹操死后，袭位为魏王，后代汉称帝，世称魏文帝。曹丕擅长诗文，有相当多的作品流传下来，而且多为名篇佳作。存诗40余首，三言、四言、五言、六言、七言、杂言诸体具备。曹丕的诗歌内容大多是描写男女爱情和乡情的，如《杂诗·漫漫秋夜

■ 曹丕画像

长》《燕歌行》《秋月行》等。

《杂诗·漫漫秋夜长》，以浮云作比兴，写游子遭遇不幸，被迫背井离乡，长期滞留在外，因畏惧外乡人而欲言又止。诗以压抑的情调戛然结束，表现了思乡而又难以排解的忧伤心情。

《燕歌行》共两首。《秋风萧瑟天气凉》描写一个独守空房的妇女在深秋寒夜思念远行的丈夫，感情真挚，情思委婉忧伤，其语言清新自然，和谐流畅。

《燕歌行》是现存中国古代最早的完整的七言诗，它为七言诗的进一步发展开辟了道路，在诗歌史上占据重要地位。

曹丕的很多诗歌兼容汉代乐府民歌和汉代文人诗的特点，在艺术上有新的创作。他的诗歌抒情婉约细微，诗歌语言，有民歌的质朴，也有文人的华丽。

曹植，曹操第三子。曹植少时才华横溢，才思敏捷，曹操十分赏识这个儿子。但他恃才傲物，任性而为，不太检点自己的言行，最后失宠于曹操。曹丕称帝后，立即削弱曹植的势力。此后，曹植郁郁寡欢，终于在忧愤中死去。

曹植的诗、赋、散文均突出，尤以诗歌成就为最高。曹植的诗以哥哥曹丕称帝为界，可分为前后两个时期，前期诗作洋溢着追求政治理想、向往建功立业

挽歌 古人送葬时所唱的歌，由乐曲和歌词两部分组成。春秋战国时期，挽歌已经产生了。汉魏以后，唱挽歌成为朝廷规定的丧葬礼俗之一。与此同时，挽歌开始冲破送死悼亡的樊篱，有了更广的应用范围。

的进取精神。

曹植的后期诗作中充满着悲愤抑郁的气氛，最能代表这个时期的诗作是《赠白马王彪》。全诗分为7章，抒情中穿插叙事、写景，或直抒胸臆，或比兴烘托，并借用章章蝉联的顶真修辞手法，淋漓尽致地抒发了诗人复杂曲折的思想感情。

曹植是中国古代文学史上第一个大力写作五言诗的人，他的创作推动了五言诗的发展。他的五言诗抒情成分增多，诗中有鲜明的个性和抒情性。

曹植还加强了五言诗的文采，在保持民歌朴素自然基调的基础上，又讲究词采和对仗，注意炼字和声色，表现出语言洗练、词采华美的特色；曹植的五言诗讲究技巧，结构大都较为精致，很少平铺直叙，特别是多以警句开头，具有引领全篇的作用。

在建安七子中，王粲取得的成就最高。

王粲，山阳高平人。王粲的诗感情深沉，慷慨悲

■ 建安七子蜡像

壮，其《七哀诗》3首最能代表其诗歌风貌，第一首中的"出门无所见，白骨蔽平原"一句，颇能反映当时社会动乱的真实面貌。

刘桢，东平宁阳人。他的诗刚劲挺拔，注重气势，不事雕饰，代表作是《赠从弟》3首，这3首诗分别用松树、凤凰比喻坚贞高洁的人格，既是对他从弟的赞美，也是诗人的自我写照。

陈琳，江苏扬州人。他的乐府诗《饮马长城窟行》，假托秦代筑长城之事，描写繁重的徭役给广大民众带来的痛苦和灾难。

另外，这一时期特别值得一提的是著名的女文学家蔡琰，即世人所熟知的蔡文姬。

蔡琰，是著名作家和学者蔡邕的女儿，蔡琰博学多才，精通音律，代表作为骚体《悲愤诗》。这首诗长达540字，通过诗人自身遭遇，较广泛且深刻地反映了当时的社会现实。这首诗深受汉代乐府叙事诗的影响，在现实主义诗歌发展史上占有重要地位。

异彩纷呈的文学艺术

阅读链接

"煮豆燃豆萁，豆在釜中泣。本是同根生，相煎何太急。"这首《七步诗》据说是曹植所作。这首诗用同根而生的萁和豆来比喻同父共母的兄弟，用萁煎其豆来比喻同胞骨肉的哥哥残害弟弟，生动形象、深入浅出地反映了封建统治阶级内部的残酷斗争和诗人自身艰难的处境，以及沉郁愤激的感情。

曹植才华出众，受到曹操的疼爱，因此受到哥哥曹丕的嫉妒。曹操死后，曹丕继任了魏王，后当了皇帝。曹丕担心曹植对自己的地位将有威胁，所以便以在曹操亡故时没来看望为由，要杀曹植。在母亲开口求情下，曹丕勉强给了曹植一个机会，让他在七步之内脱口一首诗，否则便杀掉他。曹植情急之下就作了这首著名的《七步诗》。

陶渊明开辟田园诗新天地

    东晋时期，诗歌没有大的发展，士大夫崇尚玄谈清言，这使得玄言诗风笼罩诗坛，孙绰、许询是玄言诗人的代表，只有陶渊明开辟了田园诗新路，成为诗坛大家。

    陶渊明，浔阳柴桑人。曾祖陶侃是东晋时期的名臣，自幼丧父，家境渐衰。陶渊明青年时代在家读书，博学儒道释经典，还阅读了不

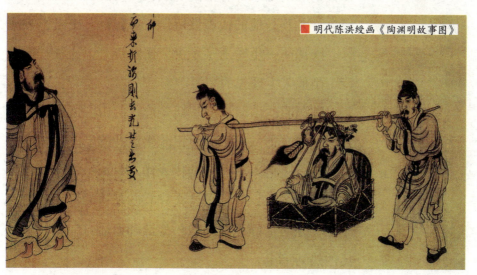

■ 明代陈洪绶画《陶渊明故事图》

少神话、小说一类的"异书"。

29岁时因生计问题，任江州参军，不久归隐而去。以后因生计所迫，陆续做过一些地位不高的官，过着时隐时仕的生活。

405年，陶渊明41岁时再次出任彭泽县令，仅在位80余天，因不愿"为五斗米折腰"而弃官，从此告别官场，过起隐居躬耕的生活。

陶渊明是整个魏晋南北朝时期最杰出的文学家，在文学的诸领域都有很高的成就，其诗歌对后代影响最大，尤其是他的代表性诗作"田园诗"更是影响深远。陶渊明一生写下了不少"田园诗"，这些"田园诗"是他人生理想的写照。

玄言诗 一种以阐释老庄和佛教哲理为主要内容的诗歌。玄言诗是东晋的诗歌流派，约起于西晋之末而盛行于东晋。代表作家有孙绰、许询、庾亮、桓温等，其特点是玄理入诗，以诗为老庄哲学的说教和注解，严重脱离社会生活。

陶渊明的田园诗多写恬美静穆的田园风光，抒发自己悠然自得的心情和对田园生活的感受。《归园田居》五首是诗人田园诗的代表作之一，组诗中"少无适俗韵"一首，抒发了诗人辞官归隐后的喜悦心情，表现了他对恬静美好的农村生活和逍遥自在的隐居生活的热切追求。

诗中写有榆柳桃李掩映下的院落、草屋，傍晚时影影绰绰的村落，袅袅升起的炊烟，桑树上的鸡鸣，造景设色虽是平凡，却展示了一幅静谧、纯朴的田园景色。

《饮酒·结庐在人境》一诗，写他"采菊东篱下，悠然见南山"的悠然自在的隐居生活；《移居·春秋多佳日》一诗写他农务之暇，与朋友诗酒流连的快乐；《读山海经·孟夏草木长》一诗，写他农事之余泛览图书的乐趣。

孟夏草木长，绕屋树扶疏。
众鸟欣有托，吾亦爱吾庐。
既耕亦已种，时还读我书。
穷巷隔深辙，颇回故人车。
欢然酌春酒，摘我园中蔬。
微雨从东来，好风与之俱。
泛览周王传，流观山海图。
俯仰终宇宙，不乐复何如！

除了描写恬美静穆的田园风光的田园诗，陶渊明还有描写劳动艰辛以及自己的困苦和农村凋敝的田园诗，这类田园诗更具有写实性。

陶渊明的田园诗在艺术上具有独特的风格，这种风格最突出的表现是平淡、自然。陶渊明能够用朴素的语言，写出极其平常的生活情景，创造出一种独特的诗的意境。陶渊明的田园诗语言如农家口语，但塑造出来的艺术形象却生动鲜明。

陶渊明田园诗的意象非常美，诗人在意象的选择上非常精心，他多选择原始朴素的意象，而排斥文人意象。多选择具有超然、安静、稳定、能给人温暖感的美好意象。

在陶渊明生活的东晋时期，诗歌追求华美，注重修饰。可陶渊明却蹊径独辟，抒写出平淡自然、意味隽永的诗篇，如奇峰突起，开创了新的艺术境界。

陶渊明的田园诗打破了玄言诗的沉闷统治，为诗歌的创作开辟了一个新的天地，使"田园诗"成为中国古典诗歌中一个重要的流派，对后世田园诗的发展功不可没。除了田园诗，陶渊明的饮酒诗和咏怀诗也较有成就，陶渊明是中国文学史上第一个大量写饮酒诗的诗人。他的《饮酒》20首以"醉人"的语态或指责是非颠倒的上流社会，或揭露世俗的腐朽黑暗，或反映仕途的险恶。

陶渊明的咏怀诗以《杂诗》12首、《读〈山海经〉》13首为代表。《杂诗》12首多表现了陶渊明归隐后有志难酬的政治苦闷，抒发了自己不与世俗同流合污的高洁人格。

《读〈山海经〉》13首借吟咏《山海经》中的奇异事物表达了与《杂诗》12首同样的内容，如第十首借歌颂精卫、刑天的"猛志固常在"来抒发和表明自己的济世志向永不熄灭。

异彩纷呈的文学艺术

阅读链接

在中国，很早就有描写田园的诗歌。如，中国第一部诗歌总集《诗经》中关于田园风光的描写，还有《楚辞》中对山水也有所描绘。

但是这些并不是真正的田园诗，它们只是作为抒情主人公活动的背景或比兴的媒介，不过这些为描写田园山水风景的诗词即田园诗的发展开了先河，为其发展奠定了基础。

田园诗虽然与山水诗并称，但是它们并不是两类相同题材。田园诗重在写农村风土人情，而山水诗重在写自然山水。

中国田园诗真正起源于陶渊明，陶渊明的田园诗在中国文学史上第一次写出了农耕的甘苦和农村风景，为中国文学增添了新的题材。

风格迥异的南北朝乐府民歌

南朝乐府民歌流传下来500余首。大多保存在《乐府诗集》的《清商曲辞》中，少部分保存在《杂曲歌词》《杂歌谣辞》中。其中"吴歌"300余首，"西曲"100余首。

人物山水图

吴歌主要产生于以东吴的都城建业为中心的江南地区，西曲主要采自长江中游及汉水两岸的政治经济军事重镇荆、郢、樊、邓一带。

南朝乐府民歌的内容与风格不同于汉代乐府的民歌。原因在于东晋长江中下游一带农业发达，城市经济繁荣，并逐渐形成市民文化。当刘宋之时，"凡百户之乡，有市之邑，歌谣舞蹈，独处成群"。

由于生活较为安定，礼教日益松弛，民间情歌，纯真而大胆；商人、官吏与歌儿舞女杂处，以乐歌相娱，也多言男女之情。

因此，南方情歌，情景相谐，婉媚而清新。由此，爱情成为南朝乐府民歌的唯一主题。

南朝乐府民歌生动地描写了少男少女彼此间真诚的爱慕，会面时天真愉快的神情和活动，离别以后沉重而又痛苦的相思情绪，富有浪漫色彩，情调婉转缠绵，格调鲜丽明快。

南朝民歌长于以委婉细腻的笔法，描写所爱者的心理活动，其语言清新流丽，多用双关比喻，表现出来自于南方女子特有的俏巧聪慧，如《子夜歌》：

始欲识郎时，两心望如一。
理丝入残机，何悟不成匹？

同音异字如以"丝"双关"思"，同字异义如以

笔法 写字作画用笔的方法，即中国画特有的用线方法。中国书画主要都以线条表现，所用工具都是尖锋毛笔，要使书画的线条点画富有变化，必先讲究执笔，在运笔时掌握轻重、快慢、偏正、曲直等方法，这就是"笔法"。

布"匹"双关"匹"配，皆委婉含蓄，曲尽其妙。

南朝乐府民歌在描写爱情的时候，常常使用了巧妙的比喻和夸张的手法，发挥了丰富的想象，使它的思想内容表现得非常生动突出。例如《子夜歌·年少当及时》篇，拿霜下草恰当地比喻了青春的容易消逝，使人明白应及时相爱。

又如《读曲歌》用突然掉入井里的飞鸟来比喻一个刚听到对方变心的女郎的骤然从欢愉转为悲愁的思想情感，刻画得非常贴切。

《华山畿》是南朝时流行在长江下游的民歌。形容女子悲痛落泪时，把泪水夸张得如同江水一般，它可以使身子沉没，不但表现了丰富的想象力，而且很好地表现了女子对于爱情的热烈态度。

南朝诗歌的形式，以五言四句为主，约占总数的三分之二。其余的四言及杂言体诗，篇幅也很短小。短小的篇幅对形成明快的诗风，具有关键的意义。南朝民歌中占主导的五言四句的格式，对五言绝句的形成，也起了极大的作用。

如《西洲曲》是南朝乐府民歌中一首最长的五言抒情诗，在《乐府诗集》中属《杂曲歌词》。全诗32句，4句一节。

诗写一个女子对情人的思念，心理描写细腻，情思缠绵，并与自然景色相交融，写景秀丽。语言清新明丽，采用"钩句"连接上下，一意贯通而又摇曳多姿。换韵造成回环婉转的效果。从内容到形式都堪称上乘。

北朝乐府民歌除了歌咏男女爱情的篇章以外，还有一些反映

《华山畿》诗意图

民间疾苦、战乱苦难、边塞风光和歌颂英雄的诗篇。北朝乐府民歌存有60多首，多保存在《乐府诗集·梁鼓角横吹曲》中，另有少量保存在《杂曲歌词》和《杂歌谣辞》中。

自然条件培养了北方人粗犷豪迈、坚忍顽强的性格，少数民族的游牧生活也养成了粗豪强悍的气质。自然北朝乐府民歌也带有粗犷豪放、刚健激越、金戈铁马之气。

北朝乐府民歌比南朝乐府民歌表现内容更丰富，有表现北国风光的，如《敕勒川》全诗仅27字，却展现了北方大草原广阔无垠、混沌苍茫的景象，并反映了北方民族的生活面貌和精神面貌。

《企喻歌》反映了北方民族的游牧生活和尚武精神，同时，也反映出战争以及战争给人们带来的多种苦难。《地驱歌乐辞》反映了热烈奔放的爱情婚姻。

由于北方少数民族的社会组织、人文风俗原始朴野，不受礼教束

缚，其诗歌抒情真率直爽，语言质朴有力，格调苍劲豪迈，显示出北方民族独有的特色。叙事长诗《木兰诗》是北朝乐府民歌中的奇葩，是北朝民歌的代表作。

唧唧复唧唧，木兰当户织。不闻机杼声，惟闻女叹息。

问女何所思，问女何所忆。女亦无所思，女亦无所忆。

昨夜见军帖，可汗大点兵。军书十二卷，卷卷有爷名。

阿爷无大儿，木兰无长兄。愿为市鞍马，从此替爷征。

……

这首诗写了木兰女扮男装、替父从军、身经百战、功成身退的生动故事。诗人以乐观的态度和赞叹的笔调写出木兰的慷慨从戎，为国效力以及功成不受封的事迹，而且以活泼、幽默的语言写出木兰为父

■《木兰诗》插图

亲分忧，重着女装的喜悦以及面对战友时的调皮，从而创造出一位天真妩媚、勇敢高尚的丰满的女性形象。

诗人将木兰的形象塑造得十分美好，她集勤劳、孝顺、机智、勇敢、淡泊于一身，成为后代人心目中女英雄的典范。

《木兰诗》篇幅虽然较长，但繁简得当，语言流畅明快，顶真修辞运用巧妙，比喻恰切生动，铺排有致，而且善于用对话表现人物性格，风格刚健清新。

北朝乐府民歌艺术上的最大特点是直抒胸臆，气盛词质，快人快语。其于四、五、七言和杂言的灵活运用，就能看出北方民族不受形式约束的自由创造精神。

南北朝乐府民歌对后世产生了重大影响，它继承了汉代乐府民歌的现实主义精神，这一点北朝民歌有突出的表现。另外，在诗的体裁方面，南北朝民歌开辟了一条抒情小诗的新道路，这就是五、七言绝句体。五言四句的小诗，汉代民歌中虽已出现，但数量极少，但在南北朝民歌中却大量出现。

汉代民歌中杂言体虽很多，且有不少优秀作品，但篇幅都较小，像《木兰诗》这样长达300多字的巨制，还是前所未有的。这对唐代七言歌行的发展也起了示范性的推动作用。

阅读链接

唐代大诗人杜甫《草堂》诗写道："旧犬喜我归，低回入衣裾；邻舍喜我归，沽酒携葫芦；大官喜我来，遣骑问所须；城郭喜我来，宾客临村墟。"一连用4个"喜"字造成排句，气势极大，实际上，这4句是从北朝叙事诗《木兰诗》"爷娘闻女来"等句脱化而来的。

唐代以后，诗人们由于处境的险恶，往往利用双关语写作政治讽刺诗，来曲折地表达他们那种难以明言的爱国深衷，这一发展显然是基于南朝时期民歌的。

唐代诗歌

　　唐代是中国古典诗歌的黄金时代，代表了古代文学的最高成就。唐代诗歌不仅数量超出以前各代诗歌总和的两三倍以上，而且质量极高，题材也极为丰富，诗体大备，名家辈出。

　　唐诗成就卓著，是诗人们继承和发扬《诗经》《楚辞》以来的优良传统，广泛总结前人的创作经验，百花齐放、推陈出新的结果。显示出中国古典诗歌已发展到完全成熟的阶段。唐诗的发展大致经历了初唐、盛唐、中唐、晚唐等4个阶段。

山水田园诗派和边塞诗派

　　713年进入了盛唐时期，在这一时期，继陶渊明、谢灵运之后，山水田园诗又一次兴起与发展起来。这些诗歌或描写雄壮广阔的山水胜境，或反映清幽恬静的田园生活情趣，充分展示了山水田园诗的魅力。这一派诗人中最著名的是孟浩然和王维，故又称"王孟诗派"。

　　孟浩然，长期居家生活，并曾一度隐居于家乡附近的鹿门山。孟浩然终身不仕，一生有很浓的隐逸色彩。

孟浩然画像

　　孟浩然在盛唐诗人中年辈最高，他最早摆脱初唐狭隘的诗境，是一个大力创作山水田园诗的诗人。在他的诗里，既成功地描绘出一系列幽雅恬静的环境，也塑造了一个生活在其间的高洁之士的形象。

孟浩然的代表作《过故人庄》一诗用通俗的语言描写了质朴无华的田园、生活，非常切近生活。

《宿建德江》改变了传统山水诗景象罗列的板滞的弊病，以情兴为主，选取典型性的物象，并采用侧面对比或烘托的手法，化密实为清空，形成了清旷疏淡的独特意境。

孟浩然的诗歌将传统田园和山水题材加以融合，以清旷的意象组合，明净冲淡的语言，对盛唐田园山水诗做出了独特贡献。

王维，年少聪慧，17岁写下的"每逢佳节倍思亲"诗句，广为流传。他不仅诗才早慧，而且能书善画，精通音律。20岁时中进士，开始进入官场，但他不热心做官，走上了一条半官半隐的道路，写下了大量的山水田园诗。

王维的诗歌创作，以37岁为界分为前后两期。前期作品酣畅豪放，乐观进取，创作中表现了积极向上的时代精神和生活态度，多作边塞游侠诗和幽愤诗，如《老将行》《使至塞上》《观猎》等。这些诗笔力雄健，情调激昂，风格豪放，体现了一种阳刚之美。

王维后期以创作山水田园诗为主。山水田园诗，在他的笔下，写出了一种宁静恬适的境界。《渭川田家》写野老牧童、牛羊雏蚕、麦苗桑叶，也把田园生活写得宁静、和谐而温馨。它写道：

斜阳照墟落，穷巷牛羊归。
野老念牧童，倚杖候荆扉。
雉雊麦苗秀，蚕眠桑叶稀。
田夫荷锄至，相见语依依。

王维的诗歌最主要的特色是诗中有画，他善于在诗中营造画意，从而使诗歌具有仿佛诉诸视觉的鲜明形象。其次，王维的诗歌意境清幽而富于生机。

除孟浩然、王维外，山水田园诗人，还有储光羲、常建、祖咏等。这些人的山水田园诗的风格和孟浩然、王维的山水田园诗风格比较接近。

唐王朝重视边功，很多文人都把立功边塞当作求取功名的新出路，有些诗人还有从军入伍或边塞漫游的经历。他们将所见、所感、所思表现于诗歌，这样就刺激了边塞诗的发展，并使边塞诗创作达到高潮。

盛唐时期的边塞诗以边塞战争为主要题材，但也不局限于此。边塞的奇异风情，军中的苦乐悬殊，诗人建功立业的愿望和慷慨不平的意气，甚至一些送人出塞的诗歌也都有所体现。

边塞诗景象开阔，气势宏伟，情调悲壮，神情激越，大多采用七言歌行和七言绝句的形式。这一派诗人中最著名的是高适和岑参，故又称"高岑诗派"。

高适，早年生活困顿，喜欢交游，为人不拘小节，颇有游侠之风。48岁时经人推荐，出任封丘尉，不久弃官而去。后来投在河西节度使哥舒翰的幕下，做记事参军。

高适的一些诗作反映了民生疾苦，如《东平路遇大水》；有些诗

■ 汉唐边塞诗长廊

篇感叹个人不遇，如《宋中遇陈二》，还有一些送别应酬诗，如《别董大》等。

高适最有名的诗作是边塞诗，或反映征人思妇的感情，或描写边塞生活风貌、战斗场面，或抒发报国壮怀。最有名的边塞诗作是《燕歌行》，诗人把慷慨应征、转战绝域，以至久战不归、两地相思、军中苦乐不均和荒凉的塞外风景，一一写入诗中。

岑参塑像

山川萧条极边土，胡骑凭陵杂风雨。
战士军前半死生，美人帐下犹歌舞。

高适在这首七言歌行里，融进了许多律句，讲究对偶，使音节更和谐、更上口，在歌行体中别具特色。

高适的诗无论是描绘边塞风光还是民俗风情，都是为了表达自己沉重的忧国忧民之情，抒发报效国家的豪情壮志。他以政治家、军事家的胆识气魄，深刻地揭示边防政策的弊端，陈述自己对战争的见解，带着明显的政论色彩。

岑参，出身官宦之家，幼年丧父，他奋发有为，读书上进，擅长诗文。30岁考中进士，曾出任安西北庭节度判官，后又任嘉州刺史。

岑参两度出塞，对边塞生活十分熟悉。因此他的诗能真实、生动地描写奇丽的边塞风光和激烈的战斗场面，深刻地表现了他的爱国主义情怀。他满怀激情地歌唱了西北边塞雄奇瑰丽的自然风光和新鲜奇异的边塞风物。如漫天飘舞的飞雪，突兀炎热的火山，神异奇特的热海水，千姿百态的火山云，以及婀娜多姿的民族舞蹈，秀色媚景的天山奇花等，内容丰富。

岑参边塞诗中最有名的杰作是《走马川行奉送封大夫出师西征》《轮台歌奉送封大夫出师西征》《白雪歌送武判官归京》。《白雪歌送武判官归京》一诗在描写冰天雪地的同时，也写出了炽热的送别友情。

......

瀚海阑干百丈冰，愁云惨淡万里凝。

中军置酒饮归客，胡琴琵琶与羌笛。

纷纷暮雪下辕门，风掣红旗冻不翻。

轮台东门送君去，去时雪满天山路。

山回路转不见君，雪上空留马行处。

除高适、岑参外，王昌龄、李颀及王之涣等人的边塞诗也写得很有特色。王昌龄的边塞诗以七言绝句的形式来表现，边塞诗的代表作主要有《从军行》七首和《出塞》两首。李颀擅长七言歌行，代表作有《古从军行》《古意》《古塞下曲》。

阅读链接

边塞诗的起源可以追溯至春秋时期。《诗经》中《东山》《无衣》等篇章，被看作是边塞诗的最早萌芽。此外，还有《九歌》中的《国殇》等，都是早期这类题材的作品。

《九歌》是屈原的作品。《国殇》是《九歌》中唯一一篇关于祭祀在边疆保卫国土战死将士的祭歌，也是中国最早、最著名的一篇歌颂爱国主义和牺牲精神的光辉诗篇。

李白铸就浪漫主义诗歌高峰

李白4岁时，随父亲迁居四川剑南道绵州昌隆的青莲乡，因此自号青莲居士。

据说，李白的父亲可能是位较为成功的商人，因此，家境颇为富裕。据说李白周岁抓周时，抓了一本《诗经》。他父亲很高兴，认为儿子长大后可能成为有名的诗人，就想为李白取一个好名字，以免后人笑自己没有学问。

李白画像

由于他对儿子起名慎重，越慎重就越想不出来。直至儿子7岁，还没想好合适的名字。

那年春天，李白的父亲对妻儿说："我想写一首春日绝句，只写两句，你母子一人给我添一句，

李白饮酒赋诗图

凑合凑合。一句是'春风送暖百花开'，一句是'迎春绽金它先来'。"

母亲想了好一阵子，说："火烧杏林红霞落。"

李白等母亲说罢，不假思索地向院中盛开的李树一指，脱口说道："李花怒放一树白。"

父亲一听，拍手叫好，儿子果然有诗才。他越念心里越喜欢，念着念着，忽然心想这句诗的开头一字不正是自家的姓吗？这最后一个白字用得真好，正说出一树李花圣洁如雪。于是，李白的名字便得来了。

李白的青少年时期在四川度过，他自幼涉猎的学问很广泛，爱好也多种多样。他既攻读儒学，练习剑术，又学习神仙方术，结交道士。

24岁时，李白"仗剑去国，辞亲远游"，他沿江而下，漫游了湖北、河南、山东、安徽、江苏、浙江等地，走了大半个中国，却未受到朝廷的重视，不得不扫兴而回。

42岁时，经道士吴筠的推荐，唐玄宗下诏召李白去长安，任命他做供奉翰林。李白欣喜若狂，以为发挥政治才华的机会到了，临去长安前，他在一首诗中这样写道："仰天大笑出门去，我辈岂是蓬蒿人。"豪迈和喜悦之情可谓溢于言表。

异彩纷呈的文学艺术

神仙方术　中国传统五术之一，属民间信仰。古人相信通过一定的方法，可以使人长生不老甚至变成神仙，人们把这种希望寄托在各种药方上，为此人们寻找各种矿物植物等配置药方，从事这一活动的人被称为"方家"或"方士"，他们所从事的活动就叫"方术"。

李白来到长安后，得到了唐玄宗的隆重接待。唐玄宗赏识李白的文学才华，让他写诗点缀大唐王朝的盛世景象，而没有给他在政治上显露才华的机会。因此，李白大失所望，心情陷入苦闷之中，每天与人喝酒解闷。

李白是个桀骜不驯、清高自傲的人，由于他蔑视权贵，很快就蒙受权贵的谗言，李白愤然离开长安。不久，李白在洛阳认识了诗人杜甫，两人结下了终生不渝的友谊。

后来，李白受永王李璘的牵连入狱，经人搭救，死罪免去，被流放夜郎，走到巫山一带时，正好赶上朝廷大赦，得以获释。此后，李白一直漂泊在江南一带。

李白生活在唐代极盛时期，他创作了大量的诗篇，既反映了那个时代的繁荣气象，也揭露和批判了统治集团的荒淫和腐败，表现出蔑视权贵，反抗传统束缚，追求自由和理想的积极精神。

李白继承了陈子昂诗歌革新的主张，在理论和实践上使诗歌革新取得了最后的成功。他在《古风》第一首中，回顾了整个诗歌发展的历史，指出"自从建安来，绮丽不足珍"，并以自豪的精神肯定了唐

翰林 古代皇帝的文学侍从官，翰林院从唐代起开始设立，初为供职具有艺能人士的机构，后来演变成了专门起草朝廷机密诏制的重要机构，在翰林院里任职的人称为"翰林学士"。

■ 李白醉酒图

异彩纷呈的文学艺术

游仙体 即游仙诗，古代借歌咏仙境以寄托作者思想感情，抒发情怀志向之诗。游仙诗以想象力丰富、华丽的辞藻描写，形成一股浪漫主义的诗风，历史上许多大诗人如李白、陆游、苏轼等均受其影响，并创作了一批传诵千古的杰作。

■ 李白诗意图

诗力挽颓风，恢复风雅传统的正确道路。

在《古风》第三十五首中，李白又批评了当时残余的讲求模拟雕琢、忽视思想内容的形式主义诗风："一曲斐然子，雕虫丧天真。"

在创作实践上，李白和陈子昂有着相似之处，多写古体，少写律诗。但李白在学习乐府民歌以及大力开拓七言诗上，成就却远远超过陈子昂。他的这些努力对诗歌革新任务的完成起了巨大作用。

唐文学家李阳冰在李白死后为他编的诗集《草堂集》序中说，"卢黄门云：'陈拾遗横制颓波，天下质文，翕然一变。'至今朝诗体，尚有梁陈宫掖之风，至公大变，扫地以尽。"这是对李白革新诗歌功绩的正确评价。

李白的诗内容十分丰富。一些诗表现他怀抱为国建功立业的政治理想以及关心祖国命运和前途的情感。他的《古风·西上莲花山》一诗，用游仙体，结尾处还是从幻想回到现实，对叛军的残暴表示愤怒，对民众的苦难寄予同情。

李白的一些诗充分表达了他酷爱自由的追求和蔑视利禄、鄙弃富贵的思想，他在《梦游天姥吟留别》发出"安能摧眉折腰事权贵，使我不得开心颜"的感叹。

李白的一些诗抒写了对友人的真挚情谊和对民众的亲切感情，如《赠汪伦》一诗："桃花潭水深千尺，不及汪伦送我情。"友人之间深厚的感情喷薄而出。

李白还创作了大量的描写自然风景的诗作。李白堪称是中国诗人中的游侠，他用他的双脚和诗笔丰富了大唐的山水。他的大笔横扫，狂飙突进，于是，洞庭烟波、赤壁风云、蜀道猿啼、浩荡江河，全都一下子飞扬起来。

在诗中，诗人灵动飞扬，豪气纵横，像天上的云气；他神游物外，自由驰骋，像原野上的奔驰的骏马。在诗里，诗人一扫世俗的尘埃，完全恢复了他仙人的姿态，他的豪气义气，他的漂泊，全都达于极端。

■ 李白登山图

李白的描写自然风景的诗常将自己丰富的情感寄托在写景中，如《望庐山瀑布》一诗：

日照香炉生紫烟，
遥看瀑布挂前川。
飞流直下三千尺，
疑是银河落九天。

全诗融情于景。庐山瀑布"飞流直下"的气势，洋溢着诗人昂扬激进的思想，蕴含着他对祖国锦绣山

蜀道 也就是蜀地的道路。蜀地被群山环绕，古时交通不便，道路难以行走。蜀道是一个内涵极其丰富的大概念，包括四面八方通往古代蜀地的道路，有自三峡溯江而上的水道，由云南入蜀的樊道，有自甘肃入蜀的阴平道和自汉中入蜀的金牛道、米仓道、荔枝道等。

■ 李白桃李园夜宴图

河的深切感情。

李白的诗充满了浓郁的浪漫主义色彩，他的诗歌，不仅具有最强烈的浪漫主义精神，而且还创造性地运用了一切浪漫主义的手法，使内容和形式得到高度的统一。

李白炽热的热爱祖国的感情，强烈的追求自由的个性，在表现各种生活的诗篇中都打下了不可磨灭的烙印，处处留下浓厚的自我表现的主观色彩。

李白在感情的表达上不是掩抑收敛，而是喷薄而出，一泻千里，当平常的语言不足以表达其激情时，就用大胆的夸张，当现实生活中的事物不足以形容、比喻、象征其思想愿望时，就借助非现实的神话和种种奇丽惊人的幻想。

与喷发式感情表达方式相结合，李白诗歌的想象变幻莫测，往往发想无端，奇之又奇。他的奇特的想象，常有异乎寻常的衔接，随情思流动而变化万端。

李白的诗中一个想象与紧接着的另一个想象之间，跳跃极大，意象的衔接组合也是大跨度的，离奇

幻想 艺术幻想是一种创作手段，是作家不满足于模仿现实的本来形态，而按自己的需要来虚构形象的一种创作方法。它植根于生活，往往又对生活作夸张的叙述和描绘而达到一种升华，因而幻想中的事物比真实情况下的更活跃，更富色彩。

恍惚，纵横变幻，极尽才思敏捷之所能。

李白的诗，想象、比喻、夸张往往综合运用，如"燕山雪花大如席""白发三千丈，缘愁似个长"等，此外，李白还善于使用拟人手法，使大自然具有人的性情，为抒发感情服务。

李白的诗歌除具有浪漫主义的特色外，还具有语言明白自然，不见苦吟推敲痕迹。还有，李白喜欢用具有明丽色彩的词语，如清、明、白、碧、金等。

李白对月亮有着特殊的感情，月光和月亮对于李白来说是一种皎洁透明的象征，体现了他对光辉明亮事物的憧憬和追求。

李白的诗歌，继承了前代浪漫主义创作的成就，以他叛逆的思想，豪放的风格，反映了盛唐时代乐观向上的创造精神以及不满封建秩序的潜在力量。

李白的诗歌不仅扩大了浪漫主义的表现领域，丰富了浪漫主义的手法，并在一定程度上体现了浪漫主义和现实主义的结合。这些成就，使他的诗歌成为继屈原以后浪漫主义诗歌的新的高峰。

阅读链接

李白蔑视权贵、反权贵的思想意识，是随着他的生活实践的丰富而日益自觉和成熟起来的。在早期，李白的这种思想主要表现为"不屈己、不干人""平交王侯"的平等要求。

随着对统治阶级高官实际情况的了解，李白进一步揭示了布衣和权贵的对立。他在《古风》中写道："珠玉买歌笑，糟糠养贤才。""梧桐巢燕雀，枳棘栖鸳鸯。"而在《梦游天姥吟留别》中，他发出了最响亮的呼声："安能摧眉折腰事权贵，使我不得开心颜！"这个艺术概括在李白诗歌中的意义，就如同杜甫的名句"朱门酒肉臭，路有冻死骨"在杜甫诗中一样重要。

杜甫铸就现实主义诗歌高峰

杜甫，出生在一个有悠久传统的官僚世家。他的祖父杜审言是初唐著名诗人，对杜甫的成长影响很大。他的父亲杜闲做过兖州司马、奉天县令。杜甫接受的家庭教育是正统的儒家教育。

杜甫7岁能诗，十四五岁出入文场，并小有声名。20岁以后的10多年中，他基本过着漫游的生活，曾到过吴、越一带，又游至齐、赵之间。其间，24岁时首次参加进士考试，却名落孙山。

35岁时，杜甫来到唐都城长安，第二年又一次参加了进士考试，又一次名落孙山。起初，他对求取功名满怀信心，以为成功指日可待，但滞留长安10年却接连碰壁，生活陷入困顿。

万般无奈之下，杜甫求权贵引荐，最后只做得一个卑微的小官。后在唐肃宗时，任左拾遗。不久触怒肃宗，被贬斥。迫于生活的压力和对仕途的失望，他丢弃了所任的微职而进入蜀中求生存。

到达成都不久，依靠朋友严武的帮助，杜甫在城西建了一座草堂。在最初的两年多时间里，他的生活较为安逸。在朋友严武死后，杜甫彻底失去了生活上的依靠，他只好带着家人，登上一艘小船，过起流浪逃难的生活。

■ 杜甫画像

770年，59岁的杜甫，在湖南湘江的一艘小船上，凄凉地结束了艰难漂泊的一生。

杜甫的一生始终以儒家忠君忧民思想为主，不论穷困，还是发达，都以天下为念，这是他诗歌创作的基调。

杜甫生活在唐代由盛转衰的历史时期，他的诗作充分反映了当时社会矛盾和人民疾苦，被誉为"诗史"。杜甫诗歌把动荡的时代与个人遭遇合而为一，广泛而深刻地反映了历史事实和社会生活画面，具有巨大的现实意义。

杜甫诗歌内容丰富。青年时期的杜甫雄心勃勃，

进士 中国古代科举制度中，通过最后一级中央政府朝廷考试的人称为进士。是古代科举殿试及第者的称呼。意思是可以进授爵位的人。隋炀帝大业年间始置进士科目。唐代也设此科，凡应试者称为举进士，中试者都称为进士。元、明、清时期，贡士经殿试后，及第者皆赐出身称进士。

诗作多自述抱负、抒写理想之作。最成熟的代表作品大部分写于唐王朝急遽衰退的动乱期间，由战争造成的动乱景象、民生疾苦及其后社会凋敝的面貌，猛烈地撞击着诗人的心灵。

杜甫用血泪之笔，记录下一段民族的苦难历史，深刻地揭示了那个剧烈动荡时代的社会矛盾，忧国忧民的情怀是这部分诗歌的核心内容。

此外，杜甫还常常描摹风光景物，抒发日常生活的情思，以及咏怀历史遗迹，但也同样饱浸着对国家和人民的深挚感情。

《自京赴奉先县咏怀五百字》是反映社会真实情况的长篇史诗。诗中记述的自身遭遇和旅途中的所见所闻，皆与时代息息相关，"朱门酒肉臭，路有冻死骨"是当时尖锐的社会矛盾的最好概括。全诗集叙事、抒情、说理于一体，写得波澜浩瀚，极为壮观。

■ 杜甫《潼关吏》诗意画

《石壕吏》《新安吏》和《潼关吏》是杜甫描写社会现实的作品，被称为《三吏》。同样题材的作品还有《三别》，分别是《新婚别》《无家别》和《垂老别》。

《石壕吏》通过作者亲眼所见的石壕吏乘夜捉人的故事，揭露封建统治者的残暴，反映了战争给广大人民带来的深重灾难，表达了诗人对劳动人民的深切同情。

杜甫《新婚别》诗意画

这首诗在艺术上的一大特点是精练，把抒情和议论寓于叙事之中，爱憎分明。场面和细节描写自然真实。善于裁剪，中心突出。诗风明白晓畅又悲壮沉郁，是现实主义文学的典范之作。

《新安吏》全诗可分两个层次。前12句记述了军队抓丁和骨肉分离的场面，揭示了安史之乱给人们带来的痛苦；后16句笔锋一转，对百姓进行开导和劝慰。全诗反映了作者对统治者尽快平息叛乱、实现王朝中兴的期望。

《潼关吏》借潼关吏之口描述潼关天险，表达了诗人对当初桃林一战溃败的遗憾，希望守关将士们一定要以史为鉴，好好利用潼关天险保卫长安的安全。

《新婚别》描写了一对新婚夫妻的离别，塑造了一个深明大义的少妇形象。诗中写道：

兔丝附蓬麻，引蔓故不长。

嫁女与征夫，不如弃路旁。

结发为君妻，席不暖君床。

暮婚晨告别，无乃太匆忙。

君行虽不远，守边赴河阳。

妾身未分明，何以拜姑嫜？

排律 律诗的一种，就律诗定格加以铺排延长，故称之为"排律"。每首至少10句，多则有至百韵者。除首尾两联外，中间各联都必须对仗。也可隔句相对，称为"扇对"。名称产生于元代杨士弘的《唐音》，至明代开始为人们普遍接受，并广泛地使用开来。

父母养我时，日夜令我藏。

生女有所归，鸡狗亦得将。

君今往死地，沉痛迫中肠。

……

全诗模拟新妇的口吻自诉怨情，写出了当时人民面对战争的态度和复杂的心理，深刻地揭示了战争带给人们的巨大不幸。

《无家别》写了一个邺城败后还乡无家可归、重又被征的军人，通过他的遭遇反映出当时农村的凋敝荒芜以及人们的悲惨遭遇，对统治者的残暴、腐朽，进行了有力的鞭挞。全诗情景交融，感人至深。

《垂老别》通过描写一老翁暮年从军与老妻惜别的悲戚场景，不仅深刻地反映了安史之乱时期人们遭受的灾难与统治者的残酷，而且也忠实地表达了作者的爱国精神。全诗叙事抒情，立足生活，直入人心，剖析精微，准确传神地表现特定时代的生活真实。

杜甫诗歌的艺术成就是卓越的。现实主义精神贯穿于杜甫一生的创作实践。在诗作中，他把个人遭遇同时代的不幸、民众

■ 杜甫《垂老别》诗意图

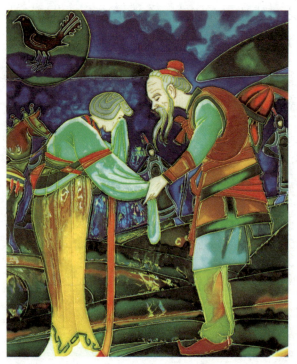

的苦难紧密联系起来，全面
深刻地反映了所处历史时代
的广阔的社会内容。

杜甫笔下的人物、事件
乃至景物、风俗，无不体现
出一定时代的特征，尤其表
现当时重大的时事内容，闪
耀着现实主义的光芒。

杜甫的诗形式多样，无
论长篇短制，还是古风近
体，皆运用自如，同时，还
兼备众体，除五古、七古、
五律、七律外，还有不少排律、拗体。

■ 杜甫《无家别》
诗意图

杜甫常常根据具体题材选择使用古体还是近体，
一般说来，杜甫以叙事为主的诗歌常用伸缩性较强的
五、七言古体长调，而以抒情为主的诗歌常用五、七
言近体律诗。

杜甫的叙事诗叙事状物不同于传统叙事诗多概括
性描写，而是善于以赋的手法作细节性的工笔细描。
杜甫叙事诗中所铺陈的细节往往是生活的典型意象，
能够高度浓缩和概括复杂的社会现象，揭示出其本质
意义。

杜甫诗的语言讲究反复锤炼，力求达到"语不惊
人死不休"的效果，因而，他的诗歌语言凝练概括，
准确生动，耐人吟诵。他还常用人物独白和俗语来突
出人物性格的个性化。在刻画人物时，特别善于抓住

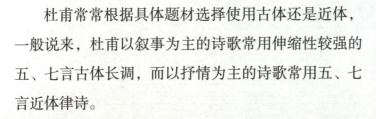

拗体 排合关系
不合律的律体诗
篇。律诗、绝句
每句平仄都有规
定，如果在该用
平声字的地方用
了仄声字，该用
仄声字的地方用
了平声字，则
该字就叫"拗
字"。有"拗
字"的句子就叫
"拗句"。全诗
用拗句，或大部
分用拗句，就叫
作"拗体"。

细节的描写。

杜甫还熟练掌握了语言声韵的运用。他常根据诗的内容和情绪，采用与之相适应的韵律，更大地发挥出诗的表现力和感染力。因此，杜甫的诗不仅具有形象的美，而且具有音乐的美。

杜甫诗歌最突出的风格是沉郁顿挫，他的诗意境壮阔，感情深沉，凝练警策。沉郁指情感的深沉悲慨，内蕴博大；顿挫指情感、结构的吞吐屈伸和音调节奏抑扬缓急的起伏迭变。每当杜甫痛心国事和人生遭遇时，这种风格便呈现笔端。

杜甫的诗具有浓郁的现实主义色彩，他上承《诗经》、汉魏乐府及初唐的现实主义传统，把现实主义诗歌推向新的高峰。

另外，杜甫还创作了大量的长篇叙事诗，将五言古诗从较短的篇幅发展为鸿篇巨制，还将七律写作推向精致成熟，在艺术技巧和表现方法上为后人提供了丰富的艺术借鉴，在诗歌史上具有继往开来的重要地位。

阅读链接

杜甫和李白流传下来许多互相赠寄的诗歌，都充满了真诚的情谊。

杜甫时常挂念着李白的衣食住行，担心他被贬逐以后的安全。"江湖多风波，舟楫恐失坠。""水深波浪阔，无使蛟龙得。"这些诗句都表现了杜甫对李白遭诬受害的极大同情。

李白比杜甫年长11岁，但对杜甫非常敬重。他曾写下《沙丘城下寄杜甫》一诗，诗中写道："我来竟何事，高卧沙丘城。城边有古树，日夕连秋声。鲁酒不可醉，齐歌空复情。思君若汶水，浩荡寄南征。"表示对杜甫不在身边同游的遗憾。

白居易大力推进新乐府运动

白居易是中唐时期最有名的诗人，他的诗歌题材广泛，形式多样，语言平易通俗，有"诗魔"和"诗王"之称。

772年，在河南新郑山川秀美、民风淳朴的东郭宅村，一个小生命

白居易像

诞生了，这个小生命就是白居易。白居易字"乐天"，也许是为了纪念这山川秀丽、风景如画的好地方。

白居易自幼聪颖，读书十分刻苦，据说读得口都生出了疮，手都磨出了茧，年纪轻轻的，头发全白了。800年，白居易考中进士，从此步入仕途，曾任翰林学士、左拾遗、刑部侍郎、太子宾客、河南尹等职。

白居易的诗歌理论是新乐府运动的理论基石。所谓新乐府，是相对汉魏旧体乐府而言的。"新乐府运动"这一概念首先由白居易提出来。核心是以创作新题乐府反映现实为中心。白居易曾把担任左拾遗时写的"美刺比兴""因事立题"的50首诗编为《新乐府》。

白居易大力反对大历年间至贞元前期诗坛出现的以大历十才子为代表的远离现实、放情山水的倾向，他的诗歌理论强调诗歌的社会与政治功能。在809年所作的《新乐府序》中，白居易明确提出诗歌应该"为君为臣为民为物为事而作，不为文而作也"。

白居易把文学当作救济社会、改善民生的利器，要求诗歌能"补察时政"和"泄导人情"。他在《与元九书》中也提出："文章合为时而著，歌诗合为事而作。"

此外，白居易还要求诗歌形式与内容要统一："根情苗言华声实义""其辞质而径""其言直而切""其事核而实""其体顺而肆""非求宫律高，不务文字奇"，以通俗易懂的形式为表达内容服务。

白居易的这些诗歌理论，一反大历以来逐渐抬头的逃避现实的诗风，发扬了《诗经》、汉魏乐府和杜甫以来的优良的诗歌传统，对新乐府运动面向社会，反映现实起了积极的导向作用。

白居易把自己的诗歌分为4类：讽喻诗、闲适诗、感伤诗、杂律诗。其中最为人称道的是他标为"讽喻"一类的诗歌，有《秦中吟》10首及《新乐府》50首。在这些诗歌里，他关心现实政治、关心社会问题，以乐府民歌的精神，大胆揭露社会政治中的种种黑暗现象。

讽喻诗在形式上多直赋其事。叙事完整，情节生动，人物情节细致传神。另一部分讽喻诗则采用托物言志的手法，借自然物象寄托政治感慨。这两类作品都是概括深广，主题集中，形象鲜明，语言简洁。《卖炭翁》是白居易讽喻诗中的代表作。《卖炭翁》一诗以卖炭翁的遭遇揭露了朝廷直接掠夺百姓财物的无耻行径。

感伤诗以叙事长诗《长恨歌》《琵琶行》最为著名，《长恨歌》前半部分写杨贵妃从入宫到安史之乱的事由，对君王耽色误国有极强的讽刺意味。诗的后半部分，诗人用较多的笔触描述杨贵妃与唐玄宗的爱情悲剧，较多地注入了自己的同情。

《长恨歌》叙事张弛有致，详略妥帖，为突出相思之苦，不惜大段铺排。全诗结构紧凑和谐，富有张力，语言优美明丽，流畅生动，堪称千古名篇。

《琵琶行》借一个"老大嫁做商人妇"的琵琶女一生的遭遇抒发自己被贬的感慨和真实心

> **托物言志** 是文学表述的一种手法，是通过对物品的描写和叙述，表现自己的志向和意愿的方法。要运用好托物言志，就要掌握好"物品"与"志向""物品"与"感情"的内在联系。托物言志的写作方法，最常用的有比喻、拟人、象征等。

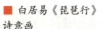

■ 白居易《琵琶行》诗意画

声："同是天涯沦落人，相逢何必曾相识。"不但比《长恨歌》更富有现实性，艺术感染力也更强一些。

《琵琶行》在艺术上最大的成功在于它形象地描绘出了无形的音乐，又通过音乐和景物渲染出复杂的情感。另外，情节曲折、描绘细腻，音律和谐。

白居易的闲适诗和杂律诗多抒写对归隐田园的宁静生活的向往和洁身自好的志趣。一些写景诗写得颇有特色，具有清新明朗、自然朴素之美。《赋得古原草送别》是一首科场命题诗，通篇用原上草比喻别情，想象十分别致。《暮江吟》抓住江边黄昏前后变幻不定的景色，描绘了一幅"暮色秋江图"。

白居易的诗歌在语言上有明显的特点，就是浅白易懂。他的新乐府也好，其他的诗也好，大都偏向通俗平易，而且意绪流贯，无跳跃感。这种语言特点和白居易诗中的世俗化趣味一拍即合。这使得白居易的诗歌赢得了最广泛的读者。

刘禹锡在《翰林白二十二学士见寄诗一百篇，因以答贶》之中所谓"郢人斤斫无痕迹，仙人衣裳弃刀尺"，就是对白居易这种平易自然、浑成无迹的诗风的高度赞扬。

阅读链接

白居易和李白、杜甫一样，也喜欢喝酒。

白居易在67岁时，写了一篇《醉吟先生传》。这个醉吟先生，就是他自己。他在《醉吟先生传》中说，有个叫醉吟先生的，不知道姓名、籍贯、官职，只知道他做了30余年官，退居到洛城。他的居处有池塘、竹竿、乔木、台榭、舟桥等。他爱好喝酒、吟诗、弹琴，与酒徒、诗友、琴侣一起游乐。

宋代诗歌

进入宋代，诗坛没有了唐代那种恢宏开阔的大家气象，也较少充满青春气息的浪漫主义歌唱，更多的是采用现实主义的创作方法，痛切国事，沉郁悲愤。这与当时沉重的社会状况有着密切的关系。

宋诗比较喜欢用典，书卷气较浓，显得委曲精深；唐诗多以强烈的激情去感受现实生活，重视生活感受的直接抒发和描写，显得深厚博大。

南宋时期严羽在《沧浪诗话·诗辨》中这样评价宋诗："以文字为诗，以才学为诗，以议论为诗。"宋诗开出一条以思理取胜的诗歌新路，理胜于情。

北宋诗歌风貌的形成与发展

　　宋代初期诗坛，一度还沉浸在唐诗的辉煌里，学摹唐诗成为一种风尚，由此，出现了"白体""晚唐体""西昆体"3种宗唐诗风。

　　白体是宋代诗坛最早的诗歌流派。白体诗人，主要是指学习白居易的一批诗人，如王禹偁。王禹偁，字元之，山东人，曾出知黄州，世称"王黄州"。他的长篇诗歌大发议论，已开宋诗议论化的风气。

诗人贾岛画像

　　晚唐体是指专事模仿晚唐诗人贾岛、姚合的一批诗人的创作。"晚唐体"的诗人，以隐逸诗人林逋最为著名。林逋，大部分时间隐居在西湖孤山。他的《山园小梅》是咏梅的名作。咏梅名句"疏影横斜水清浅，暗香浮动月黄昏"，诗情画意，耐人寻味。

西昆体指宋代真宗年间出现的学习李商隐的诗歌流派。西昆体因《西昆酬唱集》而得名，以杨亿、刘筠、钱惟演为代表，特别注重效法李商隐的诗风，华美而典丽，曾经风行一时。

这些诗歌流派过分注重学摹唐诗风格，没有得其真髓，因此，并没有形成气候，影响宋诗风貌形成的诗人是欧阳修。

欧阳修是北宋时期第一位在诗、词、文和文学思想各方面都卓有成就的大家。欧阳修的诗歌深受李白和韩愈的影响，带有明显的散文化、议论化的特点，融议论、叙事、抒情为一体。

欧阳修的诗歌有反映现实的作品，但更多的作品表现个人的生活感受和经历，尤以贬谪期间所作诗篇成就最高。

欧阳修的诗歌常以散文手法和议论入诗，如他的《春日西湖寄谢法曹韵》中的"雪消门外千山绿，花发江边二月晴"，落寞中透出一派生机盎然，如此洒脱的情怀，与李白有着一脉相承的关系。

欧阳修的诗大多平铺直叙，语言浅显易懂，形成

■ 李子牧画渐贤林逸图

隐逸诗 指归隐田园或向往田园自然风光的诗人以田园生活为题材所作的诗。隐逸诗主要描写秀美的田园风光和清闲安逸生活，有的也隐蕴含对时代的不满，或抑郁不得志的情怀。代表作品有宋人陆游的记游抒情之作《游山西村》。

■ 欧阳修（1007—1072），字永叔，号醉翁，晚年又号"六一居士"；因谥号"文忠"，世称欧阳文忠公。生于北宋吉州永丰，即今江西吉安永丰。北宋政治家、文学家和史学家。北宋古文运动的代表。"唐宋八大家"之一。后人将其与韩愈、柳宗元和苏轼合称"千古文章四大家"。代表作品有《醉翁亭记》和《秋声赋》等。

自然流畅的风格。

欧阳修喜欢在诗中发议论，并与抒情、记事结合起来，扩大了诗歌的表现内容，如《戏答元珍》一诗，情景意理水乳交融，既形象生动，又耐人寻味。

欧阳修的《明妃曲和王介甫作》《再和明妃曲》，结构参差多变，议论也很深刻，秉承了韩愈以文为诗的传统，为宋诗昭示了新的景象，开创新调。

以欧阳修为主将，共同为宋诗发展开辟新路的还有梅尧臣、苏舜钦和王安石等人。

梅尧臣是一位勤奋写作的诗人，他追求平淡的风格，用他自己的话说就是"作诗无古今，唯造平淡难"。从他的《鲁山山行》和《东溪》诗歌可以看出其诗境平淡的特色。他的《田家语》《汝坟贫女》等诗歌，和杜甫的《三吏》《三别》风格相近。

苏舜钦与梅尧臣并提，称为"梅苏"。苏舜钦"状貌怪伟"，性格刚烈，一生壮志难酬，晚年自筑沧浪亭消闲解闷。他的诗常常显得表面豪放、充满激情，实则蕴含了难以排遣的无奈。他早年所写的《对酒》一诗，直白地抒发了个人不得志的愤懑。

王昭君 名嫱，字昭君，乳名皓月，中国古代四大美女之一。昭君出塞的故事千古流传。她的历史功绩，不仅仅是主动出塞和亲，更主要的是出塞之后，使汉朝与匈奴和好，边塞的烽烟熄灭了50年，增强了汉族与匈奴民族之间的民族团结，维护了汉族和匈奴人民的利益。

王安石的诗歌大致可以分为两个时期。一是为官时期，主要写政治诗，如《河北民》《收盐》等。他还写了大量的咏史诗。其中《明妃曲》两首最著名，在第一首中他一扫历代诗人写王昭君留恋君恩、怨而不怒的传统见解。

> 明妃初出汉宫时，泪湿春风鬓脚垂。
> 低徊顾影无颜色，尚得君王不自持。
> 归来却怪丹青手，入眼平生几曾有？
> 意态由来画不成，当时枉杀毛延寿。
> 一去心知更不归，可怜著尽汉宫衣；
> ……

诗人先勾画出王昭君古今艳传的绝代佳人形象，写出她独去异域、怀念故国的凄苦无靠的心情，叙写的同时也流露了诗人怀才不遇的心情。

王安石后期成就最高的诗作是在罢相以后写的抒情写景的小诗，人称"王荆公体"。这些小诗新颖别致，炼字炼句，妥帖自然，诗意含蓄隽永，如《泊船瓜洲》中的"春风又绿江南岸"一句，脍炙人口。

欧阳修等人奠定了宋诗的大

■ 王安石 （1021—1086），字介甫，号半山，谥文，封荆国公，世人又称王荆公。北宋抚州临川，今临川区邓家巷人。北宋丞相、新党领袖。中国历史上杰出的政治家、思想家、学者、诗人、文学家、改革家，"唐宋八大家"之一。有《王临川集》等。

体风貌，使宋诗形成了自己的风格，而苏轼以其才华横溢的诗作将宋诗推上了高峰。

苏轼的诗歌内容丰富多彩，题材多样，典型而全面地展示了宋诗创作的实绩。苏轼的政治诗，表达了诗人对于政治和社会重大问题的态度和观点，如《荔枝叹》一诗，充分表现出诗人鲜明的政治态度和不畏权奸的斗争精神。

苏轼的抒情诗，着重反映了诗人壮志难酬、屡遭迫害的不幸遭遇和不屈服的精神面貌，如《游金山寺》，在描写波澜壮阔的景象之后，抒发了自己的隐逸之情。

苏轼还写有大量的写景诗，他以自然之子的激情去拥抱自然，以艺术家特有的敏锐和灵感去观察描绘，他将他的情趣、心怀融入写景诗中。

《饮湖上初晴后雨》一诗，把西湖景色之美写得特为传神，"欲把西湖比西子，淡妆浓抹总相宜"两句，已成为众口流传的绝唱。

苏诗的艺术成就极高，他的诗想象丰富，奇趣横生，比喻新颖巧妙：描写风光、物态、人情，都能做到体察入微，形神俱现，融景、情、事、理于一炉。

《题西林壁》："横看成岭侧成峰，远近高低各不同。不识庐山真面目，只缘身在此山中。"通篇寄理于景，做到哲理与形象的高度统一。

苏轼驾驭语言得心应手，出神入化，使事用典，信手拈来，均用得贴切自如。苏轼的诗古近体无不兼备，尤长于古体和七言歌行。

苏轼的诗作典型体现了宋诗的成就和优点，他秉承欧阳修以古文章法为诗，以议论为诗和梅尧臣追求平淡以日常题为诗的经验，又开创了以理趣构诗的新路。

《吴中田妇叹》的直陈时事，《游金山寺》《泛颖》的直叙游历，《百步洪》的铺排景物，皆运用了散文直叙和铺排的章法。而《和子由渑池怀旧》不但运用了散文化的句式，还展露了诗人以议论为诗和以理趣为诗的才能。

阅读链接

苏轼是个非常有正义感和操守良心的好官，他所到之处都尽自己的力量为百姓做些好事。他也做了一些诗描述百姓的困苦，这首《雨中游天竺灵感观音院》就是其中的一首："蚕欲老，麦半黄，山前山后雨浪浪。农夫辍耒女废筐，白衣仙人在高堂。"

诗的大意是：蚕要吐丝了，麦要收割了，可是遇上了连阴天，大雨连绵不止，农夫不能下田，农妇不能采桑，眼看平日的辛劳就要付诸东流，靠什么度日？菩萨本是救苦救难的，可是她却漠然地坐在庙堂里无动于衷。

苏东坡博学，深通佛理，但他不相信泥胎木塑的菩萨能有灵验，故予以讥讽。也有人认为诗人是借"白衣仙人"讽刺那些不关心民众的官老爷，这也是可能的。

黄庭坚和"江西诗派"的成就

北宋后期以及两宋之际，社会风气不佳，经济停滞不前，文学创作受此影响，在内容上不如北宋中期充实丰富，但是在艺术上刻意追求，致使创作带有更多的雕琢性。这一时期以黄庭坚为首的江西诗派成了诗坛的主角。

黄庭坚画像

黄庭坚，他在朝廷和地方都做过官，但仕途并不如意。他的诗歌极负盛名，与苏轼并称"苏黄"。他作诗学习杜甫，但不专注于杜甫诗歌的现实主义精神，而较多地在形式技巧上力求创新。

黄庭坚主张读书融古，模仿前人，在学问中求诗。他提倡所谓"点铁成金"和"夺胎换骨"的方法，在前人词句或诗意的基础上点化发挥。

他学诗注重法度规矩，又要求新求变。

黄庭坚的诗构思奇巧，又爱押险韵，作拗律，表现出一种生新奇峭的风貌，树立了生新瘦硬的诗风，大大有别于唐代诗人，自成一家，当时就被称为"山谷体"。

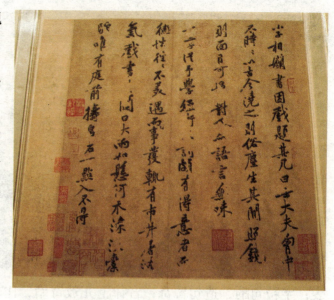

■ 黄庭坚书法

在某种意义上可以说，宋诗的艺术特性集中体现在"山谷体"上。黄庭坚的诗在艺术上富有创造性，但由于在艺术形式上过分着力，影响了诗歌在表达上的通达流畅。

在诗歌章法与句法结构上，黄庭坚主张回旋转折，曲尽其变，不循常规。如七律《王充道送水仙花五十枝欣然会心为之作咏》前七句感情幽细，而末一句"出门一笑大江横"，格调明阔，使诗歌结构充满张力，给人丰富的想象。

黄庭坚诗歌的题材以思亲怀友、感时抒怀、描山摹水和题书咏画为主。代表作《寄黄几复》是为怀念他的朋友黄几复而写的。诗中表达了对相隔万里、音讯难通的朋友的深沉思念，其中也隐然寄寓着作者自己身世遭遇的感慨。

这首诗立意曲深，富有思致；起接无端，出人意

章法 指文章的组织结构。书法章法是指安排布置整幅作品中字与字、行与行之间呼应、照顾等关系的方法。

七律 律诗的一种。律诗发源于南朝齐永明时沈约等讲究声律、对偶的新体诗，至初唐沈佺期、宋之问时正式定型，成熟于盛唐时期。律诗要求诗句字数整齐划一，律诗由八句组成，七字句的称七言律诗。

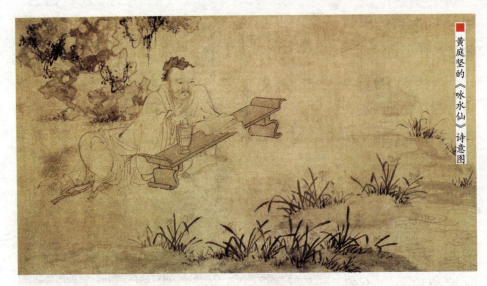

黄庭坚的《咏水仙》诗意图

表；字精句酌，造句警奇；音律上兀敖奇峭，比较全面地体现了黄庭坚诗歌的主要艺术特点

在黄庭坚的诗歌中，也有写得比较自然流畅的，如《登快阁》。这首诗写登上快阁时的所见所感：所见是清秋晚晴的明净广远景象，所感则是孤寂的心情和归隐的意向。三四句"落木千山天远大，澄江一道月分明"，写秋山月夜景象，表现出一种开阔明净的境界，十分精巧而又自然生动。

黄庭坚的诗虽然现实性不强，但他讲究诗法，求新求奇，创造了一种奇巧瘦硬的艺术风格，使宋诗的发展产生了一种新的变化，改变了以前那种平易流畅的特点。

黄庭坚在实践中总结出一整套操作性很强的作诗方法，易于领会和学习，因此颇受当时后学们的拥戴，逐渐形成了声势浩大的流派，由于黄庭坚是江西人，追随者也多半是江西人，因此这个流派被称为"江西诗派"。

江西诗派是宋代最大的诗歌流派。江西诗派的一祖三宗，即以杜甫为一祖，黄庭坚、陈师道、陈与义为三宗。黄庭坚是江西诗派的灵魂，他的诗歌理论主张和创作实践都代表了江西诗派的特色。

陈师道，一生为贫穷所困，以苦吟著名，曾自称"此生精力尽于诗"。陈师道常衣食无着。据说他有了创作冲动时，赶紧回家，关门上床，蒙上大被构思，有时达一整天，因而有"闭门觅句"之称。

陈师道的才气不及苏轼，学力不及黄庭坚，在诗艺上却有自己的追求，其诗质朴无华而又精练简洁，主张"宁拙毋巧，宁朴勿华"的诗风。

江西诗派在北宋朝廷南渡后，又有所发展，陈与义是江西诗派后期的代表，陈与义，生活在两宋之交。他的诗，总的说来写得比较清新，且不时能创造出一些奇特的诗境。

陈与义的《伤春》一诗蕴含着深沉的家国之痛，对南宋时期爱国诗歌有着良好的影响。

阅读链接

黄庭坚是"苏门四学士"之一，是被苏轼赏识和奖掖的人。他比苏轼小8岁，关系在师友之间，极为亲密。苏轼在贬谪岭南期间作了许多和陶渊明的《归田园居》差不多的诗。苏轼死后，黄庭坚作了一首《跋子瞻和陶诗》称赞苏轼："子瞻谪岭南，时宰欲杀之。饱吃惠州饭，细和渊明诗。彭泽千载人，东坡百世士。出处虽不同，风味乃相似。"

苏轼是被其政敌流放的，他们想置他于死地。然而苏轼处之泰然。黄庭坚说苏东坡和陶渊明两人平生境遇并不一样，但他们的高尚节操和人生态度却十分相似，都将名传千年百代而不朽。中国向来有"文人相轻"一说，其实并不尽然，黄庭坚和苏东坡的关系就是典型的反证。

陆游将爱国主义诗歌推向高峰

南宋中期的诗歌以陆游、杨万里、范成大、尤袤四人为代表，号称"中兴四大诗人"或"南宋四大家"。四大家中以陆游的成就最突出，杨万里和范成大次之，尤袤诗作保存下来的不多。

陆游，幼年时期，正值金人南侵，历尽离乱之苦，从小就有忧国忧民之心。

陆游画像

陆游自幼好学，有"我生学语即耽书，万卷纵横眼欲枯"的好学精神，他特别喜欢兵书，18岁便有诗名，25岁又拜师学习，更加确立了他诗歌的爱国主义基调。

陆游初期的诗风受江西诗派影响，没有形成自己鲜明的风格。46岁时，陆游入蜀为官9年，得以亲

南宋陆游书法

临前线，在范成大幕府时因不拘礼法，被人讥为"恃酒颓放"，遂索性自号"放翁"。

在这之后，陆游曾在福建、江西、浙江等地任地方官，66岁时退居山阴。这一阶段，是他诗歌成熟和爱国热情最高涨的时期，特别是蜀中雄丽的山水和激烈的军事生活对他形成明朗瑰丽和豪放悲壮的诗风影响很大。

陆游晚年一直在农村赋闲，这期间他创作了大量以农民生活和农村景物为题材的诗歌。这一阶段，他写了各种诗7000多首，是创作的丰收期。

陆游的诗歌数量在宋代诗人中最多，共存诗9400多首，其诗歌内容也极为丰富，触及南宋前期社会生活的方方面面，其中最突出的部分，是反映民族矛盾的爱国诗歌。

《关山月》除对战士虚度岁月空戍边和遗民含悲忍死盼恢复表示同情外，还对投降派的文恬武嬉予以深刻的批判。《书愤》则写出自己报国无门的慷慨悲凉：

　　　　早岁哪知世事艰，中原北望气如山。
　　　　楼船夜雪瓜洲渡，铁马秋风大散关。

塞上长城空自许，镜中衰鬓已先斑。

出师一表真名世，千载谁堪伯仲间！

《十一月四日风雨大作》写风雨交加之夜，老诗人还想到为国戍边，用梦思幻想表达他的爱国精神。

《示儿》写于诗人临终之时，"王师北定中原日，家祭无忘告乃翁"，这是诗人的遗嘱，也是诗人最后呼喊出的爱国之声。

除了以诗歌吟咏抗敌复国的重大题材，陆游还善于从广阔的日常生活中开掘题材。如《临安春雨初霁》中的"小楼一夜听春雨，深巷明朝卖杏花"，一句透露了书斋狭小天地中的逸情别致。

《南宋楼遇急雨》中的"江山重复争供眼，风雨纵横乱入楼"一句，描绘了苍茫阔大的自然风景。一山一水，一草一木，一人一事，都成为陆游诗中的审

> **楼船** 中国古代一种具有多层建筑和攻防设施的大型战船，外观似楼，所以被称作"楼船"。舰船的大小直接决定单舰所能容纳的水手和战士的数量以及舰船的撞击力，所以楼船在古代很大程度上担任了水战主力舰只。

■ 南宋陆游行书《苦寒帖页》

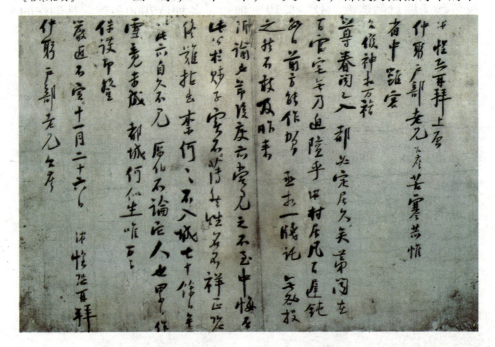

陈列陆游手迹复制品和碑刻、拓片的沈园务观堂

美对象，寄托着他对生活的关注和热爱。

陆游诗歌的艺术成就是多方面的，他诗歌的基本特征是现实主义，但也具有浓厚的浪漫主义色彩，有时两者也会有机地结合起来。

陆游诗歌的现实主义性具体表现在他始终关怀国家民族的命运，不惜为国家牺牲，并相当全面地反映了他那个时代的特点。在表现手法上，陆游往往把巨大的现实内容压缩在一首短诗里，或通过用事来概括现实。

陆游诗歌的浪漫主义色彩具体表现在对理想的热烈追求，诗中具有丰富而瑰丽的想象，也有奇特的夸张。陆游无时无事不思及恢复，但现实屡令他失望，他只好以记梦来寄托抗敌复国的理想。

陆游的记梦诗有99首之多，大多言恢复之事。这便是他能以浪漫主义手法表达具有重大现实意义题材的原因。他善于将主观感受融入其中，体现出浪漫主

记梦诗 陆游生活在动乱年代，金国南侵，大批官员南逃，他幼年时就饱尝了颠沛流离之苦。在现实生活中他那如火燃烧的意愿，雄心勃勃的壮志未得一酬，都移到梦里，在梦里得到了痛快的实现。他把梦里的事记下来，用诗的形式表现出来，所以，他的记梦诗里，大多都是与杀敌和收复失地有关。

南宋陆游塑像

陆游

义与现实主义的相互渗透，从而形成了他瑰丽雄奇的独特诗风。

陆游诗歌众体兼备，又无体不工，尤善七言诗。如《长歌行》兼杜甫之沉郁顿挫和李白之豪放飘逸，特别是最后"国仇未报壮士老，匣中宝剑空有声。何当凯旋宴将士，三更雪压飞狐城"四句，笔力雄健，令人感奋不已。

陆游的诗语言通俗晓畅，明白如话，很多已成为日常用语，如"山重水复疑无路，柳暗花明又一村""位卑未敢忘忧国，事定犹须待阖棺"等，颇有感染力。

陆游继承了屈原、杜甫等人的爱国主义传统，将爱国主义诗歌推向一个新的境界，一个高不可及的巅峰。

异彩纷呈的文学艺术

阅读链接

陆游不但是不折不扣的爱国诗人，而且还是一位精通烹饪的专家，在他的诗词中，咏叹佳肴的足足有上百首，还记述了当时吴中和四川等地的佳肴美馔，其中有不少是对于饮食的独到见解。

陆游的烹饪技艺很高，常常亲自下厨掌勺，一次，他就地取材，用竹笋、蕨菜和野鸡等物，烹制出一桌丰盛的宴席，吃得宾客们"扪腹便便"，赞美不已。他对自己做的葱油面也很自负，认为味道可同神仙享用的"苏陀"，即油酥媲美。

陆游在《洞庭春色》一诗中说，有"人间定无可意，怎换得玉脍丝莼"的句子，这"玉脍"指的就是隋炀帝誉为"东南佳味"的"金齑玉脍"。"脍"是切成薄片的鱼片；"齑"就是切碎了的腌菜或酱菜，也引申为"细碎"。

明清诗歌

　　元代诗歌受南宋后期瘦硬生涩、气骨衰敝的诗风影响，诗歌没有形成自己的鲜明特色，在创作上也未取得突出的成就。

　　明代初期，诗歌创作有了不错的发展，刘基、高启、杨基、袁凯等人的诗歌创作富有现实内容，气象阔大。明代中叶，针砭现实、关心民瘼的题材和内容，成为诗歌创作的主流，明诗的气象真正开始展露出来。明代末年，以袁宗道、袁宏道、袁中道为领袖的公安派的诗歌具有畅抒襟怀、清新洒脱的风貌，充满了生机和活力。

　　进入清代，诗歌创作出现了中兴的局面，其成就超越了元明两代，一大批诗人，如顾炎武、黄宗羲、王夫之、王士禛等，为古代诗歌的发展写下了一个圆满的句号。

明代初期诗歌呈现勃勃生机

明代初期，诗歌创作有一个相当不错的开局。生活在元代末年直至明代初期的一批作家，如刘基、高启等，由于亲历了改朝换代的巨大变迁，对种种灾难和痛苦有着切身体验，这自然加深了他们对社会、人生的认识，因而他们的诗歌创作富有现实内容，往往直抒胸臆，感情真挚，气象阔大，风格沉郁。

朱元璋与刘基

刘基，是明代的开国功臣之一，受到明太祖朱元璋的倚重。他的诗歌揭示了元代末期黑暗动荡的社会现实。其《畦桑词》《买马词》《赠周宗道六十四韵》等或控诉重敛伤民，或揭露元末官逼民反的真相，都不同程度地表示了对现实的忧虑。

刘基还有一篇长达1200多字的《二鬼》诗，诗中借写结邻和郁仪二鬼重整天地，为民造福，却被天帝猜疑捉拿之事，抒写自己抱负无法实现的苦闷。

高启，是明代诗歌成就最高的诗人。高启的文学思想、主张取法于汉魏唐宋各代，所以他的诗歌风格多样，学什么像什么，兼古人之所长，又自出新意。

清代史学家赵翼在《瓯北诗话》中评价高启的诗歌道：

> 一涉笔即有博大昌明气象，亦关有明一代文运。

《四库全书总目提要》对高启的评语是："天才高逸，实据明一代诗人之上。"

高启做官只有3年，长期居于乡里，故其部分诗歌描写了农民劳动生活，如《牧牛词》《捕鱼词》《养蚕词》《射鸭词》《伐木词》《打麦词》《采茶词》《田

■ 高启的《题仕女图诗》

赵翼 （1727—1814），清代文学家、史学家。字云崧，一字耘崧，号瓯北，又号裘萼，晚号三半老人，今江苏常州人。赵翼的史学著作有《二十二史札记》《陔余丛考》《檐曝杂记》《皇朝武功纪盛》等。赵翼还善吟诗，他驰骋诗坛近70年，与袁枚、蒋士铨并称"江左三大家"。

翰林院 翰林院从唐代开始设立，初时为供职具有艺能人士的机构，自唐玄宗后，翰林分为两种，一种是翰林学士，供职于翰林学士院；一种是翰林供奉，供职于翰林院。翰林学士担当起草诏书的职责，翰林供奉则没有什么实权。

家行》等。这些诗没有把田园生活理想化，而是在一定程度上反映了阶级剥削和人民疾苦。

如《湖州歌送陈太守》写：

草茫茫，水汨汨。上田芜，下田没，
中田有麦牛尾稀，种成未足输官物。
侯来桑下摇玉珂，听侬试唱湖州歌。
湖州歌，悄终阕，几家愁苦荒村月。

又如《练圻老人农隐》《过奉口战场》《闻长枪兵至出越城夜投凫山》《大水》等诗，还描写了农民在天灾兵燹下的苦难。这些作品都是高启诗歌中的精华部分。

高启的《明皇秉烛夜游图》，着力描写唐明皇沉湎酒色，忘怀国事，最终酿成安史之乱。全诗多从白

■《明皇秉烛夜游图》

居易《长恨歌》变化而来，但没有一语相袭，可见其诗歌艺术功力之深。高启诗在艺术上有一定特色。他的某些诗崇尚写实，描摹景物时细致入微。如"江黄连渚雾，野白满田冰"；"鸟啄枯杨碎，虫悬落叶轻"等句，均产生于生活实感，新颖逼真。

高启的诗注重含蓄，韵味深长。如《凿渠谣》：

凿渠深，一十寻；凿渠广，八十丈。
凿渠未苦莫嗟吁，黄河曾开千丈余。

虽然只是寥寥数句，收煞处戛然而止，却能给人以深远的回味。

还有，高启的诗用典不多，力求通畅，有些只有数句的小诗，更具有民歌风味。如《子夜四时歌》：

红妆何草草，晚出南湖道。
不忍便回舟，荷花似郎好。

明代诗坛上出现以"三杨"为代表的"台阁体"诗派。"三杨"即杨士奇、杨荣、杨溥，他们都是台阁重臣。台阁主要指当时的内阁和翰林院，台阁体则指当时的台阁重臣所形成的一种诗歌风格。

这些人所作的诗歌都是歌功颂德、粉饰太平的作品，其形式则是追求雍容华贵、典雅工丽，题材大都是应制、酬答和题赠，给人以枯燥乏味、平庸呆板的感觉。与"台阁体"同时但风格迥异的是于谦的作品。他的咏物诗《石灰吟》说：

千锤万击出深山，烈火焚烧若等闲。
粉骨碎身全不怕，要留清白在人间。

诗人借石灰自比，表达了自己不畏艰险、勇于牺牲的高尚情操和不凡的抱负。

"茶陵诗派"是继台阁体之后明代前期的又一个诗歌流派。针对台阁体的肤廓空泛，茶陵派以诗学汉唐相标榜，这种复古主张及其创作实践，产生了一定影响。因代表诗人李东阳是湖南茶陵人而得名。它形成并活跃于弘治至正德年间的诗坛。其中，李东阳的成就最大。

李东阳的诗论着眼于形式，强调诗歌的体制、音节、声调、格律，忽视内容。因此，他写的大都是抒发封建士大夫情怀的应酬题赠诗作，缺乏现实内容，形式典雅工丽，诗歌视野比"三杨"开阔，但未能完全摆脱台阁体的弊端。

阅读链接

高启的一些诗给他引来了麻烦。他写的诗多次有意无意地触动和冒犯了明太祖朱元璋。高启曾写过一首《题宫女图》的诗："小犬隔花空吠影，夜深宫禁有谁来？"

这本是一首针对元顺帝宫闱隐私的闲散之作，与明代宫廷毫不相干，可朱元璋偏偏要对号入座，认为高启是在借古讽今挖苦自己，所以记恨在心。

高启在《青丘子歌》写有"不闻龙虎苦战斗"的诗句，这又遭到了朱元璋的强烈厌恶。因为高启写这首诗之时，正是朱元璋率军与强敌在"苦战、苦斗"之际，在朱元璋看来，你高启作为诗人不来呐喊助威倒也罢了，竟然表示不闻不问。

另外，高启在诗中还有"不肯折腰为五斗米"的句子，表示对做官毫无兴趣，这也正是朱元璋所忌恨的。据说，高启的死就和这些不合皇意的诗作有关。

复古中徘徊的明代后期诗歌

　　明中后期，文坛上出现了许多文学小集团或文学流派，著名的有前七子、后七子、唐宋派、公安派、竟陵派等。他们或同时并起，或先后相承，各自利用一定的文学传统，提出一定的文学主张，表现一定的创作倾向，互相排斥，此起彼伏。

　　明代中期诗歌以弘治、正德年间的"前七子"和嘉靖中期的"后七子"为主要代表。前七子对当前文坛理学气和太平气弥漫的现象甚为不满，认为这是造成诗歌情感匮乏和虚假的主要原因，因此主张诗歌超越宋人的说理，回到盛唐以情感为主的传统中去。

李梦阳画像

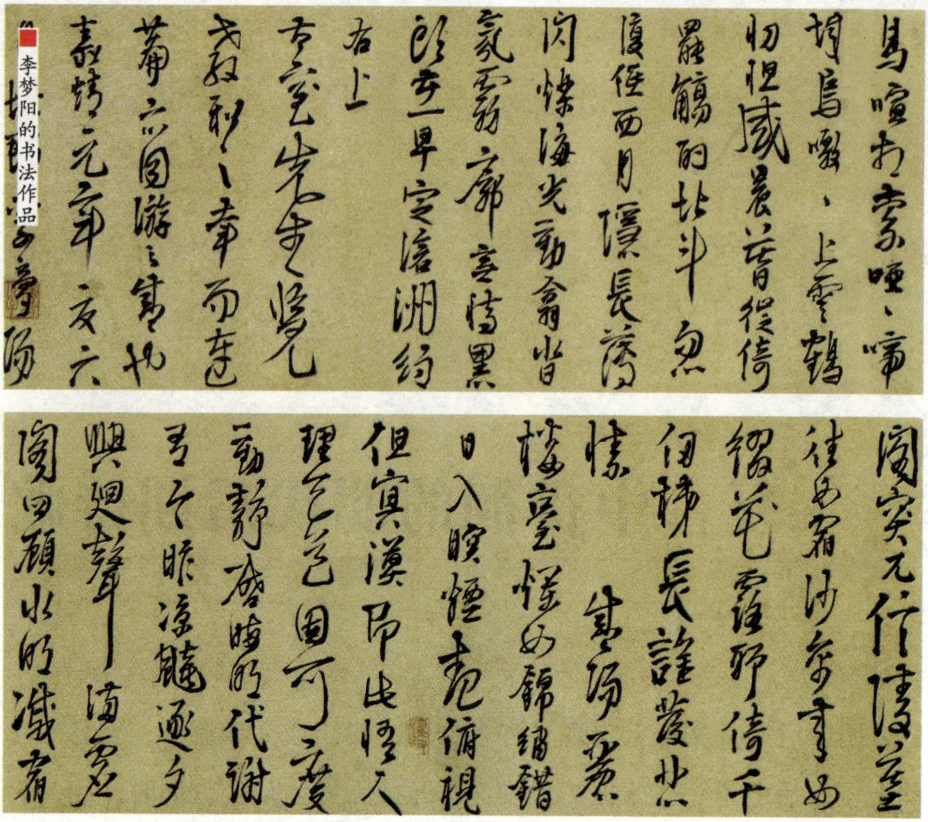

李梦阳的书法作品

前七子复古运动以李梦阳、何景明为首，包括边贡、徐祯卿、康海、王九思、王廷相。前七子提出"文必秦汉，诗必盛唐"的主张，这对扫除台阁体千篇一律、呆板单调的文风起到了一定的积极作用。

前七子还把目光投向民间，认为"真诗乃在民间"。但是，他们把秦汉时期古文当范本，刻意模仿，从而滋长了文坛模拟剽窃的风气，或以形式上的古奥艰深来掩盖内容的贫乏浅薄，虽然前七子的创作以拟古为主，内容相对贫乏浅薄，但是他们还是在两个方面取得了一定的成绩。

一是前七子由于自身的政治遭遇和干预时政的勇气，这使得他们的诗歌某方面具有现实意义，如李梦阳的《石将军战场歌》《自从行》，何景明的《玄明宫行》《点兵行》等。

二是由于前七子的主情论调，在推崇盛唐诗歌的同时，也对情真意切的市井民歌非常重视，客观上推进了市井民歌的发展。

明代嘉靖、万历年间，在文学上又出现了以李攀龙、王世贞为代表的"后七子"，包括谢榛、宗臣、梁有誉、徐中行、吴国伦等7人。

后七子的文学思想与前七子的文学思想一脉相承，他们进一步主张"文必秦汉，诗必盛唐，大历以后书勿读"。从而将拟古之风又一次推向了高潮。

后七子中，以王世贞声望最高，创作最多，影响也最大，其诗歌题材丰富，风格也较为多样化，一定程度上突破了复古的樊篱。

与前七子同时的江南一批画家兼诗人，以王慎中、唐顺之、归有光、茅坤等为首的"唐宋派"出现在文坛，他们最早起来反对拟古文学运动，继承南宋以来推崇韩愈、柳宗元、欧阳修、曾巩等唐宋时期古文名家的传统，提出"文从字顺"的主张来矫正前后七子的创作弊病。由于他们崇尚唐宋古文，因此称为"唐宋派"。

唐宋派在当时看到了拟古派给文学带来了危机，竭力反对文学复古，就这一点来说是进步的。归有光，字熙甫，江苏昆山人。他是"唐宋派"中成就最突出的一位作家。

诗歌并非归有光所长，文集40卷中，存诗仅一卷，多写人民生活惨

■ 李贽画像

状、官吏贪婪怯懦、倭寇的肆虐横行，如《郓州行寄友人》《海上纪事十四首》等。

明后期诗歌，在万历年间有了较大变化，那个时候复古运动已经渐渐消退，李贽竭力反对前后七子的文学复古主张，提出了"童心说"。李贽认为，所谓童心，也就是赤子之心和真情实感，是一种未被道学礼教所蒙蔽的内在情感。

在李贽看来，只有具有童心的文学，才是真文学。他明确申言："天下之至文，未有不出于童心焉者也。"李贽的学说具有反传统价值体系的色彩，对后面的公安诗派影响很大。

"公安派"是明代后期万历年间的一个诗文流派，主要以袁宏道、袁宗道、袁中道为代表。因"三袁"是湖北公安人，故称这个诗文流派为"公安派"。公安派理论核心的口号是"独抒性灵"。他们的诗文理论主要体现在三个方面：

一是认为诗文的发展方向不在于复古，而在于创新；二是反对诗文创作剽窃模拟，矫饰虚假，强调诗文创作要抒发自己的实际感受和独到见解；三是反对古奥艰涩、隐晦难懂的诗风，主张诗歌要意达辞畅。

公安派很好地将诗文理论贯穿到自己的诗文创作中，如袁宏道的《戏题斋壁》中"一作刀笔吏，通身埋故纸"；袁中道《听泉》中的"一月在寒松，两山如昼朗"等，

■ 落花独立图

异彩纷呈的文学艺术

都是信手而出的佳句。

"竟陵派"是继公安派而起的一个诗文流派，其实两者在理论和实践上并无太大的差别，"竟陵派"只是力图纠正公安派末流的弊病。这一派的代表人物是钟惺、谭元春，因为他们都是湖北竟陵人，因而这一派得名"竟陵派"。

钟惺、谭元春曾经合力编选《诗归》，单行称《古诗归》《唐诗归》。在《诗归序》和评点中，他们积极宣扬自己的文学主张，风行一时，"竟陵派"因此而成为影响很大的诗派。

竟陵派在理论上接受公安派提出的独抒性灵的口号，但也看到了公安派的流弊在于俚俗、浅露、轻率的一面，他们追求用"幽深孤峭"的风格来纠正公安派的不足。提出"求古人真诗"，既学古，也学真，强调以自己的精神为主体去探求古人的精神所在，但他们过于追求自我意识，显示了一定的褊狭性。

竟陵派的诗偏重心理感觉，境界狭小，主观性太强，诗歌中的景象偏于寂寞荒寒，语言又生涩拗折，读来颇感幽塞不畅。

明末，阶级矛盾和民族矛盾日益尖锐，士人们强烈体会到家国之痛，他们将这种沉痛之感注入他们的诗歌中。这些士人中，陈子龙和夏完淳的创作最为出色。

陈子龙，长于诗歌，创作了不少感时伤事的作品，如《小车行》《卖儿行》《辽事杂诗》8首等。《秋日杂感》10首是他的代表作。夏完淳，与陈子龙同是松江华亭人，是陈子龙的学生，也是一位爱国英雄，代表作《别云间》：

> 三年羁旅客，今日又南冠。
> 无限河山泪，谁言天地宽？
> 已知泉路近，欲别故乡难。
> 毅魄归来日，灵旗空际看。

诗作表达了作者一方面抱着此去誓死不屈的决心，一方面又对行将永别的故乡，流露出无限的依恋和深切的感叹。

这首诗作于秋季作者在故乡被清兵逮捕时，是一首悲壮慷慨的绝命诗。写出了作者对亡国的悲愤，以及壮志难酬的无奈。

阅读链接

竟陵派与公安派的审美趣味迥然不同，在这背后，又有着人生态度的不同。

公安派诗人虽然也有退缩的一面，但他们敢于怀疑和否定传统价值标准，敏锐地感受到社会压迫的痛苦，毕竟还是具有抗争意义的。他们喜好用浅露而富于色彩和动感的语言来表述对各种生活享受、生活情趣的追求，呈现内心的喜怒哀乐，显示着开放的、个性张扬的心态。

而竟陵派所追求的"深幽孤峭"的诗境，则表现着内敛的心态。他们的诗偏重心理感觉，境界小，主观性强，喜欢写寂寞荒寒乃至阴森的景象，语言又生涩拗折，常破坏常规的语法、音节，使用奇怪的字面，每每教人感到气息不顺。他们对活跃的世俗生活没有什么兴趣，所关注的是虚缈出世的"精神"。他们标榜"孤行""孤情""孤诣"。从思想境界来看，公安派要超越竟陵派。

清初遗民诗和中期诗歌理论

清代初期，由明代入清代的很多知识分子割不断故国之情，忠实地恪守着民族气节，他们的诗哀故国、悲往事、望恢复、明志节，这批诗人的代表有顾炎武、黄宗羲、王夫之、钱谦益、吴伟业等。

顾炎武，与黄宗羲、王夫之并称"明末清初三大儒"。顾炎武的诗多伤时感事之作。诗平实不尚藻饰，是"主性情、不贵奇巧"的学者诗，持重、沉郁、苍凉的风格中可见杜甫诗的神韵。

黄宗羲，学问极博，思想深邃，著作宏富，他的诗强调抒写现实，如《周公瑾砚》：

顾炎武画像

剩山残水字句饶，

■ 王夫之画像

剜源仁近共推敲。

砚中斑驳遗民泪，

井底千年恨未消。

诗中亡国之恨，故国之思，不加遮拦地溢出笔端。

王夫之的诗后人评其为"含婀娜于刚健，有《风》《骚》之遗则"。王夫之最推崇屈原，并承继了其忧国忧民的爱国情怀和以美人香草寄托比兴的艺术风格。

清代初期诗风多样，其中能左右诗风，影响远播的诗人是钱谦益、吴伟业。钱谦益，在明末清初诗坛上有着非常重要的地位，他编有广罗明代诗歌的《列朝诗集》，并在《小传》部分通过对各家的褒贬、评论阐发自己的诗歌主张。

钱谦益不仅重视唐诗，也重视宋诗，由此开了清人宗宋的风气，成为明清诗歌变化的一大转折。他的诗将唐诗与宋诗的特点结合在一起，善于用典，富于辞藻，善于抒情，长于近体，具有鲜明的艺术特色。

吴伟业早期的诗歌显得较为清丽，而在明末清初的社会大动荡中，他写的诗歌多以重大历史事件为背景，更多地关心个人在历史中的命运。

《圆圆曲》是吴伟业的歌行体诗，通过名妓陈圆圆与吴三桂的悲欢离合，描写吴三桂降清导致明代灭亡的重大历史事件，将风情万种的儿女私情与波谲云

砚 也称"砚台"。用毛笔写字蘸墨的容器，文房四宝之一，最常见的砚台的制作材料是石材。来自广东端溪的端砚，来自安徽歙县的歙砚，来自甘肃南部的洮砚，来自河南洛阳的澄泥砚，这4种砚台被称为"中国四大名砚"。

异彩纷呈的文学艺术

诡的重大政治事件结合在一起。

除《圆圆曲》外，吴伟业还写有《永和宫词》《琵琶行》《雁门尚书行》等七言歌行，一直被世人传诵。

王士禛在清代初期诗人中最著名，倡导"神韵说"，即在诗歌的艺术表现上追求一种空寂超逸、镜花水月、不着形迹的境界。王士禛遵从"神韵说"，他的诗追求淡远空灵、委婉蕴藉的风格。

王士禛早年的成名之作《秋柳》4首表现出意旨朦胧，情境悠远的特点，而《秦淮杂诗》20首更是得到人们的竞相传写。

清代中叶，诗坛涌现了很多著名诗人，其中成就和影响最大的为性灵派诗人，代表诗人为袁枚，此外，还有持"格调说"的诗人沈德潜、持"肌理说"的诗人翁方纲。

袁枚诗主"性灵说"。"性"即性情、情感，"灵"即灵思、灵趣。他的4000余首古今体诗作，就体现了其性灵说的美学追求。

袁枚主张作诗要有真性情，要有个性和诗才。性情是诗的根本，性情以外本无诗；性情要表现出诗人独特的个性，作诗不可无我；诗人必须有才，"诗人无才，不能役典籍，运心灵"。

袁枚创作了许多真实动人、灵趣盎然、清新活泼的性灵诗，不仅是当时诗坛

213

成就斐然

明清诗歌

■ 钱谦益画像

的异军别派，也对近现代诗歌的新变产生了影响。他的旅游诗真率自然，清新灵动。此外，他还有大量的咏史诗。

沈德潜论诗标榜"格调说"。所谓"格"，指诗歌体制上的合乎规格；所谓"调"，指诗歌的声调音律。

沈德潜的"格调说"推崇唐诗，重视体制格调，决定了他在诗歌风格上尊崇雄豪壮阔的境界。他对"神韵说"提倡的清远冲淡的诗风很是不满，而对杜甫的"宏才卓识，盛气大力"给予高度称赞。

沈德潜认为在作诗的态度上，必须"一归于温柔敦厚""怨而不怒"；在作诗方法上，必须讲究比兴、"蕴蓄"，不能"发露"。

翁方纲，他论诗主"肌理说"，宗法宋诗，强调写诗重在读书，有学问，有方法。翁方纲的"肌理说"对矫正"神韵说"的虚渺、"格调说"的空套有一定的意义，但过分强调学问在创作中的作用，忽视作家的才情和活生生的生活，也使他的诗论没有大的成就。

异彩纷呈的文学艺术

阅读链接

王士禛之前，虽有许多人谈到过神韵，但还没有把它看成是诗歌创作的根本问题，而且在相当长的一段时期内，神韵的概念也没有固定的、明确的说法，只是大体上用来指和形似相对立的神似、气韵、风神一类内容。到王士禛，才把神韵作为诗歌创作的根本要求提出来。

王士禛早年编选过《神韵集》，有意识地提倡神韵说，不过关于神韵说的内涵，也不曾作过专门的论述，只是在许多关于诗文的片断评语中，表述了他的见解。

神韵为诗中最高境界，王士禛提倡神韵，自无可厚非。但并非只有空寂超逸，才有神韵。神韵并非诗之逸品所独有，而为各品之好诗所共有。王士禛将神韵视为逸品所独具，恰是其偏失之处。

与时代同呼吸的清代后期诗歌

清代后期，社会状况复杂，经世致用的思潮波涛汹涌，新思潮的汹涌澎湃震荡着传统文坛，这一时期留下了众多揭露时弊和抒发忧国之情的诗篇，作为时代的记录，有其特殊意义。这时期的代表诗人有林则徐、龚自珍、魏源、黄遵宪、康有为、梁启超等。

以虎门销烟而名垂史册的林则徐，并不以诗著称，但由于地位与经历的关系，他的诗作对了解鸦片战争前后的形势有重要的价值。他谪戍伊犁时所作《赴戍登程口占示家人》《出嘉峪关感赋》等，表达了其忧念时事、以身许国的热情。

前一首中"苟利国家生死以，

林则徐画像

举人 原意是被荐举之人。汉代取士，无考试之法，朝廷令郡国守相荐举贤才，因以"举人"称所举之人。唐宋时期有进士科，凡应科目经有司贡举者，通谓之举人。至明清时期，则称乡试中试的人为举人，也称大会状、大春元。

岂因祸福避趋之"是他常吟诵的句子，从中可以感受到一个正直的政治家的心迹。

龚自珍，自幼接受了良好的传统文化教育，才思过人，胸怀远大。他27岁中举人，38岁中进士，曾任内阁中书、宗人府主事和礼部主事等官职。

龚自珍的诗文创作，是走向近代文学的新篇章，他的诗作，将抒情、政论和艺术形象有机地统一在一起，具有丰富的奇异想象和艺术形象，而且形式多样，风格多样，语言清新多彩，不拘一格。

龚自珍的《己亥杂诗·九州生气恃风雷》原是一首应道士请求而作的祭神诗，诗人借题发挥，以"我劝天公重抖擞，不拘一格降人才"，大声疾呼让各种优秀人才脱颖而出，寄托了诗人对当时黑暗沉闷现实的强烈不满。

魏源，和龚自珍是好友。他是一位有见识的学者和思想家，曾受林则徐嘱托编纂叙述各国历史地理的《海国图志》，为中国放开眼界看世界的先驱者之一。书中提出"师夷长技以制夷"，代表了那个时代进步的士大夫中一种比较普遍的思想。

■ 龚自珍（1792—1841），字璱人，号定盦，曾字尔玉，更名易简，字伯定，再更名为巩祚。生于清代浙江仁和，即浙江杭州。清朝中后期著名思想家、文学家。他主张革除弊政，抵制外国侵略。所写《己亥杂诗》315首，是他一生中思想的精华，其诗风瑰丽奇肆，被柳亚子誉为"三百年来第一流"。龚自珍诗现存700首左右，辑有《龚自珍全集》。

魏源的不少诗篇，如《江南吟十章》《寰海十章》及《后十章》《秋兴十章》等，都是议论时事、抒写感愤的政治诗。所表达的见解，主要是在坚持中国固有传统的前提下反对闭关自守、主张学习西方技术，具有历史价值。

同时，魏源的政治诗直叙胸臆，诗体也比较解放，不过诗中用典与议论偏多，有时直书其事，一定程度上削弱了诗的意象与美感。

■ 魏源画像

在普通的抒情诗篇中，魏源的山水诗很有名。他喜欢写雄壮奇伟的景象，《太室行》《钱塘观潮行》《天台石梁雨后观瀑歌》《湘江舟行》等均有此种特点，可以看出作者豪迈活跃的个性。

姚燮，道光时举人。他写有很多关于鸦片战争时事和有关社会情况的诗篇，有"诗史"的特点。《哀江南诗五叠秋兴韵八章》之二，写陈化成之战死：

飓风卷纛七星斜，白发元戎误岁华。
临岸射潮无劲弩，高天贯月有枯槎。
募军可按冯唐籍，解阵空吹越石笳。
最惜吴淞春水弱，晚红漂尽细林花。

这一时期诗人关涉时政的诗篇，无论歌颂还是讥讽，通常都写得比较夸张。这首诗从年老的陈化成无

《海国图志》
清代晚期学者魏源受林则徐嘱托而编著的一部世界地理历史知识的综合性图书。全书详细叙述了世界舆地和各国历史政制、风土人情，主张学习西方的科学技术，是一部具有划时代意义的巨著。

力支撑颓势落笔，流露了深深的哀痛和同情，也反映着作者对时局的感受，所以能够打动人。

黄遵宪，是诗界革命的旗帜，但是黄遵宪不以诗人自居，用他自己的话说是"余事作诗人"，但是他在诗歌创作方面有很高的成就。

黄遵宪在诗界革命中，不仅在理论方面对诗歌的革新进行了可贵的探讨，还创作了大量的新诗，成为诗界不折不扣的一面旗帜。他的诗歌有《人境庐诗草》《人境庐集外诗辑》等共1000多首。

黄遵宪的诗不受内容形式的限制，开辟了中国诗歌史上从未有过的广阔领域。

黄遵宪在创作上勇于推陈出新，既借鉴古人成果，又从民歌中吸取养分。他的诗歌形象鲜明，用典贴切、词汇丰富，才思敏捷，他的诗改变了唐宋时期以后诗歌创作沉迷于拟古的方法，更新了诗歌意象，开始了由旧体诗向新体诗的过渡。

阅读链接

"宋诗运动"是清代晚期重要诗歌派别之一。道光、咸丰时期，诗体也发生了变化，其方向是"宗宋"或"学宋"。所谓"宋"与"宋诗"，概指以苏轼、黄庭坚为主的宋人诗风。"学宋"大体上是提倡以学问补充性情之不足，以文法入诗，同时以宋诗的开拓精神去扩大表现范围。

"宋诗运动"这一诗派发展分三个时期：道光、咸丰之际为第一期，程恩泽等人首倡，何绍基、郑珍为重要人物；咸丰、同治之际为第二期，曾国藩为其首领；光绪、宣统至民国初为第三期，"同光体"为其代表。

词苑漫步

词的历史与艺术特色

唐代词

　　词是一种配合新兴音乐的诗体，又称"曲子词""琴趣""乐府""诗余"等，因为词的句式长短不一，因此又有"长短句"之名。

　　词按调填写而成，调有调名，又称"词牌名"。每种词调一般都分为上下两章，称"上片""下片"，或"上阕""下阕"，还有分为三片、四片的长调。

　　词的形成经历了由民间到文人创作的长期过程，一般认为，词孕育于南北朝后期，产生于隋唐之际，中唐以后文人创作渐多，晚唐五代日趋繁荣。

大众性浓郁的敦煌曲子词

在中国文学史上，我们能看到的最早的诗是距今3000年左右的《诗经》，这是中国最早的一部诗歌总集，其内容有"风""雅""颂"3个部分，这是从音乐角度上分的。

继《诗经》之后，公元前4世纪，在楚国出现了一种新的诗体，叫"楚辞"，它的创始人是屈原。后来，汉朝人把屈原、宋玉等人写的作品编成一书，叫《楚辞》。《楚辞》突破了《诗经》的四字句，发展为五言句、七言句，即把偶字句变为奇字句，不但能更好地表达思想感情，而且韵律和

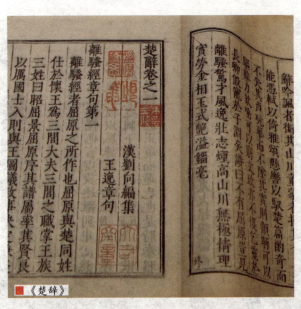

《楚辞》

节奏也更富于音乐性。

到了汉代，出现了为配合音乐而歌唱的诗即"乐府诗"。在语言上有四言、五言、杂言，但大多数是五言。

词是一种配合新兴音乐演唱的新诗体，是配合音乐可以歌唱的乐府诗，但是它不是直接从汉代的乐府诗中产生与发展起来的。它完全是当时一种新兴的歌诗，在各方面保有自己的特点，并在发展过程中形成自己独立的传统。

隋唐时期的音乐有着3个系统。北宋学者沈括《梦溪笔谈》卷五记载：

■ 沈括著作《梦溪笔谈》

> 自唐天宝十三载，始诏法曲与胡部合奏，自此乐奏全失古法。以先王之乐为雅乐，前世新声为清乐，合胡部者为宴乐。

"雅乐"是汉魏以前的古乐；"清乐"是清商曲的简称，大部分是汉魏六朝以来的"街陌谣讴"；

乐府诗 是指由朝廷乐府系统或相当于乐府职能的音乐管理机关搜集、保存而流传下来的汉代诗歌。汉乐府掌管的诗歌按作用主要分为两部分：一部分是供皇帝祭祀祖先神明使用的孝庙歌词；另一部分则是采集民间流传的无主名的俗乐，世称之为"乐府民歌"。

琵琶 是中国传统的弹拨乐器，已有2000多年的历史。最早被称为"琵琶"的乐器大约在秦朝出现。"琵琶"两字中的"珏"意为"二玉相碰，发出碰击声"，表示这是一种以弹碰琴弦的方式发声的乐器。"比"指"琴弦等列"。"巴"指这种乐器总是附着在演奏者身上，和琴瑟不接触和人体相异。

"宴乐"即宴会时演奏的音乐，主要成分是西域音乐，是西部各民族的音乐。

远在北魏北周时期，西域音乐已陆续地由印度、中亚细亚经新疆、甘肃传入中原一带。到了隋唐时期，由于国际交通贸易的畅通发达，文化交流的广泛频繁和商业都市的繁荣兴盛，这种"胡乐"更大量传入并普遍流行起来。

"燕乐"就是以这种大量传入的胡乐为主体的新乐，其中包含一部分民间音乐的成分。燕乐是中外音乐交融结合而成的一种新音乐。

词所配合的新兴音乐主要指的就是燕乐。燕乐的主要乐器是琵琶。琵琶是一种弦乐器，共有28调，繁复且多变化，在音律上有很大发展，可以用它来创制出无数动听的新鲜乐曲。

燕乐在社会上风行一时，对文人诗歌和民间乐曲发生了很大的影响。词的产生和创作，其大部分就是

■ 敦煌燕乐表演

为配合这种流行的新乐的曲调。配合燕乐曲调填制长短句的歌词，在唐代是比较晚出现的。最早的词是在敦煌莫高窟发现的敦煌曲子词。

敦煌曲子词内容广泛，形式活泼，风格繁富，有鲜明的个性特征和浓郁的生活气息，反映了词兴起于民间时的原始形态。

敦煌曲子词的内容是相当广泛的，《敦煌曲子词集·叙录》评敦煌曲子词：

> 有边客游子之呻吟，忠臣义士之壮语，隐君子之怡情悦志；少年学子之热望与失望，以及佛子之赞颂，医生之歌诀，莫不入调。其言闺情与花柳者，尚不及半。

敦煌曲子词中最突出的是，歌颂爱国统一这一内容的作品，如《菩萨蛮》：

> 敦煌古往出神将，感得诸蕃遥钦仰。效节望龙庭，麟台早有名。
>
> 只恨隔蕃部，情恳难申吐。早晚灭狼蕃，一齐拜圣颜。

词作表达了边地军民为国戍边、收复国土的爱国

莫高窟 俗称千佛洞，坐落在河西走廊西端的敦煌，它以精美的壁画和塑像闻名于世。它始建于十六国的前秦时期，历经十六国、北朝、隋、唐、五代、西夏、元等历代的兴建，形成如今巨大的规模，是世界上现存规模最大、内容最丰富的佛教圣地。

■ 敦煌曲子词

情思。再如《望江南》："六戎尽来作百姓，压坛河陇定羌浑。"表现了国家统一、民族和睦的愿望。

敦煌曲子词中反映女性生活和思想的题材最多，成就最高。《抛球乐》是一篇青楼歌妓的"忏悔录"，写一女子被玩弄、被抛弃的遭遇以及因此带来的内心痛苦与事后的追悔。她懊恨自己的真情付出，悔不该不听从姊妹们当初好意的劝诫。下面是她的自述：

珠泪纷纷湿罗绮，少年公子负恩多。当初姊妹分明道，莫把真心过于他。子细思量着，淡薄知闻解好吗？

自述诚挚深切，动人心扉。其感受之真、体味之切、语意之痛，唯有此中人才有这般诉说。

《望江南》也是闺中怨歌，想起"负心人"，就抑制不住内心的苦恨，"多情女子负心汉"，是古代民间的一个常见性主题。这首词构思得新颖别致，增加了抒情的艺术表现力：

天上月，遥望似一团银。夜久更阑风渐紧，为奴吹散月边云，照见负心人。

《菩萨蛮》唐教坊曲，后用为词牌。唐宣宗大中年间，女蛮国派遣使者进贡，她们身上披挂着珠宝，头上戴着金冠，梳着高高的发髻，号称"菩萨蛮队"，当时教坊就因此制成《菩萨蛮曲》，于是后来《菩萨蛮》成了词牌名。

又如《菩萨蛮·枕前发尽千般愿》写的是一位恋人向其所爱者的陈词。为了表达对爱情的坚贞不渝，词中使用了一连串精美的比喻立下爱情誓言：

枕前发尽千般愿，要休且待青山烂。水面上秤锤浮，直待黄河彻底枯。

白日参辰现，北斗回南面。休即未能休，且待三更见日头。

这首词无论从思想内容与表现手法都与汉乐府《上邪》一脉相承，表现男女青年追求自主真诚爱情的决心，具有震撼人心的力量。

敦煌曲子词不仅题材广阔，内容丰富，同时在艺术上也保留了民间作品那种质朴与清新的特点，风格也较为多样。正是这种流传在下层人民中间的民间词哺育了文人，促进了文人词的创作和发展。同时，在敦煌发现的曲子词里，还保存下一些在现存唐代文人

《上邪》 汉乐府民歌中的一首情歌，是女主人公忠贞爱情的自誓之词。女主人公自"山无棱"一句以下连用五件不可能的事情来表明自己生死不渝的爱，深情奇想。《上邪》情感真挚，气势豪放，表达欲突破封建礼教的女性的真实情感，被誉为"短章中神品"。

■ 《折杨柳》图

词中很少见的长调。

敦煌曲子词风格豪迈婉曲兼备，调式小令慢词皆有，都以明快质朴、刚健清新为基调。敦煌曲子词富有生活情趣，比喻生动丰富，语言爽直俚白，如《鹊踏枝·叵耐灵鹊多谩语》：

叵耐灵鹊多谩语，送喜何曾有凭据？几度飞来活捉取。锁上金笼休共语。

比拟好心来送喜。谁知锁我在金笼里。欲他征夫早归来。腾身却放我向青云里。

词的上片是少妇语，下片是灵鹊语。全词纯用口语，模拟心理，得无理而有理之妙，体现了刚健清新、妙趣横生的艺术特色。

上片在于表明少妇的"锁"，下片在于表明灵鹊的要求"放"，这一"锁"一"放"之间，已具备了矛盾的发展、情节的推移、感情的流露、心理的呈现、形象的塑造。

阅读链接

莫高窟俗称"千佛洞"，坐落在河西走廊西端的敦煌，它始建于十六国的前秦时期，历经十六国、北朝、隋、唐、五代、西夏、元等历代的兴建，形成巨大的规模。莫高窟有400多个洞窟，里面有大面积的壁画和4000多件泥质彩塑以及5万多件古代文物，是名副其实的艺术宝库。

敦煌曲子词就是在敦煌莫高窟发现的艺术瑰宝。学者王重民1934年在法国国家图书馆整理敦煌遗书，集录曲子词213首。经过校补，去掉重复的51首，编成《敦煌曲子词集》。

该书收录敦煌卷子中清理的唐五代词曲162首。上卷为长短句，中卷为唐人写本《云谣集杂曲子》，下卷为乐府。《敦煌曲子词集》成为研究敦煌词的重要参考资料。

中唐时文人作词之风渐开

曲子词生动活泼，很快在民间兴起，中唐的一批诗人，开始留意这种新生文体，开始在民间词的基础上进行新的尝试。韦应物、戴叔伦、张志和、王建、白居易、刘禹锡等人竞相试作，作词之风气渐开，他们所用词牌不多，全是小令。

韦应物因出任过苏州刺史，世称"韦苏州"。他擅长作诗，其诗风恬淡高远，以写景和隐逸生活著称。韦应物的词有《调笑令·胡马》两首，其中《调笑令·胡马》写道：

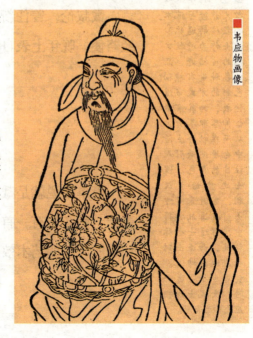

韦应物画像

胡马，胡马，远放燕支山下。跑沙跑雪独嘶，

■ 戴叔伦画像

道士 信奉道教教义并修习道术的教徒的通称。道士作为道教文化的传播者，又以各种带有神秘色彩的方式布道传教，为其宗教信仰尽职尽力，从而在社会生活中也扮演着引人注目的角色。道士之称始于汉朝，当时意同方士。在道教典籍中，男道士也称乾道，女道士则相应地称坤道。黄冠专指男道士时，女道士则相应地称为女冠。

东望西望路迷。迷路，迷路，边草无穷日暮。

这首小令运用象征的手法，表现离乡远戍的士卒的孤独和惆怅。作者以清晰的线条，单纯的色调，描绘了边地辽阔的草原风光和彷徨在这奇异雄壮的大自然中的胡马的形象。语言浅直而意蕴深曲。

这首词笔意回环，音调宛转。它不拘于马的描写，而意在草原风光；表面只咏物写景，却处处蕴含着饱满的激情。

戴叔伦，曾任新城令、东阳令、抚州刺史、容管经略使。晚年上表自请为道士。他主张：

诗家之景，如蓝田日暖，良玉生烟，可望而不可置于眉睫之前也。

简单来说就是戴叔伦要求诗中写景要有韵致，有余味。戴叔伦有一首《调笑令》词可见出他追求情景相融所产生的艺术效果。

边草，边草，边草尽来兵老。山南山

北雪晴，千里万里月明。明月，明月，胡笳一声愁绝。

这首边塞词抒写了久戍边陲的士兵冬夜对月思乡望归的心情。词借助草、雪、月、笳等景物来写征人的心情，也表露了作者对征人的深切同情，情在景中，蕴藉有味。

张志和所作的《渔父歌》《全唐诗》调名作《渔父》，《花间集》收录时，把调名变更为《渔歌子》，共5首，抒写自然山水美景和自己的闲淡情趣。其中一首《渔歌子·西塞山前白鹭飞》广为流传：

西塞山前白鹭飞，桃花流水鳜鱼肥。青箬笠，绿蓑衣，斜风细雨不须归。

寥寥几笔描绘出一幅色彩鲜明的南国水乡图。这组词和者甚众，据说连日本嵯峨天皇也有和作。

王建，大历年进士，他一生沉沦下僚，生活贫困，有机会接触社会现实，了解人民疾苦，写出了大量优秀的乐府诗。

除乐府诗以外，王建擅长写《宫词》。他写有《宫词》百首，以白描见长，突

《渔父图》

异彩纷呈的文学艺术

破前人抒写宫怨的窠臼，广泛地描绘宫禁中的宫阙楼台、早朝仪式、节日风光，以及君王的行乐游猎，歌伎乐工的歌舞弹唱，宫女的生活和各种宫禁琐事，犹如一幅幅风俗图画。

王建的一首宫词《宫中调笑·团扇》很有代表性。全词如下：

团扇，团扇，美人病来遮面。玉颜憔悴三年，谁复商量管弦。弦管，弦管，春草昭阳路断。

王建还写过《宫中三台》和《江南三台》等小令。在中唐文人词作者中，他占有十分重要的地位。

元和年间之后，文人作词者更多，其中以白居易和刘禹锡最为著名。

如白居易的《忆江南》三首之一：

■ 刘禹锡名作《竹枝词》

江南好，风景旧曾谙。日出江花红胜火，春来江水绿如蓝，能不忆江南？

词是以白描的手法写景言情，色彩明丽。白居易还写有一首《长相思》：

汴水流，泗水流，流到瓜洲古渡头，吴山点点愁。

思悠悠，恨悠悠，恨到归时方始休，月明人倚楼。

全词既有民间曲子词的真挚生动，又避免了其俚俗。全词以"恨"写"爱"，用浅易流畅的语言、和谐的音律，表现人物的复杂感情。

特别是那一派流泻的月光，更烘托出哀怨忧伤的气氛，增强了艺术感染力，显示出这首小词言简意富、词浅味深的特点。

刘禹锡的《竹枝词》《浪淘沙》等师法民间，清新活泼，亦诗亦词。《竹枝词》共九首，其一为：

白帝城头春草生，白盐山下蜀江清。南人上来歌一曲，北人陌上动乡情。

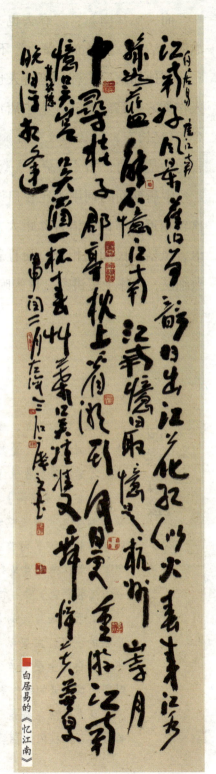

白居易的《忆江南》

而《忆江南》："春去也，多谢洛城人。弱柳从风疑举袂，丛兰裛露似沾巾。独坐亦含颦。"不再咏调名本意，在意境上更加词化。

其他如顾况、韩翃等诗人也都有词作传世，这可以证明，盛中唐人作词之风已经渐开。盛中唐词的词牌很有限。常有的也就是《一七令》《忆长安》《调笑》《三台》等十几个，还有一些词牌是以整齐五七言句为基础的，如《菩萨蛮》《清平乐》等。

中唐期间的词用语比较口语化，诙谐生动，与民间词的语言风格比较相近，与诗的语言差距大，有向民间词学习的痕迹。中唐词不但语言风格与民间词相近，而且思想内容也比较接近，不过艺术上更精致细腻，格律上更讲究，这为晚唐词的成熟做出了贡献。

异彩纷呈的文学艺术

阅读链接

文人词的作品，最早的著作权记录在天才李白名下。今传为李白的词作，且不论其真伪及是否可归入词体，共有20余首。其中有《尊前集》收录《连理枝》一首、《清平乐》五首、《菩萨蛮》三首、《清平调》三首，计十二首。南宋邵博《邵氏闻见后录》卷十九收录《忆秦娥》一首；明卓人月《古今词统》卷一收录《竹枝词》两首；明周瑛等《词学筌蹄》卷五收录《长相思》一首；清程洪等《记红集》卷一收录《秋风清》一首。其中的一首《菩萨蛮》和一首《忆秦娥》被誉为"百代词祖"。

关于这两首词的著作权是否归属李白，争议颇多。认为是李白的观点，主要以为唯有李白这样的才气才写得出来；认为不是李白的主要观点，是以为这两首词艺术上太成熟，比晚些时间的词作者的词作更成熟，有点"超越时代"。

双方的观点都是"凭感觉"，并无多少说服力，所以这两首词的著作权依然存疑。

晚唐词的发展与走向成熟

在晚唐和五代时期，词得到了很大的发展。晚唐时期，词人的主要代表人物是温庭筠和韦庄；五代时，词有两个创作中心，一是前、后蜀，也可以称为"西蜀"，另一个是南唐。

温庭筠富有才气，文思敏捷，每入试，押官韵，八叉手而成八韵，所以也有"温八叉"之称。

温庭筠有个不好的"习惯"，那就是他恃才不羁，又好讥刺权贵，多犯忌讳，因此被当时的权贵所憎恶，这也是他屡次举进士不第的原因，也由此长期被贬抑，终生不得志。

温庭筠是第一个大量写词的人，也是彻底体现词的"诗余"特征的词作者。他精通音律，"能逐弦吹之

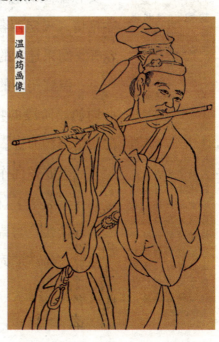

温庭筠画像

■ 温庭筠的书法作品

音，为侧艳之词"。他是花间词派中词写得最好的文人，因此，赵崇祚编纂的《花间集》把他列为首位。从某种意义上说，以小令写柔情、艳情的婉约传统，正是由温庭筠奠定的。

温庭筠的词题材非常狭窄，词的内容都是写男女思慕或离愁别绪的情感，如《女冠子》写女道士艳情，《定西蕃》《蕃女怨》写成妇念征夫，《荷叶杯》写采莲女的采莲生活和相思。

温庭筠词的内容多与本调题意相合，这是文人填词初始阶段的特点。温庭筠的词语言华丽，意象密集，结构曲折。

温庭筠词作有六七十首，所含曲调达19种，其中如《诉衷情》《荷叶杯》《河传》等，句式变化大，节奏转换快，与诗的音律差别很大，必须熟悉音乐，严格地"倚声填词"。看看这首《河传》：

韵律 诗词术语，指诗词的平仄格式和押韵规则。大致包括三个方面：一是平仄，主要是讲究平声和仄声的协调；二是对偶，诗词中一般是句对；三是押韵，指同韵的字在适当的地方，有规律地重复出现。在诗词写作特别是格律诗写作时平仄、对偶和押韵运用得好，运用得自然，可使诗作增强音乐感，呈现韵律美。

湖上，闲望。雨萧萧，烟浦花桥路遥。

谢娘翠娥愁不销，终朝，梦魂迷晚潮。

荡子天涯归棹远，春已晚，莺语空肠断。若耶溪，溪水西，柳堤，不闻郎马嘶。

这首词句式参差，节奏多变，韵脚频转，与诗的节奏韵律是完全不同的。词的艺术个性特征在温庭筠这儿已经充分形成。清学者陈廷焯《白雨斋词话》曾说："《河传》一调，最难合拍，飞卿振其蒙，五代而后，便成绝响。"

《菩萨蛮》14首被认为是温庭筠的代表作，其中《菩萨蛮·小山重叠金明灭》写道：

小山重叠金明灭，鬓云欲度香腮雪。懒起画蛾眉，弄妆梳洗迟。

照花前后镜，花面交相映。新帖绣罗襦，双双金鹧鸪。

这首词以秾丽细腻的笔调描画了一个慵懒娇媚的女子晨起梳妆的情景，末句以"双双金鹧鸪"反衬女子的孤单，含蓄曲折。词调两句一转韵，平仄对转，节奏纤徐回环，是极其成熟的词作。

温庭筠写情别具精彩，如他的《梦江南》："梳洗罢，独倚望江楼。过尽千帆皆不是，斜晖脉脉水悠悠，肠断白蘋洲。"用白描的手法写来

■ 温庭筠诗意图

余味隽永，开南唐后主词风的先河。

晚唐另一位影响巨大的词人是韦庄。诗人韦应物的四世孙。韦庄家境贫寒，屡试不第。59岁时终于进士及第，官至补阙。他的作品早期以诗为主，而晚期以词为主，写下了大量的词作。他作的词与温庭筠不同，温庭筠的词恣意为"侧艳之词"，是欢场的作品。

温庭筠诗意图

而韦庄词则开了士大夫自抒情怀的局面，他的词没有了华丽的辞藻，没有了晦涩的意象，没有了曲折的结构，用词遣语也清新自然，不是一味秾丽，呈现了新的面貌，相比之下，韦庄的词对后世文人词的影响更大。

韦庄的词作最被人称道的代表作是《菩萨蛮》：

人人尽说江南好，游人只合江南老。春水碧于天，画船听雨眠。

垆边人似月，皓腕凝霜雪。未老莫还乡，还乡须断肠。

洛阳城里春光好，洛阳才子他乡老。柳暗魏王堤，此时心转迷。

桃花春水渌，水上鸳鸯浴。凝恨对残晖，忆君君不知。

词中将漂泊之感、亡国之痛、思乡之情交融浓缩，以浅淡之语，表达深沉之情。

韦庄词的主要内容也是关于男欢女爱，离愁别恨的。但由于掺入了家国之痛，身世之悲，所以写得深沉悲痛，再看：

记得那年花下，深夜，初识谢娘时。水堂西面画帘垂，携手暗相期。

惆怅晓莺残月，相别，从此隔音尘。如今俱是异乡人，相见更无因。

从中可以看出韦庄的词注重个人感情的抒发，不同于温庭筠的词多客观描写，主要供歌伎演唱。

晚唐"温韦"时期，标志着词的充分成熟。韦庄把词带进了蜀地，开启了"西蜀词"的局面。而"温韦"的词又直接影响了"南唐词"。完全可以说，五代词是晚唐词的延续和发展。

阅读链接

温庭筠曾经常出入令狐绹相府中，并受到了相国令狐绹很好的招待。当时唐宣宗喜欢曲词《菩萨蛮》，令狐绹暗自请温庭筠代己新填《菩萨蛮》词以进献给皇上看。令狐绹嘱咐温庭筠千万不要将这件事泄露出去，而温庭筠却将此事传了开来，令狐绹大为不满。

唐宣宗赋诗，上句有"金步摇"，未能对，让未第进士对之，温庭筠以"玉条脱"对之，唐宣宗很高兴，予以赏赐。令狐绹不知"玉条脱"之说，问温庭筠。

温庭筠告他出自《南华经》，并且说，《南华经》并非僻书，相国公务之暇，也应看点书。

言外之意说令狐绹不读书，又曾对人说"中书省内坐将军"，讥讽令狐绹无学。令狐绹因此更加恨温庭筠。令狐绹抓住机会上奏温庭筠有才无行，不宜与第。由此温庭筠一直未中第，不仅不第，还落下了品行不好的坏名声。

千古词帝南唐后主李煜

五代时的词有两个中心，除西蜀之外，南唐是另一个中心。南唐远离中原，社会安定，醋歌醉舞之时，竞相以词曲唱和。

北宋陈世修《阳春集·序言》称：

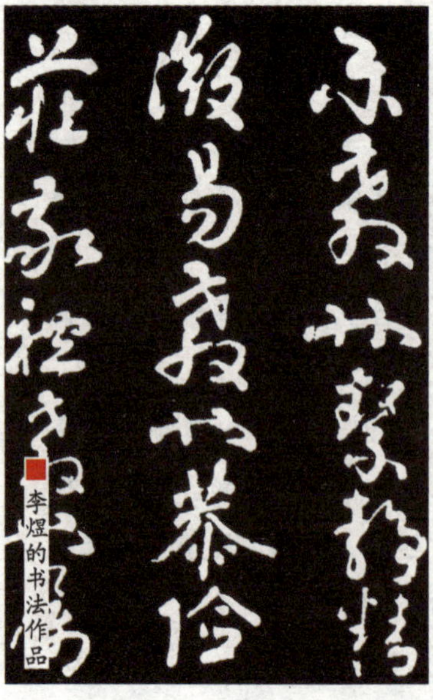

金陵盛时，内外无事，朋僚亲旧，或当宴集，多运藻思为乐府新词，俾歌者倚丝竹歌之，所以娱宾而遣兴也。

南唐词的成就要较西蜀词高，代表词人主要有冯延巳、李璟和李煜，其中李煜取得的成就最高。他的词代表了南唐词的最高峰。

冯延巳，南唐中主朝官至宰相。冯

李煜的书法作品

■ 冯延巳《鹊踏枝》
词意图

延巳的词有百余首，词风格多样，其香艳秾丽近于温庭筠的词。所不同者，在于较少有对女性容颜服饰的精雕细刻，而更多地通过景物环境的描写，抒发国运可危、人生易逝、好景不长的忧伤。如《鹊踏枝》：

谁道闲情抛掷久？每到春来，惆怅还依旧。旧日花前常病酒，敢辞镜里朱颜瘦。

河畔青芜堤上柳，为问新愁，何事年年有？独立小楼风满袖，平林新月人归后。

意思是：谁说平日闲散久了就会抛弃心中那份惆怅？等到春来之时，还是一样的满腹惆怅。日复一日地赏花，对花饮酒成病，不敢看镜里的消瘦朱颜。河堤上清风扶柳，是为何而添加了新的惆怅，什么事岁岁年年都有呢？独立小楼之上，风灌满袖，密林里的

宰相 是辅助帝王掌管国事的最高官员的通称。宰相最早起源于春秋时期。管仲就是中国历史上第一位杰出的宰相。到了战国时期，宰相的职位在各个诸侯国都建立了起来。宰相位高权重，甚至受到皇帝的尊重。"宰"的意思是主宰，"相"本为襄礼之人，字意有辅佐之意。"宰相"联称，始见于《韩非子·显学》中。

新月在人回家后升起。

冯延巳的词又表现出清新明丽，这又近于韦庄的词风，如《谒金门》：

> 风乍起，吹皱一池春水，闲引鸳鸯香径里，手挼红杏蕊。
>
> 斗鸭栏杆遍倚，碧玉搔头斜坠。终日望君君不至，举头闻鹊喜。

冯延巳擅长以景托情，因物起兴的手法，蕴藏个人的哀怨。这首脍炙人口的怀春小词，在当时就很为人称道。尤其是"风乍起，吹皱一池春水"，是传诵古今的名句。词的上片，以写景为主，点明时令、环境及人物活动。下片以抒情为主，并点明所以烦愁的原因。

■《摊破浣溪沙》

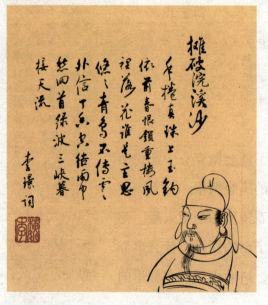

当时南唐受到外强侵扰，国势岌岌可危，冯延巳又处于党争旋涡之中，当宰相而四次沉浮，所以他在描写寻欢作乐、登临赏景中隐含忧愁和哀伤。

在他的词中频繁地出现愁、恨、伤、泪、惆怅、悲哀、寂寞、断肠等字词。

李璟，南唐中主。早年尚思振作，后来则唯有称臣于后周，以求苟安。词仅存4首，

■ 李煜（937—978）五代十国南唐国君，字重光，初名从嘉，号钟隐、莲峰居士。他虽然不通政治，但他的艺术才华却很非凡，他精书法，善绘画，通音律，尤以词的成就最高。所作《虞美人》《浪淘沙》《乌夜啼》等均为千古杰作，因而被后人称为"千古词帝"。

《摊破浣溪沙·手卷真珠上玉钩》是其代表作。

李煜是南唐成就最高的词人。李煜工书画，精通音律，有很高的文学艺术修养，是个写词的高手。

961年李煜继李璟为南唐后主，当时宋取代后周统治中原，李煜称臣纳贡，以求苟安。

李煜早期作品的内容多游宴声色，但是与花间词有着不同。李煜率情爽直，写艳情不避俚直。他的词在声色宴乐之中，也时时流露阴郁感伤之情，如他的《蝶恋花·遥夜亭皋闲信步》：

> 遥夜亭皋信闲步，乍过清明，早觉伤春暮。数点雨声风约住，朦胧淡月云来去。
> 桃李依依春暗度，谁在秋千，笑里低低语？一片芳心千万绪，人间没个安排处。

这首词写愁情春恨，多用对比，多造反差，实是用心去见景，用情去感物，其中作者的心境总与现实景象有极大的对立。作者心中的隐忧，"拂了一身还

李璟（916—961），五代十国时期南唐第二位皇帝，后因受到后周威胁，削去帝号，改称国主，史称南唐中主。李璟好读书，多才艺。常与宠臣韩熙载、冯延巳等饮宴赋诗。他的词，感情真挚，风格清新，语言不事雕琢，"小楼吹彻玉笙寒"是流芳千古的名句。他的诗词被录入《南唐二主词》中。

■ 李煜《虞美人·春花秋月何时了》

五更 中国古代把夜晚分成五个时辰，用鼓打更报时。每个时辰被称为"更"，每"更"为现今的两个小时。一更是19点至21点，二更是21点至23点……依次类推。五更是在第二天的3点至5点，称平旦，又称黎明、早晨、日旦等，是夜与日的交替之际。这个时候，鸡仍在打鸣，而人们也逐渐从睡梦中清醒，开始迎接新的一天。

满"，不是暂时的醉生梦死所能排遣的。

当李煜成为亡国之君和阶下之囚后，词作主要是写亡国的愁苦、悔恨和绝望，词的内容发生了很大的改观。亡国之恨、故国之思，通过今昔盛衰的对比及伤春悲秋来倾诉，一景一物，"触目柔肠断"，字血声泪，悲不自胜。如《浪淘沙·帘外雨潺潺》：

帘外雨潺潺，春意阑珊。罗衾不耐五更寒。梦里不知身是客，一晌贪欢。

独自莫凭栏，无限江山，别时容易见时难。流水落花春去也，天上人间。

此词将梦前梦中梦后，穿插行进，对比强烈，揭示了作者内心，诠释他深深的悲苦无奈和始终不渝的怀念故国的绝望心情。

李煜在经历亡国后，词作中流露的感情显得更加真挚，更加深切。如《虞美人·春花秋月何时了》：

> 春花秋月何时了，往事知多少？小楼昨夜
> 又东风，故国不堪回首月明中。
>
> 雕栏玉砌应犹在，只是朱颜改。问君能有
> 几多愁，恰似一江春水向东流。

词中追念的是在残存的一片土地上苟且偷安的小朝廷，留恋的是安乐的生活，其人其情似不足怜，但"无限江山，别时容易见时难"的深沉感叹，"春花秋月何时了，往事知多少"的回忆思索，"问君能有几多愁，恰似一江春水向东流"的形象抒情，则引起古往今来无数人的叹惋和共鸣。

李煜词最大的特点是白描。无论是描写男女之情，还是抒发亡国之痛，都坦露襟怀，直言不讳，因此他的词具有真意，去粉饰，不做作。如《乌夜啼·林花谢了春红》：

> 林花谢了春红，太匆匆。
> 无奈朝来寒雨，晚来风。胭脂
> 泪，留人醉，几时重。自是人
> 生长恨，水长东。

这首词感情的抒发，如行云流水，自然流畅。

李煜的白描，绝不粗浅，而有情深意浓的特点，这与他善将抽象的

■《虞美人》诗意图

《虞美人》 是著名的词牌之一，此调原为唐代教坊曲，初咏项羽宠姬虞美人，因以为名。又名《一江春水》《玉壶水》《巫山十二峰》等。双调，五十六字，上下片各四句，皆为两仄韵转两平韵。古代词开始大体以所咏事物为题，配乐歌唱逐渐形成固定曲调，后即开始名为调名即词牌。《虞美人》就是如此。

情思具象化有关。他极多愁善感，常常捕捉住稍纵即逝的感受和细微的心理变化，通过人物的语言动作加以传达，并用疏淡的景物点染烘托，使这些情思可感可触、可见可闻。

李煜的白描，还与他通俗而精练的语言有关。他的语言通俗生动，接近口语，如"梦里不知身是客，一晌贪欢""春花秋月何时了，往事知多少"等。

李煜的词由花前月下到江山家国，由狎妓宴饮到亡国之痛，扩大了词的题材，开拓了词的意境，丰富了词的表现技巧和手法。

李煜在词调的运用上也有创新，出现了不少9字句。在风格方面，于花间词的香软浓艳之外，别开清疏流丽的生面，完成了唐五代词向宋词的转变。

246

异彩纷呈的文学艺术异彩纷呈的文学艺术

阅读链接

李煜是个书呆子，他不懂得掩饰自己的感情，任由它流露。978年的七巧节，这天恰好是李煜的42岁诞辰。喝过酒之后，李煜想起了对不堪回首诸多往事的苦思苦恋。

他回忆以前的歌舞欢饮，回忆在江南的时节，群臣祝贺，赐酒赐宴，歌舞欢饮。现在孤零零的夫妻二人，好生伤感。于是，他填了一阕《忆江南》的小令。

填完词之后，李煜胸中的悲愤，还未发泄尽，他看着日渐老去的自己，想起自己曾经的帝王才子风花雪月的生活，想到自己的家山故国早已物是人非，巨大的失落感使得他心力交瘁，他决定再填一阕感旧词，用这首词道出自己无限的辛酸和一生的愁绪。

于是，一首千古绝唱《虞美人·春花秋月何时了》就这样诞生了。

宋代词

北宋时期词的创作情况可分两个时期，北宋前期和北宋中后期。北宋前期，富贵闲情词较为流行，较多地因袭了唐和五代文人词风，但因袭中又突显清新的革新之气，代表词人是范仲淹、王安石、柳永等人。

进入南宋后，文坛发生了巨大的变化，文学进一步与现实结合起来，词的变化最大，不再像北宋末年那样，一味讲究含蓄浑厚、圆柔婉约，而是在新的环境下成为言志抒情的载体，词的风格也随之丰富，雄壮慷慨、苍凉悲沉者皆有。南宋词人匠心巧运，意内言外，传达曲折心意，亦创造出了别样的辉煌。

薄暮来孤镇
登暗忆武侯
峥嵘依绝壁
苍莽瞰奔流
半夜人呼急
横空火气浮
天遥殊不辨
风急已难收
晓入陈仓县
犹馀卖酒楼
烟煤已狼藉
吏卒尚呼咻

柳永开启北宋词新境界

北宋前期，除了晏殊和欧阳修以短章小令抒写艳情闲愁、离情别绪外，尚有一批词人别具情怀，显出了宋词的新变，这批代表词人有范仲淹、张先、王安石、柳永，其中柳永取得的成就最大。

柳永是最先真正开始转变北宋词风的。他年轻时参加科举考试，可考了多次都没有考中，心灰意冷之余开始频繁与歌伎往来，并深入到她们的生活中。后来，他把这些新鲜的生活内容都写到他的词里面去。

50岁左右时，柳永终于考中进士，然后在地方上做了几任小官，但生活依然不如意。

柳永的《乐章集》存词200多首。他是北宋以来第一个专力写词的作家，从体制、题材、艺术手法等多方面都给宋词以重大影响。

作为一个专业词人，柳永精通音律，能创制词的曲调，在宋词所用的880多个词调中，就有100多个曲调是柳永首创或第一次使用。

在词史上，柳永不仅能创制新曲调，还大力写作慢词，从根本上改变了唐五代以来小令一统词坛的局面，使小令和慢词两种体式分途共进。

慢词加长了词的篇幅，少则八九十字，多则一两百字，大大扩充了词的容量，也提高了词表现生活、抒情写意的能力。柳永在这方面，功不可没。

正如清代宋翔凤《乐府余论》所指出的那样："耆卿失意无俚，流连坊曲，遂尽收俚俗语言编入词中，以便使人传习，一时动听，散播四方。其后东坡、少游、山谷辈相继有作，慢词遂盛。"

柳永拓展了词的表现题材，他一度混迹于歌楼妓院，为妓女们写作歌词，供她们在各种场合为市民大众演唱。歌词反映了市民的爱情生活，写出了平民女性失恋的苦闷和被遗弃的幽怨。

由于柳永主动适应市民大众生活的文艺需求，使他的词作在民间得到广泛传播，以致"凡有井水饮处，即能歌柳词"。

柳永一生漫游过许多城市，对北宋都市的繁华、市民生活的多姿多彩有深切的体会。他的《望海潮·东南形胜》对风景优美、人口繁密、商品丰盛、市民活跃的杭州城市面貌一一作了描绘：

范仲淹画像

东南形胜，三吴都会，钱塘自古繁华。烟柳画桥，风帘翠幕，参差十万人家。云树绕堤沙。怒涛卷霜雪，天堑无涯。市列珠玑，户盈罗绮，竞豪奢。

重湖叠巘清嘉。有三秋桂子，十里荷花。羌管弄晴，菱歌

观潮图

泛夜，嬉嬉钓叟莲娃。千骑拥高牙。乘醉听箫鼓，吟赏烟霞。异日图将好景，归去凤池夸。

柳永在词的创作内容上注入了新鲜的成分，同时在写作技巧上也作了创新，为词的发展做出了很大的贡献。

为了填写慢词，柳永还发展了一系列的表现手法，如不再像小令那样只写一刹那间的感觉和一景一物，而是开合起伏，铺叙漫衍，使词从单纯的感受发展为复杂的过程，体现了层次结构上的多重性。

柳永善于将叙事、抒情、写景融合在一起，综合表达，尤善于借景抒情。在表现羁旅行役题材时，又尤善于借秋天凄风苦雨之景来抒发失意幽怨之情，使外在画面与内在感情极为协调。

此外，柳永还善于对景物、心理、动作作具体细腻的描述，善于描写典型的场景和具有戏剧性的瞬间来加强铺叙的效果。如《雨霖铃·寒蝉凄切》：

寒蝉凄切，对长亭晚，骤雨初歇。都门帐饮无绪，留恋处，兰舟催发。执手相看泪眼，竟无语凝噎。念去去千里烟波，暮霭沉沉楚天阔。

亭 是中国传统建筑，多建于路旁，供行人休息、乘凉或观景用。亭一般为开敞性结构，没有围墙，顶部可分为六角、八角、圆形等多种形状。亭子在中国园林的意境中起到很重要的作用。亭的历史十分悠久，但古代最早的亭并不是供观赏用的建筑，而是用于防御的堡垒。

多情自古伤离别，更那堪，冷落清秋节。今宵酒醒何处？杨柳岸，晓风残月。此去经年，应是良辰好景虚设。便纵有千种风情，更与何人说？

词作使用了铺叙的手法，它与比兴、抒情互相结合，起到了相得益彰的作用，既写出了离别的背景、过程、场面，又写出离别时与离别后的凄切、怀念、苦闷，层次繁复而分明；又时而由景生情，时而化情为景，达到了情景的高度结合，还能刻画出"执手相看泪眼"等一系列细节，点染烘托。

柳永是一个将雅俗两种创作风格结合起来的作家，在词的领域里进行了多方面有益的探索，对宋词的发展起到了极大的推动作用。

阅读链接

柳永于1017年赴京赶考，没考上。他轻轻一笑，填词道："富贵岂由人，时会高志须酬。"

5年后，柳永又没考上，他便写了一首《鹤冲天》："黄金榜上，偶失龙头望。明代暂遗贤，如何向？未遂风云便，争不恣狂荡？何须论得丧。才子词人，自是白衣卿相。烟花巷陌，依约丹青屏障。幸有意中人，堪寻访。且恁偎红倚翠，风流事，平生畅。青春都一饷。忍把浮名，换了浅斟低唱。"

这首词最后传到了宫里。当时的皇帝宋仁宗一听大为恼火。又过了三年，柳永再次参加考试，终于以他出众的才华通过了。但临到皇帝圈点放榜时，宋仁宗看到柳永的名字，想起了他那首《鹤冲天》，就在旁批道："且去浅斟低唱，何要浮名？"又把他的名字勾掉了。柳永知道后只好自我解嘲说："我是奉旨填词。"

苏轼纵横捭阖开创豪放派

苏轼画像

苏轼生活在北宋中后期，词到了苏轼手里，气象更是宏伟广阔，风格也发生了急剧的变化。他是继柳永之后，对词的发展起到了极大的推动作用的又一位重量级人物。

苏轼年轻时勤奋读书，21岁时就中了进士，接着便进入官场，但是他在官场上一直不顺利，他的性格乐观、旷达，接受了生活中的一切变故，内心安然坦荡，在坎坷中度过了一生。

苏轼是北宋词坛的大革新家，他的词从内容到风格都做了前所未有的改变。从花间词开始，一直到柳永，词始终没有脱离描写男女之情的范围。苏轼打破了这个狭隘的传统，他写词所选择的题材大大扩大了，可谓是"无意不可入，无事不可言"。

在苏轼的词里，怀古、送别、言志、旅怀、乡村、悼亡、闲适、风景等题材，都有其踪迹。可以这样说，凡是诗歌中可以表现的题材，在苏轼的词里也完全可以表现，达到了与诗几乎相等的程度。

在苏轼众多的题材中，以三方面成就最高。一是抒情词。苏轼不但写传统的情词，更进而直接抒发自己的从政之情、爱国之情、怀古之情及广泛的人伦之情。

在《沁园春·赴密州早行》中，他抒发了自己"致君尧舜"的远大抱负和失意后"袖手何妨闲处看"的旷达态度。

在《江城子·密州出猎》中，他以汉之魏尚自比，希望朝廷能不计小过，给他到西北前线建功立业的机会，强烈表达了自己抗敌御侮的爱国赤诚和豪迈精神。而在《念奴娇·赤壁怀古》中又抒发了自己深远的怀古之情。

二是苏轼写了大量的咏物词，他写的咏物词不但数量多，有30余首，而且水平之高超过同代词人，不但重形似描写，而且尤重神似描写；不但能写出物象，而且能写出寄托。如《卜算子·黄州定慧院寓居作》：

■ 苏轼画像

《沁园春》 词牌名。创始于初唐。调名源于汉朝窦宪倚势变相强夺沁水公主田园的典故。双调114字，前阕四平韵，后阕五平韵，一韵到底，前阕四五句，六七句，八九句，后阕三四句，五六句，七八句，均要求对仗。

缺月挂疏桐，漏断人初静。谁见幽人独往来？缥缈孤鸿影。

惊起却回头，有恨无人省。拣尽寒枝不肯栖，寂寞沙洲冷。

豪放 这里指的是豪放派。豪放派是宋词风格流派之一。北宋诗文革新派作家如欧阳修、王安石、苏轼、苏辙都曾用"豪放"一词衡文评诗。第一个用"豪放"评词的就是苏轼。南宋人已明确地把苏轼、辛弃疾作为豪放派的代表人物，以后遂相沿用。

254

异彩纷呈的文学艺术

三是苏轼还写有农村词。宋代文人极少有真实地描写农村生活与农民形象的词，苏轼突破了这一局限。他在徐州所作的组词《浣溪沙》5首，是这一题材的代表作。它写到了农民形象、劳动生活、农村风俗、农村风光，以及自己对农村生活的真心向往。

苏轼的词作和一般市井俗词形成明显的区别，使词真正成为文人士大夫自我抒情的工具。词从它产生的那天起，就与音乐紧密相关，可以说，如果没有音乐，词就失去了存在的依托。但是苏轼写词，不过分讲究音乐，以表达自己的感情为主，活跃了词的气氛，冲破了音乐的束缚，这在词的写作上是空前的。

■ 苏轼手迹

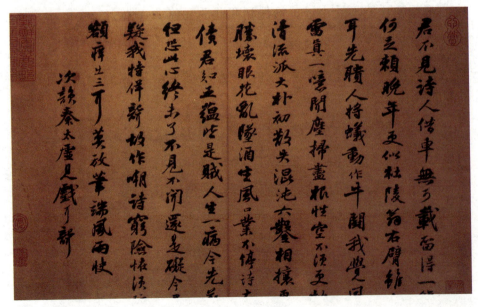

在苏轼之前，词以婉约为主，但苏轼的词彻底改变了这种风格，他根据自我抒情的需要，大胆地变革词风，将充沛激昂、悲壮苍凉的感情融入词中，于是，与此前完全不同的一批豪放词诞生了。

苏轼善于在写人、咏景、状物时以慷慨豪迈的形象、飞动峥嵘的气势、阔大雄壮的场面取胜，音调也由缓拍慢节变成了强音促节，他的《念奴娇·赤壁怀古》是宋代豪放词中最杰出的代表作之一：

■ 苏轼《念奴娇·赤壁怀古》

大江东去，浪淘尽，千古风流人物。故垒西边，人道是，三国周郎赤壁。乱石崩云，惊涛裂岸，卷起千堆雪。江山如画，一时多少豪杰。

遥想公瑾当年，小乔初嫁了，雄姿英发。羽扇纶巾，谈笑间，樯橹灰飞烟灭。故国神游，多情应笑我，早生华发。人间如梦，一樽还酹江月。

全词将无限的时空任意驱使笔下，将赞美古之英雄与抒发自己之怀才不遇结合起来，感情豪迈而又沉

樽 古代人温酒或盛酒的器皿。酒樽一般为圆形，直壁，有盖，腹较深，有兽衔环耳，下有三足。盛酒樽一般为喜腹，圆底，下有三足，有的在腹壁有三个铺首衔环。盛行于汉晋。据说，苏东坡在一次中秋节饮酒，喝到微醉时，诗兴大发，写下了豪迈悲凉的千古绝唱《水调歌头》。

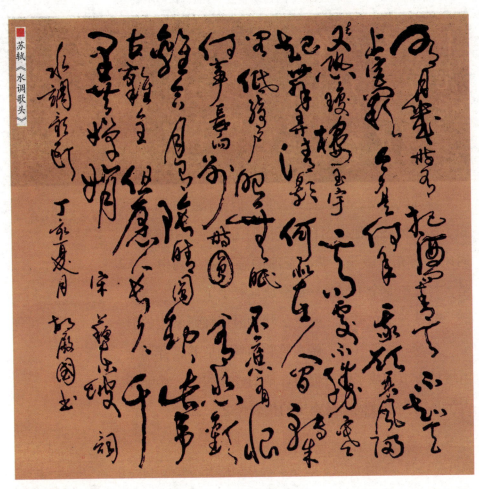

苏轼《水调歌头》

异彩纷呈的文学艺术

郁，景色画面，豪放雄伟。

苏轼词的豪放还表现为结构上的大开大阖，情绪上的大起大落以及词中凝重的历史和人生意识。《念奴娇·赤壁怀古》从古之豪情到今之悲凉，结构的跨度、情绪的起伏极大。

苏轼把这种悲凉放到阔大的自然环境和悠久的历史中去消融，似乎由那么多的历史人物和那么阔大的自然环境一起为作者担负了这些成败兴亡的悲慨，从而形成了苏词中特有的超旷风格。

苏轼也写有大量的婉约之作，如《水龙吟·次韵

《水调歌头》
词牌名。上下阕，95字，前后片各四平韵。也有前后片两六言句夹叶仄韵者。相传隋炀帝开汴河时曾制《水调歌》，唐人演为大曲。大曲有散序、中序、入破三部分，"歌头"为中序的第一章。

章质夫杨花词》《蝶恋花·枝上柳绵吹又少》等，都可说是他婉约词中的佳品。不仅如此，苏轼的词中还有一些作品兼有豪放与婉约之气，如《八声甘州·寄参寥子》《水调歌头·明月几时有》兼有婉约和豪放之美。其中《水调歌头》这首词是中秋之夜咏月兼怀念弟弟苏辙之作，同样也被人们认为是苏轼词中的杰作：

明月几时有？把酒问青天。不知天上宫阙，今夕是何年。我欲乘风归去，又恐琼楼玉宇，高处不胜寒，起舞弄清影，何似在人间。

转朱阁，低绮户，照无眠。不应有恨，何事长向别时圆。人有悲欢离合，月有阴晴圆缺，此事古难全。但愿人长久，千里共婵娟。

苏轼的词不主一家，风格多样，大大开拓了词的题材、风格和表现手法，宋词的面貌为之焕然一新，苏轼成为中国词史上众人仰慕的一座高峰。

阅读链接

苏轼对文艺的见解主要在于求新求变，他认为只有"出新意于法度之中，寄妙理于豪放之外"，才能成为真正的艺术。但他又反对一味只以标新立异为能事，对宋代诗文革新运动中过分的"好奇务新"的"新弊"不断提出批评。

苏轼以前的文人无不把填词看成是"谑浪游戏"的诗余小道，如晏殊称之为"呈艺"，欧阳修称之为"聊陈薄技"。

苏轼却把它看成是"长短句诗"，后人常用"以诗为词"之类的话来评价苏词，尽管各有褒贬，但都说明苏轼冲破了词的封闭传统，使其与诗进一步靠拢，并成为广义的诗之一体。

杰出的南渡女词人李清照

李清照画像

在北宋与南宋交替的时期，南渡词人成就斐然，其中以女词人李清照的成就最大。她的词作，不仅在古典时代为人们所喜爱，而且至今仍为人们所青睐。

李清照，这位女词人多才多艺，擅长写诗作词，还精通书法绘画。她的词可以分为前后两个时期。李清照经历了南北分裂之乱，在南渡前后，她的词风变化很大。

李清照早年生活比较平静安适，她从小阅读了大量的文学作品，受到良好的文学熏陶，从而养成了较高的文学素养，和她聪慧高洁、活泼开朗的品格。因此，她的早期词作多描写少女、少妇的闺中生活，如《如梦令·常记溪亭日暮》《怨王孙·湖上风来波浩渺》两首词，于轻快活泼的画面中见作者开朗欢乐的心情和轻松悠闲的生活。如《如梦令·常记溪亭日暮》词：

> 常记溪亭日暮，沉醉不知归路。兴尽晚回舟，误入藕花深处。争渡，争渡，惊起一滩鸥鹭。

这里展示的是包括作家本人在内的一群少女形象，表现了她那种热情活泼、无拘无束、顽皮好胜、憨态可掬的少女的天然情态，在作家恬淡悠闲的回忆里，又蕴含了多少留恋向往的感情。

> 昨夜雨疏风骤，浓睡不消残酒。试问卷帘人，却道海棠依旧。知否？知否？应是绿肥红瘦。

这是另一首《如梦令·昨夜雨疏风骤》中的一个情感细腻、爱花惜花的清丽优雅的青年女子形象，抒发了作家热爱春天，不忍心春天离去而又无法挽留的复杂心情。

再如《点绛唇·蹴罢秋千》：

> 蹴罢秋千，起来慵整纤纤手。露浓花瘦，薄汗轻衣透。见有人来，袜刬金钗溜。和羞走，倚门回首，却把青梅嗅。

几个细节、数件物事、一串动作，就塑造了一个轻盈活泼，妩媚羞涩，天真烂漫的少女形象，可谓妙笔生花。

李清照18岁时，与时年21岁的金石学家赵明诚在汴京成婚。婚后

■李清照石版画

的李清照与丈夫志同道合，诗酒相洽，感情深笃。李清照也少了几分少女的欢快和娇羞，而多了几分少妇的率直和大胆。

她笔下的女主人公形象则更加具备了感情真挚浓烈，才华超拔不群，志趣高洁开阔，格调清新自然的特征。这些抒情女主人公形象，既深溺于夫妻姊妹的爱情亲情，更追求自我精神的广阔发展。

比如《一剪梅·红藕香残玉簟秋》，这是李清照为怀念结婚不久即因故离家远行的丈夫而作的一首抒情小令，它强烈地抒发了对丈夫的深情至爱和天各一方的相思之苦，感情真挚浓烈，格调清新自然，表达率性大胆。

红藕香残玉簟秋，轻解罗裳，独上兰舟。云中谁寄锦书来，雁字回时，月满西楼。

花自飘零水自流，一种相思，两处闲愁。此情无计可消除，才下眉头，却上心头。

《渔家傲·天接云涛连晓雾》则突出地表现了她倾诉理想和抱

负，期待有所建树的愿望，体现她感情的峥嵘豪迈，眼界的高阔以及心胸的开朗。

《凤凰台上忆吹箫》《一剪梅·红藕香残玉簟秋》等词也都是她的闺情名篇，通过描绘孤独的生活和抒发相思之情，表达对丈夫的深厚感情，宛转曲折，清俊疏朗。

李清照这时的词虽多是描写寂寞的生活，抒发忧郁的感情，但从中可以看到她对大自然的热爱，也坦率地表露出她对美好爱情生活的追求。

在李清照生命的后期，金军侵犯北宋，俘虏了两位北宋的皇帝。李清照的生活与国家的命运一样，遭受了前所未有的灾难。她被迫南渡，不久丈夫病故，家破人亡，成为李词前后期的分界。

国破家亡后政治上的风险和个人生活的遭遇，使她无可避免地陷入了生活的艰难之中，她的性格也失去了前期的开朗，变得越来越忧郁。因而她词中的抒情女主人公形象，由前期的清纯少女和清丽少妇，变成了一个饱经忧患、愁寂哀婉的中老年寡妇。

忧愁由此也成为她后期词作中唯一的主题，而且表现得非常沉痛乃至凄厉，比如《声声慢·寻寻觅觅》：

■ 李清照画像

一代词人李清照

寻寻觅觅，冷冷清清，凄凄惨惨戚戚。乍暖还寒时候，最难将息。三杯两盏淡酒，怎敌他、晚来风急！雁过也，正伤心，却是旧时相识。

满地黄花堆积，憔悴损，如今有谁堪摘！守着窗儿，独自怎生得黑！梧桐更兼细雨，到黄昏、点点滴滴。这次第，怎一个愁字了得！

一开头就连用14个叠字，把她当时的无限忧愁，直白地诉说出来。词人借助诸多具有伤感意味的意象，倾吐出自己绝望、悲哀、眷恋、无奈等复杂的感情，如泣如诉。

李清照另一首《武陵春·风住尘香花已尽》中"只恐双溪舴艋舟，载不动，许多愁"，不造作，不掩饰，让人读后心灵不知不觉颤动不已。

后期写愁，虽多针对亡夫后的悲伤，与流民为伍的漂泊，以及对美好往昔的痛心追恋，但其中包含了对于国势的忧伤，对于亡国的悲愤，对于故国的思念等更深广的感情。

无论前期还是后期的词，李清照都把时代性与艺术独创性完美地融合在一起，把自己的思想感情与客观景物融合在一起，创造出情景交融的艺术境界。

李清照的词自成一家，被后人誉为"易安体"。这不但是指她以女性细腻之笔展现女性心理，更重要的表现在她善以白描之法写含蓄之情。李清照的词，极少用典，常以明白晓畅之语，道出迷蒙变幻的自我情感，如《醉花阴·薄雾浓云愁永昼》：

> 薄雾浓云愁永昼，瑞脑消金兽。佳节又重阳，玉枕纱厨，半夜凉初透。
>
> 东篱把酒黄昏后，有暗香盈袖。莫道不销魂，帘卷西风，人比黄花瘦。

词作以清新之语，倒叙之法，写闺中寂寞和对爱情的坚贞，却又终不说破。语言的通俗与意境的朦胧所形成的张力，赋予易安词一种独特的魅力和风情，易安体也成为后世作家仿作的对象之一。

李清照善于将个性化的抒情和完美的意境结合起来。不但善于言情，而且尤善于塑造多愁善感、缠绵凄婉的自我形象，于"短幅中藏无数曲折"，含蓄深曲、生动细腻地来抒情；既善于直接写闺阁之愁，又善于借助写景咏物来抒情，因而其词极具个性化的意境。

李清照善于调动各种修辞手法，但又运用得非常自然，达到

李清照读书图

了"极炼而不炼，出色而本色"的最佳效果。

李清照还善于运用朴素的、甚至是口语化的，但又不失精美的语言，如《武陵春·风住尘香花已尽》全词口语连篇，无一持重语，但表达的感情却悠长不尽，毫无浅率之感。

李清照对词有她自己比较完整的看法，她专门写过一篇词学论文《词论》，对唐代特别是北宋以来的主要词人分别提出了批评。她特别强调词在艺术上的独特性，即词"别是一家"，把词和诗严格地区别开来，认为词当和诗不同，应以高雅、含蓄、典重、合律为主。

李清照的这种词学观点显然有偏颇的地方，她受词的传统观念束缚太深，忽视了词可以向许多不同方向发展的必然性。

尽管如此，李清照还是以她杰出的词的成就被推为"当行本色"的婉约正宗和最高代表。

异彩纷呈的文学艺术

阅读链接

出嫁前，李清照的父亲是礼部员外郎，丈夫赵明诚的父亲是吏部侍郎，均为朝廷高级官吏。李清照夫妇虽系"贵家子弟"，但因"赵、李族寒，素贫俭"，所以，在太学读书的赵明诚，每当初一、十五告假回家与妻子团聚时，常先到当铺典质几件衣物，换一点儿钱，然后步入热闹的相国寺市场，买回他们所喜爱的碑文和果实，夫妇"相对展玩咀嚼"。

两年后，赵明诚进入仕途，虽有了独立的经济来源，但夫妇二人仍然过着非常俭朴的生活，且立下了"穷遐方绝域，尽天下古文奇字之志"。

赵家藏书虽然丰富，可是对于李清照、赵明诚来说，却远远不够。于是他们便通过亲友故旧，想方设法，把朝廷馆阁收藏的罕见珍本秘籍借来"尽力传写，浸觉有味，不能自已"。新婚后的生活，虽然清贫，但安静和谐，高雅有趣，充满着幸福与欢乐。

辛弃疾立豪放派词史高峰

  南宋中期也是词的繁荣昌盛时期，这时期的词和诗一样，受时代的影响，爱国词成为创作的主要内容，代表词人当推辛弃疾。

  辛弃疾的词作数量有620多首，在宋代词人中算是特别多的。辛弃疾一开始写词时，他的词就同国家民族的命运相结合，充满了爱国主义的激情，特别能激励人心。

  辛弃疾把政治、军事、山水、田园，以及个人的喜怒哀乐都融入词中，使词的题材无所不及、抒情功能

■ 辛弃疾（1140—1207），南宋爱国词人。原字坦夫，改字幼安，别号稼轩，山东济南人。出生时，中原已为金兵所占，他一生力主抗金。辛弃疾艺术风格多样，以豪放为主。他的词多抒写力图恢复国家统一的爱国热情，倾诉壮志难酬的悲愤，对当时执政者的屈辱求和颇多谴责。也有不少吟咏祖国河山的作品。题材广阔又善化用前人典故入词，风格沉雄豪迈又不乏细腻柔媚之处。

辛弃疾的词《别茂嘉十二弟》

又达到了新的高度，把词的改革向前推进了一大步。

作为一个乱世之中的伟大爱国志士，辛弃疾的词多抒写自己强烈的抗敌救国的决心、壮志难酬的苦闷忧患和对投降派的深刻批判，如《水龙吟·登建康赏心亭》：

楚天千里清秋，水随天去秋无际。遥岑远目，献愁供恨，玉簪螺髻。落日楼头，断鸿声里，江南游子。把吴钩看了，栏杆拍遍，无人会、登临意。

休说鲈鱼堪脍，尽西风、季鹰归未？求田问舍，怕应羞见，刘郎才气。可惜流年，忧愁风雨，树犹如此！倩何人唤取，红巾翠袖，揾英雄泪！

这些词是辛弃疾发扬苏轼豪放词风后独创的风格，两人同为豪放词的代表，后人因此将他们以"苏辛"并称。辛弃疾的词和苏轼的词都是以境界阔大、感情豪爽开朗著称的，但不同的是：苏轼常以旷达的胸襟与超越的时空观来体验人生，常表现出哲理式的感悟，而辛弃疾总是以炽热的感情与崇高的理想来抒写人生，更多地表现出英雄的豪情与悲愤。

除了这些抒发英雄豪情壮志的爱国词之外，辛弃疾还能写一些细致小巧的别调词，如农村生活的词，写得清新可爱，像他的主调——爱国词一样出色。他的《西江月·明月别枝惊鹊》中"稻花香里说丰年，听取蛙声一片"，洋溢着浓郁的泥土气息。

辛弃疾以诗为词，以文为词，常将古文诗赋的比兴、典故、章法、议论、对话等手法运用于词中，如《摸鱼儿·更能消几番风雨》：

更能消几番风雨，匆匆春又归去。惜春长怕花开早，何况落红无数。春且住，见说道，天涯芳草无归路。怨春不语，算只有殷勤，画檐蛛网，尽日惹飞絮。

长门事，准拟佳期又误，蛾眉曾有人妒。千金纵买相如赋，脉脉此情谁诉？君莫舞，君不见，玉环飞燕皆尘土！闲愁最苦，休去倚危栏，斜阳正在，烟柳断肠处。

这首词通篇使用比兴手法，且下片连用3

《西江月》词牌名，原为唐教坊曲，用作词调，调名取自李白《苏台览古》"只今唯有西江月，曾照吴王宫里人"。通常以柳永词为正体，双调，50字，上下片各两平韵，结句各叶一仄韵。

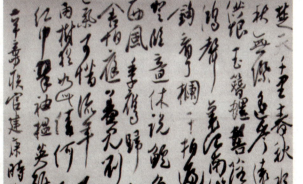

■ 辛弃疾的词

个典故，凝练深切地表达了自己的忧国孤愤。

此外，辛弃疾还善于提炼民间口语入词，如《西江月·夜行黄沙道中》中"七八个星天外，两三点雨山前"词句，给人以清新活泼之感，形成既雄深雅健又清新流转的语言风格。

辛弃疾善于运用浪漫主义的想象及象征手法来加强豪放色彩。如《水调歌头·我志在寥阔》："我志在寥阔，畴昔梦登天。摩挲素月，人世俯仰已千年。"其浪漫恣肆的风格和诗仙李白有一比。

辛弃疾的词的豪放风格往往是通过各种形式加以表现的，明代胡应麟《诗薮》说辛弃疾的词"正而能变，变而能化，化而不失本调，不失本调而兼得众调"。

辛弃疾继承并发展了苏轼开创的豪放词风，以文为词，并注入爱国主义激情，词风格多样，呈现了一个大词人的风貌，把词作推向了一个更高的境界。

阅读链接

主张抗战并为之身体力行是辛弃疾一生中不变的基调，他21岁就进入军队。1162年被高宗召见，授承务郎。他不顾官职低微，进《九议》《美芹十论》等奏疏，具体分析南北政治军事形势，提出加强实力、适时进兵、恢复中原、统一中国的大计，但均未被采纳。

在这以后，辛弃疾历任司农寺主簿、湖北转运副使、知潭州兼湖南安抚使等职。任职期间，都采取积极措施召集流亡，训练军队，奖励耕战，打击豪强以利国便民。后被诬落职，先后在信州上饶、铅山两地闲居近20年。

晚年被起用知绍兴府兼浙江安抚使、知镇江府。但为权相韩侂胄所忌，落职。一生抱负未得伸展，1207年，终因忧愤而卒。据说临终时还大呼"杀贼！杀贼"。

姜夔开"清空"词派新风

　　南宋末年，有不少风格婉约的词人，如姜夔、史达祖、吴文英、王沂孙、张炎等，他们深受北宋词人周邦彦的影响，对词的传统十分注重，对词的艺术发展做出了重要的贡献。

　　在这些词人中，姜夔是领袖级的人物，在他的旗帜下，聚集了许多南宋后期的重要词人，形成了一个可以左右南宋后期词坛的重要词派。他们作词的特点是语言工整优美、音律协调、意境悠远。

姜夔画像

　　姜夔对诗词、散文、书法、音乐，无不精善，是继苏轼之后又一难得的艺术全才。他屡次参加科举考试，都没有考取进士。

　　姜夔虽然没有担任过任何官

职，但他却和朝廷的官员有很多交往，加上他具有多方面的艺术才能，因此受到当权者的赏识，过着比较闲适的生活。

姜夔是南宋中期向后期过渡的词人。他的词中有不少慨叹国事的作品，充溢着伤感和凄凉的情绪。他早年的名作《扬州慢·淮左名都》就是一个典型的例子，缺乏激昂亢奋的精神力量和博大的胸怀，有的只是无奈的感慨和哀愁的叹息。

> 淮左名都，竹西佳处，解鞍少驻初程。过春风十里，尽荠麦青青。自胡马窥江去后，废池乔木，犹厌言兵。渐黄昏，清角吹寒，都在空城。
>
> 杜郎俊赏，算而今、重到须惊。纵豆蔻词工，青楼梦好，难赋深情。二十四桥仍在，波心荡，冷月无声。念桥边红药，年年知为谁生！

姜夔的词以感时、抒怀、记游、咏物、恋情等题材成就较高，其中写得最多的还是记游和咏物之作。这些词作表达了作者飘零江湖的感叹，以及爱情失意的痛苦。词中的寄托是明显的，但这种寄托在词中往往表现得相当朦胧，给人似有若无的感觉。

《暗香》和《疏影》是姜夔最具代表性的两首自度曲，都是歌咏梅花的。《暗香》借咏梅表达一种怀旧的情绪。姜夔在词中展示了很多由梅花联想起的往事片段，这里面有对往日恋人的怀念，也有对逝去的美好岁月的怀想。从更加抽象的层次上说，这也是他对自己一生经历的某种诗意化的体验。

姜夔词在格律、用典、炼字上受到了北宋词人周邦彦词风的影响，但他不满意周邦彦词的意象软媚绮靡，而善以清空骚雅之笔来补救，成一家风格。

所谓"清"，指语言和意象的清丽、清雅甚至清冷。姜夔作词爱用冷月、冷红、冷香、黄昏、冥冥等阴冷意象。如"波心荡，冷月无声""冷红叶叶下塘秋""嫣然摇动，冷香飞上诗句""数峰清苦，商略黄昏雨""淮南皓月冷千山，冥冥归去无人管"等。

所谓"空"，指语境的空灵。姜夔的抒情咏物词《暗香》《疏影》就成功营造出一种空灵的境界气氛，可以诱发人多重的联想。

所谓"骚雅"，是指继承《诗经》《楚辞》的传统，用比兴寄托的手法表达爱国洁己之情。如"绿杨巷陌，西风起，边城一片萧索""今何许？凭栏怀古，残柳参差舞""高柳晚蝉，说西风消息"等，在清冷的比兴中含而不露地抒发出了对家国时事和人生的感喟。

姜夔的词下字用意，皆力求反俗为雅，契合了南宋中后期士大夫日益雅化的审美情趣，被奉为"雅词正宗"。

姜夔善于提空描写。不论何种题材，姜夔的词都不作过多的实质描写，而是从空际中摄取其神理，点染其情韵，并将自己的感受融合进去。如写梅花的《疏影》，基本上不对梅花作质实的描写，只是设想它是王昭君的幽魂所在。

■ 姜夔的《暗香》词意图

自度曲 通晓音律的词人，在旧有词调外，自己摆脱歌词，又能自己谱写新的曲调，就叫作自度曲。此语最早见于《汉书·元帝纪赞》："元帝多材艺，善史书，鼓琴瑟，吹洞箫，自度曲，被歌声。"

姜夔善于将各种题材，各种情感，聚拢于统一的风格之中，如善于用清笔写浓愁，用健笔写柔情，用空笔写实情。如写恋情的《长亭怨慢》下阕：

日暮，望高城不见，只见乱山无数。韦郎去也，怎忘得玉环分付：第一是早早归来，怕红萼无人为主。算空有并刀，难剪离愁千缕！

词作虽是传统的离愁别怨题材，但写得颇为健朗。

姜夔的词常设精彩小序，独具审美价值。他还长于自度曲，有17首带自度曲谱的歌词。姜夔于婉约、豪放之外别立"清空"一宗，以清劲清刚之笔法挽救传统婉约词的柔靡软媚，又以骚雅蕴藉之风神补救辛派末流的粗犷浮躁，卓然为南宋词坛一大家。

阅读链接

姜夔是中国古代杰出的词曲作家，他的词调音乐无论在艺术上及思想上都达到了较高水平，并具有独创性。姜夔的词调音乐创作继承了古代民间音乐的传统，对词调音乐的格律、曲式结构及音阶的使用有新的突破，并且形成了独特风格。

姜夔留给后人一部有"旁谱"的《白石道人歌曲》6卷，包括他自己的自度曲、古曲及词乐曲调，其代表曲有《扬州慢》《杏花天影》《疏影》《暗香》等，成为南宋唯一词调曲谱传世的杰出音乐家。

《白石道人歌曲》被视作"音乐史上的稀世珍宝"，其中有10首祀神曲《越九歌》、一首琴曲《古怨》、17首词调歌曲、一首《玉梅令》、14首姜夔自己写的"自度曲"。

他突破了词牌前后两段完全一致的套路，使乐曲的发展更为自由，在每首"自度曲"前，他都写有小序说明该曲的创作背景和动机，有的还介绍了演奏手法。

明代是词的中衰期，主要是由明代社会环境所造成，虽然总体上看，明词的成就不如明诗，但其中也有一些可圈可点的作者和作品，如刘基的《水龙吟》，高启的《念奴娇》，杨基的《蝶恋花》，文徵明的《满江红》《青玉案》，陈子龙的《点绛唇·春日风雨有感》《念奴娇·春雪咏兰》等。

词的发展在经历了两宋的高亢之后，一路低迷，日渐颓败，直到清代初期，这种颓败之风才得到遏制。一批卓有实力的词人，以卓有成效的创作维持了词的辉煌发展，出现了陈维崧、纳兰性德等著名的词人以及多个影响巨大的词派。

中兴勃发

明清词

辈学书 味无窮 篇詞讀後餘 三都古濁月渚白 幾度夕陽 青山依舊在 成敗轉頭空 盡英雄 逝水浪花淘 滚滚長江東

明代各具特色的词作

　　明代的词坛，刘基、杨基、高启、杨慎、王世贞、陈子龙等人，由元入明，在政治上遭受挫折，但在文坛上却有所斩获，他们所作词能自成家数，独标异帜，尚存宋元词作遗风。

刘伯温画像

　　刘基，字伯温，是明朝的开国元勋，曾辅佐明太祖朱元璋平定天下，建立明朝。《水龙吟》是其词的代表作，表明了对时局的忧虑：

　　鸡鸣风雨潇潇，侧身天地无刘表。啼鹃迸泪，落花飘恨，断魂飞绕。月暗云霄，星沉烟水，角声清袅。问登楼王粲，镜中白发，今宵又添多少。

极目乡关何处？渺青山髻螺低小。几回好梦，随风归去，被渠遮了。宝瑟弦僵，玉笙指冷，冥鸿天杪。但侵阶莎草，满庭绿树，不知昏晓。

此词寓豪放于凄婉之中，在深沉的忧思中，流注着郁勃的气韵。刘基的词作，尤其是长调，情感色彩很浓，最著名的是《沁园春·万里封侯》：

刘伯温词意图

万里封侯，八珍鼎食，何如故乡？奈狐狸夜啸，腥风满地，蛟螭昼舞，平陆沉江。中泽哀鸿，苞荆隼鹞，软尽平生铁石肠。凭栏看，但云霓明灭，烟草茫茫。

不须踽踽凉凉，盖世功名百战场。笑扬雄寂寞，刘伶沉湎，嵇生纵诞，贺老清狂。江左夷吾，隆中诸葛，济弱扶危计甚长。桑榆外，有轻阴乍起，未是斜阳。

这首词作于元末。词中传达的是作者一种崛起于乱世的远大抱负。刘基的词中亦不乏情思细美，体性阴柔，比兴婉曲，境界朦胧之作，短调如《眼儿媚》：

烟草萋萋小楼西，云压雁声低。两行疏柳，一丝残照，数点鸦栖。

春山碧树秋重绿，人在武陵溪。无情明月，有情归梦，同到幽闺。

这首词用宋代人秦少游常用的"缘情布景"之法，即景抒情，格韵双美，令人咀嚼玩味。

高启，元末隐居青丘，因此又号青丘子，江苏苏州人。洪武二年，召修元史，授翰林院国史编修。他的词风，与刘基颇为相近，由于命运坎坷，高启的词作又有一种幽凄的味道，如《石州慢·春感》：

落了辛夷，风雨顿催，庭院潇洒，春来长恁，乐章懒按，酒筹慵把。辞莺谢燕。十年梦断青楼，情随柳絮轻惹。难觅旧知音。把琴心重写。

妖冶，几曾携手，斗草栏边，买花廉下。看到辘轳低转。秋千高打，如今甚处，纵有团扇轻衫，与谁更走章台马。回首暮山青，又离愁来也。

杨基，是"吴中四杰"之一。明代初期做了荥阳知县，累官至山西按察使。杨基的词有的带有寓意，所感甚深，颇为缤丽，并有一种清气充溢词句中间，很耐人寻味。杨基也有花间风之作，尽显婉约之风，如《蝶恋花·新制罗衣珠络缝》：

新制罗衣珠络缝，消瘦肌肤，欲试犹嫌重。莫信鹊声相侮弄，灯花几度成春梦。

风雨又将花断送，满地胭脂，补尽苍苔空。独自移将萱草种，金枝挽得花枝动。

明代中叶以后，词家虽然众多，但词风日下，甚至出现了以填词酬应献谀的人，这时期唯一可称道的词人是杨慎，其词风意境豪雄。

杨慎，字用修，号升庵，后因流放滇南，故自称博南山人、金马碧鸡老兵。杨慎能文、词及散曲，论古考证之作范围颇广，著作达百余种，为明代三大才子之首。

代表杨慎意境豪雄之风的词作是《临江仙·滚滚长江东逝水》：

> 滚滚长江东逝水，浪花淘尽英雄。是非成败转头空。青山依旧在，几度夕阳红。
>
> 白发渔樵江渚上，惯看秋月春风。一壶浊酒喜相逢。古今多少事，都付笑谈中。

词作为咏史之作，以概括性的语言启发人丰富的联想，具有极强的历史涵容力。全词有怀古，也有托物言志。豪放中有含蓄，高亢中有深沉。在苍凉悲壮的同时，又创造了一种淡泊宁静的气氛，一种高远意境在这种气氛中反映出来。

在词学理论方面，杨慎也有所贡献，著有《词品》6卷，词集《百绯明珠》《词林万选》诸种。

王世贞，字元美，号凤洲。他于自己的词作，颇为自负，沾沾自喜，曾言："匪独诗文为然，填词末艺，敢于数子云有微长。"但事实上他的词作内容狭窄，题材单调，尤其是小令，缺乏才气。

高启画像

异彩纷呈的文学艺术

■ 陈子龙画像

到了明代后期，词坛发生了很大变化。此时，文坛上以反复古为主流，而词坛则以继承词统为号召，以图振兴词风。特别是陈子龙、夏完淳等人的一些优秀词作，为明代词坛增添了几多亮色。

陈子龙，初名介，为婉约词名家、云间词派盟主，被后代众多著名的词评家誉为"明代第一词人"。

陈子龙可以说是真正转变明中叶浮靡词风的第一人，以他为核心的云间词派致力为词，勤苦唱和，使得词艺再次焕发出迷人光彩。

陈子龙崇尚南唐李璟、李煜以及花间词名家、北宋秦观、周邦彦等人，其词风流婉丽，蕴藉极深，深得婉约派遗风。

陈子龙的词在意境方面分别表现出了情韵生动、浑融自然、含蓄婉约等特征和风貌。这些风貌大大提升并增强了其词的内涵及价值，使得其词在明代词坛上熠熠生辉，对词坛回归南唐、花间、北宋风格做出了至关重要的贡献。

陈子龙的词中也多有感念亡国之作，如《唐多令·寒食》：

《唐多令》 词牌名，又名《糖多令》《南楼令》《箜篌曲》等。调见刘过《龙洲词》。双调，60字，上下片各5句四平韵，亦有前片第三句加一衬字者。上下片第三句多作上三下四，结句多作上三下三。另有61字、62字两体，分见梦窗、草窗，是变格。

碧草带芳林，寒塘涨水深，五更风雨断遥岑。雨下飞花花上泪，吹不去，两难禁。

双缕绣盘金，平沙油壁侵，宫人斜外柳荫阴。回首西陵松柏路，肠断也。结同心。

其他像《二郎神·清明有感》中的"最恨是年年芳草，不管江山如许"；《诉衷情·春游》中的"叹绣岭宫前，野老吞声，漫天风雨"都饱含着对家国的深厚情感。

除了陈子龙外，夏完淳等人亦作有抒发感慨的上乘之作，如夏完淳《卜算子》中的"十二玉阑干，风动灯明灭，立尽黄昏泪几行，一片鸦啼月"；张煌言《柳梢青》中的"此身付与天顽，休更问秦关汉关。白发镜中，青萍匣里，和泪相看"。或绵邈凄恻，或慷慨淋漓，都饱含着对家国的深厚情感。

阅读链接

杨慎多才多艺，他不仅精通经、史、诗、文、词曲、音乐、戏剧、金石、书画，而且对哲学、天文、地理、生物、医学、语言、民俗等也有很深的造诣。《明史》本传称："明世记诵之博，著作之富，推慎第一。"

不但如此，杨慎为人也十分让人敬佩，他正直，不畏权势。明代武宗正德皇帝朱厚照是一个著名的色鬼。杨慎目睹民不聊生，实在气愤不过，称病告假，辞官归乡。

武宗死后，皇位由其堂弟继位。杨慎又被召出为官。但他耿直的个性使他无法施展政治抱负。尤其在世宗继位后在逾越法度的问题上，杨慎带领百官"逼宫"，以静跪示威。

在遭受两次杖击后被充军云南永昌卫。这一放逐，便是漫长的30年。但他并未因环境恶劣而消极颓废，仍然奋发有为。最难能可贵的是仍然关心人民疾苦，不忘国事。

陈维崧博采众长开豪放词

到了清代以后，以陈维崧为首的豪放型的阳羡派学习苏轼、辛弃疾的词风，使豪放之词大放光芒。陈维崧，字其年，号迦陵，江苏宜兴人。家门显赫少负才名，康熙时应博学鸿词科，授翰林检讨。

陈维崧擅长骈文，尤其精于作词，著有《陈迦陵诗文词全集》。陈维崧词作数量很多，填词多达1600余首，可说为古今之最。

陈维崧的词奔放、豪迈，继承了苏轼和辛弃疾的词风，而且还增加了一种霸悍之气。人们称说："迦陵词气魄绝大，骨力绝遒，填词之富，古今无两。"

陈维崧词作的这种霸悍之气主要表现在抒情的爆发力上。这种气势的形成，一方面是由于他在词的写作艺术上达到了自由超越的程度，以往的观念难以再作束缚。

另一方面，由于陈维崧精通历史，他同时将歌行和赋等笔法充分运用到了他的词中，纵横议论，洞照古今的手法使他的词在抒情的空间上得到了前所未有的拓宽。

所以，主客观等多方面的因素促使陈维崧的词能够另拓疆域，自辟门径，弥补了苏轼、辛弃疾的短处，成就了非凡的造诣。

陈维崧以如椽大笔，直写动荡残酷的社会现实。眷念故国，感慨兴亡，嗟叹遭际，悲悯苍生，种种题材成就了他的豪放之风，跳跃的词句肆情地宣泄他的万丈豪情，如他的《点绛唇·夜宿临洺驿》：

陈维崧画像

> 晴髻离离，太行山势如蝌蚪。稗花盈亩，一寸霜皮厚。
> 赵魏燕韩，历历堪回首。悲风吼，临洺驿口，黄叶中原走。

这首词虽为短调，容量却很大，感慨兴亡的主题借阔大萧瑟之景，表现得极其浓烈，具有震撼人心的魅力。再如《南乡子·邢州道上作》：

> 秋色冷并刀，一派酸风卷怒涛。并马三河年少客，粗豪，皂栎林中醉射雕。
> 残酒忆荆高，燕赵悲歌事未消。忆昨车声寒易水，今朝，慷慨还过豫让桥。

这首词与《点绛唇·夜宿临洺驿》同时期完成，也含有伤今吊古

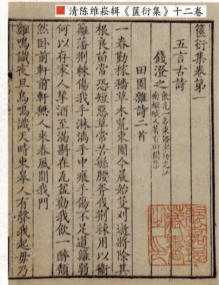

■ 清陈维崧辑《箧衍集》十二卷

之意。《点绛唇·夜宿临洺驿》感喟历史风云，多凄楚苍茫，而这首词则杂入身世之悲，多豪迈遒壮，因此意味更为深重。

陈维崧词中借物抒怀之作也占据一定的比重，这类词作同样也以风格豪放，格调雄奇为显著特色，如《醉落魄·咏鹰》：

> 寒山几堵，风低削碎中原路。秋空一碧无今古，醉袒貂裘，略记寻呼处。
>
> 男儿身手和谁赌。老来猛气还轩举。人间多少闲狐兔。月黑沙黄，此际偏思汝。

这首词写于作者流寓河南之时。全词慷慨悲壮，抒发了怀才不遇、壮志难酬的忧愤。词作咏物而抒怀，先以粗犷的笔墨刻画了苍鹰的高傲、威武的形象，接着由鹰及人，写到自己对往事的追忆。

陈维崧是比较全面的词人，他不仅擅长写长调，写豪放一类的词，而且也兼擅小令和慢词，且艺术性都比较高。

一般说来，小令由于篇幅短狭，很难写得波澜壮阔，腾跃激扬。

陈维崧则以他出众的才华和惊人的创造力在令词中描绘出一般只能寓于长调的慷慨沉雄境界，《点绛唇·夜宿临洺驿》就是个成功的例子。他的词艺术性较高，他精于用典，往往在一首词中掺杂着十几个典故，如果不熟悉这些典故的话，就很难理解词中所含的深意。

陈维崧曾写过一组汴京怀古的词，调子用的是《满江红》，共10首。这10首词，结合地理、历史、人物等，用了大量的典故。其中第四首写的是"吹台"，全词如下：

> 太息韶华，想繁吹、凭空千尺。其中贮、邯郸歌舞，燕齐技击。宫女也行神峡雨，词人会赋名园雪。羡天家，爱弟本轻华，通宾客。
>
> 梁狱具，宫车出；汉诏下，高台坼。叹山川依旧，绮罗非昔。世事几番飞铁凤，人生转眼悲铜狄。着青衫，半醉落霜雕，弓弦耆。

这首词写的是汉梁孝王一系列豪华的生活场面，感叹世事变迁，人生易老，其中寓含理趣。词中用典极多，如"邯郸歌舞""燕齐技击""名园""赋雪"等。

陈维崧的词不及苏轼、辛弃疾之词，因其豪放少羁勒，不够沉厚蕴藉，但是他的词作能博采众长为我所用，在构思、技巧、用语上都有自己的特色。

除了豪放词作之外，陈维崧也有清真娴雅之作，亦写得很出色。

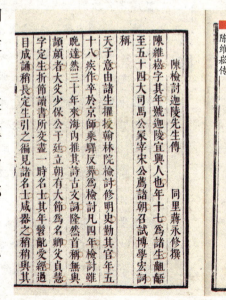

陈维崧传

天子意由诸生擢授翰林院检讨修明史勤其官五十八疾作卒于京师马公柩反葬为检讨凡四年检讨雅晚达然三十年来海内推其诗古文词隆然首称无与颖颉者大夫少保公于延立朝有大节为名卿父贞慧字定生折节读书所变盖一时名士其年誉能受经过目成诵稍长定生引之遍见诸士咸器之稍与其

陈检讨迦陵先生传
同里蒋永修撰

陈维崧字其年号迦陵宜兴人也年十七为诸生龆龀至五十四大司马公奚辛宋公荐诸朝召试博学宏词稱

《念奴娇·读屈翁山诗有作》，雄奇壮阔，兼富情趣；《唐多令·春暮半塘小泊》信手拈来，口语入词，显示出作者能运用多种艺术手法的特点。

《望江南》《南乡子》等组词，以清新笔调，写江南、河南的风光和社会生活；《蝶恋花》《六月词》写农民入城的情态；《贺新郎》写艺人的遭遇，这些词又显示出陈维崧词题材广阔的特点。

清陈廷焯《白雨斋词话》评为："情词兼胜，骨韵都高，几合苏、辛、周、姜为一手。"充分说明陈维崧不仅能将不同风格冶于一炉，而且能抒写自如。

陈维崧旗下聚集了任绳隈、徐喈凤、史惟圆、万树、曹亮武等一批词家，后来还有蒋士铨、郑燮、姚椿等人。这些词人同陈维崧一样，崇尚苏轼、辛弃疾，词风雄浑粗豪。他们相互唱和，颇具声势，为清词的中兴做出了重要贡献。

阅读链接

陈维崧的雄阔词风与他的豪宕不羁性格紧密关联。他早年曾拜著名爱国诗人陈子龙为师。10岁时，代其祖父拟《杨忠烈像赞》。17岁即"补邑博士弟子员"。其时，宜兴成立"秋水社"，参加的都是邑中有名望的文人，其中陈维崧年龄最轻。

之后，吴门、云间、常州、润州等地大兴文会，他即席赋诗数十韵；有时作记序，用六朝排比，骈四俪六，顷刻千言。许多著名诗人、古文家如王士禛、朱彝尊、顾贞观、魏淑子和姜西溟等争与为友，来往甚密。

陈维崧落拓不羁，重义气，轻财货，乐于助人，所谓"视钱帛如土。每出游馈遗，随手尽，垂橐而归。归无资，命令质衣物供用。至无可质，辄复游，率以为常"。

"文如其人"，这种率性而为、直抒胸臆而无所顾忌的性格，也造就了其豪放不羁的词风。

朱彝尊营造出婉约词风

随着清代政局和社会的进一步稳定，为豪放雄风提供的空间逐渐狭窄，而以朱彝尊为首的"浙西六家"登上词坛，相互呼应，以理论为支撑，以创作为依傍，营造出一片婉约天地。

朱彝尊，字锡鬯，号竹垞，又号驱芳，晚号小长芦钓鱼师，又号金风亭长。浙江嘉兴人。康熙时，举博学鸿词科，授翰林院检讨。

朱彝尊的词影响很大，作词风格清丽，为浙西词派的创始者，与陈维崧并称"朱陈"。

朱彝尊开创了清词新格局，他认为明词因专学《花间集》《草堂诗余》，有气格卑弱、语言浮薄之弊，应该以"清

朱彝尊画像

空"谆雅"矫之。

朱彝尊主张学习南宋词，他尤其崇拜南宋格律派词人姜夔、张炎，提出：

> 世人言词，必称北宋，然词至南宋始极其工，至宋季而始极其变。姜尧章氏最为杰出。

他还选辑唐至元人词为《词综》，借以推衍其主张。

朱彝尊的这一主张被不少人尤其是浙西词家所接受而翕然风从，主要有李良年、李符、沈皞日、沈岸登、龚翔麟等人。

龚翔麟将朱彝尊的《江湖载酒集》、李良年的《秋锦山房词》、李符的《末边词》、沈埠日的《茶星阁词》、沈岸登的《黑蝶斋词》以及自己的《红藕庄词》合刻于金陵，名《浙西六家词》。陈维崧为之作序，浙西词派由此而名。

朱彝尊画像

朱彝尊的《曝书亭词》由数种词集汇编而成。所作讲求词律工严，用字致密清新，其佳者意境淳雅净亮，极为精巧，如《洞仙歌·吴江晓发》：

> 澄湖淡月，响渔榔无数。一霎通波拨柔橹，过垂虹亭畔，语鸭桥边，篱根绽、点点牵牛花吐。红楼思此际，谢女檀郎，几处残灯在窗户。

随分且欹眠，
枕上吴歌，声未
了、梦轻重作。也
尽胜、鞭丝乱山
中，听风铎郎当，
马头冲雾。

■ 朱彝尊的词

在词中，词人将静谧的江南水乡的清晨，乘舟出发的风情，描摹得十分细腻。一路月淡水柔，篱边花发，楼头灯残，舟中人在吴歌声中若梦若醒，营造出一种清幽的情趣。

朱彝尊以学者之身而为词，在词的理论上颇有研究。他在《紫云词序》称"词则宜于宴嬉逸乐，以歌咏太平""大都欢愉之词"，因此他的笔下多有友人酬答，词人唱和，别愁离绪，情思深婉之作，如《桂殿秋》：

思往事，渡江干，青蛾低映越山看。
共眠一舸听秋雨，小簟轻衾各自寒。

淅淅沥沥的秋雨带来丝丝寒意，青年男女近在咫尺，却为礼法所约束，如分隔天涯。此词写作者与其小姨子（妻妹）乘舟渡江避乱时情景，这些如烟往事漫过作者心头，情思绵绵。

其《忆少年》一词，与此词事相连，意趣相同，

《洞仙歌》 唐教坊曲，后用为词牌。原用以咏洞府神仙。常以《东坡乐府》之《洞仙歌令》为准。音节舒徐，极骀宕摇曳之致。83字，前后片各三仄韵。前片第二句是上一下四句法，后片收尾八言句是以一去声字领下七言，紧接又以一去声字领下四言两句作结。

有"相思了无益，悔当初相见"一句，把一腔真情说得更深、更透了。

朱彝尊有一部分据说是为其妻妹而作的情词，这些词大都写得婉转细柔，时有哀艳之笔。看其中的一首《眼儿媚》：

> 那年私语小窗边，明月未曾圆。含羞几度，几抛人远，忽近人前。
>
> 无情最是寒江水，催送渡头船。一声归去，临行又坐，乍起翻眠。

词作把初恋时的欲说还休，热恋后离别之际的坐立不安，表现得淋漓尽致。文字平易清新，却又可以领略到孤诣锤炼的功力。从这些爱情小词中完全可以体味到朱彝尊婉约深致的特点，因此被人誉为"清词冠冕"。

朱彝尊论词追求"谆雅""清空"，因此，不能一味纠缠在声色艳情之中，也要有"言愁苦者十一焉耳"，也就有了怀古伤今，感时抒怀之作，如《卖花声·雨花台》，这首词是他在游览雨花台时写出来的，是一首吊古伤今之作：

> 衰柳白门湾，潮打城还。小长干接大长干。歌板酒旗零落尽，剩有渔竿。
>
> 秋草六朝寒，花雨空坛。更无人处一凭栏。燕子斜阳来又去，如此江山。

朱彝尊的书法作品

雨花台 是南京城南的一处制高点，为历代兵家必争之地。从公元前1147年泰伯到这一带传礼授农算起，雨花台已有3000多年的历史。自公元前472年，越王勾践筑越城起，雨花台一带就成为江南登高览胜之佳地。雨花台还是历代文人墨客乃至帝王将相吟咏之地，留下了很多吟咏雨花台的优美诗篇。

异彩纷呈的文学艺术

这首词追怀往事，不胜感慨。上片描写南京的衰败零落。下片吊古伤今，抒发感怀。字字蕴含着兴亡之慨。全词哀婉抑郁，清丽自然，充分地体现了作者的才情和风格。再如《解佩令·自题词集》：

十年磨剑，五陵结客，把平生涕泪都飘尽。老去填词，一半是空中传恨，几曾围燕钗蝉鬓。

不师秦七，不师黄九，倚新声玉田差近。落拓江湖，且分付歌筵红粉。料封侯白头无分。

这首词亦是朱彝尊的代表作之一，全词悲凉激愤，潜气内转，沉郁之情可见。浙西派在朱彝尊影响下，标举清空谆雅风格，蕴藉空灵，无轻薄浮秽之弊，也不落浓艳媚俗。即使艳情咏物，也力除陈词滥调，独具机杼，音律和谐。

阅读链接

信奉浙西词派主张的词人不计其数。清代康熙、雍正、乾隆时，浙西词派风靡一时。前期除六家外，尚有彭孙通、汪森、柯崇朴、曹尔堪、周筼、王雄、沈进等大量的本地词人以及外地词人。

后期浙西词派重要词人有钱塘人厉鹗、青浦人王昶、钱塘人吴锡麒、清前期吴江人郭麐、雍正时海宁人许昂霄、道光时海宁人吴衡照、道光时钱塘人项鸿祚以及黄型清、冯登府、杜文澜、张鸣珂等大量词人。

浙西词派的开创者朱彝尊去世不久，厉鹗崛起于词坛，承袭了浙西词派的主张，并有所修正和发展，尊周邦彦、姜白石，擅南宋诸家之胜，成为清代中叶浙西词派的中坚人物，使得浙派之势益盛。厉鹗之后，虽仍有词人承其余绪，然而日渐衰颓，势如强弩之末。

纳兰性德集凄清词风大成

纳兰性德画像

纳兰性德，字容若，号楞伽山人，满族正黄旗人，他的父亲是清代康熙朝赫赫有名的内阁大臣、太子太师纳兰明珠，可谓出身显赫。

纳兰性德自幼天资聪颖，读书过目不忘，很小时就开始学习骑射。17岁时，纳兰性德开始入太学读书，为国子监祭酒徐文元赏识，推荐给其兄内阁学士、礼部侍郎徐乾学。

18岁时，纳兰性德参加顺天府乡试，并考中举人。

次年，一场突如其来的病使他没能参加成殿试。在此后的数年中，纳兰性德拜徐乾学为师，发奋研读。在名师的指导下，他在两年中，主持编纂了一部1792卷编的儒学汇编《通志堂经解》，此举受到了皇上的赏识，也为他今后的发展打下了基础。

接着，纳兰性德又把搜读经史过程中的见闻和学友传述记录整理成文，用三四年时间，编成4卷集《渌水亭杂识》，其中包含历史、地理、天文、历算、佛学、音乐、文学、考证等方面知识。表现出他相当广博的学识基础和各方面的意趣爱好。

纳兰性德22岁时，再次参加进士考试，以优异成绩考中二甲第七名。康熙皇帝授他三等侍卫的官职，以后升为二等，再升为一等。

纳兰性德以词闻名，存词300余首。纳兰性德的词有南唐后主的遗风，以凄清见长，悼亡词情真意切，令人不忍卒读。

悼亡词在纳兰性德的创作中，几乎占十分之一。纳兰性德的悼亡词对他凄清词风的形成，有着重要影响。其悼亡词反映了高尚的人性美，在内容和形式的结合上达到了高度的和谐统一，是他无限凄楚的悼亡之情和卓越的文学才华水乳交融的结晶。

在纳兰性德的大量词中，边塞词无论在质量和数量上都值得注意。他以"自然之眼观物，以自然之舌言情"，既描绘了边塞雄浑勃郁之美，又刻画了塞外的凄清苍凉；既体现了其进步的历史观和民族观，也可以使人体会出其中包含的无限幽怨和无尽伤感。

他的《长相思·山一程》尤耐咀嚼：

山一程，水一程，身向榆关那畔行，夜深千帐灯。
风一更，雪一更，聒碎乡心梦不成，故园无此声。

词作描述了作者随皇帝东出山海关时，于风雪交加中扎营的壮景

及个人心境。

　　纳兰性德对友真诚慷慨，可以在他的代表作《金缕曲·赠梁汾》中看出。在这首词中，就有"一日心期千劫在，后身缘，恐结他生里。然诺重，君须记"之句。

　　有关爱情的词在纳兰词中所占比例最大，这类词多写儿女情长，怨离伤别，表达了他爱情的喜悦或伤感，其感情真挚圣洁，思念深广绵长，最能体现其缠绵凄婉的词风。如《梦江南·昏鸦尽》：

■ 纳兰性德书影

　　昏鸦尽，小立恨因谁？急雪乍翻春阁絮，轻风吹到胆瓶梅，心字已成灰。

　　这首词写在纳兰性德的表妹雪梅被选到宫里之后。他与表妹雪梅从小青梅竹马，两小无猜。如今，表妹进了皇宫，当了妃子，叫谁能不痛苦呢？

　　表妹走后，纳兰性德曾经装扮成僧人进宫去见过表妹一面，回来后好长时间放不下。所以，他常一个人在黄昏时小立，望着宫廷的方向凝神。

　　《梦江南·昏鸦尽》有单调、双调和另调，这一首是用的单调。全词总共才27字，词的容量极其有限。但是，纳兰性德在这27个字中，塑造了一个失恋者的形象。

他悲愤，他痛苦，他怨恨，他心如刀割，他心灰意冷。但是，他又不能表现出来，他把内心的痛苦压抑住，强陪着笑脸应付家人与外界。

这首小词营造了由几个意象组成的意境：黄昏、乌鸦、柳絮、春阁、瓶梅、心香。把相思的凄苦与灰色的景物融合一起，既有实景的描画，又有心如死灰的暗喻。意境构成了一个十分伤感的画面。

《饮水词》中有相当一部分是描写夫妻感情生活的，其词句婉丽优美，情意绵长，有较高的美学价值。纳兰性德是性情中人，爱情是他生活的重要部分。他对爱情的珍视、深挚、专注和执着，从大量悼念亡妻的词作中汩汩涌出。

如《青衫湿·悼亡》：

《梦江南》词牌名，又名《望江南》《忆江南》《江南好》《春去也》，自唐代白居易作《忆江南》三首，本调遂改名为《忆江南》。正体27字，三平韵。中间七言两句，以对偶为宜。第二句也可添一衬字。

近来无限伤心事，谁与话长更？从教分付，绿窗红泪，早雁初莺。当时领略，而今断送，总负多情。忽疑君到，漆灯风飐，痴数春星。

■ 纳兰性德画像

纳兰性德与妻子卢氏恩爱至深，不想不及五载便成永诀，这对一个对爱情极为看重的人来说无疑是一个非常沉重的打击。他不能忘却娇妻"痴数春星"的可人形象，更为"无限伤心事"却无人共语的凄清悲凉所煎熬。这首词作充分地表达了这一深沉的情感。

在词的艺术方面，纳兰性德一贯主张作词须有才学，他对泥古、临摹仿效深恶痛绝，在创作态度上"欲辟新机，意见孤行，排众独出"。

纳兰性德还主张作诗词要有比兴。他从文艺批评的角度，对唐、宋、明的诗词作品进行比较，指出宋明的作品赋多比兴少，"雅颂多赋，国风多比兴，楚辞从国风而出，纯是比兴，赋义绝少。唐人诗宗风骚，多比兴。宋诗比兴已少，明人诗皆赋也，便觉板腐少味"。

在纳兰性德的诗词中，他常以竹、松、兰、荷等自比，借物起兴，循着他的"发乎情，止于礼义"的创作过程，抒发高洁的情怀，辨明超脱的心志。

阅读链接

纳兰性德的职业对他的文学成就产生了不小的影响。纳兰性德点为进士后，便做了大内侍卫，并在几年的时间，从三等侍卫升到一等侍卫。

纳兰性德担任侍卫后，非常受皇帝宠信，常常"御殿则在帝左右，扈从则给事起居""吟咏参谋，多受恩宠"。他在御前任职，能应付自如。皇帝诗兴大发，他随声唱和；皇帝若有著述，他受命译制；皇帝行猎，他则执弓冲突，跃马随围。

由于尽职称诣，纳兰性德受到了康熙皇帝的金牌、彩缎、弧矢、佩刀、鞍马、诗抄等赏赐，得到让许多人羡慕的特殊眷顾。同时，宫廷侍卫因为要常随帝王参与各种重要活动，遇有巡狩之事则要扈从，踏名胜山川，过乡镇城邑。

经历见识对一个有成就的作者是必不可少的，对其激发情感，扩大境界有着至关重要的作用。这种影响，在一定程度上避免了纳兰性德文学创作的狭隘局限，丰富了他的文学创作。

小说源流

小说历史与艺术特色

先秦小说

　　远古时期，原始先民用简陋的工具改造着世界，他们在社会实践中，创造出上古神话。神话内容涉及自然环境和社会生活的各个方面，以故事的形式表现了他们对自然、社会现象的认识和愿望。这些上古神话成为后世小说叙事的源头，它们具备了人物和情节两个小说的基本元素。

　　上古神话之后，先秦时期的寓言故事、史传文学以及各类传说等也成为后世小说叙事的源头，并且有了进一步的发展，那个时候的成熟寓言故事已经有了比较完整的结构、人物形象和历史背景，这些都为后世小说的成熟奠定了有利的基础。

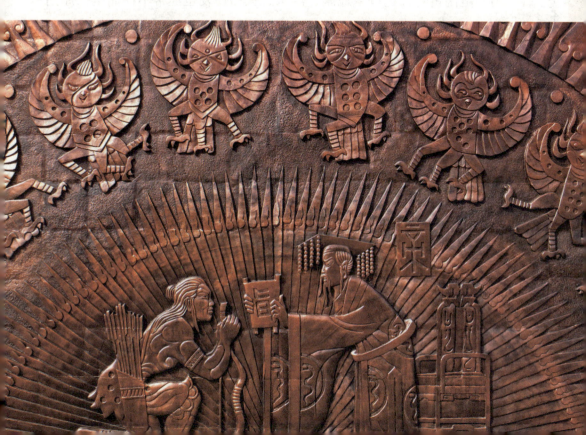

上古神话孕育小说萌芽

　　浩瀚宇宙，变幻莫测，有时风和日丽，晴空万里；有时狂风暴雨，电闪雷鸣，还有，地震、洪水、火山爆发也经常不期而至，原始先民无法解释这多变的世界，更没有能力改变。

原始祭祀场景

■ 绍兴大禹陵壁画

在大自然的"狂怒"面前，人们战战兢兢，不知所措。自然而然，人们开始对自然产生了恐惧心理，幻想出世界上存在着种种超自然的神灵和魔力，继而对强大的自然力顶礼膜拜，崇敬非常。同时，他们又渴望了解自然、认识自然，于是在这种矛盾的心理和迫切的愿望下，神话传说应运而生。

中国的上古神话可以分为四类，一类是创造神话；一类是自然神话；一类是英雄神话；一类是异域异物神话。

创造神话包括盘古开天辟地创造世界、人类和日月星辰的出现等神话；自然神话是原始时期的人们对于自然界和自然现象幻想化的解释。

英雄神话反映人类对自我的认识和反思，它以征服自然或在社会斗争中为本民族创造出业绩的英雄故事为神话主体；异域异人异物故事是关于外国的神话

上古神话 广义的上古神话，指夏朝以前直至远古时期的神话和传说，狭义的上古神话则包括夏朝至两汉时期的神话。因为上古时期没有当时直接的文字记载，那个时候发生的事件或人物一般无法直接考证。上古神话是原始先民在社会实践中创造出来的，它的内容涉及自然环境和社会生活的各个方面。

■ 女娲补天塑像

女娲 《史记》中称女娲氏。生于陇西成纪，今甘肃天水市，所处时代约为旧石器时代中晚期。女娲是古代传说中中华民族人文始祖，是神话中的创世女神。女娲人首蛇身，以泥土造人，创造人类社会并建立婚姻制度。因世间天塌地陷，于是熔彩石以补天，斩龟足以撑天，留下了女娲补天的神话传说。

神话传说，多记载在《山海经》中。

在各类神话中，以盘古开天辟地最为有名，这个神话反映了中国先民对宇宙起源的原始探索，传说在太古的时候，天和地是没有分开的，天地混为一个球形。

在这个巨大的球形体内，有一个名叫盘古的巨人，他一直在用他的斧头不停地开凿，努力把自己从这个球体中解脱出来。

经过一万八千年的艰苦努力，盘古挥出最后一斧，只听一声巨响，巨球分开为两半。盘古头上的一半巨球，化为气体，不断地上升。脚下的一半巨球，则变为大地，不断地加厚，宇宙从此开始有了天和地。

就像关心宇宙的起源一样，人们对人类自身的起源也有极大的兴趣。而有关人类起源的神话，首推女娲补天的故事。女娲补天的故事最早见于《淮南子·览冥训》：

> 往古之时，四极废，九州裂。天不兼覆，地不周载。火
> 爁炎而不灭，水浩洋而不息，猛兽食颛民，鸷鸟攫老弱。
> 　于是女娲炼五色石以补苍天，断鳌足以立四极，杀黑龙
> 以济冀州，积芦灰以止淫水。

　　女娲经过辛勤的劳动和奋力的拼搏，重整宇宙，为人类的生存创造了必要的自然条件。这则神话瑰丽奇特，富有文学意味。蛮荒时代，天崩地裂，洪水滔滔，女娲为救万民挺身而出，炼石补天，终于把天补全，避免了洪水之祸，给人们创造了一个美好的家园。这个神话不仅反映出了原始先民的宇宙观念，更重要的是歌颂了女娲敢于同自然斗争的行为。

　　上古神话中，还有很多英雄人物以顽强的意志与自然灾害展开不屈不挠斗争的故事，比如后羿射日、大禹治水、精卫填海、夸父逐日等。这些神话中的神和英雄都具有不怕牺牲、百折不挠的奋斗精神。

　　上古神话传说还反映了氏族社会末期，各部族间的斗争以及有关发明创造的内容，如神农氏发明农具和制陶、冶炼、医药、种植等技术；燧人氏钻木取火；仓颉发明文字等。这些神或英雄的发明创造，反映了原始人的伟大创造力。

　　这些奇妙美丽的神话传说文学意味浓厚，为小说的孕育萌芽作了最基本的准备。这一时期的神话传说已基本具备了小说所要求的故事情节和人物形象，虽然还比较单一模糊，但已同小说十分接近。

　　比如"盘古开天辟地"里，盘古死后眼睛化作天上的太阳和月亮，头发变成满天的星星，骨骼化作大山，血液成为江河，皮肤变作土地。神话中反映出来的英雄形象特征，无论是盘古、女娲，还是后

羿、夸父，都是以英雄形象存留在人们的心中。

上古神话传说有着丰富的想象，引人入胜，具有最初始的浪漫主义元素。如"精卫填海"：一只白喙赤足的美丽鸟儿，在火红晚霞的映衬下，频繁地往返于东海与西山之间，永不停歇地想把东海填平。

这个神话不仅体现了原始先民敢于同大自然斗争的气魄以及远古人民征服水患的愿望和不屈不挠的斗争精神，同时，作品更高度赞扬了百折不回、勇于牺牲的精神，极具浪漫主义色彩。

上古神话中神奇奔放的幻想和理想化的夸张，同样深刻地影响了后世小说的创作，它的关于神灵变化的观念和表现形式，为志怪小说奠定了幻想的基础。

上古神话传说的一些故事和题材，成为后世小说创作的不竭源泉。神话传说中的一些特征，对后世小说的风格也产生了深远影响。此时的一些故事情节、叙事方法直接影响到魏晋南北朝时期志人志怪小说的取材与手法。

阅读链接

中国古代没有专门记载神话故事的专著，神话材料只是保存在诸多古籍中，比如《楚辞》《淮南子》《山海经》《庄子》《列子》《穆天子传》等，其中以《山海经》保存最多。

《山海经》传世版本共计18卷，包括《山经》5卷，《海经》13卷，其中14卷为战国时作品，4卷为西汉初年作品。《山经》包括南山、西山、北山、东山、中山经各1卷，合称《五藏山经》，简称《山经》。

《山海经》保存了包括夸父逐日、女娲补天、精卫填海、大禹治水等大量脍炙人口的远古神话传说和寓言故事。此外，还涉及地理、历史、宗教、民俗、物产、医药等方面的内容，是一部古代生活的百科全书。

先秦寓言对小说的影响

随着不断流传，上古的一些神话传说逐渐演变成一则则寓言故事被记载在众多的先秦史籍中，成为先秦寓言重要的组成部分。此外，先秦寓言中还有一些历史传说和作者创造、虚构的故事。历史传说，

庄子梦蝶

《韩非子》中用得最多，有一定的史料价值。创造、虚构的故事，《庄子》中大量存在。这类寓言瑰丽奇异，最富有文学色彩。

先秦寓言和神话传说关系十分紧密，《庄子》中关于浑沌、黄帝、尧、舜、后羿等的刻画，都采用了神话的题材；《韩非子》"师旷鼓琴"中用夸张手法塑造的形象，与神话里征服自然的英雄是类似的；寓言中的狐、虎、猿、狙、鹬、蚌、魍魉、蛙、鳖、栎树、骷髅与神话中日、月、山、川、风、云的拟人化，都是一脉相承的。

寓言是寄托着深刻思想意义的简短故事。"寓"是寄托的意思，作者把自己认为正确的道理、有益的教训，通过虚构的简短故事加以譬喻，让人们从故事中领会这些道理。其特点是短小精悍而富于讽刺性，给人以启迪。寓言主要散见于先秦诸子散文和历史散文中，如《孟子》《庄子》《韩非子》《战国策》等。

寓言的故事性和虚构性受到神话传说的影响，但是寓言的虚构和神话传说的虚构不同，寓言的虚构有着明确的说理目的，是一种自觉

寓言鹬蚌相争图

■ 寓言叶公好龙图

的创造和虚构，而神话的虚构有着不自觉性。寓言的虚构使它更接近于小说，对小说产生的影响更直接。

先秦诸子的很多散文都是哲学著作，蕴含的哲理比较抽象，乃至深奥玄妙。而寓言以其具体性和形象性，有助于人们理解和接受其论点。庄子的人生哲学之一是主张无用之用，一般人很难领会。但他用了许多饶有趣味的寓言故事，反复地加以说明。如以"浑沌凿窍"阐明必须顺应自然，以庄周梦为蝴蝶说明人生如梦等，使哲理的文章诗意化，免于枯燥、深奥、抽象。小说也借鉴了这种方法。

先秦寓言大多以讽刺为手法，针砭时弊，初读觉得荒唐可笑，读后却发人深省，所以先秦寓言有着揭示道理、鞭挞劝诫的目的和作用。像"守株待兔""刻舟求剑""画蛇添足""揠苗助长"等为人们

先秦诸子 周王室东迁以后，学术重心由王官逐渐移向民间，自老子、孔子以后，一时大思想家辈出，如墨子、孟子、庄子、荀子、韩非子等，皆能著书立说，而成一家之言，后世因称这些思想家为"先秦诸子"。先秦诸子学说在中国思想史上占有崇高地位，后世思想学派莫不肇始于此。

耳熟能详的寓言，大多采取讽刺手法，指斥现实生活的荒唐可笑，这对后世的讽刺小说具有十分重要的影响。

虚构故事是小说的文体特点之一，是其区别于叙事散文的关键所在。寓言以虚构为手段设置故事情节，对小说创作有着重要的启发。

如《庄子·秋水》虚构了河伯与海若对话的故事，揭示了人在宇宙苍穹间的微小这一主旨，从而告知人们遇事待人要谦虚谨慎，切勿妄自尊大。而小说虚构与此有异曲同工之妙。

寓言故事不但具有讽刺性、幽默性，还颇具趣味性。寓言的主人公常常是拟人化了的事物。例如，河伯与海若在寓言中成了能进行哲学探讨的"哲人"，以无知喻有知。

寓言的题材也常常为后世小说所继承。魏晋六朝的志怪小说中，很多题材都是取自先秦的寓言。如小说陆判为朱尔旦换心的故事，是从《列子·汤问》中扁鹊为鲁公扈赵齐婴易心的故事蜕变而来的。

由此可见，先秦的寓言故事与小说有着紧密的联系，对小说的形成有着功不可没的贡献，更是小说发展的重要渊源。

阅读链接

神话与寓言关系紧密，《庄子·逍遥游》有鲲化为鹏的寓言："北冥有鱼，其名为鲲。鲲之大，不知其几千里也。化而为鸟，其名为鹏。鹏之背，不知其几千里也。怒而飞，其翼若垂天之云。是鸟也，海运则将徙于南冥。"

意思是在那很北很北的北面，有一片大海。海中有一种鱼，它的名字叫鲲。鲲很大很大，说不清楚有几千里。后来变成了一只鹏鸟。这只鹏鸟很大很大，它的脊背，说不清有几千里。有一次发了怒，振翅而飞，翅膀像是遮天的乌云。这只鸟啊，在海上飞翔，是要飞到南海去。

这个寓言与上古神话中，大禹变成巨熊治理水患的传说一脉相承，有着不可分割的关系。

宗教故事和地理博物传说

　　远古时候，人们对自然力既恐惧又崇拜，任何微小的自然现象都有可能被看成是神的意志。在长期对自然毕恭毕敬的顶礼膜拜中，产生了原始宗教。宗教故事就是在此基础上自然而然地被创造出来。

　　宗教故事的内容主要是，鬼神显灵作祟的故事和关于卜算占梦的故事，这些故事的内容虽然是消极方面的东西，属于人们迷信的产

■南宋宗教画

■ 李公麟《观音图》

博物学 也称博物志、自然志、自然史，是叙述自然即动物、植物和矿物的种类、分布、性质和生态等最古老学科之一。博物学是一种重要的科学研究传统，是指对大自然的宏观观察和分类，包括天文、地理、生物学、气象学、人类学等学科的部分内容。

物，但它对后世小说通过描写妖鬼和记述梦境来反映现实，拓展想象和幻想的空间，具有一定的启发作用。

到夏商周时期，宗教信仰、祭祀形式、占卜预言已经到了成熟阶段，宗教已经深入人们的内心，成为人们日常生活的一部分。

春秋战国时，史官把宗教故事记载进史籍，这时期的宗教故事多数都是幻化和神秘化的历史故事。

宗教故事没有神话故事那样迷人，引人入胜，但在题材和幻想形式方面却有了新的变化，这种变化对志怪小说的形成起了重大作用。

在神话中，神是幻想世界的主体，神话的幻想境域是排斥人类在外的神灵的世界，而在宗教故事中，人变成了幻想世界的主体，人可以与鬼神互相交往。

在宗教故事中，神已经不像神话中那样可以死去，而是成为大自然中一种神秘的力量，通过显灵来体现它无比的威力。

在宗教故事中，还出现了鬼的观念，人死化为鬼，鬼可以随意变化报恩复仇，这种鬼神不死和随意变化的幻想观念，对志怪小说的形成发挥了重大的作用，成为志怪小说创作的一种模式。

春秋战国时，社会动荡不安，再加上生产力低下，人们认识世界的水平原始落后，因此在编著地理学或博物学书籍时，只能根据自己的臆想附会，对地理博物方面的现象加以解释，因此当时的地理博物知识都被披上了一层神秘的色彩而荒诞化了，成为地理博物传说。

春秋战国时期地理博物学中记载的黑齿国、羽民国、不死国、三面国和黑齿人、羽人、独臂人、三面人等诸多志怪化的地方和人物，就是人们道听途说后加以臆想附会的产物，属于地理博物传说。

先秦的地理博物传说主要记载于《穆天子传》《王会解》《山海经》等古籍中，内容主要是远方的国家和异地民族，还包括神山灵水、奇花异草、珍奇怪兽等，虚幻奇诡，新鲜怪诞。

其中《山海经》的记载最为荒诞不经，是地理博物传说的集大成者。在《山海经》中，地理博物都被神话化和志怪化了。比如《山海经》在它的第一篇《南山经》中就有记载：

南山经之首曰鹊山。其首曰招摇之山，临于西海之上。多桂，多金玉。有草焉，其状如韭而青华，其名曰祝余，食之不饥。

《山海经》

有木焉，其状如谷而黑理，其华四照，其名曰迷谷，佩之不迷。有兽焉，其状如禺而白耳，伏行人走，其名曰狌狌，食之善行。

与宗教故事不同的是，大多数的地理博物传说没有什么故事情节，只是一些幻想材料，但它却为志怪小说提供了极为丰富的幻想素材和幻想形式，并长期对志怪小说产生了巨大的影响，成为志怪小说的主要内容之一。

神话传说和宗教故事以及地理博物传说构成了古代小说得以发展的基础，为小说的形成创造了条件，但它们之间不是相互独立的，而是相互联系、相互影响的，最后才逐步产生了中国最早的古小说——魏晋志怪志人小说。同时也为其他小说提供了不竭的创作源泉。

阅读链接

《山海经》的地理学内涵是第一性的，它从各个方向有秩序、有条理地记叙各地的地理特征，包括自然地理特征和人文地理特征。

《山海经》记载了许许多多的山，如"堂庭之山""杻阳之山""青丘之山""箕尾之山"等，而每座山的命名是根据山的地貌而定的。

《山海经》中还有极其丰富的水文记载，河流大都记明了源头和注入之处，河流的发源地通常在某一山麓，而它的注入处却远离此山，记述者记载水文时也注意到河流干流的全貌，河流的经由虽不见记载，但是若干干流如黄河、渭水可以从许多支流流入其干道的情况了解到它们的大致流经区域。

《山海经》中的人文地理记述了当时的一些区域的社会人文风俗、经济发展、科技成果等。其中有许多关于先民对于疆域的开发。

六朝是指魏晋南北朝六个朝代，是中国古代小说迎来的第一个高峰阶段。两汉时期，虽然出现了一些初具规模的志怪小说，但仅仅是具备了小说的某些形式特征。

中国古代小说有两个系统，即文言小说系统和白话小说系统。魏晋南北朝时期的小说属于文言文小说，也可以统称为笔记体小说，其特点是采用文言，篇幅短小，记叙社会上流传的奇异故事、人物逸事或其只言片语。

魏晋南北朝小说虽然还不具有成熟形态，但在故事情节叙述、人物性格塑造等方面都已粗具规模，作品数量也已相当可观。

六朝小说

初显雏形

志怪小说得到迅速发展

　　先秦时期的神话传说和宗教故事以及地理博物传说孕育了志怪小说的萌芽，到魏晋南北朝时，志怪小说得到了迅速发展。

　　这一时期，创作志怪小说的作者众多，上至天子王侯，下至官吏诗人，以及佛道教徒，出于各种不同的目的，纷纷编写志怪小说。

宗教故事绘画

魏晋南北朝时期的志怪小说，不仅数量极其庞大，而且内容相当复杂，表现出较高的质量层次，其作品想象丰富，情节曲折，人物形象丰满，语言优美。

一方面，魏晋南北朝时期的志怪小说继承了先秦时期上古神话传说等传统，又借助了两汉志怪小说初兴的态势，另一方面，又得到了魏晋南北朝时期各种有利环境的培育，因此，在新的时代环境中呈现出新的发展态势。

■ 干将莫邪塑像

在先秦时期，中国就盛行卜算和方术，当时人们的很多事情做与不做以及怎样做，都要取决于卜算和方术，这两种活动似乎已经左右了当时人们的生活。

秦汉以来，当权者极力倡导求仙得道的思想，一时间，人们对得道飞仙充满向往，趋之若鹜。到东汉后，这种信仰情况更加复杂。

一方面，佛教从外传入，并逐渐立足，取得人们的信任。

另一方面，中国的本土宗教道教也兴起繁盛起来，人们信奉鬼神的信念由此更加坚定。这就为志怪小说的诞生提供了肥沃的土壤。

进入魏晋南北朝以来，社会动荡，人们要为自己编织一个理想的天国，以寻求精神的安慰和心灵的解

方术 中国古代用自然的变异现象和阴阳五行之说来推测、解释人和国家的吉凶祸福、气数命运的医卜星相、遁甲、堪舆和神仙之术等的总称。方术的出现与古代落后的生产力和科技水平密切相关。

异彩纷呈的文学艺术

志怪小说插图

脱。此时，志怪小说无疑是适应了这种心理需求，因此得到了极大的发展。

还有，魏晋南北朝时期谈风盛行，所谈内容由品评人物、清谈玄理扩展到讲故事。这为各种传说、故事的编造、搜集、汇编、流传等提供了良好条件，对志怪小说的创作更是意义重大。

此外，魏晋南北朝时期，散文、传说、史传等众多文学的繁荣，也为志怪小说的创作发展提供了活跃进步的氛围。

魏晋南北朝志怪小说题材广泛，内容驳杂，大概可分为三类，第一类是神仙鬼怪类。这类小说多鬼神异事，又以鬼的故事为多。

第二类是地理博物类。这类志怪小说直接继承了先秦时期地理博物类著作中带有志怪的传统，又在两汉一些志怪小说的基础上进一步发展。

这类小说多记述山川地理，远方异物，多琐碎简

史传 即史传文学，中国历史文学的一部分，具有历史文学的一般特性。从文学的角度看，它是以历史事件为题材，重在描写历史人物形象的文学作品；从史学的角度看，它是通过运用文学艺术的手段，借历史事件与历史人物的描述，来表达一定历史观的历史著作。

短，穿插了大量的神话传说，自成一派，对后世影响深远。

第三类是宣扬宗教类。这类志怪小说一是佛教徒宣扬生死轮回，善恶报应，佛法无边；二是道教徒宣扬长生不老、修炼成仙。它们都新颖动人，想象丰富，构思奇特。

魏晋南北朝志怪小说蕴含着极其丰富的社会内容，有些反映了人们见义勇为和英勇反抗的精神。

《搜神记》是一部记录古代民间传说中神奇怪异的故事的小说集，搜集了古代的神异故事共400多篇，开创了中国古代神话小说的先河，作者是东晋史学家干宝。其中大部分故事，在一定程度上反映了古代人民的思想感情，是集中国古代神话传说之大成的著作。

"李寄斩蛇"出自《搜神记》，写以前东越国有一条大蛇，为祸一方，地方官吏束手无策，听信巫祝神蛇之说，每年送一女孩喂蛇。

将乐县有一百姓名叫李诞，家里有六个女儿，没有儿子。他的小女儿李寄，要应征前往。父母慈爱，终究不让她去。李寄自己偷偷地走了，最后李寄访求好剑和会咬蛇的狗，将蛇杀死了。

■ 志怪小说插图

异彩纷呈的文学艺术

干将 是春秋末著名冶匠，相传为吴国人，与欧冶子同师，善铸造兵器。曾为吴王阖闾作剑，"采五山之铁精，六合之金英"，金铁不销，其妻莫邪断发剪爪，投入冶炉，于是"金铁乃濡"，成剑两柄，即名为干将、莫邪。

李寄斩蛇的胜利，不仅是消灭了蛇妖，更主要的是反映了她敢于斗争的胆略和善于斗争的智慧。

有些志怪小说热情歌颂了纯真美好的爱情，《紫玉韩重》写吴王夫差的小女紫玉与韩重相爱，因父亲反对，气结而死。她的鬼魂与韩重同居三日，完成了夫妇之礼。故事的情调悲凉凄婉，紫玉的形象写得很美。在中国古代的爱情故事中，女性总是比男性来得热情、勇敢、执着，这是值得注意的现象。

还有些志怪小说表现了人们对幸福生活的渴求和向往。《韶舞》写荥阳人何某一次在田间行走，看见一个人跳舞而来，舞姿轻逸翩翩。舞者告诉何某，刚才自己跳的是舜时韶舞。说完又边舞边走。

■ 志怪小说小鬼壁画

何某被他的优美舞姿吸引，跟着他走入一个山穴，发现了一个很宽阔的地方，这个地方有数十顷良田。何某留下来垦田生活，后来把家人也接来了，从此他们一家人快乐地在这里生活着。

总体来看，魏晋时期的志怪小说还不属于有意识的文学创作，叙事多，描写少，不精心刻画人物形象，一些故事虽以离奇取胜，但情节又往往很简单，但是一些优秀作品在艺术上也取得了很大的成就。

一些志怪小说加强了故事的完整性和丰富性，开始注意避免平铺直叙，追求情节波澜曲折，代表作品有《干将莫邪》《韩凭夫妇》《李寄斩蛇》《左慈》等。其中，《干将莫邪》的开头、发展和结尾三部分，完整圆合，很自然地推进了故事的情节。

一些描写妖魅神怪的小说在离奇曲折情节的基础上，还常常赋予被描述对象以人性和可感的音容笑貌，用写人的手法来写鬼神妖魅，富于人情味和生活情趣，令人兴味盎然，给人以丰富深刻的感受。

魏晋时期一些志怪小说已初步注意了对场面、人物动作、人物语言进行细节性的描写渲染，以衬托人物性格。

《搜神记》的《干将莫邪》和《韩凭夫妇》中，也都有关于人物语言和行动的细节描写，这对塑造人物形象帮助极大。

阅读链接

魏晋南北朝的志怪小说在中国小说史上有着十分重要的意义。唐代传奇就是在它的基础上，又接受史传文学的影响而发展起来的相当成熟的文言短篇小说。

同时，魏晋南北朝志怪小说为白话长短篇小说、戏剧提供了丰富的神怪故事的素材。

宋人平话如《生死交范张鸡黍》《西湖三塔记》出自《搜神记》相同题材的故事；明长篇小说中的《封神演义》《三国演义》吸收了《搜神记》的若干材料；关汉卿的《窦娥冤》，汤显祖的《牡丹亭》《邯郸记》是《东海孝妇》《庞阿》《焦湖庙祝》的进一步发展。

另外，志怪小说在艺术想象和表现手法上为后代小说积累了一定的艺术经验，一直给后代小说以深刻的启示和影响。

志人小说的形成与成就

魏晋南北朝时期，志怪小说获得了迅速发展，并取得了一定的成就，这个时期能与志怪小说并驾齐驱的只有志人小说。志人小说，又称"逸事小说""清谈小说"，主要记述人物言行和记载历史人物的传闻逸事。

刘义庆

志人小说与志怪小说的本质区别，在于志人小说是以人间故事、世俗生活为表现对象的。是借神话传说、寓言故事和史传中记载的人物言行片段等，不断发展而成就自我的，这些志人故事虽短小，却也传神动人。

与志怪小说一样，志

■ 年画冷宫救昭君

人小说繁荣既有其文体自身原因，同时也是受外部环境影响作用的结果。

首先，志人小说是先秦寓言故事、史传文学影响的结果。这些寓言故事和历史散文中一些关于人物言行举止、行为琐事的描写，深深地根植于魏晋时期许多文人心中，文中描写的高超艺术手法也为魏晋六朝文人所借鉴。

其次，魏晋南北朝的社会情况也有利于志人小说的发展。魏晋南北朝时期，士人崇尚清谈，喜欢品评人物，实际上是受东汉时期的影响。东汉中期，士人之间，多重"品目"。所谓品目，就是品评、衡量人物的优劣高下，品评标准就是人物的言谈行为。

当时的朝廷凭借议人取士，就是重视人物评议，凡被称誉的人，均可以获得"孝庸""贤良"之名，被朝廷征用，以此步入仕途，所以一句话就可能决定

历史散文 古代散文的一种，是以记述历史事件的演化过程为主的散文类型。历史散文注重史料价值，历史散文有三种文体，分别为"国别体""编年体"和"纪传体"。中国最早的历史散文是《尚书》。

卓文君画像

着一个人的成败与否。而那些没有得到"孝庸""贤良"之名的人则很难进入仕途，甚至会遭人唾弃。这种风气盛行的同时，也使得士人的各种琐事逸闻流传一时，这就为志人小说提供了非常重要的素材。

进入魏晋南北朝时期，文人名士用老子和庄子的思想来解释儒家经义，他们抛弃所有事务，只谈玄理，这就是"清谈"之风。文人名士将这些品评人物和清谈言辞收集整理，编撰成书，就是志人小说。

志人小说的主要内容是记述人物言行和琐闻逸事，按其内容大致可以分为三类：笑话类、琐言类、逸事类。因为这时期的志人小说有很多都是琐言与轶事兼载并记的，所以常将二者合为一点阐述，称为"琐言轶事类"。

笑话类志人小说多讲述幽默诙谐并带有讽刺意义的小故事。先秦寓言、两汉的史传中，就包含了许多笑话类的故事。笑话作为一种文学体裁，是用生活中荒诞且不合常理之事来揭示矛盾，启迪思想，使人们从中受到教育，正是所谓的将教育蕴藏在娱乐当中。

好的笑话要贴近现实、褒贬得当。中国的笑话来自民间，民间笑话的第一次搜集、整理并编撰成书，是由三国时期魏国书法家邯郸淳完成的，他的著作《笑林》是中国笑话类小说的首部，也是第一部志人小说。《笑林》所收的民间笑话，反映了一些人情世态，生动有趣，对后世具有重大影响。

琐言逸事类志人小说是志人小说的主体，其内容要比笑话类志人小说内容丰富许多，其中有记述东晋至南北朝文人名士的言语及琐闻逸事的；有记述当时上层妇女言行品德，讽喻其妒忌行为，提倡无嫉之德的。这类小说主要有《语林》《郭子》等。

此外，还有载录具有小说意味的民间故事的；也有描述野史性质的短小故事的；更有记录当时名人士族的玄妙清谈、怪异嗜好及各类遗闻逸事，从而表现他们的人生态度、文化趣味的。这类小说代表作是葛洪的《西京杂记》。

《西京杂记》主要记述西汉人物逸事，也涉及宫室制度、风俗习惯，带有怪异色彩。其中有些故事后来很流行，如王昭君、毛延寿故事，卓文君故事。

另外，从艺术角度看，琐言逸事类志人小说要超过笑话类志怪小说，其内容多姿多彩，语言之精妙，文字之传神，也是笑话类志人小说所不及的，一直被

文学体裁 文学作品的具体样式，它是文学形式的因素之一，简称"文体"。常见的有诗歌、小说、散文、戏剧、寓言等，笑话也是文学体裁的一种。一切文学作品的思想内容都要通过这样或那样的体裁来表现，没有体裁的文学作品是不存在的。

■ 塞外昭君图

人所津津乐道。

南朝宋刘义庆编撰了一部志人小说《世说新语》，它是中国最早的一部文言志人小说集，其成就和影响最大，代表了魏晋南北朝时期志人小说的最高峰。

《世说新语》全书共收1000多则故事，记述简练，一般只有数行文字，短的只有三言两语。它主要记载汉末至东晋年间一些士大夫的言行逸事，对统治阶级的政事和日常生活也有所涉及。

《世说新语》语言质朴精练，有的就是民间口语，言简意深，耐人寻味。记载人物往往是一些零碎的片断，但传神地表达了人物的个性。书中随处可见出色的比喻和形容、夸张和描绘。

志怪小说和志人小说相比，志人小说缺乏志怪小说丰富的想象和幻想，以及鲜明的人物形象和比较完整的情节，因此，志怪小说具有更多的小说因素，更容易发展成更高级的小说形态。

异彩纷呈的文学艺术

阅读链接

在先秦两汉时期，小说是由稗官来写的。稗官是什么样的官呢？稗官是古代的一种小官，专门给帝王搜集街谈巷语以及道听途说之言，后来称小说为稗官，泛称记载逸闻琐事的文字为稗官野史。稗官反映对象的身份很不明确，因为街谈巷语的传说中，各种人物都有。

三国时魏国书法家邯郸淳编著的《笑林》是中国最早出现的志人小说，这部小说体现了这种街谈巷语来源的不明确性。

邯郸淳虽然不是稗官，但却是以稗官的身份写的《笑林》。史载邯郸淳晚年被魏文帝辟为博士给事中，《文心雕龙》记载："至魏文因俳说以著笑书。"邯郸淳采集、编排民间街谈巷语中的笑话，向魏文帝进说。

唐代小说

古代小说发展到唐代，进入了一个新的发展阶段，呈现了欣欣向荣的景象，被称为"特绝之作"的传奇小说，在这个时期开始出现在文坛上，并以其优美的艺术形式和广阔的社会生活内容为世人称道。

唐代传奇小说是唐代的文言短篇小说，内容多传述奇闻逸事，简称唐传奇。它远继神话传说和史传文学，近承魏晋南北朝志怪和志人小说，发展成了一种以史传笔法写奇闻逸事的小说体式。

有学者称唐传奇"始有意为小说"，标志着中国古代小说创作进入一个新的阶段。

唐传奇小说的形成与兴起

唐代前期，社会比较安定，农业和工商业都得到发展，像长安、洛阳、扬州、成都等一些大城市，人口众多，经济繁荣。这种状况，为唐朝文人的创作提供了丰富的素材，他们开始逐渐摆脱志怪小说的狭小范围，而去表现更为广阔的社会现实生活。

这一时期，市民阶层兴起，为了满足他们对文化娱乐的需要，产生了"市人小说"。"市人小说"就是民间说话艺术。当时佛教兴盛，佛教徒也利用这种通俗的文艺形式说唱佛经故事或其他故事，称之为"变文"，普遍受到人们的喜爱。唐小说家郭湜的《高力士外传》记载：唐玄宗晚年生活寂寞，高力士经常让他听"转变说话"，即说变文和小说给唐玄宗解闷取乐。

当时文人聚会时，也有以"说话"消遣的。唐代诗人元稹的《酬白学士代书一百韵》诗中自注：

乐天每与余游从，无不书名题壁，又尝于新昌宅说"一

枝花话"，自寅至
巳，犹未毕词也。

《一枝花话》属于
民间说话，讲的就是唐
文学家白行简《李娃
传》所记的故事，讲话
历时4个时辰，即8个小
时，尚未讲完，可见叙
述非常细致。

■ 唐传奇插图柳毅
传书

文士间流行说话风气，其说话艺术很细致，这就
成为促使唐传奇大量产生并取得突出成就的一个重要
原因。说话艺术的现实性、通俗性、传奇性为唐传奇
小说提供了有益的借鉴。

另外，佛教也深深影响着唐传奇小说的发展，唐
传奇小说在佛教文学和佛教民间故事的影响下，想象
力更为丰富，语言更为平易、准确、具体、生动，同
时，佛经散韵夹杂的体裁，对传奇小说的结构形式也
有一定的影响。

魏晋南北朝时期的志怪和志人小说为唐传奇提供
了有益的借鉴，在题材、主题上对唐传奇产生了深远
的影响。唐传奇的很多故事都取材于魏晋六朝时期的
志怪小说。

先秦两汉和魏晋时期的史传文学，其中特别是
《史记》对传奇小说创作有很大的影响。《史记》的
题名、结构、行文、人物刻画都被唐传奇的许多作品

325

发展成熟

唐代小说

唐玄宗（685—
762），即李隆
基，唐睿宗李旦
第三子，亦称
"唐明皇"。712
年至756年在位。
在位前期任用姚
崇、宋璟等贤
相，励精图治，
社会稳定，经济
发展，创造了
"开元盛世"，在
位后期宠爱杨贵
妃，怠慢朝政，
宠信奸臣李林
甫、杨国忠等，
导致政局不稳，
社会动荡。

直接采用。介于正史和小说之间的野史杂传，描写人物细致生动，结构严谨完整，情节曲折委婉，对唐传奇的发展影响更为深远。

另外，唐代科举取士，重视文学。在各科中，诗赋杂文的进士科最受重视。士人在应试之前，常将自己所作的诗文给当时有名望的人看，以求称誉，扩大社会名声，为考中进士科创造条件，称之为"行卷"。传奇文也常用作"行卷"。宋赵彦卫《云麓漫钞》记载：

唐代士人行卷，逾数日又投，谓之"温卷"，如《幽怪录》《传奇》等皆是也。

这就在一定程度上促进了传奇小说的发展。

唐代是一个充满浪漫主义的时代。唐代文人思想活跃，他们需要找一个超脱现实以外的精神归宿寄托他们的这种浪漫情怀，而传奇小说就为他们提供了这个虚拟的世界，供其阐述观点和寄托情思。

还有，同时期的其他文体，如诗歌、散文以及故事化的辞赋，也为唐传奇小说的繁荣输送了新鲜血液，它们的语言特点、表现手法、浪漫情结，均对传奇小说产生了巨大影响。

相对于魏晋六朝小说，唐传奇有着巨大的进步。唐代以前的所有小说，都只是一种不自觉的文学创作。唐传奇小说则是有目的、有意识地进行小说创作，借小说的形式和内容，来表达自己的观点、看法和思想，是"始有意为小说"。

唐以前的志怪小说只是粗陈梗概，内容驳杂，篇幅短小。而唐传奇小说则将其丰富为一个完整的故事，表达一定的思想，写人叙事严谨规范，笔法精湛，技艺高超。

还有，唐传奇小说的内容和题材不断丰富和扩大。志怪小说专写神仙鬼怪之奇事，而唐传奇小说不只记录鬼怪之事，更多的是描写人间世俗的事。如民间流传的精怪故事，朝野传颂的人间佳话，侠肝义胆的英雄故事，以及感人肺腑的爱情神话，等等，这些内容结合在一起，勇敢地批判丑恶，歌颂高尚的情感。

此外，在语言和情节构造上，唐传奇小说也进一步突出。语言方面，从简练古朴到文辞华丽；情节从风趣有致到委婉曲折、波澜起伏。唐传奇小说是真正符合要求的小说，标志着中国古代小说进入了欣欣向荣的阶段。

阅读链接

唐传奇来源于世俗生活，也反映世俗生活。传奇之"奇"与爱情、豪侠、隐逸的联系非常密切。

沈既济的《任氏传》、许尧佐的《柳氏传》、元稹的《莺莺传》、白行简的《李娃传》、陈鸿的《长恨歌传》、蒋防的《霍小玉传》、沈亚之的《湘中怨解》等，都为爱情名篇。唐传奇中，也出现了一系列引人注目的豪侠形象，如红线、红拂、聂隐娘等。

大多数的正史为建功立业者做传，但唐传奇却鼓励人们去做隐士。沈既济的《枕中记》、李公佐的《南柯太守传》都表现了对隐逸生活的追求和向往。

从这里，我们可以看到，爱情、豪侠、隐逸这三种题材，向来为正史所拒绝，或处于正史的边缘，但在唐传奇中，它们却居于中心地位。

唐传奇小说的发展历程

初唐至盛唐时期，唐传奇小说基本沿袭了六朝志怪小说的遗风，内容多以描写神怪故事为主，在描写神话故事时又穿插了人世间的事，叙述故事发展过程比较详细具体，篇幅有所增加，已经向有意识创作靠近。

贵妃上马图

唐传奇小说中最早的《古镜记》，相传为隋末唐初人王度所作，它以古镜为线索，把10多个怪异故事连缀起来组成长篇，叙述较为细致，比六朝志怪小说有很大的进步。

唐高宗、武则

天时期，张鷟撰写成传奇小说《游仙窟》。《游仙窟》的最大特点是基本采用一种韵散相间的形式，在简单的故事情节中，穿插着大量的诗歌骈语，并以此作为全篇的主体，这对后来的传奇小说通过赋诗言志来交流人物感情的写法，起到了启示的作用。

《游仙窟》基本上摆脱了志怪小说的神怪气息，开始着眼于人世间的生活的描写。

进入唐代中期，传奇小说迎来了空前繁荣的时代，这一时期，涌现了大量的传奇作家和作品。作品内容从前期的以志怪为主转为以反映现实生活为主，即使有一些涉及神怪的篇章，也往往具有社会现实内容，而且反映的生活面较广。大致可分为神怪、爱情、历史、侠义等类别。其中有些作品内容交叉。

神怪类讲的是神仙鬼怪一类故事。题材虽沿袭六朝志怪小说的传统，但内容、形式都具有新的特色。

小说家沈既济的《枕中记》、李公佐的《南柯太守传》等作品，分别写卢生、淳于棼于梦中位极宰相，权势显赫，梦醒后猛然觉悟、皈依宗教的故事，表现了人世荣华富贵如梦境空虚，不足凭恃的意味。

这两篇作品受南朝志怪小说《幽明录》中《焦湖庙祝》的影响，但是《焦湖庙祝》全文仅百余字，叙述简略，而《枕中记》《南柯太守传》两篇则篇幅

■《莺莺传》插图

发展成熟

唐代小说

张鷟（约660—740），字文成，自号浮休子，唐代小说家。他于高宗李治调露年登进士第，当时著名的文人骞味道读了他的试卷，叹为"天下无双"，被任为岐王府参军。此后他又经八科考试，每次都列入甲等，因而赢得"青钱学士"的雅称。这个雅号后代成为典故，成了才学高超、屡试屡中者的代称。

《莺莺传》插图

较长，描绘具体，情节细致。

爱情类作品是这一时期传奇小说写得最精彩动人的，代表了唐传奇小说的最高成就，这些作品大多歌颂坚贞不渝的爱情，塑造了众多的具有反抗精神的女性形象。这类主要作品有《霍小玉传》《李娃传》《莺莺传》《柳毅传》《离魂记》等。

《霍小玉传》是一篇描写沦落风尘的女子与士子恋爱而以悲剧结尾的传奇小说，作者把霍小玉塑造成一个美丽痴情而又坚韧刚烈的悲剧形象，文中这样写道：

但觉一室之中，若琼林玉树，互相照耀，转盼精彩射人。

她温柔、善良、痴情、单纯、敢爱敢恨，而且琴棋书画样样精通，她的悲惨命运让人扼腕，让人叹息。

《霍小玉传》着眼于当时社会环境与人物性格的关系，塑造出鲜明的人物形象。善于运用对比、映衬、烘托等艺术手法，使人物显得鲜明、丰满。其中霍小玉的痴情与李益的负心，其对比尤为强烈，这种对比，对于塑造两个人物形象，起到了很好的艺术效果。

《李娃传》写荥阳大族郑生喜欢上了长安风尘女子李娃，两人屡

异彩纷呈的文学艺术

经波折，几近丧生，终获美好结局的故事。作品结构非常完整，故事情节波澜曲折，叙述清楚，主要人物性格展现丰富，富有一定的现实意义。

此外，爱情类传奇小说中还有一些具有神怪色彩的爱情小说，如《任氏传》《离魂记》《李章武传》等，这些小说继承了魏晋六朝志怪的小说，又有所创新，在神奇怪异的描写中充满了人间社会的清新气息，富有浪漫主义色彩。

此外，还有一些反映历史、社会以及表现侠义的作品，代表作品有《长恨歌传》《东城老父传》《谢小娥传》《冯燕传》等，这些作品有的具有较高的史学价值，有的具有较高的文学价值，对后来的传奇小说都具有一定的借鉴意义。

唐代晚期，唐传奇小说的数量大为增加，出现了大批传奇小说专集，主要有《郭远振》《玄怪录》《续玄怪录》《纪闻》《集异记》《三水小牍》等，这些作品内容多是搜奇猎异，神怪气氛浓厚，与现实生活逐渐疏远。

晚唐时，一些表现豪士侠客的作品写得很好，具代表性的有《红线传》《聂隐娘》《昆仑奴》等。一些以爱情为题材的传奇作品，写得较好的有《无双传》《步飞

琴棋书画 指弹古琴、下围棋、书法、绘画四种古代艺术性文物或技艺，又称雅人四好。相传，起源于"三皇五帝"时期。中国古代，弹古琴、弈围棋、书法、绘画是文人骚客，也包括一些名门闺秀修身所必须掌握的技能，故而合称琴棋书画。常以表示个人的文化素养。

331

■《莺莺传》插图

烟》《崔书生》等。

传奇小说专辑中还有一些小故事，虽然情节比较单纯，描写也不够细致，但思想内容具有进步意义。

皇甫氏《原化记》中的《京都儒士》，写京都一儒士自称有胆气不畏鬼怪，某夜独宿凶宅，心中惊怖，丑态毕露，刻画了一个言行不一的知识分子形象。作品篇幅短小而含意隽永。

唐代诗歌发达，产生了不少关于诗人及其创作的传说和故事。其中一部分也富有传奇色彩。单篇中如《柳氏传》《秦梦记》，专辑中如《集异记》的《王维》《王之涣》等均属此类。

魏晋人崇尚清谈放诞，产生了《语林》《世说新语》等笔记小说；唐人崇尚诗歌，产生了《云溪友议》《本事诗》等故事集，从中都可以看出一个时代的特殊风气，《云溪友议》《本事诗》两书，主要或专门记载有关诗人诗作的故事。

阅读链接

唐传奇小说语言，一般运用散体，但多四字句，句法较整齐，沿袭了六朝志怪小说的传统。六朝志怪小说如《搜神记》等，语言比较质朴，不讲究对偶和辞藻，在当时区别"文""笔"的风气下，属于"笔"这一类，但因受骈文盛行的影响，一部分语句句法比较整齐，风格上也有与骈文接近的一面。

唐传奇小说的语言，就是沿着这一方向发展的。有些篇章如唐代前期的《游仙窟》，甚至以骈体为主，但多数作品虽夹杂骈句，基本上仍是散体。不过由于作者有意重视文采，不少作品语言颇为华艳。

中唐时传奇繁荣，名篇迭出，古文大家韩愈、柳宗元在当时风气影响下，也写了几篇接近传奇小说的文章，如韩愈的《毛颖传》、柳宗元的《河间传》。但它们不像传奇小说那样注意讲述有趣味的故事，着重表现作者的思想和文采。

进入宋元时期，流行于市民阶层的"说话"艺术不断发展，最终使极具市民特征的话本小说流行开来。

宋元话本小说的出现，使中国古代小说从内容到形式都更加面向社会，面向大众，也标志着中国古代短篇白话小说走向成熟，从此，形成了文言小说与白话小说双峰对峙、双水分流的局势。

中国古代小说史由此呈现出更加错综复杂的境况。更为重要的是，宋元话本小说的繁荣使得文言逐渐转化为白话，这个阶段具有里程碑意义。

深入演化

宋元小说

"说话"艺术兴起与繁盛

　　唐宋以来，民间广泛流行一种叫作"说话"的表演艺术，说话就是讲说故事。"说话"艺术起源于古代的说唱艺术，中国古代很早就有了说故事和说书的传统。

元稹蜡像

　　东汉时代的"说书俑"，歪头吐舌，缩肩耸臀，极为生动地显示出，说书艺人讲到紧要关头时手舞足蹈的神态。三国时期，曹植背诵过徘优小说。这种徘优小说融表演与说唱于一体，是说话艺术进一步发展的体现。

　　到了隋代，侯白的《启颜录》里已经用"说话"来专指讲故事了。进入唐代，"说话"已经变成一种专门的表演艺术，风靡一时，上自宫廷，下至民间，无不在"说话"。

郭泛《高力士外传》记载：

上元元年七月，太上皇移仗西内安置……每日上皇与高公亲自扫除庭院，艾薙草木；或讲经、论议、转变说话，虽不近文律，终冀悦圣情。

这表明唐肃宗时，"说话"已经从民间进入了宫廷。

诗人元稹在《酬翰林白学士代书一百韵》里有"翰墨题名尽，光阴听话移"的诗句，这里的"听话"，就是指听说书人讲唱故事。

■ 说话表演塑像

元稹本人也作了注解说：

尝于新昌宅听说《一枝花话》，自寅至巳，犹未毕词也。

《一枝花话》就是当时民间传说的李娃的故事。除了《一枝花话》外，还有《庐山远公话》《韩擒虎话本》《叶净能话》等唐话表演，唐朝的说话技艺已发展得相当成熟了。

唐代还盛行一种由当时寺院僧侣向民众进行佛教宣传的"俗讲"。这种"俗讲"，开始时只是单纯演说经文和佛经故事，后来逐渐演变，也讲唱一些民间

335

说唱艺术 广泛流行于民间的一种文学表现形式，用来讲唱历史、传说叙事及文学作品的一种艺术体裁，是音乐、文学和表演相结合的综合艺术形式。其音乐以叙述功能为主，兼有抒情功能。说唱艺术可单口说唱，可多口说唱；可乐器伴奏，可无伴奏。

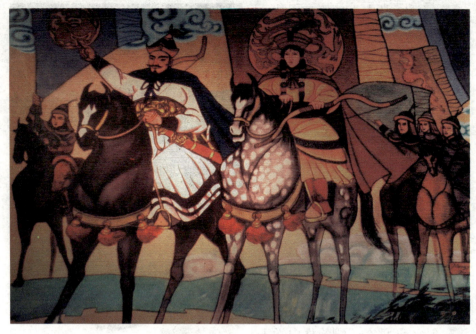

异彩纷呈的文学艺术

昭君出塞图

傀儡戏 用木偶来表演故事的戏剧。表演时，演员在幕后一边操纵木偶，一边演唱，并配以音乐。根据木偶形体和操纵技术的不同，有布袋木偶、提线木偶、杖头木偶、铁线木偶等。中国的木偶戏历史悠久，三国时已有偶人可进行杂技表演，隋代则开始用偶人表演故事。

传说和历史故事，如《汉将王陵变》《秋胡变文》《伍子胥变文》《昭君变》等。

"俗讲"与"说话"关系极为密切，唐代"说话"在发展上不仅吸收了"俗讲"的某些形式和技巧，而且在题材内容上也深受影响。

进入宋代，随着宋代工商业的发达和城市经济的繁荣，"说话"也出现了空前繁盛的局面。当时城市中出现了许多专门表演各种民间技艺的瓦舍勾栏。

北宋时，京城的瓦舍已颇具规模，到南宋时，规模进一步扩大，并向中小城镇发展，构成遍布全国的文化娱乐市场。

在瓦舍勾栏上演各种民间技艺，除"说话"外，还有杂剧、傀儡戏、诸宫调等。《东京梦华录》记载，当时的瓦舍勾栏，十分繁闹，游者如云，"不以风雨寒暑，诸棚看人，日日如是"。

当时，"说话"是一种重要的技艺，深受人们的喜爱。说话艺人的人数也相当多，据《武林旧事》记载，仅南宋临安城就有说话艺人约百人。

同时，说话艺人之间的分工也愈来愈细，因内容和形式以及艺人们各自的专长不同，"说话"又分为四大家：小说、说铁骑儿、说经、讲史。

四大家中，以小说、讲史的影响最大，尤以小说家最有影响力。因为小说基本上是取材于城市平民各阶层的生活，它对现实的反映最为直接及时，故事的内容是市民听众熟悉的，且又能真切地反映市民们的思想感情、理想与追求，因此在当时最受欢迎。

在艺术技巧方面，小说家也有超越其他家的优点。《都城纪胜》曾指出，讲史书的"最畏小说人，盖小说者，能以一朝一代故事，顷刻间提破"。

"顷刻间提破"也就是说当场把结局点破，一次性把故事讲完。

《梦粱录》里指出小说具有"捏合"的特点，所

瓦舍勾栏　瓦舍也叫瓦子、瓦市。瓦舍里设置的演出场所称勾栏，也称钩栏、勾阑，勾栏的原意为曲折的栏杆，在宋元时期专指集市瓦舍里设置的演出棚。宋代瓦舍的规模很大，大的瓦舍有十几座勾栏。

■ 唐代僧人"俗讲"

■ 宋杂剧演出图

谓"捏合"，一是指小说可以把当时的社会新闻同说话的内容融合在一起；二是指虚构编造。

随着说话技艺的日趋繁盛发达，说话艺人渐渐有了自己的职业性的行会组织，如杭州的小说家就成立了自己的行会组织，组织称为"雄辩社"。

在行会组织里，说话艺人可以自由地切磋技艺，交流经验，传递信息，以改进和提高自己的演说水平。这样的行会组织，可以从整体上提高宋代说话的水平。

除了说书艺人的行会组织外，当时，还出现了专门编写话本和戏剧脚本的文人组织"书会"。书会的成员都是一些富有才情、文学功底较深的落魄文人，他们在当时被尊称为"书会才人"。

正是这些"书会才人"将原来简略粗陋的单纯的说话底本"改编"为可供阅读的书面文学作品。

宋代"说话"艺术兴盛繁荣，宋末元初小说家罗烨在《醉翁谈录》的记载：

小说纷纷皆有之，须凭实学是根基。
开天辟地通经史，博古明今历传奇。
蕴藏满怀风与雨，吐谈一卷曲和诗。

底本 古籍整理工作专用的术语。影印古籍时，选定某个本子来影印，这个本子就叫影印所用的底本。校勘古籍时要选用一个本子为主，再用种种方法对这个为主的本子作校勘，这个为主的本子也就叫校勘所用的底本。标点古籍时也要选用一个本子在上面施加标点，这个本子也可叫标点使用的底本。

辩论妖怪精灵话，分别神仙达士机。

涉案枪刀并铁骑，闺情云雨共偷期。

世间多少无穷事，历历总头说细微。

在这里，罗烨从说话的题材内容，到它的艺术特色，都做了一个完整的总结。

虽然，"说话"还不能算是小说，但宋元的市人小说与"说话"却有着直接的、密不可分的关系。"说话"人讲故事的底本叫"话本"，是中国古代白话小说的开端。

这时的白话短篇小说，就是在"说话"底本的基础上经过加工、润色而文学化了的作品，所以"说话"对宋元白话短篇小说的繁荣起到了巨大的作用，是中国古代小说史上的重要一笔。

阅读链接

"说话四家"指的是"小说""讲史""说经"和"合生"四种曲艺表演形式。小说家是"说话四家"中艺术技巧最成熟、最兴盛的一家，小说家的话本通常称为"小说"，都是讲说短篇故事，一次或数次讲完。题材除历史故事、神话传说外，大多取材于当代社会生活，与现实联系比较密切。

讲史家话本通常称为"平话"，讲史以讲说前代史书文传，朝代更迭，历史战争为主，题材广泛，内容丰富，一般篇幅较长。为了讲述方便，讲史大多根据故事内容的需要进行分卷立目，以示情节发展的段落，后来逐渐演变成章回小说的回目。

"说经"主要讲说佛教经典和人物故事，也包括民间关于参禅悟道题材。合生家是"说话四家"中势力最小的一家，大概以讲说当世故事为主，篇幅较短，一般一篇只说一个故事。

小说话本结构和题材内容

"说话"艺人所用的底本，统称为"话本"。话本的创作过程一般有两种情况：

一种情况是先有流传的故事，其后整理成话本，说话艺人依据自己所掌握的知识和技巧，仔细揣摩听众的心理，将原来口头流传的故事重新加工，创作成为动人的说话节目，以后又加以整理而成。

另一种情况是为适应说话艺人的说讲需要，由当时的"书会"专门为说话艺人编写的话本，利用当时的新闻、历史故事、民间传说等题材写成的故事梗概，表演时由说话人在此基础上进行想象发挥。

话本的创作都是为了说话人表演或传授之用，实用目的很强。后来随着说话艺术的发展和人们对文化娱乐的需要，以及印刷技术的进步，话本经过进一步的加工润色，逐渐演化成书面的通俗文学。

宋元小说话本结构一般由4个部分组成，即题目、入话、正话和篇尾。

■ 古代小说话本图

题目是根据正话的故事来确定的，是故事内容的主要标记。

入话，也叫"得胜头回""笑耍头回"，就是在正文之前，先写几首与正文意思相关的诗词或几个小故事，把它作为开篇，以引入正话。"入话"具有让听众静下来、启发听众和聚集听众的作用。

正话，即故事的正文，是小说话本的主要部分。正话在叙述故事时，也不时穿插一些诗词，用来写景、状物，或描写人物的肖像、服饰，它具有渲染气氛、增强效果的作用。

篇尾就是故事的结尾，小说话本一般都有篇尾，篇尾往往用四句或八句诗句为全篇作结，有时也有用词或整齐的韵语作结的。篇尾一般具有相对的独立性，一般是由说话人或者作者出场，总结全篇主旨，

民间传说 中国民间口头叙事文学。通常由历史事件、历史人物及地方风物有关的故事组成。广义的民间传说又俗称"口碑"，是一切以口头方式讲述生活中各种各样事件的散文叙事作品的统称。狭义的民间传说是指民众口头创作和传播的描述特定历史人物或历史事件、解释某种地方风物或习俗的传奇性散文体叙事。

鼓碎瑶盆不再鼓伊
是何人我是谁

或对听众加以劝诫，或对人物、事件进行评论。

小说话本4个部分结构的形成和定型，是"说话"艺术长期发展的结果，标志着小说话本的成熟。

宋元小说话本数量多，据《醉翁谈录》《也是园书目》《宝文堂书目》等记载，约有140多种，主要保存在明代的《清平山堂话本》《京本通俗小说》《熊龙峰四种小说》和《喻世明言》《警世通言》《醒世恒言》等书中。

■《警世通言》插画

宋元小说话本题材广泛，内容丰富，有的取材于现实生活，有的从《太平广记》《夷坚志》等书中选取题材，并结合当时的社会生活，融入作者自己丰富的生活经验，加工创造成富有时代气息的小说。

宋元小说话本主要包括了爱情婚姻、诉讼案件、历史故事、英雄传奇、神仙鬼怪等方面的内容。总体来看，描写爱情婚姻和诉讼案件的话本写得最好，数量也最多，代表了宋元小说话本的最高成就。

讲述爱情婚姻故事的话本写得较好的有《碾玉观音》《闹樊楼多情周胜仙》《快嘴李翠莲记》《志诚张主管》等。

《碾玉观音》写一个发生在咸安王府中的女奴璩秀秀与工匠崔宁的婚姻悲剧故事。作品赞颂了女奴秀秀为争取人身的自由，争取独立自主的婚姻而顽强斗

异彩纷呈的文学艺术

《太平广记》
宋代人编的一部大书。全书500卷，目录10卷，取材于汉代至宋初的野史小说及释藏、道经等和以小说家为主的杂著，属于类书。宋代李昉、扈蒙、李穆、徐铉、赵邻几、王克贞、宋白、吕文仲等12人奉宋太宗之命编纂。因成书于宋太平兴国年间，和《太平御览》同时编纂，所以叫作《太平广记》。

争的精神，具有较深刻较积极的思想意义。

《闹樊楼多情周胜仙》写的是青年女子对自由爱情、自主婚姻执着追求的故事。表现了青年人反抗压迫、热烈追求婚姻幸福的主动精神。

《快嘴李翠莲记》写勤劳能干、聪明美丽的青年女子李翠莲，对来自各方面的压迫，以眼还眼，以牙还牙，毫不退让，勇于反抗传统礼教的故事。

这些作品成功地塑造了一系列富有反抗精神的女性形象，她们的出现，表明宋元小说话本的主角不再是神仙鬼怪，也不再是名士才子，而扩大为普通百姓。

讲述诉讼案件故事的公案小说，涉及社会生活面极为广阔，直接反映了复杂的社会状况，揭露了社会深层次矛盾，同时也热情赞颂了正直豪爽的侠客好汉，代表作品有《错斩崔宁》《简帖和尚》《宋四公大闹禁魂张》等。

《错斩崔宁》写的是一对青年男女因十五贯钱而引起的谋杀冤案，反映了官府听信戏言，不重调查，滥杀无辜，草菅人命。

讲述历史故事的作品写得较好的有《张子房慕道记》《老冯唐直谏汉文帝》

公案小说 中国古典小说的一种，由宋代话本公案类演义而成，大多以描写各种各样的案情以及破案为主。公案小说盛行于明清，最著名的具有代表性的公案小说是清代的《三侠五义》。先秦两汉法律文献中的案例与史书中的清官循吏的传记，是公案小说的先导。

深入演化

宋元小说

■《警世通言》插画

《汉李广世号飞将军》等，这些故事多表现英雄贤士的怀才不遇和为官者的贪婪昏庸等。

以英雄传奇故事为题材写得较好的有《史弘肇龙虎君臣会》《郑节使立功神臂弓》等，这些作品多描写英雄人物的传奇经历。

小说话本中还有一些宣扬因果报应和佛教戒律的作品，如《菩萨蛮》《五戒禅师私红莲记》《花灯轿莲女成佛记》等。

这些作品的出现，有其深刻的社会时代的原因，也反映了小说话本在思想内容上的复杂性。

异彩纷呈的文学艺术

阅读链接

话本一般又可分为两类：说话四家中讲史的底本为讲史话本。自元代开始叫作"平话"。"平话"讲述长篇历史故事，取材于历史，后来发展为章回体的长篇小说；另一类就是篇幅短小的小说话本，常常被称为小说，又称为"短书"。它对中国古代白话短篇小说的发展，有着直接而深远的影响。

明清的白话小说主要就是在宋元话本的基础上发展起来的，如《水浒传》《三国演义》《西游记》都是宋元话本继续发展的产物。

宋元话本大体上可以分为繁本和简本两种类型。繁本是语录式的或经修订加工的底本，语言通俗流畅，接近口语。简本是提纲式的资料，只记下一些故事梗概，往往是从传奇文和笔记小说中摘录下来的。如《清平山堂话本》中的《蓝桥记》就是裴铏《传奇》中《裴航》故事的节要。

现存宋元话本，无论小说还是平话，多数是简本。有些明代所刻选本所收的小说，似经过后人的加工整理，在艺术上比较完整。

文言小说形成的新特点

宋元时期，虽然白话短篇小说兴起和兴盛起来，但传统文言小说也并未因此而停滞，与前代文言小说相比，体现出自己的新特点。

宋元时期，文言小说呈现出多样性。不仅有继承唐传奇衣钵的传奇小说，笔记体、志人志怪小说也得以继续和发展，同时又有杂记体小说的存在，更有大型文言小说集的出现，可谓纷繁芜杂，体类多样。

宋元传奇小说的总体风

隋炀帝杨广像

格，与唐传奇小说的典丽雅致相比，显得逊色许多，受时代背景和白话小说的影响，宋传奇小说整体呈现俗文化特征。

宋传奇小说写得较好的主要有两类作品。一类是侧重写帝王后妃的事迹，这类作品劝诫讽刺意味浓厚，具有一定的历史价值。

主要是以隋炀帝和唐玄宗这两个帝王为描写对象，写隋炀帝的有《隋遗录》《隋炀帝海山记》《迷楼记》《开河记》等。

这些作品大多是记述隋炀帝开运河、游江都、造迷楼、修西苑的事，揭露了隋炀帝奢侈糜烂的生活，反映了劳动人民遭受的苦难。

写唐玄宗的传奇有《杨太真外传》《骊山记》《温泉记》《梅妃传》等，这些作品或写唐玄宗与杨贵妃豪华奢侈的宫廷生活，或者写杨贵妃与梅妃之间的矛盾纠葛等。

总体上看，这类作品成就不高，多数只是一般的客观叙述，内容庞杂，结构松散，缺乏组织剪裁，缺乏唐传奇小说的典丽雅致。

宋传奇小说另一类作品取材现实，主要描写男女恋情和风尘女子的生活。代表作品有《流红记》《王幼女传》《谭意哥传》《李师师传》等。

宋传奇小说在创作上缺乏创造性，一味模拟唐传奇小说。唐传奇小说面对现实，取材于生活，而宋传奇小说则多数回避现实，主要取材于历史。唐传奇小说注意谋篇布局，提炼加工，而宋传奇小说则显得芜杂，作品冗长不精练。

除了传奇小说，宋元时期还出现了许多笔记体小说。笔记体小说代表了中国古代小说的初始形态。它的发展也贯穿了古代小说的始末，对其他后起的各类小说体都具有一定的影响。

"笔"最初指的是书写绘图的工具，后有了书写记录的意思；六朝时，论文者将"笔"与"文"并称，"笔"又有了散文的意思；"记"，是记载的意思。如此，"笔记"联用，就是使用散语记录的意思。

笔记体小说具有小说性质，介于随笔和小说之间。笔记体小说多以人物趣闻逸事、民间故事传说为题材，具有写人粗疏、叙事简约、篇幅短小、形式灵活、不拘一格的特点。南朝刘义庆的《世说新语》是最早的笔记体小说。宋元的笔记小说大多直录事实，缺少藻饰。

宋元时期出现了一些模仿刘义庆《世说新语》的作品，被后世称为"世说体"小说。

"世说体"小说具备三个特征：一是体例上"分门隶属事，以类相从"，这是"世说体"

347

> **笔记** 中国古代的一种写作体裁，一卷书没有固定主题，一段写天文，下一段可以是写其他的东西，是一种作者个人的"随笔"或"杂记"性质的文学体裁。笔记体的著作在中国古典典籍中为数众多。笔记体著作起源于唐代，在宋代达到了繁荣时期。

■ 宋代人物画

小说最根本的特征；二是内容上"依人而述，品第褒贬"，以描写士大夫阶层的理想、思想和审美情趣为重点，对人物进行品评，暗藏褒贬；三是在叙事方法上，篇幅短小，用简短的语言记录士人的逸闻趣事，具有清通简谈、空灵玄远的文体风格。

此外，宋元时期，还出现了杂记体小说。杂记体小说是介于史记与小说之间的小说。尽管在创作过程中，创作者们尽量地符合历史真相，但仍难免失实，因此为历史学家所不取，而归类于杂记体小说了。

宋元的文言小说虽成就有限，但在整理方面却取得了巨大成就，如始于977年，由李昉等监修的大型类书《太平广记》，收录了汉代至宋初的野史、传记、小说约400种，贡献巨大。

宋元的文言小说同当时的白话小说一样逐渐通俗化，其中宋元的传奇小说就是一个典型代表。宋元的文言小说不断从白话小说中汲取营养，不断消化并归为己用，不断探索和创新，开辟了新的道路，为文言小说在后世能登峰造极奠定了坚实的基础。

阅读链接

宋代传奇小说虽然没有出现像唐传奇小说那样的优秀之作，但就题材的广泛，反映社会生活的真实、全面而言，则远远超过了唐传奇。宋代传奇的作者塑造了众多的女性形象，且为她们打上了明显的时代烙印。宋代传奇中的女性形象大体上有三大类型。

第一类是历史上的后妃、名姬，其中描写杨贵妃的内容最多。此外，还有对汉成帝的皇后赵飞燕和她的妹妹赵合德，作者也着墨颇多，特别是对赵合德的形象塑造得很成功。

第二类是虚幻世界中的异类，包括女妖、女仙、女鬼等。这类题材在宋代传奇中所占的比重很大。

第三类是现实生活中的各色女子。这类作品数量也很多，涉及的人物众多，包含各阶层的人物，题材广泛，时代色彩特别鲜明。

明代小说

进入明代，小说出现了空前繁荣的局面。从明代开始。小说这种文学形式才充分显示出它的社会作用和文学价值，打破了正统诗文的垄断地位。在文学史上，取得了与唐诗、宋词、元曲相并论的地位。

明代小说是在宋元时期的说话艺术的基础上发展起来的。明代文人创作的白话短篇小说称为"拟话本"，就是直接模拟学习宋元话本的产物；长篇小说如《三国演义》《水浒传》《西游记》等，亦多由宋元说话中的讲史、说经演化发展而来。

明嘉靖以后，文人独立创作的反映现实的长篇小说如《金瓶梅》，也借助了讲唱文学的写作经验。

历史演义小说兴起与繁荣

罗贯中塑像

宋元时代，"说话"艺术兴盛，在"说话"四家中，最为发达的是"小说"和"讲史"两家。其中"讲史"是以历史事实为依据，吸收民间传说，讲述历代兴废以及战争等事。

在"讲史"的基础上发展起来的"讲史"话本篇幅较长，通常分节叙述。每节有一个题目，这种形式渐渐发展成章回小说。

章回小说分章回叙述，原来话本的每节，改为章回小说的每章回，章回小说成为中国古代长篇小说的主要形式，其段落整齐，首尾完整。

在章回小说中，历史演义类小说

特别发达。这类小说通常是以史实和传说相结合的形式，叙写某一特定历史时期的重大社会政治矛盾与风云人物，最早也是最有影响的历史演义小说是《三国演义》。

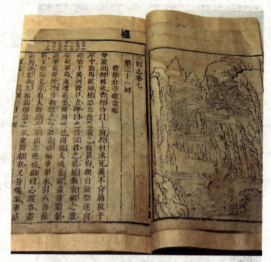

■ 《三国志》书影

在"讲史"话本中，有一个话本叫《三国志平话》。《三国志平话》分上中下三卷，已经初具《三国演义》的规模，具有很高的历史和文学价值。

实际上，三国的故事早在民间广泛流行，宋代时，民间说书中有"三分"的专门科目和专业艺人。

宋代词人苏轼在《志林》记载：

王彭尝云：涂巷中小儿薄劣，其家所厌苦，辄与钱，令聚坐听说古话。至说三国事，闻刘玄德败，颦蹙，有出涕者；闻曹操败，即喜唱快。

这个记载说明当时说三国故事有着很好的艺术效果，而且"拥刘反曹"的倾向已经很鲜明。

在戏曲舞台上，金元时期出现了大量的三国戏。元代文学家陶宗仪《南村辍耕录》记载的金院本有《赤壁鏖兵》《刺董卓》《襄阳会》等剧目。南戏戏文中有《周小郎月夜戏小乔》《貂蝉女》等剧目。

平话 话本体裁之一，与诗话、词话相对而言，平话是只说不唱的平铺直叙的话本。平话的题材主要是历史故事。宋元平话多为长篇。明清人多将平话写作"评话"，也有把短篇话本称作"评话"的。

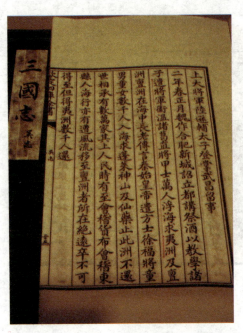

根据《录鬼簿》《太和正音谱》等记载，可知元杂剧中大约有60种三国戏。这些剧本或取材于史书或取材于《三国志平话》，经过戏曲家的再创作，使人物形象更加鲜明，故事情节更为生动。

元代末年，史学家罗贯中以《三国志平话》为框架，充分利用陈寿的《三国志》和司马光的《资治通鉴》以及其他史料，广泛吸收民间传说中生动的故事情节，淘汰民间故事中荒诞不经的地方，完成了《三国志通俗演义》一书。

《三国志通俗演义》简称《三国演义》，《三国演义》"言不甚深，文不甚俗"，既不像历史著作那样深奥难懂，又不像"讲史"那样"言辞鄙谬"，具有极高的历史价值和文学价值。

《三国演义》描写了184年至280年，共97年的历史。全书120回，可分为三大部分。第一部分从第一回至三十三回，主要写汉末的动乱和群雄并峙，曹操军阀的崛起和壮大。第二部分从三十四回至八十五回，写刘备集团的崛起和壮大，三国鼎立，互相争雄的局面。第三部分从八十六回至一百二十回，写三国的衰落，最终为司马炎所统一，建立西晋王朝。

《三国演义》是中国第一部长篇章回体历史演义的小说，是中国历史小说创作的楷模。小说成功地塑

《三国志》书影

352

异彩纷呈的文学艺术

戏曲 中国传统的戏剧，是包含文学、音乐、舞蹈、美术、武术、杂技以及表演艺术各种因素综合而成的一门传统艺术。戏曲剧种众多，剧目更是不计其数，其中京剧、豫剧、越剧是戏曲中流传最广、影响最广泛的剧种，被称为戏曲"三鼎甲"。

造了众多的人物形象。全书共写了1798人，其中主要人物塑造得性格鲜明、形象生动。作者描写人物，善于抓住基本特征，突出某个方面，加以夸张，并用对比、衬托的方法，使人物个性鲜明生动。

作者长于描述战争。全书共写大小战争40多次，展现了一幕幕惊心动魄的战争场面。其中尤以官渡之战、赤壁之战、夷陵之战最为出色。

对于决定三国兴亡的几次关键性的大战役，作者总是着力描写，并以人物为中心，写出战争的各个方面，如双方的战略战术、地位转化等，写得丰富多彩，千变万化，各具特色，充分体现了战争的复杂性和多样性。

《三国演义》的结构既宏伟壮阔而又严密精巧。作品涉及的时间长达百年，人物多至数千，事件错综，头绪纷繁。

作者构思宏伟而严密。他以蜀汉为中心，以三国的矛盾斗争为主线，来组织全书的故事情节，既写得曲折多变，而又前后连贯；既有主有从，而又主从密切配合。

作品的语言精练畅达，明白如话，可以说雅俗共赏。和过去一些小说粗糙芜杂的语言相比，是一个明显的进步。

《三国演义》的成就是多

《三国志》 记载三国时代历史的断代史，作者是西晋文学家陈寿。《三国志》最早以《魏志》《蜀志》《吴志》三书单独流传，直到1003年三书合为一书。《三国志》全书一共65卷，其中《魏书》30卷，《蜀书》15卷，《吴书》20卷。

独立成体

明代小说

■《三国演义》插图

方面的，既有史料方面的，又有文学方面的，既有艺术方面的，也有思想方面的，它对后世小说特别是历史演义小说的影响是巨大而深远的。

继《三国演义》之后，明代中叶余邵鱼编著成《列国志传》一书也属于历史演义小说。《列国志传》共8卷226则，它以时间为经，以国别为纬，叙述了武王伐纣至秦朝统一长达800年的历史。

明末文学家冯梦龙在《列国志传》的基础上，编成《新列国志》。《新列国志》集中写春秋、战国时代，成为东周列国的历史演义。《新列国志》删掉了一些与史实不符的情节，使之更符合史实。

除了这些历史演义小说，明代还有其他一些历史演义小说，比如《全汉志传》《南北宋志传》《隋唐两朝志传》《唐书志传通俗演义》等，这些历史演义小说各有其艺术风格和特色，但总体上看，远没有《三国演义》的艺术成就和影响大。

异彩纷呈的文学艺术

阅读链接

《三国演义》的作者罗贯中生于元末明初，相传，罗贯中14岁时，母亲病故，于是辍学随父亲去苏州、杭州一带做生意。元朝末年，罗贯中在苏州结识文学家施耐庵，遂拜施耐庵为师。

罗贯中是位有多方面艺术才能的作家，一生著作颇丰，主要作品有：剧本《赵太祖龙虎风云会》《忠正孝子连环谏》《三平章死哭蜚虎子》；小说《三国演义》《隋唐两朝志传》《残唐五代史演义》《三遂平妖传》《粉妆楼》《隋唐志传》等，其中《三国演义》的成就最大，影响最广泛。

英雄传奇小说兴起与繁荣

  章回小说中有一类作品突出描写了各种英雄好汉，形成了一个独特的系列，与历史演义小说中的英雄相比，他们的虚构成分更多一点，这就是英雄传奇小说。

  历史演义是从"说话"中的讲史发展而来的，而英雄传奇小说是

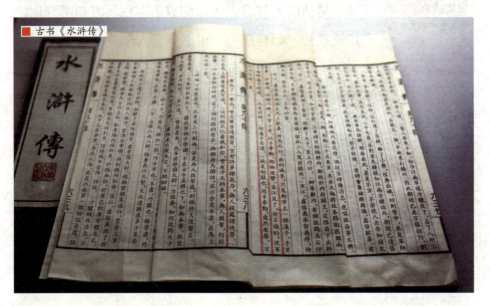

古书《水浒传》

■ 施耐庵塑像

异彩纷呈的文学艺术

民间故事 是民间文学中的重要门类之一。民间故事就是劳动人民创作并传播的、具有虚构内容的散文形式的口头文学作品，是所有民间散文作品的通称。民间故事从生活本身出发，但又并不局限于实际情况以及人们认为真实的和合理范围之内。它们往往包含着自然的、异想天开的成分。

从"说话"中的"小说"发展而来的，虽然不能说全部的英雄传奇小说都来自于"说话"中的"小说"，但至少有一大部分英雄传奇小说的源头是"说话"中的"小说"。

进入明代以后，英雄传奇小说日益繁盛。它们大多吸取民间的故事，多写一些草莽英雄或帝王将相，着重表现他们的英雄事迹。另外，它们也较多表现市井阶层人物的生活，生活气息浓郁。

《水浒传》是一部描写农民起义的章回体长篇小说，是用通俗的语言讲英雄的传奇，是明代成就最高、影响最大的英雄传奇小说。它诞生于元末明初。全书描写北宋末年以宋江为首的108个好汉在梁山泊起义，以及聚义之后接受招安、四处征战的故事。

早从南宋时起，宋江的故事即在北方和南方地区广泛流传，而且成为"说书"艺人喜爱的题材。

《醉翁谈录》记有小说篇目《青面兽》《花和尚》《武行者》，这是说的杨志、鲁智深、武松的故事。此外，《石头孙立》一篇可能也是水浒故事。这是有关《水浒传》话本的最早记载。

宋末元初的《大宋宣和遗事》所记水浒故事，从杨志卖刀起，经智取生辰纲、宋江杀阎婆惜、九天玄女授天书，直到受招安平方腊止，顺序和《水浒传》基本一致。这时的水浒故事已由许多分散独立的单篇，发展为系统连贯的整体。

元代还出现了一批"水浒戏"，包括元明之际的作品在内，约有30多种。在宋元以来广泛流行的民间故事、话本、戏曲的基础上，元末明初的施耐庵等人编纂成英雄传奇小说《水浒传》。

《水浒传》形象地描绘了农民起义从发生、发展直至失败的全过程，深刻揭示了起义的社会根源，满腔热情地歌颂了起义英雄的反抗斗争和他们的社会理想，也具体揭示了起义失败的内在历史原因。

英雄传奇就是塑造传奇式的英雄，《水浒传》是英雄传奇小说的典范之作，它成功地塑造了神态各异的英雄群像，书中共出现数百之多的人物，每个人物都个性鲜明。明末清初文学家金圣叹曾评论道：

> 叙一百八人，人有其性情，人有其气质，人有其形状，人有其声口。

作者在刻画人物上，往往在人物第一次出场时，

■《水浒传》插图

《杨家将》插图

首先通过肖像描写，展示人物独具的性格特征。如第三回提辖鲁达第一次出场时，通过史进的眼睛看见：他是个军官模样，"生得面圆耳大，鼻直口方，腮边一部络腮胡须，身长八尺，腰阔十围"。只几笔就揭示出鲁达这个粗莽正直的英雄性格。

《水浒传》注重场面和细节描写，众多曲折动人的情节，尖锐激烈的矛盾冲突，往往通过一个个场面展开、一个个细节描写、一步步地推向高潮。

《水浒》的结构是纵横交错的复式结构。梁山起义的发生发展和失败的全过程纵贯全篇，其间连缀着一个一个相对独立自成整体的主要人物的故事。这些故事自身在结构上既纵横开阖，各具特色，又是整个水浒故事的有机组成部分。

《水浒传》的这种独具特色的结构，是民间艺人"说话"特色的具体表现。与之相辅相成的是《水浒传》的语言，《水浒传》的语言在群众口语基础上经过加工提炼，保存了群众口语的优点，具有洗练、明快、生动、色彩浓烈、造型力强的特色。

《水浒传》创造了英雄传奇小说的体式，对后代小说的创作产生了重大影响。《说唐演义全传》《杨家将》《说岳全传》等作品都是沿着它所开辟的创作道路发展的。另外，《水浒传》对其他艺术形式，如戏曲、曲艺、绘画等都有很大影响。

明代英雄传奇小说除了《水浒传》外，较有影响的还有《水浒传》的续书、《杨家将》系列小说等。《水浒传》的续书最主要的有三部，即《水浒后传》《后水浒传》和《结水浒传》。

《水浒传》的续书都不满意《水浒传》的结局，它们围绕着梁山泊英雄的结局各抒胸臆，续成新篇，体现了作者各不相同的思想感情。这三部续书在艺术上有所创新，不是粗制滥造之品。

《杨家将》是系列小说，包括《杨家府演义》《说呼全传》《北宋志传》《五虎平西前传》《五虎平南后传》《万花楼杨包狄演义》等。因为这些小说都从杨家将故事派生出来，都以北宋时期的边境战争为题材，因此都可以看作是一个系列的小说。

《杨家将》系列中，《杨家府演义》反映的时间跨度最长，从宋太祖赵匡胤登基写起，直到宋神宗赵顼时止，有100多年的历史。作品歌颂了杨继业子孙五代为保卫边疆，前仆后继，英勇杀敌的爱国精神。

阅读链接

关于《水浒传》的作者，历来争论不休，有以下几种说法：一、作者是施耐庵，而书名却是罗贯中所起。二、全书是施耐庵一人所著。三、此书是由施耐庵和罗贯中共同写的。

最普遍的说法是第一种，即作者是施耐庵，施耐庵由于厌恶尔虞我诈的官场，仅供职两年，便辞官回到老家。回家后他一面教书，一面写《江湖豪客传》。书终于写完了。施耐庵对书中的情节都很满意，只是觉得书名欠佳。当时还是施耐庵学生的罗贯中建议将书名改为《水浒传》。

施耐庵一听，高兴得连声说："好，好！这个书名太好了！'水浒'，即水边的意思，有'在野'的含义，且合《诗经》里'古公亶父，来朝走马，率西水浒，至于岐下'的典故，妙哉！"于是将《江湖豪客传》正式改名为《水浒传》。

神魔小说代表《西游记》

所谓神魔小说，就是以各种神仙道佛、妖魔鬼怪为描写对象的白话章回小说。先秦时期的上古神话是神魔小说的雏形。历经多年的发展，神魔小说在进入明朝以后，发展迅速，极为兴盛。

从文学的角度看，神魔小说的产生与发展受多种因素影响，首

■《西游记》绘画

先，原始宗教的种种观念与形态深深地渗入神话之中，成为神话创作的心理基础。其次，原始宗教的幻想作为人类幻想的一部分，大大丰富了神话的幻想和想象。

■《西游记》插图

秦汉时期产生的神仙故事传说，给神魔小说的作者进行创造性的想象以充分的启示，并且提供了丰富的材料。

有些神魔小说还部分地继承了宋元志怪小说的传统，具有一定的历史烙印。神魔小说的题材类型，则是继承宋元"说话"的传统，特别是受"说经""小说"中灵怪类以及"讲史"的影响。

明清两代的神魔小说也是沿着这条道路，从现实出发向古代人物、向神话世界、向幻想世界开拓，从而在小说中展现出广阔的描写空间，具有非凡的形象体系，充满了丰富的象征意味。

在众多的神魔小说中，《西游记》是最杰出的代表，是集大成者。这部神魔小说描写了唐代高僧唐僧率领徒弟孙悟空、猪八戒及沙和尚去西天取经，历经九九八十一难的故事。

《西游记》成书于明中期，故事是有其历史原型的，它取材于玄奘游学取经的故事。玄奘游学取经的经历记录在《大唐西域记》，大体意思是：

神仙 即仙人，是中国本土的信仰。仙人信仰在中国早在道教产生之前就有了，后来被道教吸收，又被道教划分出了神仙、金仙、天仙、地仙、人仙等几个等级。远在佛教传入中国之前，中国本土就有了仙人的信仰。佛教传入中国之后，把古印度的外道修行人也翻译成了仙人。

■唐僧师徒雕塑

612年，玄奘13岁，破格以沙弥身份录入僧籍，居净土寺。隋朝末期，玄奘跟着哥哥来到长安，随后又来到蜀都。

622年，23岁的玄奘与商人结伴，经三峡来到荆州，后又北转相州和赵州，足迹遍及半个中国。沿途讲经求学，探索不止，最后来到唐都城长安。

629年，30岁的玄奘出长安西去游学，在高昌王和突厥叶护可汗的大力赞助下，玄奘艰难地通过了中亚地区，进入北印度境，渡印度河，经呾叉始罗，至迦湿弥罗，在这里参学两年。随后来到磔迦国、那仆底国……

633年，到达王舍城，入那烂陀寺讲经求学。638年，玄奘离开那烂陀寺，继续游学东印、南印和西印诸国。642年，43岁，再回那烂陀寺。

645年，已经46岁的玄奘回到了唐都城长安。这段游学历时17年，游历了多个国家，带回几百本有价值的经书，后辑录成《大唐西域记》12卷。

玄奘逝世后，他的两名弟子慧立、彦悰将玄奘的生平以及西行经历又编纂成一本《大慈恩寺三藏法师传》，为了弘扬师傅的业绩，在书中进行了一些神化玄奘的描写，这是《西游记》神话故事的开端。

此后玄奘取经故事在社会不断流传，神异的色彩越来越浓厚。最终越来越神化的玄奘游学取经的故事在明代文学家吴承恩的笔下变成了神魔小说《西游记》。这部神魔巨著向人们展示了一个绚丽多彩的神魔世界，在多方面都取得了巨大的艺术成就。

《西游记》艺术想象奇特、丰富、大胆。孙悟空活动的世界，有光怪陆离的天上神国，有幽雅宁静的佛祖圣境，有阴森可怕、鬼哭狼嚎的阴司冥府，有碧波银浪翻滚、瑶草奇花不谢的洞天福地，也有富丽辉煌水晶般的龙宫……总之，真是千奇百怪，丰富多彩。

作品富有浪漫主义色彩，其丰富浪漫的幻想，并不是天马行空，而是源于现实生活，并在奇幻的描写中折射出世态人情。

如《西游记》的人物、情节、场面，乃至所用的法宝、武器，都极尽幻化之能事，但却都是凝聚着现实生活的体验而来，都能在奇幻中透出生活气息，折射出世态人情，这样容易让人理解和接受。

除了奇异的想象，《西游

363

独立成体

明代小说

■《西游记》插图

记》还具有巨人的趣味性。虽然取经路上尽是险山恶水，妖精魔怪层出不穷，充满刀光剑影，师徒四人的胜利也来之不易，但总是轻松的，充满愉悦的，紧张感是有的，但没有沉重感。这就得益于作品营造的趣味性。

作品的语言也十分有特色，作者通过夸张、幻想、变形、象征等手法，开拓出一个变幻奇诡、光怪陆离的艺术境界。

作品中人物的对话幽默诙谐，趣味横生，十分符合人物形象和人物性格的塑造，孙悟空的语言总是那么简洁、明朗、痛快，充满豪爽而又快乐的情绪，而猪八戒的语言总是趣味横生，处处都表现出他那呆头呆脑却又自作聪明的性格特征。

《西游记》开拓了神魔小说的新领域，它以完美的艺术表现，使神魔小说这一小说品种趋于成熟，进而确立了神魔小说在长篇小说中的独立地位。在它的启迪下，明清两代涌现出了一大批神魔小说，而且，其故事还被搬上了戏曲舞台，久演不衰。

阅读链接

《西游记》的作者吴承恩出身于一个世代书香而败落为小商人的家庭。他自幼聪慧，喜好搜集奇闻逸事。他曾经希望以科举博取功名，然而屡试不第，直到1550年，才补为岁贡生，曾是南京国子监的太学生，后担任了长兴县丞这一小官，晚年归居乡里，贫老而终。

坎坷的人生遭遇，使吴承恩对现实有着深刻的认识；丰富的宗教知识，使他对人生有着哲理的参悟，好奇的读书趣味，使他对艺术有着独特的追求，而和善的性格，又使他对理想有着乐观的向往，这些因素使他在写出了《二郎搜山图歌》愤世嫉俗的诗篇的同时，又创作出《西游记》这部神奇浪漫的神魔巨著。

白话短篇小说的典范之作

宋元小说话本凭借其通俗流畅的特点，受到广大市民的欢迎，话本小说的影响由此更为扩大。进入明代，明代的一些文人对流行于民间的宋元话本进行搜集、整理、加工出版，刊行于世。

此外，还有不少文人模拟话本的形式进行创作，创造出许多新的话本小说，时称"拟话本"。各类"拟话本"的不断涌现，使白话短篇小说又进入了一个新的繁荣时期。

在众多的明代白话短篇

《二刻拍案惊奇》插图

小说中，成就最高、影响最大当属冯梦龙的"三言"和凌濛初的"二拍"。特别是"三言"的艺术成绩最高，达到了古代白话短篇小说的最高峰。

"三言"是短篇小说集《喻世明言》《警世通言》《醒世恒言》的总称，每集收录短篇小说40篇，共120篇。其中多数是经过作者润色的宋元明话本和明代文人的拟话本，而作者自己创作的作品较少。

"二拍"指《初刻拍案惊奇》和《二刻拍案惊奇》。《初刻拍案惊奇》共40卷，收录40个短篇小说。《二刻拍案惊奇》也是40卷。与"三言"不同的是，"二拍"大部分的作品是作者自己创作的。

"三言"的作者冯梦龙，字犹龙，江苏苏州人，出身士大夫家庭。他的哥哥梦桂擅长画画。他的弟弟梦熊，太学生，擅长写诗，兄弟三人并称"吴下三冯"。

"二拍"的作者凌濛初与冯梦龙生活在同一时代，凌濛初，字玄房，号初成，浙江吴兴人。18岁补廪膳生，后科场一直不如意。55岁时，以优贡授上海县丞。凌濛初一生著述甚多，而以"二拍"最有名。

"三言"题材众多，内容广泛，其内容主题有反映爱情婚姻的，有痛斥腐败官吏的，还有谴责忘恩负义、以怨报德的，还有描写市井百姓和商人生活的，总之，形形色色，包罗万象。

"三言"中的一些爱情小说，敢于大胆冲破封建礼教的樊篱，表现出新的观点。它不仅反对封建婚姻制度和婚姻观念，更提倡爱情专一、一夫一妻，极度痛斥那些喜新厌旧、嫌贫爱富的人。

"二拍"是"三言"之后最有代表性的白话短篇小说，主要是根据"古今杂碎事"加工创作而成，故事大都有来源，但在原书中仅是旧闻片段，凌濛初则对这些素材进行发挥改造，写成了富有时代气息的生动的故事。

"二拍"里面也有众多反映爱情婚姻主题的内容，也提出了和"三言"类似的新的爱情观念，如对封建婚姻中男女关系的不平等提出异议，要求男女平等，另外，还高度赞扬了为争取人格尊严而进行的不屈不挠的斗争。

"三言""二拍"对土豪劣绅仗势欺人、横行霸道的行为进行了无情的揭露和鞭挞。小说的结尾往往是罪恶之人得到了惩处，善良得到了彰显，这表明了人们惩恶扬善的美好愿望。

"三言""二拍"是由宋元小说话本直接发展而来，因此在艺术上保留了不少小说话本的特色，如叙述方式、结构体制、语言的运用和提炼等，都继承了小说话本的优良传统。

"三言""二拍"在艺术上又有很多新的发展，如在人物性格、形象塑造方面取得了新的进步。在突显人物性格时，善于在典型环境中塑造典型人物，按照人物的性格安排设计故事冲突。

同时，在细节描写上，一针一线、一丝一毫都不松懈，可谓细致入微，使人物形象变得立体丰满，有血有肉。

■ 《二刻拍案惊奇》插图

短篇小说 小说的一种，特点是篇幅短小、情节简洁、人物集中、结构精巧。它往往选取和描绘富有典型意义的生活片断，着力刻画主要人物的性格特征，反映生活的某一侧面，使读者能"借一斑略知全豹"。通常，平均篇幅在万言左右的小说会被划归短篇小说。

"三言"和"二拍"比起话本，篇幅大大加长了，主题思想更为集中鲜明，作品结构更为严谨，故事情节更为曲折动人，引人入胜。

　　在语言方面，"三言"和"二拍"的语言更加通俗流畅，含蓄生动。"二拍"中的作品，多是由凌濛初加工、润色、改变、扩大，由数十字而变成了数千字的结构完整的小说的，所以"二拍"的语言独创色彩较浓厚。

　　"三言"和"二拍"还善于通过心理描写，细致入微地刻画出人物复杂的内心世界。

　　宋元白话小说也有着较为到位的心理描写，但动态有余而静态不足，"三言"和"二拍"则弥补了这个不足，人物形象更富有立体的质感。

　　除了"三言"和"二拍"之外，明代还有许多白话短篇小说，它们也取得了一定程度上的突破，对明代白话短篇小说的全面繁荣起到了重要的作用，书写出白话短篇小说的辉煌篇章。

阅读链接

　　"三言"的作者冯梦龙是个多才多艺的大家，他毕生从事戏曲、民歌和白话小说等通俗文学的搜集、整理、创作和编辑工作，著作丰富，涉及通俗文学的各个方面。在小说方面，除"三言"外，还增补和改编了长篇小说《平妖传》《新列国志》等。选编了以男女之情的故事为主要内容的文言笔记小说集《情史类略》。

　　冯梦龙创作的戏曲作品有《双雄记》《万事足》两种，还改编了别人剧本八种，合称《墨憨斋新曲十种》。刊行的民歌集有《桂枝儿》《山歌》两种，还编印有《古今谭概》。

　　在众多的著作中，以"三言"的影响最大，他不仅对小说话本的传播起到了重要的作用，而且直接推动了拟话本的创作。

世情小说里程碑《金瓶梅》

世情小说是古典白话小说的一种，又称为人情小说、世情书等。世情小说叙写的种种情事，描写的人物，都是看得见，摸得着，贴近人们的真实生活的。由于这类小说将人们身边的世态人情刻画得非常形象透彻，所以得到了很多成年人的喜爱。

中国古代小说中早有写人情的传统，在魏晋小说中，虽然主体是"记怪异"，但也有些故事"渐近于人性"，表现恋爱婚姻的理想，如《吴王小女》《韩凭夫妇》《河间男女》等。

进入唐代，以恋爱婚姻为

《金瓶梅》插图

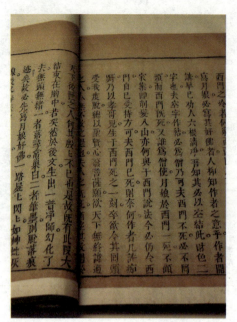

异彩纷呈的文学艺术

题材的小说代表了唐传奇的最高成就，《莺莺传》《霍小玉传》《柳氏传》等是其杰出的代表。但真正的世情小说主要是指宋元以后古典白话小说中内容世俗化、语言通俗化的这类小说。这类世情小说在明代得到迅速发展并开始流行。

早在元明之交，侠义公案、历史演义小说便迎来了自己的高潮。明代嘉靖间，神魔小说也达到了高峰。侠义公案、历史演义、神魔小说的迅速发展，必然刺激世情小说的成长。同时，这些小说的创作经验，为世情小说所吸收。

在前人艺术积累的基础上，再加上大众的口味需要，世情小说得到了大发展、大繁荣，成为古代小说一个非常重要的品类，创造出标志中国古代小说最高成就的作品。

《金瓶梅》揭开了世情小说的帷幕，成为中国第一部长篇世情小说，可它并非源自短篇人情话本，而是直接源出于《水浒传》这部"讲史"的长篇小说。

《金瓶梅》由《水浒传》中世情味极浓的"武松杀嫂"一段引发，说是当日武松去杀西门庆，其实并没有得手，只是杀了个为西门庆通风报信的衙役李外传，武松因此被发配孟州。接下去便叙述了西门庆的糜烂生活史、家庭盛衰史、妻妾争风吃醋争权夺宠史，由此展现出明代中期的社会风情画卷。这部巨著

■ 《金瓶梅》书影

侠义公案 是中国古代小说的一类，原分为侠义、公案小说，至清代二者合流，出现了侠义公案小说。侠义小说是以侠客、义士的故事为题材的作品。公案小说是以办案为题材的小说。最具代表性的侠义公案小说有《三侠五义》《施公案》《彭公案》《续侠义传》《小五义》等。

引用了许许多多此前出现的市人小说、杂剧、散曲、传奇资料。

《金瓶梅》巧妙多变的状物绘人手法，娴熟的生活气息，极浓的文学语言，结构篇章的高超技巧，等等，除了作者本人的才气阅历，实际上也是宋元以来市人小说，以及《水浒传》等长篇通俗小说作家们长期累积的结果。

作者在作品中塑造了三个典型女性，却又把她们送上了死亡的道路。他创造了西门庆，集贪财、贪色、奸淫、残恶于一身，同样让他死去。作者之所以创造了他们又要他们死去，是为了惩戒那些贪财好色、放纵淫欲的人。作者满怀对前程的黯淡感，因此在作品中，充满了黑暗、丑恶，充塞了各式各样的坏人恶人。

《金瓶梅》是古代小说发展中的里程碑，为中国古代小说的发展做出了历史性的贡献。它从取材于历史转为取材于现实生活。它虽然还假托往事，虽然还不能完全摆脱历史的影子，但实际上主要是写现实生活，这是古代长篇小说题材转变的标志。

《金瓶梅》语言遵循

独立成体

明代小说

散曲　一种同音乐结合的长短句歌词，元代时被称为"乐府"或"今乐府"。经过长期酝酿，到宋金时期又吸收了一些民间流行的曲词，尤其是少数民族的乐曲，导致传统的词和词曲不能再适应新的音乐形式，于是逐步形成了一种新的诗歌形式，这就是散曲。

■《金瓶梅》插图

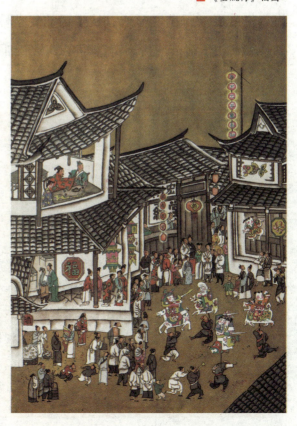

口语化、俚俗化的方向发展。它运用鲜活生动的市民口语，充满着浓郁淋漓的市井气息，尤其擅长用个性化的语言来刻画人物，神情口吻无不毕肖。

《金瓶梅》塑造人物非常成功，它用生活场景和细节描写刻画人物性格；用白描手法描写人物神态；通过别人的议论介绍人物特征；透过室内陈述来衬托人物性格；用个性化的语言表现人物性格；等等，丰富了塑造人物形象的艺术手段，积累了艺术经验。

《金瓶梅》还善用讽刺手法，具有讽刺文学的性质，它常用白描手法，如实地把人物言行之间的矛盾不动声色地描写出来，达到了"戚而能谐，婉而多讽"的效果。

《金瓶梅》以前的长篇小说，都是从"说话"演变而来的，受说话艺术的影响，重故事性，是一个个故事串联起来的，但是《金瓶梅》仍采用章回小说形式，从生活的复杂性出发，发展成网状结构，其特点不在于情节曲折离奇，而在于严密细致，情节自然展开。

异彩纷呈的文学艺术

阅读链接

《金瓶梅》的抄本已遗失，现在可以见到的刻本，有两个系统三种重要版本。《金瓶梅词话》100回，万历时期的刻本，卷首有欣欣子序。序云："窃谓兰陵笑笑生作《金瓶梅传》，寄意于世俗，盖有谓也。"首次提出兰陵笑笑生是《金瓶梅》的作者。

《新刻绣像金瓶梅》或《新刻绣像批评原本金瓶梅》，100回，崇祯时期刻本，卷首有弄珠客序，但无欣欣子序。

《张竹坡批评金瓶梅》100回，1695年刊刻，无欣欣子、东吴弄珠客序，却有谢颐序、张竹坡的评论，特别是《读法》108条，包含了不少真知灼见，是研究《金瓶梅》的重要材料，对中国古代小说理论做出了重要贡献。

继明代之后，小说在清代又迎来了一个创作和传播的高峰时代。清代是中国古典小说盛极而衰并向近代小说、现代小说转变的时期。清代小说反映了广阔的生活面，样式丰富多彩，具有"千帆竞秀"的艺术特点。

　　清代顺治、康熙年间，一批才子佳人小说和家将小说问世，《红楼梦》是集大成者。清代雍正、乾隆时期，以《儒林外史》为代表的古代讽刺小说问世。文言小说的巅峰之作《聊斋志异》也在此期间面世。

清代小说

百花齐放

世情小说顶峰的《红楼梦》

世情小说发展到清代，又有了进一步的发展，并且达到了顶峰，这顶峰就是《红楼梦》。小说以荣国府的日常生活为中心，以宝玉、黛玉、宝钗的爱情婚姻悲剧及大观园中点滴琐事为主线，以金陵贵族名门贾、史、王、薛四大家族由鼎盛走向衰亡的历史为暗线，展现了穷途末路的封建社会终将走向灭亡的必然趋势。

曹雪芹雕像

小说以其曲折隐晦的表现手法、凄凉深切的情感格调、强烈高远的思想底蕴，真实、生动地描写了18世纪上半叶中国封建社会末期的社会生活。

《红楼梦》成书于18世纪中叶的乾隆时代。原著120回，前80回由曹雪芹著，后40回为无名氏续写，据说为清文学家高鹗续撰。

《红楼梦》原名为《石头记》，《石头记》的前身为《风月宝鉴》。《风月宝鉴》是《红楼梦》的初稿，是曹雪芹早年所写。

曹雪芹，名霑，雪芹是他的号。康熙登基后，曹雪芹的曾祖曹玺因妻孙氏曾为康熙乳母，得任江宁织造。自此，历经祖父曹寅、父辈曹颙、曹頫，凡3代4人占据这一要职达60年之久，康熙一生6次南巡，有5次以曹家的江宁织造署为行宫，曹家这段时期堪称"鲜花着锦之盛"时期。

■《红楼梦》插图

1727年，江宁织造曹頫以"行为不端，织造款项亏空甚多"的罪名被籍没家产，遣返北京。曹家由此败落。

曹雪芹的一生正经历了家族由盛而衰的历程。家境的急剧变化，使他的人生观和世界观发生了极大的变化，也成为他写作《红楼梦》的潜在原因。

在家境的这种急剧变化过程中，曹雪芹深有感触地撰写了《风月宝鉴》，这部描写都市贵族青年爱情的言情小说。《风月宝鉴》以"风月之情"为主要线索，以戒淫劝善为基本思想。

随着生活环境的改变，曹雪芹思想也起了很大的变化，他开始自觉地净化和升华《风月宝鉴》中的生活经验，删去旧稿中过分直接的现实的生活描写，增加了更多净化后的材料，大大提升了《风月宝鉴》的

织造 明清于江宁、苏州杭州各地设专局，织造各项衣料及制帛诰敕彩缯之类，以供皇帝及宫廷祭祀颁赏之用。明于三处各置提督织造太监一人；清改任内务府人员，称织造。也是纺织技术的专业术语，指将经、纬纱线在织机上相互交织成织物的工艺过程。

艺术境界。最终增删数次，完成了《红楼梦》的主体部分。

《红楼梦》的故事是从神话开始的。说远古时候，女娲炼石补天，留下一块顽石未用，一直丢弃在青埂峰下。这块顽石经年累月吸收日月精华，最终有了灵性。

灵石恳求仙人茫茫大士和渺渺真人，送他到人间去享受一番红尘繁华。两位仙人经不住恳求，便将他幻化缩小成一块可佩带可拿的"通灵宝玉"，并将宝玉送到太虚幻境警幻仙姑之处。

这个时候，赤瑕宫的神瑛侍者以甘露之水浇灌西方灵河岸上三生石畔行将枯萎的绛珠草，使仙草成活下来，最终修成女形。神瑛侍者动了凡心，想要下世为人。

绛珠草感念他的灌溉之恩，发誓用一生的眼泪来偿还他，遂跟随他下凡。那块由顽石幻化成的"通灵宝玉"也由神瑛侍者带入红尘。

史湘云醉眠芍药茵

■ 《红楼梦》插图

　　不知过了几世几劫，空空道人路过青埂峰，见一块大石头上刻有字迹，便从头到尾抄下，后经曹雪芹批阅增删，才成此书。

　　红楼梦是一部具有高度思想性和艺术性的伟大作品，作为一部成书于封建社会晚期，清朝中期的文学作品，该书系统总结了中国封建社会的文化、制度，对封建社会的各个方面进行了深刻的批判，并且提出了朦胧的带有初步民主主义性质的理想和主张。

　　从风格上看，《红楼梦》虽是叙事文学，却创造性地吸收和运用了古代诗歌、绘画等的艺术手法，使小说充满了诗情画意。

　　这既表现在一些优美动人的场景构思中，如宝玉黛玉共读《西厢》、黛玉葬花、宝钗扑蝶、晴雯补裘、湘云醉卧芍药茵、宝琴立雪、黛玉焚稿等，还表

绛珠草 是曹雪芹在《红楼梦》中原创的一个角色，绛珠也就是红色的珠子，暗示着血泪，寓示着林黛玉好哭的性格和悲惨的结局。绛珠草，东北俗名红菇娘儿，随处可见，常生荒坡野草间，亭亭独立。果实绛红鲜艳，圆润饱满，酸甜味美。

■《红楼梦》插图

现在人物塑造上。作者对他所钟爱的人物，往往赋予其诗的气质。

如林黛玉消瘦的身影、幽怨的眉眼、深意的微笑、哀婉的低泣、脱俗的情趣、飘逸的文思以及她所住的那个宁静幽雅的潇湘馆，使她在十二钗的群芳中独具一种韵味。

作者十分善于借景抒情，主要表现在大量的诗、词、曲、赋中，如黛玉的《葬花吟》《秋窗风雨夕》《桃花行》，宝玉的《芙蓉女儿诔》，湘云、宝钗的《柳絮词》，宝琴的《咏红梅花》，等等，都是情景交融、意境深远的绝唱。

《红楼梦》中还多处采用了象征的表现手法：

其一是观念象征，这是一种比较传统的象征手法，比如，翠竹象征黛玉孤傲的人格；花谢花飞、红消香断，象征少女的伤感和红颜薄命。

其二是情绪象征，这是较为高级的象征形态，它的象征意象不是通过某个观念的蕴含，而是在于激起某种情感或意绪。

其三是整体象征，即把象征性意象扩大为整个形象体系。《红楼梦》的整体象征是把作者的情绪、感受以至人物的遭遇、命运等都浸透到象征中去，从而构成一个既有骨架更有血肉的整体象征体系。

《红楼梦》在艺术结构上也是匠心独运的。它把如此众多的人物和纷繁、琐碎的生活细节组织在一起，既纵横交错，筋络连接，又线索清楚，有条不紊。

小说的语言也很富于表现力。它全面继承了汉语语言文学的优良传统，把文言、白话及韵文、散文、骈文等熔于一炉，典型地体现了18世纪中叶汉语的面貌。

《红楼梦》在思想内容和艺术技巧方面的卓越成就，使它被公认为中国古代小说的顶峰。后世研究这部小说的著作不可胜数，成为一门独特的学问——"红学"。

《红楼梦》之后，虽然仅《红楼梦》的续书就出现了十余种，但思想境界、艺术水平都远逊于原书。

阅读链接

曹雪芹性格孤傲，且愤世嫉俗、豪放不羁，才气纵横，他取号"梦阮"，明显表出对阮籍的追美之意。阮籍喜欢老庄风格，曹雪芹也得其精髓。阮籍喜欢喝酒，曹雪芹也是"举家食粥酒常赊"。阮籍经常被人"谓之痴"，曹雪芹也常被人称为"疯子"。他的才气令时人惊叹。

繁华过后，留下了不尽的沧桑。晚年，曹雪芹移居北京西郊，生活更加困苦，"举家食粥"，他以坚忍不拔的毅力，专心致志地从事《红楼梦》的写作和修订。

1762年，他的幼子夭折，他陷于过度的忧伤和悲痛之中。他的悲剧体验，他的诗化情感，他的探索精神，他的创新意识，成就了伟大的《红楼梦》，从而把古典小说创作推向了高峰。

文言小说高峰《聊斋志异》

清代初期，文言小说异常繁荣，蒲松龄在前人的基础上，不断吸收传统文学营养，以传奇的笔法写志怪，成就了文言小说的高峰之作《聊斋志异》。《聊斋志异》代表了中国文言小说的最高成就。

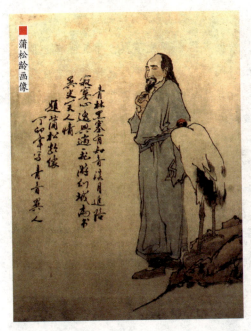

蒲松龄画像

蒲松龄，字留仙，一字剑臣，别号柳泉居士，世称聊斋先生，自称异史氏，山东淄博人。他出生于一个商人家庭。19岁应童子试，接连考取县、府、道3个第一，名震一时。补博士弟子员。以后屡试不第，直至72岁时才成岁贡生。

蒲松龄对科举制度的不合理深有感触并深恶痛绝。他用毕生的精力完成了《聊斋志异》的创作，共8卷、491篇、40余万字。

《聊斋志异》体裁大体分为两类，一类类似于笔记小说，篇幅短小，记述简要。一类近似杂录，写作者亲身见闻的一些奇闻逸事，具有素描、特写的性质。大部分作品是具有完整的故事、曲折的情节、鲜明的人物形象的短篇小说。

■《聊斋志异》插图

作品内容丰富多彩，故事多采自民间传说和野史轶闻，将花妖狐魅和幽冥世界的事物人格化、社会化，充分表达了作者的爱憎感情和美好理想。

众多的作品中，描写爱情主题的作品，数量最多，作者主要是出于对遭受封建礼教压迫的青年男女的同情，因此，在作品中赞颂了青年男女对婚姻幸福生活的热烈追求。

在描写爱情婚姻题材的作品中，作者塑造了许多聪明美丽、热情善良，敢于反抗传统礼教束缚的女子形象，她们爱憎分明，对美好的事物有着热烈的向往和追求。

作品还对腐朽落后的科举考试进行了激烈的抨击，他塑造了一批有真才实学而屡试不中的知识分子形象，并对他们报以深深的同情。而对那些徇私舞弊的主考官进行了深恶痛绝的斥责和无情的鞭挞。

此外，作者对那些利欲熏心、热衷功名、精神空虚的名利之徒也进行了辛辣的嘲讽，深刻地批判了在

百花齐放 清代小说

童子试 科举时代参加科考的资格考试，亦称童试，分为"县试""府试"及"院试"三个阶段。县试在各县进行，由知县主持。清代时一般在每年农历二月举行，连考五场。通过后进行由府的官员主持的府试，在农历四月举行，连考三场。通过县、府试的便可以称为"童生"，参加由各省学政或学道主持的院试。

科举制度下培养出来的封建士子的丑恶灵魂。

《聊斋志异》另一重要主题是揭露、谴责贪官污吏、恶霸豪绅的罪行，抨击黑暗的封建官僚政治。在这类作品里，作者根据自己的亲身见闻和深切感受，以犀利的笔锋，触及封建政治的各个方面，深刻反映了封建社会的矛盾，表达了对人们疾苦的同情。

《聊斋志异》在艺术上代表着文言短篇小说的最高成就，它博采历代文言短篇小说以及史传文学艺术精华，用浪漫主义的创作方法，造奇设幻，描绘鬼狐世界，从而形成了独特的艺术特色。

《聊斋志异》在对唐代传奇情节曲折、叙写委婉、文辞华丽等成功的继承上，又有了超越，具体表现在：一是从故事体到人物体，注重塑造形象；二是善用环境、心理等多种手法写人；三是具有明显的诗化倾向。

《聊斋志异》情节离奇曲折，富于变化。作者每叙一事，都力求避免平铺直叙，尽量做到有起伏、有变化、有高潮、有余韵，一步一折，变化无穷。故事情节力避平淡无奇，尽量做到奇幻多姿，迷离惝恍，奇中有曲，曲中有奇。

《聊斋志异》的情节，还具有神奇、虚幻的特点，充满着浪漫主义的丰富想象，其中凝聚着作者鲜明的爱憎与进步的思想。虽然属于浪漫主义，实际上是曲折地反映了社会的现实生活。

作者善于运用多种手法塑造个性鲜明的人物形象。在刻画人物时，或通过人物的声容笑貌和内心活动，或通过准确的细节描写，往往寥寥数笔，便能形神兼备。

作者在人物形象的塑造上，还能做到充分的个性化，众多的人物形象，大都具有自己独特鲜明的个性特征。

另外，作者还十分善于提炼和组织真实而富于艺术表现力的生活细节，来刻画有血有肉的人物形象。作品中，通过生活细节塑造人物形象的地方俯拾皆是，非常成功。

《聊斋志异》虽然是使用文言文来写作完成的，但并不让人感到晦涩难懂，它继承了中国文言文的精练、简洁、准确、生动等优良传统，并从口语中提炼出大量清新隽永、诙谐活泼的富有表现力的语言，因此，语言显得简洁精练，丰富多彩，富有表现力。

阅读链接

《聊斋志异》问世以后，影响十分广泛，模仿之作也纷纷出现，虽然这些仿作的成就都不如《聊斋志异》，但是也各有特色。

这些作品大多数诞生于清代乾隆至光绪年间。乾隆年间的作品主要有沈起凤的《谐铎》、邦额的《夜谭随录》、浩歌子的《萤窗异草》；嘉庆、道光年间主要有冯起凤的《昔柳摭谈》、管世灏的《影谈》等；同治、光绪年间主要有宣鼎的《夜雨秋灯录》、王韬的《遁窟谰言》《淞隐漫录》等。其中比较著名的是沈起凤的《谐铎》、浩歌子的《萤窗异草》和宣鼎的《夜雨秋灯录》。

讽刺小说的发展及辉煌成就

讽刺是一种常见的艺术手法，在任何题材的小说中都可以运用。先秦文学的《诗经》中有怨刺诗，诸子著作中的寓意散文，就是以暴露一切丑恶腐朽的想象为其主要特征的，其中有对统治阶级的讽刺，有对新兴士阶层的讽刺，还有很多对一般人情世态的讽刺。

到了汉魏，在散文中，有很多精彩的讽刺之作，如贾谊的《新书》、刘向的《说苑》《新序》、王充的《论衡》等。

唐代是古代讽刺艺术成熟时期，出现了很多优秀的讽刺作品，讽刺大家韩愈、柳宗元以富有创新的批评精神，创作了许多讽刺作品。晚唐作家罗隐的《谗

汉代王充画像

■ 吴敬梓（1701—1754），字敏轩，号粒民，因家有"文木山房"，所以晚年自称"文木老人"，又因自家乡安徽全椒移至江苏南京秦淮河畔，故又称"秦淮寓客"。他是清代最伟大的小说家之一。善诗文，尤以小说著称。所作《儒林外史》，是中国古典讽刺小说中杰出的作品。

书》几乎全部是抗争与愤激之谈。

宋元时期，讽刺艺术则在散曲及戏剧文学中得到了新的开拓和发展。明朝时期，讽刺散文都是有感而作，嘲讽中暗藏着人生的哲理，斥责里蕴含着同情。小说方面，诸如《西游记》《西游记补》《金瓶梅》里也蕴含着对世态人情的讥讽。

在清代，出现了一些以讽刺为基本特色的章回小说。讽刺小说可分为三类：

第一类是魔幻化的讽刺小说，作品有《斩鬼传》《平鬼传》《何典》等。这类讽刺小说用怪诞的手法描绘现实中并不存在的鬼怪神妖，在诙谐的描写中表现了严肃的主题。

第二类是写实性的讽刺小说，这类讽刺小说是讽刺小说中的主流，代表作品为《儒林外史》。

第三类是讽喻式讽刺小说，作品有《镜花缘》。

《儒林外史》是讽刺小说中最杰出的代表作。《儒林外史》的作者吴敬梓，字敏轩，号粒民，自称文木老人，安徽全椒人。他出身于官僚地主家庭，祖上不少人在科举考试中曾取得显赫的功名。但至吴敬梓时，家境日渐衰微。

士大夫 旧时指官吏或较有声望、地位的知识分子。在中世纪，通过竞争性考试选拔官吏的人事体制为中国所独有，因而形成了一个特殊的士大夫阶层，即专门为做官而读书考试的知识分子阶层。是中国社会特有的产物，是知识分子与官僚相结合的产物，是两者的胶着体。

科举制度 科举是历代封建王朝通过考试选拔官吏的一种制度。由于采用分科取士的办法，所以叫科举。科举制从隋朝始行，到清朝光绪年为止，经历了1300多年，对隋唐以后中国的社会结构、政治制度、教育、人文思想，产生了深远的影响。

吴敬梓14岁时跟随父亲到赣榆县教谕任所，生活动荡不安。到了23岁时，由于父亲的正直丢官，抑郁而死，他开始窥见官场斗争的现实。在经历了科考一系列打击后，对黑暗落后的科举制度彻底绝望，从此决心在困厄中著书，《儒林外史》就是在这种情况下酝酿创作出来的。

《儒林外史》共56回，40多万字，以封建士大夫的生活和精神状态为中心，但没有贯串全书的主人公和主干情节。

作品一开始就把批判的锋芒指向了八股取士制度，通过理想人物王冕之口指责八股取士"这个法确定得不好，将来读书人既有此一条荣身之路，把那文行出处都看得轻了"。

在这样的思想指导下，作者从揭露科举制度以及在这个制度奴役下的士人丑恶卑微的灵魂入手，进而讽刺了封建官吏的昏聩无能，地主豪绅的贪吝刻薄，附庸风雅的名士的虚伪恶劣，乃至社会风气的败坏和

■ 清代国子监彩绘

清代科举考

道德人生的堕落。

《儒林外史》秉承着高度的写实创作精神，它的讽刺对象是写实的。作者一方面写出讽刺对象丰富的外在性格特征，一方面又挖掘出他们深广的内心世界。

《儒林外史》的讽刺描写是真实的。它从平淡和寻常的生活现象中显示讽刺锋芒的写实艺术。《儒林外史》中许多浓厚讽刺意味的场面、细节，好像是运用了夸张的手法，其实仍是写实。

《儒林外史》有着高超的讽刺艺术，它通过精确的白描，写出"常见""公然""不以为奇"的人事的矛盾、不和谐，显示其蕴含的意义。

总体上看，《儒林外史》的讽刺描写，一切都显得那么平淡、琐碎，又都是那么的愚昧、可笑，没有外在形式上的神秘、混乱、荒唐，然而却深刻地表现了人的内在精神的萎缩。

《儒林外史》的语言，是在南方民间口语的基础上提炼加工而成的。为了适应书中人物的身份，也融合了不少文言成分和不同职业的

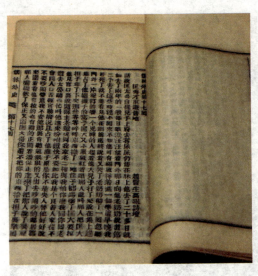

《儒林外史》书影

异彩纷呈的文学艺术

行话。作者的叙述语言很少夸饰、形容，朴素而又不失雅正幽默，对构成它特有的讽刺风格，有很大作用。

《儒林外史》的艺术结构，在章回小说中也很特殊，它没有贯串始终的主要人物和情节，而是由许多分散的人物和自成段落的故事前后衔接而成，虽然不够集中，却便于自由灵活地展开广阔的生活面，使各个阶层的众多人物与形形色色的社会现象纷至沓来，如波翻浪涌，层层推进。

那些相对独立的段落，虽只是生活片段，但经作者精雕细刻，很容易显示人物的思想性格，并激发读者的联想，收到略小存大、举重明轻的艺术效果。

而且，书中许多人物和故事之间，尽管缺乏紧密的联系，却也不是杂乱无章地拼凑起来的，而是根据一个明确的主题思想，做了精心的选择和恰当的安排，体现着严密的思想逻辑。

作者综合短篇小说和长篇小说的某些特点，创造出一种崭新的结构形式。《儒林外史》是一部具有开创性的杰作，是一座讽刺小说的高峰，对后代的小说创作有着深远的影响。比如，它的内容为晚清谴责小说所吸取，它的形式也为谴责小说所借鉴。

《儒林外史》以后，比较著名的讽刺小说有李汝珍的《镜花缘》。这是一部充满幻想色彩的长篇小

章回小说 长篇小说的一种，是分章回叙事的白话小说，是中国古典小说的主要形式，分回标目，段落整齐，首尾完整，是其主要特点。是由宋元讲史话本发展而来。讲史说的是历史兴亡和战争故事，如《全相平话五种》《五代史平话》《宣和遗事》等。

说，内容广泛，但给人印象深刻的还是那些对丑恶现实的讽刺。

作者以幻化和夸张的形式，凸现荒谬与丑恶的本质。如"白民国"的八股先生装腔作势，念书时却白字连篇；"淑士国"的各色人等都儒巾素服，举止斯文，却又斤斤计较，十分吝啬，充满酸腐气。

作品中，"两面国"的人有两副面孔，是对势利和奸诈者的揭露；"长臂国"的人贪得无厌，到处"伸手"，久而久之，徒然把臂弄得很长；"翼民国"的人"爱戴高帽子"，天天满头尽是高帽子，所以渐渐把头弄长，竟至身长五尺，头长也是五尺；还有"豕啄国""毛民国""穿胸国""犬封国"等，无不极尽讽刺挖苦之能事。

这些幻想，大都出自《山海经》等古籍，但《山海经》等古籍对这些国度的记载，极其简略，有的甚至只有一两句话。

《镜花缘》以此为由头，生发出去，铺排开来，表现了作者巧妙的构思和惊人的想象力。而这种漫画化的描写，也是《镜花缘》对讽刺文学手法的丰富和发展。

阅读链接

吴敬梓广泛涉猎群经诸史，尤其对《诗经》《史记》《汉书》的研究有着独特的见解，曾著有《诗说》数万言及未成书的《史记纪疑》。另外，吴敬梓也善于写诗赋辞章，他的好友程晋芳的《文木先生传》评道："诗赋援笔而成，凤构者莫之为胜。"

江宁黄河的《儒林外史序》记载："其诗如出水芙蓉，娟秀欲滴。"吴湘皋的《儒林外史序》评道："敏轩以名家子好学诗古文辞杂体以名于世。凡有所作，必曲折深入，横发截出……"

从吴敬梓的《金陵景物图诗》和《移家赋》可以看出他的文心诗思，这些深厚的文学基础为《儒林外史》的创作打下了坚实的文学基础。

武侠公案小说发展及成果

武侠与公案小说，在中国小说史上是独立发展而关系密切的两个流派。清中叶以后，逐渐合在一起，成为武侠公案小说。

武侠小说以豪侠仗义行侠为主要内容，歌颂重义尚武、扶困济危

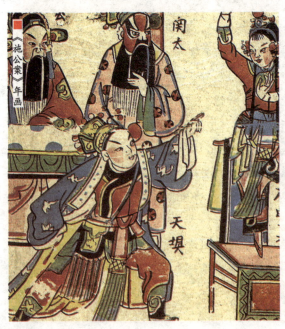

的侠客。汉代《史记》中的《刺客列传》《游侠列传》是较早的武侠小说。唐代武侠题材的传奇很多，如《虬髯客传》《红线》《昆仑奴》《聂隐娘》等都属此类。

宋元话本中的"朴刀""杆棒"和部分"说公案"类的作品也属于武侠小说的范畴，如《宋四公

大闹禁魂张》《杨温拦路虎传》等。

■《施公案》戏曲年画

在章回小说大行其道的明代，武侠小说却并不发达，仅在《水浒传》等英雄传奇中含有武侠成分。

清代期初，武侠小说还没有流行起来，只有在进入清代中叶以后，武侠小说才真正成熟并流行起来，二如亭主人的《绿牡丹》就是其中比较优秀的一部。它以江湖侠女花碧莲和将门之后骆宏勋的婚姻为线索，描写了鲍自安、花振芳等一群有胆有识、正气凛然的绿林好汉形象。

公案小说主要描写清官断案的故事，歌颂刚正不阿、清明廉洁、执法如山、为民申冤的清官。先秦诸子书中就有一些有关司法寓言的故事，在两汉史传文学中也有有关于"循吏"和"酷吏"的记载，也包含公案小说的因素。

魏晋志怪和唐代传奇中，已有公案小说。宋元时期，是公案小说的转折期。当时的说话艺术中，就包

朴刀 是中国古代的一种冷兵器。朴刀是大刀的一种，它是一种木柄上安有长而宽的钢刀的兵器。在使用时，两手握住刀柄，像使用大刀那样，利用刀的刃部和刀本身的重量，来劈杀敌人。

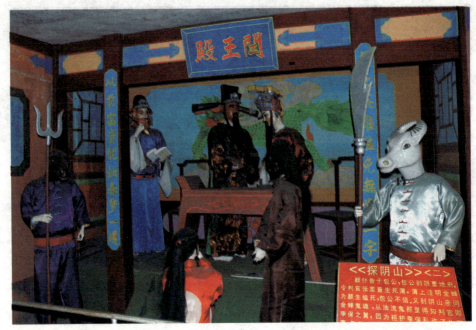

■《三侠五义》塑像

直学士 古代的官职名。直学士就是宋元时路、府、州、县等书院掌管钱谷者。士是古代统治阶级中次于卿大夫的一个阶层。唐朝以后凡官资较浅者，初入直馆阁，为直学士。充任直学士的官员可以上至三品大员，下至八、九品小官。

括"说公案"一类。如《错斩崔宁》《简帖和尚》等都是公案小说。

这些作品通常以叙述冤案的发生经过为主，往往有一个使案情大白的结尾。作品的视角集中在受害者身上，而不在于歌颂清官的明断。

五代以来，还有一类公案书很流行，如《疑狱集》《折狱龟鉴》《名公书判清明集》等，它们主要目的是收录一些著名官吏明敏断案、平反冤狱的记载和有关判词，供为官判案时参考。

宋元公案小说也有承袭这种形式，专述官吏断案及判词巧妙、诙谐的，如《醉翁谈录》所载《私情公案》和《花判公案》即属此类。

明代万历年间至明末出现了一大批公案小说，如《百家公案》《廉明公案》《诸司公案》《新民公案》《龙图公案》《海刚峰先生居官公案》等，也是沿着这条线索发展下来的。

其中影响最大的是《龙图公案》，现存清代初期刊本，叙述宋朝龙图阁直学士、开封府知府包拯断案的故事。共有百则，两则为一组，而其实互不相关，它们从不同角度塑造了正直无私、断狱如神的包公形象。情节往往比较曲折，语言文白相间，通俗浅近。

清代著名说书艺人石玉昆在《龙图公案》基础上，讲说包公断案故事，极受欢迎，所述内容被整理为《龙图耳录》。以后，又有人对此重行编订，改名为《三侠五义》。

因《三侠五义》由说唱底本整理而来，在艺术风格上保留了平话特点。情节安排既错落有致、枝节横生，又清晰连贯、首尾完整。作品以第三人称铺叙为主，又时时以说书人的口吻点拨几句，或状物叙事，或剖情析理，直接与读者交流，使读者恍如在书场听讲，印象格外深刻。

清代中叶以后，公案小说与武侠小说合流已成趋势。除《三侠五义》以外，影响较大的还有《施公案》《彭公案》等，这些作品规模都很大，而且一续再续。此后，公案方面的内容减弱，而武侠小说则至今层出不穷，蔚为大观。

《施公案》成书于晚清。以

百花齐放

清代小说

说书　中国的一种民间艺术，一般指只说不唱的曲艺，兼指某些有说有唱的曲艺，如弹词、蒙语说书等。说书用的乐器最初用琵琶，后来逐渐被淘汰改用三弦。说书人除怀抱三弦外，右小腿上通常还会绑着一块"刷板"。

■ 《施公案》插图

施仕纶为原型，施仕纶，字文贤，清汉军镶黄旗人，曾任泰州、江宁知府、漕运总督等官。

民间广泛流传施仕纶为民申冤、平反冤狱的故事。这些故事后经人加工整理而成此书。书中大小十余案，大都靠托梦显灵、鬼神鉴察来解决，灵怪色彩浓郁。

《彭公案》20卷100回，清代光绪时期刊本。彭公，是清代康熙年间的清官之一。《彭公案》以康熙年间彭朋出任三河县令、升绍兴知府、授兵部尚书查办不同事务为线索，叙述李七侯、杨香武等一班侠客协助他惩恶诛奸的故事。

异彩纷呈的文学艺术

阅读链接

《龙图公案》中的主角是北宋清官包拯。包拯做官以断狱英明刚直而著称于世。他为人刚直，既不两面三刀，更不会搞阴谋。他从不趋炎附势，看颜色行事，更不说大话、假话。即使是在皇帝面前，他也是直言不讳，不怕冒犯皇帝。

包拯的无私远近闻名，即使是自己的亲戚犯了法，他也是执法如山。包拯刚直，却并不主观武断。他既善于调查研究，又乐于听取别人的意见，他的脸上很少有笑容，但当别人指出他的错误时，却能虚心接受。所以司马光称道他"刚而不愎，此人所难也"。

包拯虽然官居高位，却大公无私，不谋私利。他一生俭朴，即使是当了官，有了地位，衣食住行及生活习惯，也和普通老百姓差不多。因此，成为人们口中的大公无私、铁面无私的"青天大老爷"。

谴责小说的兴起和代表作

清代晚期，清政府腐败无能，社会黑暗，人们生活困苦，精神空虚，思想先进的作家怀着变革的强烈愿望，试图用小说创作解答社会与人生的一系列问题，探求由乱到治、安邦定国的方法。谴责小说就是在这种情况下诞生的，因此具有深刻的时代内涵，在晚清的十余年间，出版的特别多。

谴责小说紧密联系时政，揭露官场丑态，抨击社会黑暗，讽刺手法的运用比《儒林外史》更尖刻。比较有名的作品有李伯元的《官场现形记》、吴趼人的《二十年目睹之怪现状》、

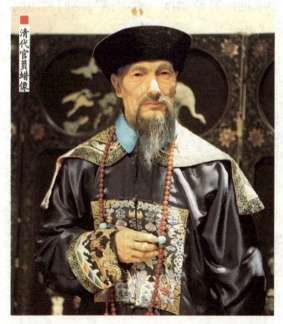

清代官员蜡像

异彩纷呈的文学艺术

■ 清代官员图

刘鹗的《老残游记》和曾朴的《孽海花》。

李伯元，字宝嘉，号南亭亭长，江苏武进人，毕生从事小说创作和报刊编辑工作，在晚清报界文坛颇负盛名。《官场现形记》是他的代表作。全书共60回，约78万字，由许多相对独立的短篇串联而成，抨击了封建社会末期的官僚制度，着力描写他们贪污腐败和媚外卖国的丑态。

小说中形形色色的官僚，他们的地位有高低、权势有大小、手段也有不同，但都是"见钱眼开，视钱如命"之徒。对洋人，又多奴颜婢膝、丧权辱国。

小说在写作方法上，仿效《儒林外史》，但又有所发展，充分运用了夸张、漫画式的讽刺手法，往往寥寥几笔，就将人物的音容体态勾勒出来。同时，作者又善于描写细节，使笔下的人物生动传神，具有较强的艺术感染力。

《官场现形记》通过对黑暗世界的刻画，从吏治

讽刺手法 一种修辞手法，言辞或情景所表达表面意思与其本意相反。讽刺手法犀利有力，而且使用比较灵活，或正面进攻；或旁敲侧击；或讽刺揶揄；或正颜厉色。一般主要包括漫画法、对比法、托物法、反说法。

的角度，表现了封建统治即将崩溃的社会本质，客观上让人们认识到封建统治的腐朽。《官场现形记》连载以后，引起了当时社会的强烈反响，其后的效仿之作颇多，蔚为大观。

吴趼人，名沃尧，广东南海人，因居佛山镇，故笔名我佛山人。吴趼人是晚清最多产的小说家，著有小说30余种，《二十年目睹之怪现状》是其中影响最大的作品。

《二十年目睹之怪现状》全书共108回，约63万字，叙述年轻幕僚九死一生在20年中耳闻目见的社会腐败、丑恶现象，描绘了一幅行将崩溃的清帝国的社会图卷。其内容比《官场现形记》更广泛，不仅写了官场人物、洋场才子，而且涉及医卜星相、三教九流，但重点还是暴露官场的黑暗。

《二十年目睹之怪现状》采用第一人称的方式叙述故事，结构全篇，使读者感到亲切可信，在中国小

星相　亦称占星术，是星相学家以观测天体、日月星辰的位置及其各种变化后，做出解释，来预测人世间的各种事物的一种方术。星相学认为，天体，尤其是行星和星座，都以某种因果性或非偶然性的方式预示着人间万物的变化。

397

百花齐放

清代小说

■ 清代簪花图

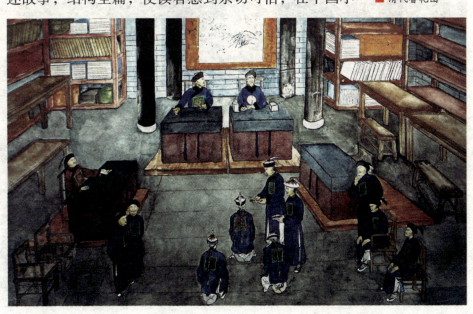

■ 清代官员上朝

异彩纷呈的文学艺术

说史上开了先河。小说的结构是非常巧妙的：九死一生既是全书故事的叙述者，又是全书结构的主干线。同时又运用了倒叙、插叙等方法，将它有机结合在一起，使全书繁简适宜，浑然一体。

刘鹗，字铁云，江苏丹徒人。《老残游记》是他最有影响力的作品，小说共20回。

小说对清政府腐朽黑暗，官吏的残暴昏庸，百姓的贫困交迫，等等，都有所揭露。其中，着重对那些名为清官、实为酷吏的虐民行为进行了有力的抨击，表达了作者对社会、国家危亡现实的强烈忧患意识。

小说的艺术成就很高。首先是高超的描写技巧，无论状物、写景，还是叙事，都能历历如绘，如千佛山、大明湖的景致、明湖居说书、桃花山月下夜行等，使人有身临其境之感。

另外，小说中的心理描写和心理分析十分到位，能用贴切的语言，出色地展现人物的内心世界。

还有，小说的结构也很有特色，小说以游记的形式，以游历为线索，以老残为中心人物，以散文的笔法叙事状物，将沿途的所见、所闻、所思、所做有机地结合起来，形成了小说独特的结构特点。

曾朴，字孟朴，江苏常熟人，《孽海花》全书30回，前5回原为金松岑所作，后25回由曾朴续成。后来曾朴又对全书进行了修订。

《孽海花》以金雯青和傅彩云的故事为主要线索，通过当时京城内外官僚名士、封建文人的思想生活和社会风气，展现了清末的政治、经济、外交和社会生活的情况，对封建统治阶级的腐朽和帝国主义的侵略野心，作了一定程度的揭露和批判。

比起其他谴责小说来，《孽海花》思想水平要高一些。它并不局限于暴露和谴责，也致力于表现新人物新思想，描写和申述了许多为国家命运而探索的进步人士和他们的改良主张，也肯定了太平军是革

百花齐放

清代小说

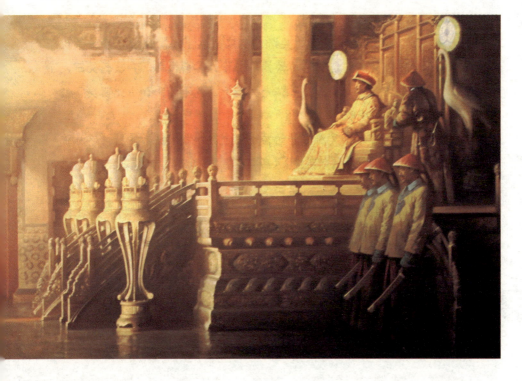

命军，还塑造了陈千秋、史坚如等革命男儿的形象。

在艺术形式上，作品把真实性与讽刺性结合起来，通过客观冷静的描述，把人物的面貌习气以至精神状态，勾勒得绘声绘色。

在写作中，作者采用近代流行的块状小说结构，与传统的网状小说结构相结合的方式展开情节，波澜起伏，曲折感人，井然有序。

作者还工于细节描写，词采华美，寥寥数笔，就能使人物的神态毕肖。同时，还吸取了西方文学的表现手法，在叙事写人方面显示了新特点。

晚清谴责小说，呈现出一派谴责小说兴盛的景象。除了李宝嘉、吴趼人、刘鹗、曾朴的作品之外，还有黄小配的《廿载繁华梦》和无名氏的《官场现形记》《苦社会》等作品，这些作品各有其特色，均不同程度地引起当时社会的反响。

阅读链接

1883年，18岁的吴趼人离家来到上海。他曾在茶馆做伙计，后又到江南制造局做抄写工作，月薪微薄。一次，吴趼人从书坊上得到半部《归有光文集》，爱不释手，由此萌发了创作小说的冲动。

1897年，吴趼人开始在上海创办小报，先后主持《字林沪报》《采风报》《奇新报》《寓言报》等。

1906年，吴趼人担任《月月小说》杂志总撰述，发表了大量的嬉笑怒骂之文。此外，他还创办了沪粤人广志小学，主持开办过两广同乡会。

1903年，吴趼人将《二十年目睹之怪现状》寄往梁启超在日本横滨创办的《新小说》杂志，立即得到提倡小说界革命的梁启超的赏识，将其发表于该刊第一卷第八期。从此，吴趼人的小说创作一发而不可收。

异彩纷呈的
文学艺术

散曲奇葩

散曲历史与艺术特色

散曲兴起

　　中国散曲是继诗、词之后兴起的一种新诗体。宋金之际，契丹、蒙古、女真等少数民族的乐曲相继传入北方地区，与当地原有音乐融合，形成了一种新的乐曲，

　　而原来与音乐相配，后来逐渐独立的词很难适应新的乐调，于是逐步形成了一种新的诗歌形式，这就是散曲。

　　散曲萌芽于宋金之际，兴起于金末，元代初期的散曲刚刚从词或俚曲脱胎而出。因此，这时的散曲有着"以词为曲"的特点。

脱胎于词和俚曲的散曲

北京自1012年辽代改称"燕京"，后金、元两代相继建都于此，金称"中都"，元称"大都"。金代于1153年迁都这里。

1267年，蒙古大军统领忽必烈下令在"中都"城的东北郊建造新

忽必烈蜡像

■ 元代乐伎塑像

城作为国都，至1276年新城全部建成。1271年，忽必烈在扩建中的国都登基称帝，国号"大元"。由此可见，元大都自1153年以来作为金代的政治、文化、商贸的中心长达60年，也是中原文化和北方少数民族文化的最重要的交汇地。

自中晚唐以来，民间长短句歌词经过长期的酝酿，到了宋金对峙时期，又吸收了一些在北方流行的民间曲词和女真、蒙古等少数民族乐曲等文化因素，首先在金代统治的北方地区逐渐形成了一种新的诗歌形式，这就是散曲。由于产生在北方，散曲由此也称"北曲"。

散曲可以说是承继于"词"之后的"可唱"的诗体部分，从金末元初的几十年间，散曲处于以金代遗民为创作主体的"以词为曲"的阶段。

长短句 在唐代，长短句是一个诗体名词。所谓"长短句"有它们的特定意义，不能含糊地解释为"长短不齐"。在北宋时期，长短句是词的本名。北宋以后，长短句成为词的别名。

■《西厢记》插图

所谓"以词为曲",简单地说就是在词的形制中吸收了北方的俗语俚曲,正所谓"金元以来,士大夫好以俚语入词……同时诸调时行,即变为曲之始",或在北方的俗语俚曲中融入了词的某些艺术特色。就是说,元代初期的散曲还刚刚从词和俚曲中脱胎出来。

散曲兼有词和曲的特色,"说它是曲,它的韵味却更像词;说它是词,它的面貌却已是曲。"所以《乐府余论》中说:"宋元之间,词曲一也。"

散曲与词都是取长短句的形式,倚声填词,以语体化来适应自身的音乐性,因此有时也称散曲为"词余"。但是散曲的句式更为灵活自由,从一字句到几十字不等,伸缩性很大。这主要是由于散曲特有的"衬字"手段造成的。

衬字,即在句子本格之外所加的字,衬字根据需要可多可少,比起诗词字数的固定化是一种突破,能更细腻、更自由地表达复杂多变的感情。

其次,散曲的用韵较密,几乎句句都要押韵,且平上去三声可以通押。诗词的韵脚一般不能用重复的字,散曲的韵脚则不受此限制。

用韵 即押韵,诗词歌赋中,某些句子的末一字用韵母相同或相近的字,使音调和谐优美。这些使用了同一韵母字的地方,称为韵脚。任何诗歌都要求押韵,这是诗歌同其他文学体裁的最大分别之一。

另外，在语言上，诗词一般宜雅而忌俗、宜庄而忌谐，而散曲则雅俗皆可、庄谐杂出，具有口语化、通俗化、自然率真的倾向。

散曲的体制包括小令、套数两大类。小令是散曲的基本单位，又称"叶儿"，起源于词的"小令"，是单一的简短的抒情歌曲，常和五言和七言绝句，及词中的小令，成为中国最好的抒情诗的一大部分。

小令的曲牌常是一个，但也有例外，那就是它有三种变体，一种是带过曲，如"沽美酒带过太平令""雁而落带过得胜令"等。

二是集曲，系取各曲中零句合而成为一个新调，如《罗江怨》，便是摘合了《香罗带》《皂罗袍》《一江风》的三调中的好句而成的。最多者若"三十腔"，竟以30个不同调的摘句，合而成为一新调。

三是重头小令，即以若干首的小令咏歌一件连续的或同类的景色或故事，如元人常以8首小令咏"潇湘八景"，4首小令咏春、夏、秋、冬四景，或者100首小令咏唱《西厢》故事，等等，每首的韵都不同。

套数又称"散套""套曲""大令"，是由若干支同一宫调的曲牌连缀而成的组曲，各曲同押一韵且连缀有一定的顺

潇湘八景 相传为潇湘一带的湖南八处佳境，分别是："平沙落雁"的衡阳市回雁峰；"烟寺晚钟"的衡山县城北清凉寺；"潇湘夜雨"的永州城东；"山市晴岚"的湘潭与长沙接壤处的昭山；"江天暮雪"的橘子洲；"远浦归帆"的湘阴县城江边；"洞庭秋月"的洞庭湖；"渔村夕照"的桃源桃花源对岸。

407

萌芽阶段 散曲兴起

■《西厢记》配画

序，一般在结尾部分有尾声。

套数起源于宋大曲和唱赚，在南曲至少必须有引子、过曲，及尾声的3个不同的曲牌，始成为一套。在北曲则至少有一正曲及一尾声，但也有的套数亦有无尾声者。无论套数使用多少首曲牌，从首到尾，必须一韵到底。

正如词之为继于"乐府辞"之后的"可唱"的诗体的总称一样，散曲的曲调的来源，方面极广，包罗极多的不同的可唱的调子，不论是旧有的或者是新创的，本土的或者是外来的，宫廷的或者是民间的。其间，旧有的曲调所占的成分并不是很多，大部分是新进入的"里巷之曲"与"胡夷之曲"。

金元之际，也包括元代初期的文人初作散曲，通常在创作方法上是"以词为曲"；在体裁上是多作小令，对套数很少或根本不予涉及，更不涉足杂剧。

阅读链接

南曲是宋元时南方戏曲、散曲所用各种曲调的统称，用韵以南方语音为准，有平声、上声、去声、入声四类，叫作四声。音乐上用五声音阶，声调柔缓婉转，以箫笛等伴奏，明代初期亦用筝、琵琶等弦索乐器。南曲是相对于北曲而言的。

北曲流行于金元及明初，而南曲起源要较北曲为早，但流行却很晚，大约在元末明初的时候，南曲作家才出现，而这个时候，北曲已经成为金元诗人们的主要诗体。

虽然如此，但南曲和北曲最初的萌芽是同一的，即都是从"词"里蜕化出来的。无论是南曲，还是北曲，在其本身的结构上，皆可分为两种不同的定式，那就是小令和套数。

金代散曲的杰出代表

金代遗民是散曲的最初创作者，有元好问、杜仁杰、刘秉忠、杨果、商道、商挺等作家，其中元好问、杜仁杰、王和卿是杰出的代表。

他们在由金入元后，介入散曲的创作。他们创作的散曲虽还没有摆脱词的韵味，成就较后来的散曲作家们也不算高，但对元曲发展的影响则是不可低估的。

■ 元好问半身像

元好问，字裕之，号遗山，今山西忻县人，是金代伟大的作家和史学家。在散曲创作方面，元好问擅长自制曲牌，用词作的一些旧调创作成当时民间通俗的新曲，他的散曲有《锦机集》，其《三奠子》《小圣乐》《松液凝空》皆自制曲，按元徐世隆《遗山先生文集序》中的说法，是能够"用俗为雅，变故作新"。

元好问的双调《骤雨打新荷》是公认的北曲最早的名篇，它是元好问晚年与名公显贵们饮宴酬醉时所作：

绿叶阴浓，遍池塘水阁，偏趁凉多。海榴初绽，朵朵蹙红罗。老燕携雏弄语，有高柳鸣蝉相和。骤雨过，珍珠乱撒，打遍新荷。

人生有几，念良辰美景，一梦初过。穷通前定，何用苦张罗？命友邀宾玩赏，对芳樽浅酌低歌。且酩酊，任他两轮日月，来往如梭。

元好问的这首曲子清丽畅达，意趣隽永，清代诗人朱彝尊称此曲"风流儒雅，百世之下犹想之"。上曲写景，下曲抒怀。上曲先用大笔渲染出一片生机勃勃的盛夏景色，红绿相衬，动静结合，声形并茂，然后用一场"骤雨"点睛，既添凉意，又添清新。

下曲主要抒写了命运前定、及时行乐的情怀，虽然显得有些消沉，但一句"何用苦张罗"也隐隐透出作者对官场险恶的痛感与厌恶。

这首曲子牌名《骤雨打新荷》是以曲中"骤雨过，珍珠乱撒，打遍新荷"而拟。曲调与宋词《大圣乐》韵段、词式多有相类，可能是用《大圣乐》翻作的"新声"，也正由于此原因，这首曲子又被冠以《小圣乐》名之。

其他如《仙吕·后庭花破子》《黄钟·人月圆》，体制与韵式皆与词相同，是"亦词亦曲"典型代表，与后来纯粹的散曲相比表现出明显的"以词为曲"的特征。

■ 《骤雨打新荷》配画

杜仁杰，原名之元，后改名仁杰，又名征，字仲梁，号善夫，又号止轩，山东济南人。他出生于诗书之家。金代末期，杜仁杰隐居内乡山中，元初，屡被朝廷征召，却坚持不出仕。

杜仁杰才学宏博，诗文兼擅，尤其以散曲最具特色而显名于世，深受赞誉。散曲风格豪宕谐谑、通俗率直、质朴自然，为金元之际善写套曲的高手。所作散曲内容均为世俗之事，曲词通俗而时尚、风趣而老辣，代表作品是套曲《般涉调·耍孩儿·庄稼不识勾栏》。

此套曲以一庄稼汉口吻，自述其秋收后进城买纸火时看戏的见闻。杜仁杰另辟蹊径利用谐谑多端的笔调，细腻贴切地模拟出庄稼汉的心理活动和心理变化，尤其是最后尾曲，刻画出庄稼汉想看戏剧却不得

骤雨打新荷 曲牌名，又是词牌名，又名《小圣乐》《入双调》，因元好问曲中"骤雨过，珍珠乱撒，打遍新荷"几句脍炙人口，曲牌便被后人习惯称为《骤雨打新荷》。旧谱亦编入词调。双调95字，前段10句三平韵、一叶韵，后段10句四平韵。

王和卿画像

不中途退场的矛盾且无奈的心理，制造出无与伦比的滑稽效果。

该曲高度口语化的代言叙述方式、滑稽戏谑的风格、丰富活泼的语言对后世散曲的创作产生了深远影响，成为此类风格的开山之作。在元曲创作向雅致化方向发展的同时，杜仁杰以俗语、俗言、方言入曲，开辟了世俗谐趣类散曲的先河，被誉为"独擅才名四十年"的"一代文人"。

王和卿，河北大名人，他与大戏曲家关汉卿是同时代人，但比关汉卿离世早。据说两人相交甚好，元代陶宗仪《南村辍耕录》记载："时有关汉卿者，亦高材风流人也，王常以讥谑加之，关虽极意还答，终不能胜。"明朱权《太和正音谱》将王和卿列于"词林英杰"一百五十人之中。

王和卿是金元之际最重要的散曲家，也是散曲"打油体"的代表，现有散曲小令21首，套曲两篇及残曲《黄钟·文如锦》，保存在《太平乐府》《阳春白雪》《词林摘艳》等集中。

王和卿在元初散曲家中表现出独树一帜的"风采"，他在选材上以丑作乐，在意趣上以俗为归，语言也多浅俗刻薄，对元曲浅白本色的语言风格的形成产生了深刻的影响。他"滑稽佻达"的性格在他的散曲作品中有所反映，其中尤以《仙吕·醉中天·咏大蝴蝶》最突出，同时，这首曲子也是王和卿最为知名的代表作：

弹破庄周梦，两翅驾东风，三百座名园一采一个空。难

异彩纷呈的文学艺术

道风流种，唬杀寻芳的蜜蜂。轻轻飞动，把
卖花人扇过桥东。

庄周　一般指庄子。战国时期著名思想家、哲学家、文学家，道家学说的主要创始人之一，是道家创始人老子思想的继承和发展者，后世将他与老子并称为"老庄"。他们的哲学思想体系，被思想学术界尊为"老庄哲学"。代表作品为《庄子》以及名篇有《逍遥游》《齐物论》等。

　　大意是：挣破了庄周的梦境，到现实中，硕大的双翅驾着浩荡的东风。把300座名园里的花蜜全采了个空，谁知道它是天生的风流种，吓跑了采蜜的蜜蜂。翅膀轻轻扇动，把卖花的人都扇过桥东去了。

　　此曲综合运用了想象、夸张、比喻、象征的艺术手法，荒诞滑稽地写出了一个超级"风流种"所具有的非凡神力，作者擅用夸饰之巧譬善喻，运用"庄周梦蝶"的故事，将现实世界转化为想象天地，以"弹破庄周梦"破题，运用"物化"承转的自由观念，赋予"大蝴蝶"神秘的色彩，开拓想象的意涵与空间。

　　其次则以"两翅驾东风""轻轻飞动""把卖花人扇过桥东"等句夸饰其翅，隐含《逍遥游》之趣。此蝴蝶颇有"翼若垂天之云"之大鹏鸟的意象，在转化后，其形轻巧逍遥，惊破现实，将采蜜的蜂吓杀，卖花为生的人被扇过桥东，犹不知所以，充分表现出元

萌芽阶段
散曲兴起

■ 庄周梦蝶

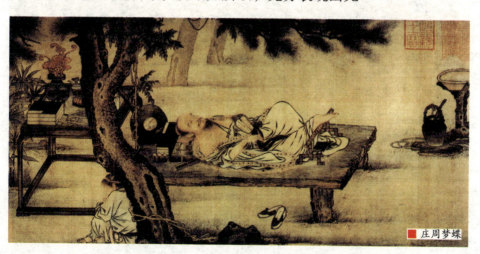
■ 庄周梦蝶

曲谑浪诙谐之趣。此曲语言诙谐风趣，生动幽默，具有民间歌谣活泼而有生气的精神，也有比较醇厚的俗谣俚曲色彩。

晚明著名曲学家王骥德《曲律·论咏物第二六》就特别推崇欣赏散曲创作中这样一种似是而非、不黏著于物的开篇技巧。在《曲律·论咏物第二六》说："元人王和卿《咏大蝴蝶》……只起一句，便知大蝴蝶。下文势如破竹，却无一句不是俊语。"

王和卿抹去了传统文学的高雅光环，毫无顾忌地把最粗俗的题材引入散曲，如《王大姐浴房吃打》《咏秃》《胖妓》，以及《绿毛龟》《长毛小狗》这些传统文学向来不取的世俗景态，即使用"俗人"之眼观之，恐怕也是"丑"，但却被王和卿摄入曲中。

王和卿将滑稽调侃之风，以及"丑恶"之物等不同于传统诗歌的"本色"成功地摄入曲中，达到了一定的高度，正说明这种风格乃是一种时代的文学之潮，是值得推崇和借鉴的。

阅读链接

王和卿的《仙吕·醉中天·咏大蝴蝶》所歌咏的主体——大蝴蝶，确实曾见于燕市，因此元代人陶宗仪《南村辍耕录》卷二十三道："中统初，燕市有一蝴蝶，其大异常。"王赋《醉中天》小令云："弹破庄周梦，两翅驾东风。三百处名园，一采一个空。难道风流种，唬杀寻芳的蜜蜂。轻轻飞动，把卖花人扇过桥东。"由是其名益著。

此曲并不完全是作者自况风流之作，亦是元代社会现实一类现象的隐喻象征，"大蝴蝶"乃当时"权豪势要""花花太岁""浪子丧门"的化身，"三百座名园，一采一个空"之句，也正是作家关汉卿笔下鲁斋郎、葛皇亲、杨衙内等糟蹋妇女的真实反映和写照。

从1320年至1368年元朝灭亡，散曲创作进入了一个新的阶段。前期，关汉卿、白朴、卢挚、姚燧等散曲大家在1321年前后相继离世，张养浩、张可久、乔吉、徐再思、杨朝英、周德清、钟嗣成等后期代表曲家相继达到创作高峰，元曲创作中心也从以大都为中心的北方转移到以杭州为中心的江南。

这一时期，不但散曲创作再续前期的辉煌，而且出现了散曲的文献整理、理论总结等多种形式的元曲新成果，另外，这时，散曲的创作题材、写法、美学追求也都发生了很大的变化，形成独特成熟的曲风。

灿烂佳期

散曲辉煌

关汉卿辉煌灿烂的成就

元曲大师关汉卿雕像

关汉卿约出生于1220年，号已斋、已斋叟。他性格秉直，由金入元，"不屑仕进"。关汉卿擅长杂剧、散曲创作，在曲作方面取得了辉煌的成就，他的散曲丰富多彩，既有"豪辣灏烂"之作，又多妖娇婉丽之语，对元散曲的发展起到了至关重要的作用。

关汉卿在元代至元年间、大德初年活跃于大都的杂剧创作圈，是玉京书会里赫赫有名的书会才人。他和杂剧作家杨显之非常交好，与戏曲名家梁进之是"故友"，又与性格"滑稽佻达"的散曲家王和卿来往密切，与艺人歌伎亦有相当亲密的接触。

关汉卿创作了很多曲作，流传下来的散曲有57首，套数13套，内容主要是自述身世、直抒胸臆；描写男女恋情，抒发离愁别恨；描绘世俗物景，抒写闲适之意；等等。

关汉卿在元代初年严酷的现实下，虽然寄情于戏剧、散曲等文学创作，但内心却是十分苦闷的，《南吕·一枝花·不服老》所表现的，是关汉卿思想的一个侧面：

■ 元代奏乐壁画

[尾] 我是个蒸不烂煮不熟捶不扁炒不爆响当当一粒铜豌豆。恁子弟每谁教你钻入他锄不断斫不下解不开顿不脱慢腾腾千层锦套头。我玩的是梁园月，饮的是东京酒，赏的是洛阳花，攀的是章台柳。我也会围棋，会蹴踘，会打围，会插科，会歌舞，会吹弹，会咽作，会吟诗，会双陆。你便是落了我牙，歪了我口，瘸了我腿，折了我手，天赐与我这几般儿歹症候，尚兀自不肯休。则除是阎王亲自唤，神鬼自来勾，三魂归地府，七魄丧冥幽。天那，那世间才不向烟花路儿上走。

杂剧 唐代时泛指歌舞以外诸如杂技等各色节目。到了宋代，杂剧逐渐成为一种新表演形式的专称，包括歌舞、音乐、调笑、杂技，它分为三段：第一段称为"艳段"，表演内容为日常生活中的熟事，作为正式部分的引子；第二段是主要部分，大概是表演故事、说唱或舞蹈；第三段叫散段，表演滑稽、调笑，或间有杂技。三段各一内容，互不连贯。

顺时秀 元朝的一位杂剧演员，原名力郭顺卿，因排行第二，故人称郭二姐。扮旦角，擅长于表演闺怨和宫廷生活戏。歌喉动作，有"金簧玉管、凤吟鸾鸣"之美誉。

此曲浓墨重彩，层层晕染，集中而又夸张地塑造了浪子的形象，可谓是作者的一份"浪子"宣言，曲中作者历数自己的多才多艺，却又刻意渲染出放荡游戏和玩世不恭的人生态度，内里是对当时压抑人才的社会的抗议与挑战，是以他为代表的书会才人的精神写照。

此曲在艺术上也很有特色。曲中一系列短促有力的排句，节奏铿锵，具有精神抖擞、斩钉截铁的意味。全曲把衬字运用的技巧发挥到了极致，如首两句，作者在本格七七句式之外，增加了39个衬字，使之成为散曲中少见的长句。

■ 关汉卿雕像

而这些长句，实际上又以排列有序的一连串三字短句组成，从而给人以长短结合舒卷自如的感觉。这种浪漫不羁的表现形式，恰能表达浪漫不羁的内容，以及风流浪子无所顾忌的品性。

关汉卿经常活动于歌伎舞女之间，与地位低微的伶人惺惺相惜，与当时著名杂剧演员朱帘秀、顺时秀，以及朱帘秀的弟子赛帘秀、燕山秀及侯耍俏、黑驹头等都有亲密的接触，特别是与朱帘秀的交往最为密切。

《南吕·一枝花·赠朱

帘秀》是一首充满深情的寄赠之作：

[一枝花] 轻裁虾万须，巧织珠千串。金钩光错落，绣带舞蹁跹。似雾非烟，妆点就深闺院，不许那等闲人取次展。摇四壁翡翠浓阴，射万瓦琉璃色浅。

[梁州] 富贵似侯家紫帐，风流如谢府红莲，锁春愁不放双飞燕。绮窗相近，翠户相连，雕栊相映，绣幕相牵。拂苔痕满砌榆钱，惹杨花飞点如绵。愁的是抹回廊暮雨萧萧，恨的是筛曲槛西风剪剪，爱的是透长门夜月娟娟。凌波殿前，碧玲珑掩映湘妃面。没福怎能够见？十里扬州风物妍，出落着神仙。

[尾] 恰便似一池秋水通宵展，一片朝云尽日悬。你个守户的先生肯相恋，煞是可怜，则要你手掌里奇擎着耐心儿卷。

此曲表面上是歌咏珠帘的秀美，实际上暗用谐音，礼赞朱帘秀的才情技艺与绰约风姿，更表达自己对这位杂剧名家的倾慕和爱恋。此曲俊语如珠，美艳绝伦。

关汉卿散曲中，男女恋情的题材有很多，且占据了重要地位，这类曲作写得"深刻细腻"，且"浅而不俗，深而不晦"，雅俗共赏，尤以刻画女子细腻微妙的心理活动和生动传情的神态见长，如《正宫·白鹤子》：

花边停骏马，柳外缆轻舟。湖内画船交，湖上骅骝骤。鸟啼花影里，人立粉墙头。春意两相牵，秋水双波溜。香焚金鸭鼎，闲傍小红楼。月在柳梢头，人约黄昏后。

曲作犹如一首小诗，轻灵隽永，使人感到似有泪珠儿在女子眼中闪烁。"月在柳梢头，人约黄昏后。"化用欧阳修《生查子·元夕》："月上柳梢头，人约黄昏后"词句，意境幽美。

再如《双调·大德歌》四首中的一首：

> 俏冤家，在天涯，偏那里绿杨堪系马。困坐南窗下，数对清风想念他。蛾眉淡了教谁画？瘦岩岩羞带石榴花。

开头就是"俏冤家"这个极其亲昵的称呼，少妇对远方情人的爱恋之切、思念之切、疑虑幽怨之情尽数而出，也表达了对往日美好恩爱生活的回味。就全篇来说，可谓点睛之笔。

关汉卿也有描写直露的艳情散曲，写得大胆快意，纵情恣肆，如《仙吕·一半儿·题情》：

> 云鬟雾鬓胜堆鸦，浅露金莲簌绛纱，不比等闲墙外花。骂你个俏冤家，一半儿难当一半儿耍。
>
> 碧纱窗外静无人，跪在床前忙要亲。骂了个负心回转身。虽是我话儿嗔，一半儿推辞一半儿肯。
>
> 银台灯灭篆烟残，独入罗帏淹泪眼。乍孤眠好教人情兴懒！薄设设被儿单，一半儿温和一半儿寒。
>
> 多情多绪小冤家，迤逗的人来憔悴煞。说来的话先瞒过咱，怎知他，一半儿真实一半儿假。

用市井口语和泼辣俚语，将男子的急躁与莽撞、女子的爱怨与娇嗔刻画得惟妙惟肖、神形毕现。

关汉卿的有些散曲，反映了他追求适意的人生哲学。这种适意，

异彩纷呈的文学艺术

不是简单的纵情山水、遥寄田园，而是带有经历了时代沧桑巨变后的理性思索。

关汉卿在《南吕·四块玉·闲适》中对这种适意做出了形象的描绘：

> 旧酒投，新醅泼，老瓦盆边笑呵呵，共山僧野叟闲吟和。他出一对鸡，我出一个鹅，闲快活。

曲作描写了作者同山僧野叟的吟诗唱和，语言通俗易懂，形象鲜明生动，感情真挚脱俗。

关汉卿的散曲成就是多方面的，既有豪放泼辣之作，又多蕴藉婉丽、美艳娇娆之语，表现出蕴藉风流的个性特点，其蕴藏在作品中的风格和风骨对后来的散曲作家们影响巨大。

阅读链接

元代是儒家思想依然笼罩朝野。在文坛，雅文学虽然逐渐失去往日的辉煌，但它毕竟余风尚炽，而俗文学则风起云涌，走向繁荣。关汉卿生活在这样的历史阶段，他的戏剧创作和艺术风貌便呈现出鲜明而驳杂的特色。

一方面，他关心民生疾苦，对大众文化十分热爱；另一方面，在建立社会秩序的问题上，他认同儒家仁政学说，甚至还流露出对仕进生活的向往。

就关汉卿全部文学创作的风格而言，既不全俗，又不全雅，而是俗不脱雅，雅不离俗。就创作的态度而言，他既贴近下层社会，敢于为人民大声疾呼，却又不失厚人伦、正风俗的儒学旨趣。

他是一位勇于以文学创作来干预生活积极入世的作家，又是一位倜傥不羁的浪子，还往往流露出在现实中碰壁之后解脱自嘲、狂逸自雄的心态。

白朴创作标志元曲成熟

白朴，原名恒，字仁甫，后改名朴，字太素，号兰谷。自幼生长于金代的南京，即河南开封，元初久居真定，即河北正定。其父白华在金代官至枢密院判官。

白朴博学多才，诗、词、曲兼擅，尤以杂剧著名。其散曲"俊逸有神，小令尤为清隽"，尤以超脱旷达的叹世隐逸之作为上，是元代散曲走向成熟的标志，在散曲发展史上具有里程碑的意义。

白朴幼年亲历家世荣辱和亡国之难，使他对政治和功利深有戒惧和厌倦之感，故多次拒绝元朝的征召，一生未仕。青壮年时开始漫游各地，并开始创作，中年以后曾游历江南和杭州一带，55岁时徙居建康，过着与诗酒往还、纵情山水的风雅名士生活。

白朴有散曲小令37首，套曲4篇，大多是描写隐逸生活、自然风光和男女情爱、笑傲尘世之作，风格曲词清新秀丽而不失疏放旷达之风，兼清丽、沉雄之长，语言质朴自然，有些小令颇有民歌风味。

受身世和经历的影响，白朴"恒郁郁不乐"，终生都无法摆脱

"山川满目之叹"，这也使他的很多作品带有抑郁不平的意味，如《喜春来·知机》："知荣知辱牢缄口，谁是谁非暗点头。"

在这些作品中，叹世归隐之作占了较大的比例。如《双调·沉醉东风·渔父》：

白朴画像

黄芦岸白蘋渡口，绿杨堤红蓼滩头。虽无刎颈交，却有忘机友，点秋江白鹭沙鸥。傲煞人间万户侯，不识字烟波钓叟。

曲中所写在澄明的秋江上和鸥鹭相与忘机的渔父生涯，表明了作者对现实功名的否定和对遁世退隐生活的向往。然而表面潇洒脱略并不能完全掩盖作者心中的悲愤，"不识字"三字即透出其中信息。

强调渔父的不识字可以无忧无虑，可以傲视王侯，所要表现的正是文人对现实生活的压抑之感。像这一类旷达与悲愤交织之作在白朴作品中屡见不鲜。

白朴在咏史叹世的散曲中反复表达着对功名荣辱的人生态度，如《仙吕·寄生草·劝饮》：

长醉后方何碍，不醒时有甚思。糟腌两个功名字，醅淹千古兴亡事，曲埋万丈虹霓

灿烂佳期

散曲辉煌

万户侯 食邑万户以上，汉代侯爵最高的一层，泛指高爵显位。万户侯在封建社会作为一个特殊阶层，拥有很高的社会地位，掌握着大量的社会资源，包括人力、物力、财力、自然资源等。

建康 即南京。南京历史悠久，有着6000多年文明史、近2600年建城史和近500年的建都史，是中国四大古都之一，有"六朝古都""十朝都会"之称，是中华文明的重要发祥地。

志。不达时皆笑屈原非，但知音尽说陶潜是。

这首小令寄托了作者笑傲功名、借酒言志、寄情于曲的人生追求，蕴含着超然于外而哀叹于内、长醉于形而清醒于心的复杂情感，堪称白朴曲中佳品。又如《中吕·阳春曲·知几》：

> 知荣知辱牢缄口，谁是谁非暗点头。诗书丛里且淹留。
> 闲袖手，贫煞也风流。
> 今朝有酒今朝醉，且尽樽前有限杯。回头沧海又尘飞。
> 日月疾，白发故人稀。
> 不因酒困因诗困，常被吟魂恼醉魂。四时风月一闲身。
> 无用人，诗酒乐天真。
> 张良辞汉全身计，范蠡归湖远害机。乐山乐水总相宜。
> 君细推，今古几人知。

在这首曲中，白朴用典频繁，表达了内心对现实深沉的郁愤和冷漠，也反映了作者一生寄情诗酒、超然物外的生活追求和人生感悟，从中可以看出作者漠然处世和淡然功名的思想倾向。

白朴较多涉笔的题材还有写景咏物和男女恋情，其中写景状物散曲共有20首，几乎是其现存散曲的一半。这类散曲富于文采，有清丽淡雅之美。白朴写景咏物散曲是他寄情山水的生活写照，如《越调·天净沙·春》《越调·天净沙·夏》《越调·天净沙·秋》《越调·天净沙·冬》：

> 春山暖日和风，阑干楼阁帘栊，杨柳秋千院中。啼莺舞
> 燕，小桥流水飞红。

云收雨过波添，楼高水冷瓜甜，绿树阴垂画檐。纱橱藤簟，玉人罗扇轻缣。

孤村落日残霞，轻烟老树寒鸦，一点飞鸿影下。青山绿水，白草红叶黄花。

一声画角樵门，半庭新月黄昏，雪里山前水滨。竹篱茅舍，淡烟衰草孤村。

春、夏、秋、冬四季各有特色，此曲如同一幅描绘四季景致的画卷，曲辞清丽典雅。尤其是写《秋》一曲，意境放旷俊逸，鲜亮明快。

在作者的笔下，原本是寂寞萧瑟的秋景，突然变得五颜六色而多彩多姿。由此可见，白朴的散曲写作技巧有多么高明了。

白朴写景散曲多是借景抒情、情景交融，套曲《双调·乔木查·对景》最有代表性。通过描写四季景物的循环更替，抒发了作者对人世沧桑、韶华易逝、功名虚幻的无限感慨。

白朴由于长期沉沦于市井，因此写下了很多描写男女恋情的散曲，内容多写女子失欢、相思的情感，他善于将失恋女子的心理层层铺叙，并以一种含蓄的手

李子牧绘画《秋》

法揭示出来，如《中吕·喜春来·题情》：

从来好事天生俭，自古瓜儿苦后甜。奶娘催逼紧拘钳，甚是严，越是间阻越情欢。

在这首曲中，作者用生动通俗的语言写出了一个要求冲破封建束缚的少女的形象和心态。"越是间阻越情欢"一句，表现了对生活、情感的独特的感受，很有韵味。

曲中塑造了一对青年男女谈情说爱的情景，大胆泼辣，毫不掩饰地向对方袒露自己的欲望，于浑俗中流淌着可爱可人的本色。语言执着有力，有民歌小调的风味。

白朴一生致力于杂剧、散曲的创作，在散曲方面，他以诗文入曲，于绮丽中含朴质，清新中蕴豪放，代表了元代散曲的最高成就。

异彩纷呈的文学艺术

阅读链接

元好问是白朴最大的恩人，可以说没有元好问，就不可能有后来的白朴，白朴幼年时值金国覆亡，饱经兵乱，幸亏元好问多方扶持，他才得以生存并可以读书。

元好问生活十分艰辛，但他视白朴犹如亲生，关怀备至。白朴为瘟疫所袭，生命垂危，元好问昼夜将他抱在怀中，竟于得疫后第六日出汗而愈。白朴聪明颖悟，从小喜好读书，元好问对他悉心培养，教他读书问学之经，处世为人之理，使他幼年时就受到了良好的教育。

在得知白朴的父亲白华的下落后，元好问遂将白朴姐弟送归白华，使失散数年的父子得以团聚。父子相见，白华感到极大的快慰。

分别后，元好问一有机会，就每至其家，都要指导他治学门径，曾有诗夸赞白朴说："元白通家旧，诸郎独汝贤。"勉励他刻苦用功，成就一番事业。

马致远丰富多样的创作

　　马致远，字千里，汉族人，元代大都人，即今北京人。晚年号东篱，以示效归隐名士陶渊明之志。马致远早年热衷于功名，但他的仕途却并不如意，所任最高官职是从五品的江浙行省务官。

马致远塑像

元代山水画

马致远杂剧、散曲双绝。他长期沦落于市井之中，在大都加入了元贞书会，成为一名致力于元曲创作的人才。

马致远的散曲流传下来的有小令104首，套数17套，保存在辑本《东篱乐府》。马致远是撰写散曲的高手，是元代散曲大家，有"曲状元"之称。

他的叹世之作能挥洒淋漓地表达情性，在元代散曲作家中，被看作是豪放派的主将，虽然也有清婉的作品，但以疏宕宏放为主，他的语言融诗词与口语为一炉，创造了曲的独特意境。

在马致远愤世嫉俗、抑郁难平的心绪下，创作了表现愤世嫉俗之作，如著名的《双调·夜行船·秋思》；描写自然景物之作，如《越调·天净沙·秋思》，都直接或曲折地表现了一个知识分子在黑暗社会怀才不遇、厌弃世事、消极隐居的情绪。

他的套数以《般涉调·耍孩儿·借马》最有名，作品塑造了一个爱马如命的吝啬者的形象，特别是对这一形象的心理刻画，非常细腻深刻，富有讽刺意义。

愤世嫉俗、心绪难平之气充溢于作品的字里行间，如"夜来西风里，九天雕鹗飞，困煞中原一布衣。悲，故人知未知？登楼意，恨无上天梯！""叹寒儒，谩读书，读书须索题桥柱，题柱虽乘驷马车，乘车谁买《长门赋》，且看了长安回去。"

马致远还有一类散曲多慨叹世事、感悟人生、抒写情怀，较为典型者如套曲《双调·夜行船·百岁光阴》：

百岁光阴如梦蝶，重回首往事堪嗟！今日春来，明朝花谢，急罚盏夜阑灯灭。

[乔木查]想秦宫汉阙，都做了衰草牛羊野。不恁么渔樵无话说。纵荒坟横断碑，不辨龙蛇。

[庆宣和]投至狐踪与兔穴，多少豪杰。鼎足虽坚半腰里折，魏耶？晋耶？

[落梅风]天教你富，莫太奢，无多时好天良夜。富家儿更做道你心似铁，争辜负锦堂风月？

[风入松]眼前红日又西斜，疾似下坡车。晓来清镜添白雪。上床与鞋履相别。休笑巢鸠计拙，葫芦提一向装呆。

[拨不断]利名竭，是非绝。红尘不向门前惹，绿树偏宜屋角遮，青山正补墙头缺，竹篱茅舍。

[离亭宴煞]蛩吟罢一觉才宁贴，鸡鸣时万事无休歇，争名利何年是彻？看密匝匝蚁排兵，乱纷纷蜂酿蜜，急攘攘蝇争血。裴公绿野堂，陶令白莲社。爱秋来时那些：和露摘黄花，带霜烹紫蟹，煮酒烧红叶。人生有限杯，浑几个重阳节？嘱咐俺顽童记者：便北海探吾来，道东篱醉了也。

此曲雅俗兼备，意蕴深邃，抒发了作者的人生感悟和疏放情怀，被誉为元代套曲"万中无一"的压卷之作。

这里描绘了两种人生境界：一是奔波名利，一是陶情山水。名利场中的污浊丑陋与田园的高雅旷达，形成了鲜明的对比。

作者坚定地选择了后者，将诗酒还有湖山的恬静闲适作为人生的归宿，这表明了作者彻悟之后对现实的否定，同时在表面的放逸潇洒之下仍然激荡着愤世嫉俗的深沉感情。

全套将人与景、雅与俗、情与理融为一体，深切透辟，意蕴悠长，生动感人，成为散套创作史上的一座高峰，标志着文人对套曲的创作已发展到了一个新的阶段，因而被誉为元曲散套中的"绝唱"。

马致远散曲的艺术成就一向受到赞许，题材广泛，语言本色，形象性强。除了叹世的作品外，还有许多写景的文章。这是当他认清了官场的功名利禄都不过是"繁华一梦"后，逐渐把田园生活当作自己的归宿后，致力于创作的结果。

集中表现其田园闲适生活的是《南吕·四块玉·恬退》和《双调·清江引·野兴》、套曲《般涉调·哨遍·半世逢场作戏》等。看《双调·清江引》八首中的两首：

> 林泉隐居谁到此，有客清风至。会作山中相，不管人间事。争什么半张名利纸！
>
> 东篱本是风月主，晚节园林趣。一枕葫芦架，几行垂杨树。是搭儿快活闲住处。

曲作高度赞美了田园诗意的生活和表达了自己对田园生活的热爱和向往。

马致远写景之作清俊闲适，虽寥寥数笔，然意境无穷。其笔下

异彩纷呈的文学艺术

的景象多有一种世俗生活的气息，如《双调·寿阳曲·远浦归帆》：

绝唱　原指诗文创作达到最高造诣，后引申为各种创作体裁达到最高水平。"史家之绝唱，无韵之离骚。"是对司马迁《史记》的评价。

夕阳下，酒旆闲，两三航未曾着岸。落花水香茅舍晚，断桥头卖鱼人散。

再如《越调·天净沙·秋思》：

枯藤老树昏鸦，小桥流水人家，古道西风瘦马。夕阳西下，断肠人在天涯。

曲作把枯藤、老树、昏鸦、小桥、流水、人家、古道、西风、瘦马九种景物集中在一起，未加描述，已把秋日傍晚的苍凉意境表现无遗，语言是本色的，意境是深远的，此作被称为"秋思之祖""纯是天

■ 《百岁光阴》配画之三

籁""万中无一""一时绝唱"。

马致远不仅写景之作清新淡雅，描写恋情的作品也充满活泼的生活情趣，如《双调·寿阳曲·无题》23首是其情词的代表，看下面几首：

相思病，怎地医？只除是有情人调理。相偎相抱诊脉息，不服药自然圆备。

蔷薇露，荷叶雨，菊花霜冷香庭户。梅梢月斜人影孤，恨薄情四时辜负。

因他害，染病疾，相识每劝咱是好意。相识若知咱就里，和相识也一般憔悴。

这组小令描写了女主人公对羁旅他乡的情人的深切怀念，文笔生动传神，不落俗套，感情深挚动人。文句浅显易懂，雅俗共赏。

马致远也作有极风趣的谐俗之作，如套曲《般涉调·耍孩儿·借马》，以严肃不拘的笔法，通过生动诙谐的细节描写和细腻的心理描摹，刻画了一位爱马如命的小市民的吝啬形象，曲中虽有嘲戏却无鄙薄轻蔑，其意就是从民间世俗攫取生活情趣。

马致远的散曲成就很高，有说它"典雅清丽"的，有说它"老健

《恬退》配画

锐锋"的，还有说它"放逸宏丽"的，总之，马致远的散曲题材是多样性的，成就是多方面的，是散曲史上的一座高峰。

除了关汉卿、白朴、马致远、卢挚、姚燧等散曲大家为散曲的发展做出卓越的贡献外，还有一些名气和成就不如他们的散曲作家，也以他们的创作为散曲的发展做出了一定的贡献，散曲的繁荣发展同样也离不开他们的付出。杨果、刘秉忠、商道、商挺、庾天锡是他们中的佼佼者。

《秋思》配画

元初，需要大量人才去管理江南大片土地和财富，尤其是理财，这不是元代统治者所擅长的，因此，元朝廷招募大量汉人从事这一工作。省务官，即为掌税收之官，从五品。马致远大约就是这个时候应征为江淮行省务官而南下到杭州、扬州的。

但是省务官这个职务显然并不适合马致远，与他的理想更是相去甚远，马致远在曲中不断地感叹"空岩外，老了栋梁材"。马致远曾说自己"九重天，二十年，龙楼凤阁都曾见"。是指年轻时在大都求取功名。到了南方，这个江浙行省务官大概也只做了20年，最后辞官归隐了。这个时候，马致远大约50岁，此后的20多年，才是马致远散曲创作的黄金时期。

张可久铸就典雅清丽之风

张可久，字小山，浙江宁波人。他读书万卷，才高气盛，但仕途很不如意，"四十犹未遇"，对于一个读书人这是很不幸的，这一段时间，他寓居在杭州，与马致远、贯云石等文人交往。

40岁以后，迫于生活，张可久开始寻求仕途，但只做过一些小吏，如路史、酒税都监等，郁郁不得志。

张可久画像

张可久创作了大量散曲，他是元散曲后期清丽派最重要的代表作家，被誉为"词林之宗匠"。张可久写的小令尤其著名，备受时人推重。

张可久一生为吏、屈居下僚的经历致使他一生心绪难平，他将这种难平的心绪倾注于作品中，如《双调·庆东原·和马致远先辈韵九首》之五：

■《天台寺瀑布》
配画

诗情放，剑气豪，
英雄不把穷通较。江中斩
蛟，云间射雕，席上挥
毫。他得志笑闲人，他失
脚闲人笑。

曲中作者着意刻画了一位
性格豪放，不计穷通得失的旷
达之士。前三句总写英雄是文
武之才，旷达之士，中三句细
写文武之能。前六句塑造了一位不同凡响的英雄形
象，以讽刺现实生活中的势利小人。最后两句是写势
利小人，得志轻狂作态，失意遭人唾弃。小令篇幅短
小，却含意深远。

混迹官场多年，张可久深知官场人心的险恶，他
在描写景物时也融入了这种情绪，如《中吕·红绣
鞋·天台寺瀑布》：

绝顶峰攒雪剑，悬崖水挂冰帘，倚树
哀猿弄云尖。血华啼杜宇，阴洞吼飞廉，
比人心山未险。

这首小令描写山崖冰雪的奇绝及各种景物的幽

蛟　中国传说中
能发水的龙，由
于蛟龙常被人们
目击，而广为人
知，蛟栖息在
湖渊等聚水处，
也会悄悄地隐居
在离民家很远的
池塘或河流的水
底。隐栖在池塘
与河川的蛟龙，
一般会被称作
"潜蛟"。

美，而他从中领悟到的竟是"比人心山未险"。作为一个读书人，为生计所迫，他选择了谋生官场的人生道路，而屈居下僚显达无望，其内心的凄怆和幽怨在作品中时时可见。

也正由于仕途的失意，再加上年龄的增长，张可久时常有功名不就归隐田园的动念，特别是在其晚年，这种心绪可从他的《双调·水仙子·归兴》中看出来：

淡文章不到紫薇郎，小根脚难登白玉堂，远功名却怕黄茅瘴。老来也思故乡，想途中梦感魂伤。云莽莽冯公岭，浪淘淘扬子江，水远山长。

曲作头两句是说自己功名无望，既无才学又无靠山，因此仕途堪忧。下边三句对归乡原因作进一步解说：本想隐居深山，又因那里瘴气太重，自己年事已高就更加思乡，故乡的山水魂牵梦绕。最后写归乡途中所见，结尾表达了作者热爱故乡的无限深情。

张可久在游思、酬唱、春情、秋愁、唱和等作品中也常常流露出对归隐田园和闲适生活的向往，其中《南吕·四块玉·乐闲》《越调·寨儿令·山中》两曲颇具意趣：

归去来兮图

远是非，寻潇洒，地暖江南燕宜家，人闲水北春无价。一品茶，五色瓜，四季花。

寡见闻，乐清贫，逍遥百年物外身。麋鹿相亲，巢许为邻，仙树小壶春。住青山远却红尘，挂乌纱高卧白云。杏花村沽酒客，桃源洞打鱼人。因，闲问话到柴门。

曲作反映了作者对官场是非生涯的厌倦，对归隐清幽生活的渴望，以及对恬静幽居生活的赞美，隐逸生活被他表现得深婉恬静，轻松优美。

张可久作为清丽派的代表，以浓艳奇巧、典丽雅正为宗，有些作品已具有词的意境和特色，如《商调·梧叶儿·春日书所见》：

蔷薇径，芍药栏，莺燕语间关。小雨红芳绽，新晴绮陌干，日长绣窗闲，人立秋千画板。

这首描写春天景物的小令工丽含蕴，清丽典雅，炼句、对仗、用典、造境都具备了词的特点，再看套曲《南吕·一枝花·湖上晚归》：

[一枝花]长天落彩霞，远水涵秋镜，花如人面红，山似佛头青。生色围屏，翠冷松云径，嫣然眉黛横。但携将旖旎浓香，何必赋横斜瘦影。

[尾]岩阿禅窟鸣金磬，波底龙宫漾水精。夜气清，酒力醒，宝篆销，玉漏鸣。笑归来仿佛二更，煞强似踏雪寻梅灞桥冷。

这组散套语言隽永，对仗工整，意境清幽，勾画出西湖恬雅秀丽的景色。其中化用前人名句如《一枝花》首四句及"横斜瘦影"等比比皆是，且多用典故，凡此则竭力另出新意，表现出明显的骚雅典丽的艺术特色。

张可久的散曲以清丽著称，但也有一些以俗语、口语入曲的作品，也不乏真率疏放的曲作，特别是一些闺思艳情之作，如《越调·寨儿令·春思》以及《中吕·朝天子·闺情》等。

另外，张可久还写有艳情散曲，如《仙吕·一半儿·情》和《寄情二首》。与其典雅清丽的作品相比，这些口语化、世俗化的散曲确实描写细致，体验深切，给人以新奇的感受。

张可久的作品，作为一种清丽的风格，自成元代散曲群芳中的一葩，他的作品使散曲园地更加丰富多彩。尤其是他的写景作品，用词典雅，给人一种美的感受，因此被封为散曲的"正宗"，对后世的散曲创作有着巨大影响。

阅读链接

张可久虽然写了大量的归隐田园的作品，但他归隐林下，不过短短的3年，其余时间，都因生活所迫而不得不甘为小吏。可以说一生奔走官场，多任幕僚和小吏，其仕途据《录鬼簿》记载，曾由"路吏转首领官"，此外还任过昆山幕僚、桐庐典史、监税松源，也曾在会稽、三衢等地任职，官职虽多，但无一例外，都是小吏。

张可久足迹遍及浙江、江苏、安徽、湖南、江西等地，但主要活动都在元代江浙行省，即今浙江杭州域内。那个时候，元曲的创作活动中心已转移到江南。

在江南张可久和当时的曲家都有交往，与卢挚、贯云石、刘时中、大食惟寅等著名曲家多有唱和，在圈子里很有名气，大食惟寅称其为"词林谁出先生右，独占鳌头""声传南国，名播中州"。

乔吉融俗于雅的新散曲

　　乔吉，一作乔吉甫，字梦符，一作孟符，号笙鹤翁，又号惺惺道人。山西太原人，后流寓杭州，大部分时间生活在江南。

　　乔吉擅长散曲、杂剧创作，尤以散曲成就更大，在散曲发展史上的地位和影响极其显赫。他一生浪迹江湖，足迹遍布大都、湖南、浙江、福建、江苏、安徽等地，寄情诗酒，留情青楼，所以其散曲多是啸傲山水、戏谑青楼之作。为了交往达官，乔吉趋于逢迎，也作了不少奉樽侍宴的应酬之作。此外，还有一些愤世之作。

乔吉画像

乔吉的散曲风格以清丽为主，雅俗兼具，生动活泼，以奇制胜。其散曲创作讲究曲调和声律，少用衬字、衬句，表现出雅化倾向。

　　代表乔吉散曲水平的精品之作多是咏物抒怀、写景即兴一类的作品，表现出一个落魄文人无奈的人生追求和情感寄托，或歌咏逍遥自在的生活，或抒发散逸超脱的情怀，《正宫·绿幺遍·自述》是他一生落拓的写照：

　　　　不占龙头选，不入名贤传。时时酒圣，处处诗禅；烟霞状元．江湖醉仙。笑谈便是编修院，留连，批风抹月四十年。

　　此曲最能表达作者的人生情怀，虽然在仕途上不如意，功名无望，但作者还是以乐观旷达的态度，自谓独占天地自然之灵秀，享尽山林湖海之风光，快意于诗酒人生。这种情怀在《双调·折桂令·自述》中也有类似的体现。

　　在乔吉的散曲中，歌咏潇洒的情怀和向往自然的生活是一大主题，他的《南吕·玉交枝·闲适二曲》就表现这种思想，其一：

　　　　山间林下，有草舍蓬窗幽雅，苍松翠竹堪图画，近烟村三四家。飘飘好梦随落花，纷纷世味如嚼蜡。一任他苍头皓

《自述》配画

发，莫徒劳心猿意马。自种瓜，自采茶，炉内链丹砂。看一卷道德经，讲一会渔樵话，闭上槿树篱，醉卧在葫芦架，尽清闲自在煞。

"自种瓜，自采茶"，这就是乔吉的理想生活。

乔吉一生不曾显达，甚至可以说是穷困潦倒，其作品内容也因此而表现出一种消极厌世的情绪和对现实的不满，同时也会表达出自己的心声，如《双调·水仙子·寻梅》一曲最有代表性：

> 冬前冬后几村庄，溪北溪南两履霜，树头树底孤山上。冷风袭来何处香？忽相逢缟袂绡裳。酒醒寒惊梦，笛凄春断肠，淡月昏黄。

441

灿烂佳期

散曲辉煌

■《寻梅》配画

这支散曲是寓情于景的写作手法，表面上是写梅花，实际上处处体现着作者的心境及所要表达的思想内涵。"寻梅"两字本身即表达了作者对高尚品格的渴望与追求。

曲作中的梅花可以理解为作者心目中高洁品性的代名词，这在他另一支散曲《折桂令荆溪即事》中也可以看出来：

《折桂令荆溪即事》配画

问荆溪溪上人家：为甚人家，不种梅花？老树支门，荒蒲绕岸，苦竹圈笆。寺无僧狐狸样瓦，官无事鸟鼠当衙。白水黄沙，倚遍阑干，数尽啼鸦。

曲中，作者讽刺了当时官僚腐朽，社会风气颓落，致使人民困苦，正义不得伸张的社会现实。感叹家家不种梅花，实则隐射梅花般的高洁品性无人拥有。

此外，在乔吉的散曲中依托梅花来抒发类似情调的作品还有《中吕·山坡羊·冬日写怀》之三、《双调·折桂令·登毗陵永庆阁所见》《双调·折桂令·赠张氏天香善填曲时在阳羡莫侯席上》等，这些作品不仅体现出了乔吉的风雅和清高，更真实地反映出其心灵深处的冲突和悲苦。

乔吉的散曲表现出典正清雅，他精于音律，善于锤炼句子，他的散曲，后期开始向词方面靠拢，逐渐走向风雅化的代表。这类散曲多是描写闺情之作，而宴饮赠答之作也多近典雅，这类风格的代表作是《双调·折桂令·秋思》：

红梨叶染胭脂，吹起霞绡，绊住霜枝。正万里西风，一天暮雨，两地相思。恨薄命佳人在此，问雕鞍游子何之。雁未来时，流水无情，莫写新诗。

这首曲作和宋词婉约派的风格相似度很高，相反，散曲的意味不是很多。乔吉这类散曲多以描写恋情的凄苦来抒发自己内心的伤情，以此来消解自己内心的凄苦，曲折反映了这个时期一些文人共同的心理状态。

乔吉与当时一些有名气的歌伎来往密切，他的散曲中也多有描写她们的句子，如说她们"脸儿嫩难藏酒晕，扇儿薄不隔歌尘。俫整金钗暗窥人。凉风醒醉眼，明月破诗魂，料今宵怎睡得稳"，或描绘她们"合欢髻子楚云松，斗巧眉儿翠黛浓。柔荑指怯金杯重，玉亭亭鞋半弓，听骊珠一串玲珑。歌触的心情动，酒潮的脸晕红，笑堆著满面春风"。

乔吉散曲色彩斑斓，笔调洒脱，喜用华美、工丽的语言描写艳情，常于恬淡中透豪气，浓艳中涵天然，雅秀中蕴清浅，热闹中寓凄凉，它始终融俗于雅，使散曲定位在雅俗兼赅的新层面上。

阅读链接

写文章要做到凤头、猪腹、豹尾，就是说，开头要精彩，就像凤凰的头一样，能一下子吸引住人；中间内容要丰富充实，言之有物，就像猪的肚子一样；结尾要有力，留有余响，就像豹子的尾巴一样。其实这个理论，就是元代散曲家乔吉在谈到写"乐府"也就是散曲的章法时提出来的。

元代史学家陶宗仪的《南村辍耕录》引乔吉的话说："作乐府亦有法，曰凤头、猪肚、豹尾六字是也。大概是头要美丽，中要浩荡，结要响亮。尤贵在首尾贯穿，意思清新，苟能若是，斯可以言乐府矣。"

徐再思骚雅端丽的曲风

徐再思，字德可，自号甜斋，浙江嘉兴人。他一生绝大部分活动在江浙一带，其间曾离开故居。他的散曲以清丽文雅为主，以骚雅端丽见长，亦有豪放之作。徐再思擅作小令，内容多为情思、归隐及景物、咏史等题材，其中尤以写相思闺情冠绝于世，被称为写相思高手。

徐再思情思之作深沉隽秀，其中最受称道的是《双调·蟾宫曲·春情》：

徐再思画像

平生不会相思，才会相思，便害相思。身似浮云，心如飞絮，气若游丝。
空一缕余香在此，盼千金游
子何之。证候来时，正是何
时？灯半昏时，月半明时。

《春情》配画

此曲写得真挚自然，纯乎天
籁。题目为春情，写的是少女的恋
情。首三句说少女害了相思病，不
能自拔，感情波澜起伏。三、四、
五句写少女相思的病状，用浮云、
飞絮、游丝比喻她病得魂不守舍，
恍惚迷离，十分贴切。

六、七句写病因，游子一去，
徒然留下一缕余音，彼此没法相
见，只有望穿秋水地盼望。最后两
句点出相思病最难挨的时刻，灯半
昏，月半明，夜已阑。半明半暗的
光景，最能勾起相思之苦。

此曲押韵有其特色，开头处
连用"思"字3次，结尾处连用
"时"字4次。连环重叠，写法大
胆而自然，颇得本色之趣。

徐再思擅长写相思之情，他另
有一曲《清江引·相思》说："相
思有如少债的，每日相催逼。"也
写得真率坦诚，不假辞藻而墨花四

商调 指文学上的一种宫调，中国传统乐学把音乐实践中音、律、声、调之间的逻辑关系概括起来，用以表明调性范畴的全面情况的基本理论就是宫调。

南吕 即南吕宫，古代乐律名。古乐分十二律，用三分损益法将一个八度分为十二个不完全相等的半音的一种律制。各律制度从低到高依次为：黄钟、大吕、太簇、夹钟、姑洗、仲吕、蕤宾、林钟、夷则、南吕、无射、应钟。又，奇数各律又称为"律"，偶数各律称为"吕"总称为"六律""六吕"，或简称为"正律"，乃对其半调与倍律而言。

照，与这首有异曲同工之妙。

徐再思很善于刻画陷入爱情的女子的纠结心情，如《南吕·阅金经·闺情》：

> 一点心间事，两山眉上秋，拈起金针还又休。羞，见人推病酒。恹恹瘦，月明中空倚楼。

除了含蓄地表达外，在表现相思恋情时，徐再思也擅长直白地描写对爱情的大胆追求、表达奔放热烈的真挚情感、歌颂爱情的自然之美，看《越调·凭栏人·春情》和《双调·沉醉东风·春情》：

> 髻拥春云松玉钗，眉淡秋山羞镜台。海棠开未开？粉郎来未来？
>
> 一自多才间阔，几时盼得成合？今日个猛见他门前过。待唤着怕人瞧科。我这里高唱当时水调歌，要识得声音是我。

这是两首大胆泼辣、风趣俚俗的情歌，由女子口吻道出，前一首直白真切地表达了女子对恋人到来的期盼，表现出痴情女子激荡的情感；后一首生动勾勒出怀春少女与心上人离隔多日而骤然相见的情景，塑造了一个机智、热情、大胆、纯真的追求爱情的民间少女形象。

可能是受经历的影响，徐再思的离情之作，洋溢着一种感伤悲凉的情绪，代表性作品如《双调·水仙子·夜雨》：

一声梧叶一声秋，一点芭蕉一点愁，三更归梦三更后。落灯花，棋未收，叹新丰逆旅淹留。枕上十年事，江南二老忧，都到心头。

曲作讲的是一位江南女子，思念出征在外的丈夫，在深秋的夜晚，前半夜把思念之情托付与梦中，后半夜怅然惊醒才觉是一场空，远在天边的丈夫杳无归期。寒来暑往，江南的春花又开了，而闺中之怨依然是绵绵无绝期。

《春情》配画

曲子中洋溢着一个孑然异乡的羁客的孤独和愁绪，简简单单几个数字读来却韵味悠长。曲子语言工炼，形象鲜明，感情真挚，给人以极大的美感。

徐再思也作有怀古忧时、隐居闲适、醉情山水之篇，他的某些咏史小曲总结历史兴亡多能言简意赅，有一定的警世意义，如《双调·蟾宫曲·姑苏台》：

荒台谁唤姑苏？兵渡西兴，祸起东吴。切齿仇冤，捧心钩饵，尝胆权谋。三千尺侵云粪土，十万家泣血膏腴。日月居诸，台殿丘墟。何似灵岩，山色如初。

此曲用大量的典故来描述吴越争霸的历史，具有以古醒今的深刻内涵和对历史、现实的理性思考。

徐再思在写景咏物的散曲中得到了一种精神慰藉与情感寄托，很多作品也因此都打上了山林隐逸、村野闲适的色彩，如《中吕·喜春来·皋亭晚泊》：

水深水浅东西涧，云去云来远近山，秋风征棹钓鱼滩。
烟树晚，茅舍两三间。

此曲写景清丽典雅，于云水秋风、炊烟茅舍中微微透出淡淡乡愁，意境清旷恬静，是清丽的典型风格。

阅读链接

关于徐再思的生平情况，所知甚少。《录鬼簿·徐德可》称其与张可久"同时"，曾任"嘉兴路吏……为人聪敏秀丽"。元末明初杂剧作家贾仲明的挽词称其"交游高上文章士，习经书、看鉴史"，可见徐再思是位颇有学问的散曲作家。

徐再思一生的活动似乎仅限于江浙一带，其间曾离开故居，清代褚人获《坚瓠集·丁集》记载其"旅寄江湖，十年不归"，这个情况也可以通过徐再思的《双调·蟾官曲·西湖》、散曲中有"十年不到湖山"，以及《双调·水仙子·夜雨》中的"枕上十年事，江南二老忧"等得到验证。

清代，散曲的发展缓慢，表现之一是散曲家和散曲作品的数量都不是很多，作品在百首左右的不超过10家，更多的作家都在10首以下。多数作家没有散曲作品专辑，而是附在其他作品之后。

另外，值得称道的作品很少，称得上有开创之风的扛鼎之作更是凤毛麟角。艺术上缺乏明显的特色，逐渐成为诗词的附庸，最终走向衰亡。

清代散曲作家的知识结构比较复杂，作散曲通常只是他们的爱好或者业余所为。他们复杂的知识结构影响了散曲的创作，由于比较重视诗词，因此，诗词知识使他们的散曲融入了诗词的一些特征。

走向低谷

散曲衰落

明初散曲家们的创作成就

明初的百年间，散曲创作相对沉寂，较有影响的作家有由元入明的汪元亨、汤式、贾仲明等人，此外，还有皇室作家朱有燉的风月闲情之作也较有特色。

汪元亨，字协贞，号云林，别号临川佚老，饶州人。元至正间出仕浙江省掾，后迁居常熟。

汪元亨画像

汪元亨喜好杂剧和散曲创作，《雍熙乐府》载有他的散曲百篇，题名《警世》的有20首，题作《归田》者有80首。

汪元亨生在元末乱世，厌世情绪极浓。从散曲内容看，多警世叹时之作，吟咏归田隐逸生活，如小令《醉太平·警世》《折桂令·归隐》诸作，既表现出了他对腐朽社会的憎恶感情，又反映出他全身远祸、逃避现实的悲观情绪和消极思想，如《折桂令·归隐》：

问老生掉臂何之？在云处青山，山下茅茨。向陇首寻梅，着杖头挑酒，就驴背咏诗。叹功名一张故纸，冒见霜两鬓新丝。何苦孜孜，莫待，细看渊明《归去来辞》。

在艺术上，汪元亨的散曲风格豪放，语言质朴，善用排比，一气贯注；有一些则是潇洒典雅，情味浓郁，互文比喻，耐人寻味。

汤式，字舜民，号菊庄，浙江象山人。元末曾补本县县吏，后落魄江湖。进入明代后不再做官，但据说明成祖对他"宠遇甚厚"。

汤式为人滑稽，所作散曲甚多，名《笔花集》。此外，尚有一些散曲，存录于《雍熙乐府》《盛世新声》《彩笔情词》等集中。

汤式的作品以曲录史，思想内容丰厚，极大地开拓了散曲文学的题材范围。他的散曲反映了朝代的更替和百姓的疾苦，进而总结历史、感叹人生；描述了元朝灭亡时候的衰残景象，同时传达出对新王朝的期盼。汤式以散曲体裁表达悼念之情，开创悼

■《归隐》配画

亡散曲的肇端。

贾仲明，又名贾仲名，自号云水散人，山东淄博人。贾仲明所作传奇戏曲、乐府极多，骈丽工巧。他的散曲有《云水遗音》等集。

贾仲明撰著《录鬼簿续编》，为82位戏曲作家补写了数十曲［双调·凌波仙］挽词，对这些戏曲作家及其创作予以梳理、评论，其中有不少曲论评语是比较中肯公允的，被人们广泛征引。如《吊关汉卿》：

珠玑语唾自然流，金玉词源即便有，玲珑肺腑天生就。风月情、忒惯熟，姓名香、四大神州。驱梨园领袖，总编修师首，捻杂剧班头。

异彩纷呈的文学艺术

■ 贾仲明画像

朱有燉，号诚斋，又号锦窠老人、全阳道人、老狂生、全阳子、全阳老人。安徽凤阳人。明太祖朱元璋第五子朱橚的长子，袭封周王，世称周宪王。

朱有燉擅长杂剧创作，他的杂剧奔放自如，别辟天地。他的散曲集合成《诚斋乐府》。朱有燉散曲存有小令264首，套数35首。这些作品多是"吟咏情怀，嘲弄风月"，基本上可分为吟咏个人情性、劝诫醒世两大类。前者如《清江引·题隐居》3首，主要抒发对闲适、恬淡隐居生活的一种向往。

他的《快活羊·题渔樵耕牧图乐府》4篇，则通过对4幅图中渔人、樵人、耕人、牧人生活的描写，揭示了他们快活的生活，表达了作者对村野生活的向往之情，如写渔人道：

朱有燉画像

小小船儿棹沧波，其实的快活快活。打得鱼来笑呵呵。醉了和衣卧，醒后推篷坐。谁似我。

写樵人生活道：

挑月穿云入烟萝，其实的快活快活。山径归来唱樵歌，困拂苍苔卧，闲对清泉坐。谁似我。

朱有燉的醒世劝诫之作，多是从当时富贵子弟吟风弄月，漂荡任性的现实出发，提出劝诫，奉告他们应该戒此行迹，如《南曲柳摇金·戒漂荡》道：

风情休话，风流莫夸，打鼓弄琵琶。意薄似风中絮，情空如眼内花，都是些虚脾烟月，耽搁了好生涯。想汤瓶是

453

走向低谷

散曲衰落

纸，如何煮茶。煨他莫再，莫再煨他，再莫煨他。休等叫街时罢。

"叫街"即为行乞。曲中揭露深刻，劝告有力。

朱有燉模仿元人张可久、张鸣善、刘庭信诸人的《咏风月担儿乐府》，作《柳营曲·咏风月担儿》23篇，旨在惩戒漂荡子弟。

他还仿刘庭信的风流体乐府，作《醉乡词》20篇，戏题的漂荡之人包括风流老儿、风流秀才、风流县宰、风流小僧、风流道姑等20类人。这些戏题之作，包括的人物群体之广，反映了当时的社会风气。

除了这几位散曲作家外，这一时期的北曲作家们，还有丁野夫、唐以初等，他们的散曲也有一定的可借鉴之处。

阅读链接

贾仲明是元代末期曲坛的后起之秀，以学习马致远元曲而成名家。燕王非常欣赏贾仲明的好文采，将其选进燕王府，侍奉自己。

贾仲明在燕王府十分得宠，燕王朱棣看过贾仲明的杂剧《萧淑兰情菩萨蛮》十分喜欢，他设宴请贾仲明吃饭。吃饭时，朱棣问贾仲明："云水散人你词如锦帷琼筵以谁为师？"

贾仲明说："马致远为师。"

燕王说："元曲谁为第一，你何是说？"

贾仲明说："元人马致远为第一，我有吊言相赠。"

燕王说："吟来我听。"

贾仲明念《双调·凌波仙·吊马致远》："万花丛里马神仙，百世集中说致远。四方海内皆谈羡，战文场，曲状元。姓名香，贯满梨园。《汉宫秋》《青衫泪》《戚夫人》《孟浩然》共痩白关老齐肩……"

朱棣正听得津津有味，忽然府中来人急报：南京急事，请燕王回军机处议事。朱棣没有办法，才不得已离去。

散曲名家推陈出新铸辉煌

　　至弘治、正德间，明代散曲有了显著的发展。当时北方的知名作者有康海、王九思等，南方的知名作者有王磐、陈铎等。

　　这时期的北曲，风格皆以典雅为主，可谓真实地出于性灵之作，

■康海蜡像

其气象反较明初为盛。北曲名家推陈出新，将明散曲从以往颓废的气象中带进一个新境界，铸就了新的辉煌。

康海，字德涵，号对山、沜东渔父，陕西武功人。1502年考中状元，任翰林院修撰。其著作有诗文集《对山集》、杂剧《中山狼》、散曲集《沜东乐府》等。

康海作了大量的散曲，包括套数30余首、小令200余首，曲作的主要内容是抒发其愤世嫉俗的情怀，如《雁儿落带过得胜令》：

> 真个是不精不细丑行藏，怪不得没头没脑受灾殃。从今后花底朝朝醉，人间事事忘。刚方，奚落了膺和滂；荒唐，周全了籍与康。

曲作表现了他自认为无辜遭殃的满腹牢骚，并夹杂着几分玩世不恭的幽默。

康海在作品中倾吐其徜徉山水的闲情逸致，如《叨叨令》《秋兴次

平沙落雁图

渼陂韵》就着重表现了作者对"有时节望青山看绿水乘嘉树，有时节伴渔樵歌窈窕盟鸥鹭"生活的欣喜之情。他的散曲一般都写得豪放爽健，但有时过多的生造和堆砌辞藻，也造成了作品空洞的缺点。

王九思与康海同时期，同朝为官，字敬夫，号渼陂，陕西鄠县人。王九思出身于书香之家，家境富裕，天资聪明，一表人才，自幼读书，学识渊博，尤长文学。他青年时热衷于功名。1496年考中进士，选为庶吉士，后授检讨。1509年调为吏部文选主事，年内由员外郎再升郎中。

■ 王九思画像

王九思擅长诗文和曲，以诗文名列"前七子"。王九思散曲存套数十余首，小令百数十首。他的曲作多数是对现实表示不满，通过寄情山水，发泄自己的牢骚。虽然抒发的是个人的情怀，境界狭窄，但尚有一定的社会意义和认识价值。

王九思所著的散曲秀丽雄爽，如《沉醉东风·归兴》：

> 有时节露赤脚山巅水涯，有时节科白头柳堰桃峡。戴什么折角巾，结什么狂生袜，得清闲不说荣华。提起封侯几万家，把一个薄福的先生笑煞。

前七子 明代弘治正德年间的文学流派，成员包括李梦阳、何景明、徐祯卿、边贡、康海、王九思和王廷相七人，以李梦阳、何景明为代表。后来明代嘉靖隆庆年间出现的李攀龙、王世贞等七人，称为"后七子"。

曲子倾吐胸臆，生机盎然。正词谑语错杂其间。

王磐画像

王磐，字鸿渐，自号西楼，江苏高邮人。他出生于一个富有之家，喜欢读书，曾为诸生，但嫌拘束而最终选择了放弃，他终身不再应举做官，而是纵情于山水诗酒，常与名士谈咏其间。

王磐散曲有小令65首，套曲9首。王磐散曲题材比较宽广，套曲《南吕·一枝花·久雪》，以大雪的逞威，喻权贵的肆虐，借以抒发心中的牢骚不平，并且表示了对光明的信念。《南吕·一枝花·嘲转五方》则讽刺了社会的迷信风气。

王磐做了大量庆节、赏花、记游等闲适之作，反映了他生活和性格的基本方面。部分作品则比较深刻地反映了社会现实，或表达了作者改变现实的愿望。

王磐散曲的风格大多是清丽精雅的，个别讽刺作品则较为豪辣，如《朝天子·咏喇叭》：

喇叭，唢呐，曲儿小，腔儿大。官船来往乱如麻，全仗你抬声价。军听了军愁，民听了民怕，那里去辨什么真共假？眼见得吹翻了这家，吹伤了那家，只吹得水尽鹅飞罢！

曲作把正德年间擅权的宦官，在运河沿岸鱼肉百姓的罪恶行径，以及他们装腔作势的嘴脸，揭露得淋漓尽致。

他的《朝天子·瓶杏为鼠所啮》旁敲侧击、嬉笑怒骂，以其俳谐风趣为人所称道："斜插，杏花，当一幅横批画。毛诗中谁道鼠无牙？却怎生咬倒了金瓶架？水流向床头，春拖在墙下。这情理宁甘罢！那里去告他，那里去诉他，也只索细数著猫儿骂。"

硕鼠之所以敢于肆无忌惮，是猫儿无能或放纵的结果，作者把矛头指向贪官污吏在当时是相当大胆的。

王磐的写怀咏物散曲，以清丽见称，如《落梅风》，写野外牧羊，宛如清淡秀丽的水墨画，表现力很强。有时借景抒情，表达自己对人生、对世事的态度，多弦外之音，这也是王磐写景咏物曲的特色所在。

陈铎，字大声，号秋碧，江苏新沂人，家居金陵。陈铎为人风流倜傥，擅长诗词和绘画，又精通音律，善弹琵琶，常常牙板随身，随时高歌一曲，被教坊的子弟称之为"乐王"。

陈铎散曲集有《秋碧乐府》《梨云寄傲》《月香亭稿》《可雪斋稿》《滑稽余韵》。陈铎的散曲大部分是写男女风情和闺怨相思，供歌伎们清唱的作品。这些作品，缠绵幽怨，故作多情，显得纤弱萎靡，有一些还带有色情的成分，内容无甚可取。影响最大、赖以传世之作是《滑稽余韵》。

陈铎长时间生活在金陵，对城市生活颇为熟悉。《滑稽余韵》一卷，是一组曲，共141首。每首写一个行业，一共描写了60多种手工业工匠和其他劳动人民的生活，30多种店铺的经营。

陈铎画像

把形形色色的商肆店铺，

三教九流，都写入散曲中。曲作高度赞扬各种工匠的手艺，歌颂他们对社会的贡献，同情他们的辛苦劳碌。

《滑稽余韵》一卷基本上采用当时的口语，明白通俗而又不失幽默风趣，富于生活气息。表现手法直露而不迂曲，不事藻绘雕琢，叙述中夹杂着评价和褒贬，明显不同于他的其他散曲。

陈铎把散曲的锋芒直接对准人性，全方位地反映明代中叶城市生活，带着批判的眼光审视社会群体不同的职业特征，公开表现自己的憎恶或同情，探讨职业病和行业病中显露出卑微人性，这种曲风，可以说是前所未有，开辟了新天地。

除了康海、王九思、王磐、陈铎等一批较有影响的名家之外，还有一些散曲作者也以他们的创作，为明代散曲的繁荣做出了一定的贡献，如常伦、冯惟敏、薛论道以及沈仕、梁辰鱼、赵南星、刘效祖、杨慎等，此外，还有唐寅、祝允明、文徵明、杨延和、杨循吉等人。正是由于有了这些作家的辛勤创作，才使明代的散曲在经历了元朝散曲的繁荣辉煌之后，续写辉煌，成就了一番不凡的成绩。

阅读链接

王九思非常好学，为了写好戏曲，他便从学音乐开始。他购买乐器，聘请乐师，教他学习音乐知识。经整整3年的不懈努力，学会了弹奏琵琶、三弦等，而且弹得很好。

他雇请歌伎，组成家班，一旦有了新作，便排练和演出，并不断修改提高。他十分注意向别人学习，丰富提高自己。

一次戏曲作家李开先去西夏饷军路经关中，住在康海家里，他得知后，立即邀请共到鄠县做客，设宴招待。同时，让家班演唱了他的杂剧《游春记》，请李开先指点。

清中期浙西词派的词味

明清之际散曲创作一是继续了晚明散曲的路子，抒写艳情及文人的各种风流；二是与当时诗词等其他文学体裁一起承担着反映时代的任务，变为遗民文人的黍离悲歌，或爱国英雄的壮歌及其文人坚守民族气节为谋生而发出的悲叹。在题材、内容、艺术诸方面都较明末散曲有了较为显著的变化，代表曲家有夏完淳、沈自晋、王时敏、沈非病等人。

朱彝尊画像

朱彝尊、厉鹗、吴锡麒都是浙西词派的词人，称"骚雅派"。他们三人的散曲创作与他们的词作一样，有着一定的继承关系，为清代"词味散曲"的代表。

厉鹗版刻像

朱彝尊诗、词、文皆工，也作有散曲。他的散曲作品，见于《曝书亭词》所附的《叶儿乐府》，共51首，全为小令，除一首为南曲外，其余都是北曲。

朱彝尊以词为曲，其散曲具有词味。朱彝尊的散曲题材不是很丰富，其中题咏风景名胜之作就占了半数之多，其余是闺情、题画、送别及抒怀之作等。

朱彝尊的题咏风景名胜之作都是用《北仙吕·一半儿》写成的，其篇幅短小，内容内敛。朱彝尊将苏州、杭州一带的风景名胜如灵隐、西湖、虎丘、金山等题咏几乎殆尽。

如《西湖》："三潭新月浸鱼天，里长堤飞柳绵，寻到水仙王庙边。里湖船，一半儿刚来一半儿转。"这是写春天月夜人游湖的情景，船只来往频繁，游人热闹如潮。朱彝尊的曲子都是此类，语言内敛，信息含量丰富，极似宋词。

朱彝尊的闺情之作不多，却都很精到，如《南商调·黄莺儿》：

碧玉小人家，两眉弯，双髻丫，春风爱立疏帘下。佳期最佳，阳差不差，心知消息今年嫁。剪秋纱，绣裙合画，画取并头花。

曲作写待嫁姑娘的情态、内心世界等十分鲜明，可称惟妙惟肖，

异彩纷呈的文学艺术

只是略嫌含蓄。

实际上，朱彝尊也有少量曲味较纯的作品，如《北中吕·醉太平·野狐涎笑口》《北双调·折桂令·闹红尘》等，作品佻巧滑稽，诙谐成趣。

厉鹗，字太鸿，自署樊榭，杭州钱塘人。厉鹗家境贫寒，但仍好诗书不辍。他的诗词都很有名，且著作丰富。此外，他还有戏曲创作，有散曲小令81首。

厉鹗和朱彝尊都是浙西词派的主要词人，他们词作走的同一路子，散曲走的也是同一路子，二人的创作不仅风格相近，就是主要题材也相近，他们的曲作多是题咏名胜风景之作。

就其曲风来讲，厉鹗的散曲也近于词，他的《北双调·水仙子·虎丘书所见》的押韵就不符合散曲的规范，而近于词：

> 王珣宅畔晓钟催，朱勔花边午店开。仇英画里春妆赛。趁清明冷食来，施山僧那惜金钗。低润脸、男儿拜，整新裙、侍婢抬，恨无端落日船回。

总之，厉鹗的散曲仍然不脱词味，大有将诗、词共归一格的趋势，其诗、词、曲三者之间的风格差异十分不明显。

吴锡麒，字徵圣，号谷人，杭州钱塘人。乾隆时期的进士，著作有《正味斋集南北曲》两卷，其中有小令71首，套数13篇。

吴锡麒的词、曲都是朱彝尊、厉鹗的后继者，作品风格追求"清空"与"骚雅"。他的散曲从题材内容上大体有两种是比较突出的：一为题咏，一为归兴。

吴锡麒的题咏很杂，有题画、题风景名胜，再就是咏物。题画之作中以《题十二仕女图》最为醒目。一般都是先有画，后才征咏，而

吴锡麒着色像

吴锡麒的这组题画却是先作出曲子后才教人绘画。因而说，这组作品实际上是题咏人物之作。

吴锡麒其他题画之作，如《北双调·折桂令·题画蟹》《北双调·沉醉东风·题杨妃春睡图》等，语言精彩，有可以让人称道的地方。

吴锡麒的写景之作与朱彝尊、厉鹗相近，主要题写杭州西湖一带的名胜，如《北仙吕·一半儿·焦山》《栖霞》等。与朱彝尊的题咏风景作品相比，朱彝尊的写景之作显得圆润，而吴锡麒的作品显得凄婉，更显得咏物之工。

归兴是吴锡麒曲作中的又一主题。从内容而言，他常常喜欢歌唱闲居隐逸生活。他在《北中吕·普天乐·渔》其二中说："笑得人间浮云走，但有鱼换酒何愁。枫林醉休，芦花被厚，一觉嗣驹。"把林下生活写得十分美妙。

再看其他归兴之作，《北越调·紫花儿序·野步》道："踏莎行芒鞋斜转，摸鱼儿竹篰横拦，醉花阴石径怯眠寒。那不就青山一带，先缚了黄篾三间。清闲，道商量画稿绢曾矾，移居未晚，只要践约鸥来，做伴云还。"

还有，《北正宫·醉太平·移居东园》云："东皋生署号，村夫子移居。画来水竹便留吾，已新编烟户。放生社乞鱼苗护，鸣机房许灯光助，灌园人习菜佣呼，好衣冠渐疏。"

这类归兴曲子往往工稳圆润，与他写景咏物之作风格有所不同，总给人以一种耐人寻味的美感。

朱彝尊、厉鹗二人只作小令，吴锡麒不仅创作小令，还有套数，其套数中多题画之作，其次是送往迎来之作，只有《北中吕·点绛唇》一套，描绘盂兰会的情况。

朱彝尊、厉鹗、吴锡麒代表的"骚雅"派持续时间长，他们的创作在清代散曲史上前后呼应，形成气候。散曲风格主要表现为清空、娴雅、蕴藉，近于宋词，即"词味散曲"。追随者众多，成为清代散曲中的一大宗。

阅读链接

作为"骚雅"派中顶顶重要的一员，朱彝尊在提倡并践行"骚雅"曲风上并不是空穴来风，而是有其极深根源的。朱彝尊早年随嘉兴前辈文人曹溶学词，从中年开始创作，留下了600余首词。

他大力提倡学习南宋词的风雅兴寄，他认为明代词因专学《花间集》《草堂诗余》等，因此有气格卑弱、语言浮薄的弱点，主张词的创作应该提倡"清空""谭雅"以此来矫正词上述弱点。

他宗法南宋词，推崇当时的格律派词人姜夔、张炎等。他选辑了唐代至元代的词编纂成为《词综》，在《词综》一书中朱彝尊阐述了自己的诗词主张，这一主张被不少人尤其是浙西词家所接受而发扬光大，于是就有了"浙西词派"这一称呼。

朱彝尊在词的创作上的主张自然而然地影响了他散曲的创作，成就了散曲"骚雅"之风。

清晚期严肃与平俗的散曲

晚清时期，散曲创作沿袭着中期的路子，有部分散曲作家敏锐地抓住了时代的关键问题，如吸食鸦片、农民起义、外敌入侵等，谱写出散曲最后的新篇章。

赵庆熺画像

这时一些散曲作家对鸦片的危害有所认识，他们将这种危害写入作品中传唱，以起到引导作用，不管这类作品的艺术性如何，立意是否高，但从选题上可以说抓住了时代的脉搏，算得上是时代的号角。

这类被称为"劝戒烟"的曲作数量不是很多，有凌丹陛的《南商调·黄莺儿·鸦片烟词》24首；隐忧子的《南商调·黄莺儿·劝戒洋烟》24首；半觉子的《南商调·黄莺儿·劝戒烟》10首，还有

清代生活场景画

黄荔的《北双调·新水令·鸦片词》；等等。

除了这类大题材的散曲作品，晚清时，还有一些小题材的散曲作品值得注意，这些小题材，主要是指题画、艳情、抒怀题材，在这些散曲作家当中，赵庆熺、许光治的创作成就较为突出。

赵庆熺，字秋舲，浙江杭州人。出身贫寒，喜好读书。1822年考中进士，选延川知县，因病未能赴任，后改浙江金华府教授，最终以教职终其身。

赵庆熺工诗词散曲，尤擅长作散曲，其散曲风格爽朗，间杂悲感。散曲有《香消酒醒曲》一卷，有小令9首，套数11篇。从内容来看，赵庆熺的散曲多言私情，兼及日常生活起居，描景抒怀。所谓"私情"有两层含义：一为个人的人生情怀；一为闺情艳情之作。

赵庆熺以教职终其身，这个事业并非他所愿，因此其常常压抑愤懑，不满足生活现状。然而，他并不因此灰心，而是执着追求，绝不放松，也算得上豪气冲天。

此类曲作往往悲凉慷慨、雄健爽朗，如他的《南仙吕入双调·步步娇·杂感》引子说："说甚聪明成何用，倒是伤心种，牢愁问碧翁。一片青天，也恁般懵懂。何处哭西风，小心窝醋味如潮涌。"

■《拜月》配画

异彩纷呈的文学艺术

这种伤感在他的《嘉庆子》中也可以看到，他在《嘉庆子》中感叹道："白衣冠长揖江上送，到做了壮士天寒易水风，重把兰桡打动。叹田园，家业穷！叹交游，文字穷！"

尽管如此，他并没有泄气和颓废，他在《北双调·新水令·葛秋生横桥吟馆图》中说："再休提踬名场剑气消，说什么困寒毡心绪槁，你看有的是痛黄炉玉树周，有的是走京华花插帽。"对教职的前途充满了信心。

赵庆熹的闺情艳情之作别开生面，如"拜月"为旧时女儿家常见之事，在曲作中也常能见到，不为稀奇。但他写来则不同，看他《拜月》套中的引子《南商调·黄莺儿》：

比兴 古代诗歌的常用技巧。"比"就是譬喻，是对人或物加以形象的比喻，使其特征更加鲜明突出。"兴"就是起兴，即借助其他事物作为诗歌发端，以引起所要歌咏的内容。"比"与"兴"常常连用。

彩袖振明珰，拜嫦娥三炷香，深深叩倒红氍上。衫儿海棠，裙儿凤凰，玉尖轻合莲花掌。薄罗裳，北风衣带，吹起两鸳鸯。

拜月本是对月诉怀，吐露不便与人说的心事。曲作一句都未提及她的心事却无不是在写她的心事，是通过人物的衣饰、行为传达其心事的，这正是这首曲子的独到之处。

赵庆熺散曲多采用比兴手法，语言本色浑成，风格爽朗，自成一格，如《青梅》："海棠花发燕来初，梅子青青小似珠，与我心肠两不殊。你知无，一半儿含酸一半儿苦。""一半儿含酸一半儿苦"既抓住青梅的特征，又语意双关。

《偶成》则写小儿女的天真童趣，通俗形象浅白："鸦雏年纪好韶华，碧玉生成是小家，挽个青丝插朵花。髻双丫，一半儿矜严一半儿耍。"

他的《南中吕驻云飞·沉醉》则记述自己的日常生活，类似者还有《南仙吕桂枝香·连日病酒填此戒饮》《戒酒五日同人咸劝余饮遂复故态作此解嘲》《南中吕驻云飞·冬日早起》等。

许光治画像

许光治，字龙华，号羹梅，别号穗嫣，浙江宁海人。许光治知识驳杂，对书法、绘画、篆刻、医药、音乐都很精熟。

他的散曲有《江山风月谱》一卷，有小令52首。许光治的小令大多没有题目，题材相对狭窄，内容只限于题画、天气、时序等，也涉及一些农事。

许光治的题画之作，如《北南吕·阅金经·题一清僧照》《北中吕·普天乐·题张墨林照》《北越调·小桃红·题画》等不拘于画面，或传人物精神，或写春意，内容较其他曲作要充实些。

许光治的时序、天气之作，有些突显雅致，也多风趣，如《北中吕·满庭芳》云：

> 绿阴野港，黄云陇亩，红雨村庄。东风归去春无恙，未了蚕忙。连日提笼采桑，几时荷锸栽秧？连枷响，田塍夕阳，打豆好时光。

曲作娴婉有致，疏朗清新，体现出清丽、风雅的特点。类似的作品还有《北越调·天净沙》："绿阴门巷停车，碧云庭院栖雅，柳絮刚刚飞罢，时光初夏，新棉又裹桐花。"

许光治继承了朱彝尊、厉鹗、吴锡麒等以词为曲的散曲创作道路。他把以词为曲推向了极致。散曲在他笔下题材内容单薄，境界狭窄，只剩下了华美的文字排列。他的作品可以说代表了骚雅派散曲最后的余晖。

阅读链接

赵庆熺的曲作内容比较单薄，却被誉为"清代散曲之冠冕"，这显然不是因为他曲作的内容，而是曲作的艺术。在清代，大多数人以词为曲，其作品多为"词味之曲"，纯曲味的散曲实在是太少了。直到晚清时，赵庆熺才创作出了"曲味散曲"，这就使得他与众不同、超凡脱俗了。

赵庆熺散曲之所以"曲味"浓厚，多数学者认为主要来自于赵庆熺的白描功夫。散曲的曲味无关乎词汇的雅俗，也无关修辞表现手法的运用，甚至不关于格律，主要在于曲尽意尽，表达淋漓尽致，毫无掩饰，语意新巧，又直接明白如话，便于演唱，读来朗朗上口。

赵庆熺的曲子符合了这些基本特点，因此"曲味"浓厚。这个解释虽然没有得到公认，但有很多的支持者。